纸醉金迷 下

张恨水 著

zhanghenshui zhu

远方出版社

图书在版编目（CIP）数据

纸醉金迷／张恨水著. －－呼和浩特：远方出版社，
2017.12
（张恨水经典作品集）
ISBN 978－7－5555－1005－5

Ⅰ.①纸… Ⅱ.①张… Ⅲ.①长篇小说－中国－现代
Ⅳ.①I246.5

中国版本图书馆 CIP 数据核字（2017）第 304036 号

纸醉金迷

ZHI ZUI JIN MI

作　者	张恨水	
责任编辑	云高娃　武舒波	
责任校对	云高娃　武舒波	
封面设计	仙　境	
版式设计	王志利	
出版发行	远方出版社	
社　址	呼和浩特市乌兰察布东路 666 号　邮编 010010	
电　话	（0471）2236471 总编室　2236460 发行部	
经　销	新华书店	
印　刷	北京市燕鑫印刷有限公司	
开　本	170mm×240mm　1/16	
字　数	650 千	
印　张	33.5	
版　次	2017 年 12 月第 1 版	
印　次	2018 年 4 月第 1 次印刷	
印　数	1—5 000 册	
标准书号	ISBN 978－7－5555－1005－5	
定　价	68.00 元（全二册）	

目录▎

下 册

下　册

第一部分　此间乐

001 忙乱了一整天

何经理对于刘主任的报告，怔怔地听着，心里立刻转了几个念头，这种环境，应当怎样去应付？先看了看墙上的挂钟，然后又看了看手腕上的手表，站在桌子旁边，斜靠着，提起一只脚来，连连的颠动了几下。于是坐在沙发椅子上，架起腿来，擦了火柴吸纸烟。将头靠住了沙发椅靠，只是昂起头来，向空中喷着烟。

刘以存站在屋子中间，要问经理的话，是有点不敢。不问的话，自己背着的那份职务，又当怎样挨过去？站在屋子里，向身后看看，又向墙上的挂钟看看。那钟摆咯吱咯吱响着，打破这屋子里的沉寂，何育仁突然站了起来，将手一挥道："把支票兑给他吧。混一截，过一截。好在上午只有一点多钟，再混一下，就把上午混过去了。"

刘以存看看他那样子，大有破甑不顾之意，门市上那两位拿支票兑现的人，事实上也不能久等。于是点了个头，就拿着支票出去了。何育仁坐在沙发上，只管昂了头吸纸烟，吸完了一支，又重新点上一支，吸得没有个休歇。

石泰安由外面走了进来，远远地看到他那样子，就知道他是满腹的心事，随便地在旁边沙发上坐下，搭讪着吸了纸烟，从容地道："大概这上午没有什么问题了吧？经理是不是要出去在同业那里兜个圈子？行里的事，交给我得了。我私人手上还可以拉扯二三百万元现钞。万一……"

何经理突然地跳了起来，因向他笑道："你既然有二三百万元现钞，为什么不早对我说？有这个数目，我们这一上午，足可以过去了。你在行里坐镇吧，我出去兜个圈子去。"说着，他立刻就拿起衣架上的帽子向头上戴着。石泰安道："还没有叫老王预备车子呢。"他将手按了一按头上的帽子，说声不用，就走了出去。当然，他也就忘记了范宝华那个电话的约会。

到了十一点多钟，范宝华又来了。他这回是理直气壮，更不用得在柜上打什么招呼，径直地就走到经理室里来。他见是副理坐在这里，并不坐下，首先就笑道："这算完了，何经理并不在行里。"石泰安立刻走向前和他握着手，因道："范先生说的是那张支票的话吗？你拿着支票，随时可到银行里兑现，管什么经理在家不在家呢。不过在这情形之下，我们讲的是交情，你老哥也极讲交情，所以二次到行里来，就不到前面营业部去兑现了，而先到这里来看何经理。先吸一支烟吧。何经理正是出去抓头寸去了，也许一会儿工夫他就回来了。"说着，他笑嘻嘻地敬着纸烟，口里还是连连地说请坐请坐。

范宝华倒是坦然地吸着烟，架了腿坐在沙发上。喷着烟微笑道："若说顾全交情，我是真能顾全交情的，上次拼命凑出几百万元，交给何经理替我做黄金储蓄，不想他老先生给我要一个金蝉脱壳，他向成都一溜，其实也许是去游了一趟南北温泉。等到我来拿黄金储蓄券的时候，贵行的人全不接头……"石泰安不等他说完，立刻由座位上站起来，向他抱着拳头，连连地拱了两个揖，笑道："这件事真是抱歉之至。何经理他少交代一句，阁下的款子，存在敝行，我们没有去办理。下次……"

范宝华将头枕在沙发靠背上，连连地摇摆了几下，而口里还喷着烟呢。石副理哈哈笑道："这糟糕，范先生竟是不信任我们。不要那样，我们还得合作，就在敝行吃了午饭去吧，我去吩咐一声。"说着，他表示着请客的诚意，走出经理室去了。范宝华正是要说着，何必还须副理亲自去吩咐？然而容不得他说出这句话，石泰安已是出经理室走远了。他这番殷勤招待，倒不是偶然，出去了约莫是十来分钟，他方走回来。

进门的时候，他强笑了一笑，那笑的姿态，极不自然，将两个嘴角极力地向上翘着，范宝华看看他两道眉峰还连接到一处，心里也就暗想着：大概前面营业部又来了几张巨额支票吧？正是这样想着，却听到屋子外面一阵铜铃响过。因问道："这是……"石泰安对于这铃声，竟是感到极大的兴趣，立刻两眉舒张，笑嘻嘻地说出来三个字："下班了！"

范宝华将西服小口袋里的挂表取出来看看，还只有十一点四十五分。因把挂表握在手掌心里，掂了几掂，看着笑道："你贵行什么时候下班？"石泰安微笑道："当然都是十二点。"范宝华道："还差十几分钟呀。不过你们既下了班，当然我也只有下午再说。赏饭吃恕不叨扰，我想下午一点到四点，那照样是不好对付的，你也得出去抓抓头寸呀！"他说着，倒并不怕人听到，哈哈大笑地走出去了。

石泰安对于他这个态度，心里实在难受，可是一想到人家手上握有一张八百万元的支票，这就先胆软了一半，可能到了下午一点钟银行开门，他又来了，于是坐在经理室里，也没有敢出去。趁着这营业休息的空当，就调齐了账目，仔细地盘查一遍。

费了半小时的工夫，整个账目是看出来了，除了冻结的资金，亏数二亿二千万。今天上午开出去给同业的支票，和同业开来的支票，两面核对起来也短得很多，今日上午的情形，那还是未知数呢。他坐在写字椅子上，口衔了纸烟，对着面前那一大堆表册，未免发愁。

正是出着神呢，桌机的电话铃响，茶房正进来加开水，接过电话机的听筒，说了两句话，便向石副理报告道，中央交换科请石副理说话。他一听到交换科这个名称心房立刻乱跳了一阵，便接过电话听筒来，先向话机点了个头，笑道："我是石泰安呀。哦！张科长。是的，何经理出去了。短多少寸头？两千多万。是是，这是我们一时疏忽，上午请张科长维持维持，下午我们补上……停止交换？那太严重了，何至于到这个阶段？……是是，务必请张科长维持维持。两千多万，并没有多大的困难，可是我们的账目是平衡的。"

他说着话时，身子随了颤动着，头向下弯曲，在用最大的努力，以便将这帐目平衡的四个字，送到对方的耳朵里去。接着，他又说："请放心，下午我们就把头寸调齐了，无论如何，这一点忙，是要……"他右手拿着听筒，左手在桌子上拍了一下，因道："不能那样办。"但是他这种拍着，那是无用的，那边已经是把电话挂上了。

石泰安将听筒很重地向话机上一放，嘎咤地响着。于是坐在写字椅子上，两手环抱在胸前，只管对桌面前摆的账目发呆，茶房进屋子来催请他去吃饭有三遍之多，他才是慢慢地走去。在饭厅桌上，几位同席的高级职员，脸上都带了一分沉重的颜色，不像平常吃饭有说有笑。石副理是首先一个放筷子，向坐在旁边的金襄理，点了个头道："吃过饭我们谈谈罢。经理出去了两小时了，还没有电话回来。"说着，他就在怀里摸出手表来看了一看，因惨笑着道："还有十五分钟，该开门了。"

金襄理到了这时，也不是看桌上金砖那样的笑容满面，垂了眼皮，不敢抬眼看桌上同事的脸色。那刘以存坐在襄、副理侧面，捧着饭碗，只管将筷子挑剔饭里的稗子。他们银行职员吃的饭，当然是上等白米，这里面是不会有谷子稗子的。他低了头向碗里看着，筷子头只是在白饭里拨来拨去。

石副理倒并没有离开座，向他问道："以存的意思是怎么样?"他还是捧着碗筷做个挑稗子的姿势，因道："我在同业方面打过几回电话，探问消息。看那样子，各家都是很紧的。不知道经理现时在什么地方，最好和他取得联络。"石泰安道:"我出去一趟罢。"说着,他看了在座人的脸色,就叹了口气道:"照着我的作风,我是要稳扎稳打的,可是何经理一定看上了黄金,我也挽回不了这场大局。"

在桌上吃饭的人,大家已是把筷子碗放下来了,各自把手放在怀里,静静地望了桌上的残汤剩汁。石泰安突然地站了起来,向金焕然道:"我看,我还是出去打听打听消息吧?焕然,你就在行里预一下子罢。"这句话可把金襄理急了,立刻站了起来,两手乱摇着道:"不行不行,我顶不了,我顶不了!"石泰安站着怔了一怔。金焕然道:"我看,还是我出去罢。经理在什么地方,我知道,我把他找了回来,让他来顶罢。"

石泰安站在原来坐的地方,站着有五分钟之久,说不出话来。金焕然笑道:"我自认是不如石副理有手法,这三关还是请大将来把守罢。"说着,他也不征求对方的同意,立刻就走开了。

石副理也看着金焕然是不能在行里顶住的,只是怔怔地看着他走。刘以存倒觉得今天这情形之下,全露出了资本家的原形,这很给银行家丢面子,便笑向他道:"没有多大问题。我们各方面活动,总还可以调到两三千万的现钞,应付小额支票兑现,那还有什么问题。数目大的,我们和他打官腔,照着财政部的定规,开支票给他。"石泰安哈哈一笑,向他望着,又点了两点头,因道:"这个办法,我都不会想到,我还当副理呢。你得想想,你开了本票出去,人家立刻向别家银行一送,今天晚上,本票全到了交换科,查出了我们的本票,全是空头,我们明天早上还开门不开门?若是要开门,明天中央银行宣布停止交换,信用全失,那就预备挤兑和倒闭罢。"

刘以存道:"这一层我当然是顾虑到了的,但是我们在这一下午的奔波,三五千万的头寸,总可以调得到。"石泰安对于他这个解释,倒没有加以可否,无精打采地,走回经理室去。

时间实在是过得太快,他在写字椅子上坐下,抬头一看那墙上挂的大钟,已是一点十五分了。虽不知道大门是否已经敞开,可是过了十五分钟,还不开门营业的话,这问题就太严重了。此话当然不便去问茶房,只有拿出纸烟盒来,继续地取着烟来吸。

约莫是半小时,桌机上电话铃响了。拿起听筒一听,却是何育仁的声音,不由得发了惊奇的声音道:"是经理?现时在哪里呢?哦!头寸都已经调齐了,那好极了!什么?两点钟以前,还不行?那么,可以放手开本票出去,好吧。"他听到何经理所定的最后一个决策,还是开本票暂救目前。便坐下去自言自语地道："既是负责人都如此办理，落得和他放手去做。"于是也就安坐在经理室里苦挨钟点。

　　果然，一切的路子，都是照着刘以存的想头进行的，马上他就拿了三张本票进来，请副理代经理盖章。他接过来看时，有五十万的，有八十万的，有一百二十万的。就在他看数目字的时候，刘以存站在桌子旁边，向他低声道："经理来了电话，说是我们可以放手开本票。"石泰安很从容地道："我也接到电话了，就是这样办吧。"他说着，就拿起图章在本票上连串地盖着。

　　就自这时起，直到两点半钟止，已开出去三十多张本票，共达四千多万元。石泰安也存了个破甑不顾的念头，前面营业柜上送来本票，他只看看数目，就盖个章，立刻发了出去。何经理虽然没有电话回来，他也不问。

　　到了下午三点一刻了，何经理左手拿着帽子，右手捏了一条大手绢，只管在额头上擦汗，而擦汗的时候，还同时摇着头。石泰安虽知道他很窘，但居然忙着回来了，一定有点办法，可是他只管摇着头，又多少有些问题。便迎上前笑道："行里截至现在为止，还算风平浪静，都让本票抵挡过去了。不过……"

　　何育仁将手上的帽子遥远地向衣挂钩上一丢，然后苦笑道："不过晚上交换的这一关不好过。但那不要紧，我已经和几家同业接好了头，今天下午，准让五六千万头寸给我们。大概一会儿工夫就有电话来。"他说是这样的说了，坐到经理位子上，身上仰着靠椅子背上，昂了头望着天花板。他也不看人，淡淡地问道："我们开出去了多少本票？"石泰安道："四千多万。"他又问："上午交换，我们差多少头寸？"他答："不到两千多万，就算是两千万吧！"

　　何育仁向楼板仰望着，口里念念有词，五百万，八百万，一千二百万，只管念着数目字，最后他突然地高声道："不要紧，只差一千多万。"他说完了，立刻坐正过来，手里拿了桌机听筒，拨着自动号码，电机转着吱嘎吱嘎地响。他对了话筒说："喂！我育仁呀。蔼如兄，你答应我的三千万，怎么样？喂喂！老兄，这个不能开玩笑的。只分一半也好，可是请你务必把我们的本票保留一天，好好！一切不成问题，照办。"说毕，将电话听筒按上两下，自动号码，又是嘎吱地响起。他手握电话听筒，口里总是这一套，二千万，三千万，本票请留一天，不要送去交换，明天我拿美钞抵账。这个不能开玩笑的，

　　电话一直打了七八次。打到最后一次的时候，他已是斜靠在桌子上，抬

起一只手来，只管握了手绢，不停地擦额头上的汗。放下了电话听筒之后，看到桌面上放着一玻璃杯现成的茶，他端起来就咕嘟几声，一口饮尽，放下杯子来，向石副理苦笑道："好家伙，我嗓子都叫哑了，没有问题了。"他表示着这是松了一口气，将衣袋里的纸烟盒子取出，拿了一支烟，三个指头夹着，在纸烟盒的盖子上，慢慢地顿着。

石副理也在旁边取烟抽，按着了自己的打火机，伸过来，给何经理点着烟，因笑道："天天这样的抓头寸过难关，那当然不是办法，今天晚上，到经理公馆里去，大家计划计划吧。"何育仁喷着一口烟出来，连连地摇了两下头道："没有问题了。不过轻松一下，我也不反对。打个电话回去，叫厨子做两样菜，我们来他四两茅台。"

石泰安还没有答复这个问题呢，那刘以存主任，竟是面色苍白地走了进来，手上拿了两张支票，站在桌子边苦笑了一笑，然后将支票放在经理面前。何育仁看时，是同业的两张支票，一张是大德银行的支票，是一千五百万元，一张是利仁银行的支票，二千万元。他看了支票的数目，两眼发直，然后将手在桌子上一拍道："太不够交情了。现在三点半钟了，只有三十分钟的工夫，让我们到哪里去抓三千多万的头寸？"

石泰安伸头看着，摇摇头道："这确乎是有点落井下石，本票是开不得了。下午开出去四千多万本票，有三分之二，是交给同业的，希望他们今天不送去交换。根据经理电话的交涉，已经是没有问题了。纵然有一部分送去交换，头寸短得有限，我们还可以去讲点人情。若是再开三千多万出去，那数目就太多了。打两个电话商量商量罢。"

何育仁摇摇头道："不行！大德和利仁，也短少头寸很多。"说着，他口衔了烟卷，两手背在身后，站起来，只管在屋子里踱来踱去。他每走一步，踏得楼板响，正和墙上挂的钟摆响相应和。他听到钟摆声，猛然抬头一看，却看到钟的长针已到了八点，到银行停止营业时间，只有二十分钟了。站定了脚，出了一会神，忽然嘴角翘着，微微一笑。

石泰安也正是把两只眼睛都射在经理身上的，便问道："经理有什么解围的法子吗？"他笑道："中国人到了问题不能解决的时候，唯一的办法就是拖。今天我也解得这个妙诀了。不管怎样，我们已拖到了三点三刻。他们不讲交情，我们也不讲交情，我们给他来个印鉴不清，退票！他再开支票来，已是我们下班之后了。"

石泰安道："那不大好吧？"说着，仰了脸，望着何经理。他倒不问太好不太好，走到写字台边，伸了食指在支票的印鉴上捺着，轻轻向上向下一揉，把那印鉴的字纹就揉擦得模糊了。因把这两张支票拿着，交给刘以存道："把这支票退给来人，请他们再开一张，这印鉴全不清楚呢。"刘以存拿着支票，虽然脸上也带一些笑容，然而那笑容却不正常，向何经理看了一眼就走了。

何育仁并不管那支票退出去以后的情形如何。但是抬头看到墙上的挂钟，已是三点五十分。不觉噗嗤的一声笑了。自言自语地道："不怕你鬼，喝了老娘的洗脚水，哈哈。"在他哈哈笑声之后，经理室外铃子响起，今天业务，宣告终止，全万利银行的人，已不怕有人提现了。不过何育仁虽感到暂时的轻松，但明日后日的头寸怎样周转，还是要事先想法子的。这就依了石泰安的建议，邀集了行里的干部人员在新市区自己的公馆晚餐。动身之前，向公馆里去了个电话，教厨子预备几样菜，并且预备好一瓶好茅台酒。

六点钟以前，全部人员到了何公馆。因为他是一个有办法的银行经理。虽然重庆的房子是十分困难的，他还拥有一座小洋房。在小客厅里大家架了大腿，仰靠在椅子背上。何经理换了一个作风，口里衔了一支土制雪茄，两手捧了一张晚报，很从容地向下看。金襄理坐在侧面也拿了一张晚报看，他忽然一拍大腿道："德国完了，以后联合国围剿日本，日本也没有多久的生命了。"

石泰安闲闲地昂了头吸烟，因道："我们三句不离本行，还是谈自己的事吧。胜利快来了，我们现在第一步工作就要做个决定，这总行是设在南京呢？还是设在上海呢？其次，我们得考虑一下，汉口的分行是先成立呢？还是和上海总行一路开幕呢？"何育仁放下了手上的报纸，取出嘴里衔的雪茄，在茶几上的烟灰碟子里弹了一弹灰。向在座的人，都看了一眼，然后笑道："我们还不要希望得那样远。那几家收着我们本票的同业，若都说话不算数，全向中央银行一送，那今天晚上，还大大的有番交涉呢？"

石泰安道："经理亲自去和各家同业面洽的，我想他们总不好意思吧？为了慎重起见，回头我们不妨去打几个电话。"何育仁对这个建议，只微笑了一笑。恰好听差来请吃饭，大家就起身向饭厅里去。

那饭厅中间的圆桌子上，蒙了雪白的桌布，正中间已搬下了三大件菜。一样是尺二口径的大瓷盘，里面摆着什锦冷荤。两只大仰口碗，一碗是红烧鸡腿，一碗是红烧青鱼中段。小高脚玻璃杯子，里面虽然盛满了酒，而依然还是里外透明。这正表示了这贵州茅台酒是十分的纯洁。大家在椅子上坐下来，还不曾动筷子，就让这好酒的香味熏得口胃大开了。大家饮酒谈话，好菜又是陆续地来，已把今天忙头寸的痛苦与疲劳，忘了个干净。

七点半钟以后，何经理吩咐家人熬了一壶美军带来的咖啡，大家坐在客厅沙发上面消化肠胃里那些鸡鱼肉。听差走了进来，走近了主人身边，很和缓地报告着道："交换科来了电话。"这报告声音虽低，何育仁听着，就像响了个大雷呢！

002 交换的难关

任何商业银行经理，对于交换科长的电话，是不会欢迎的。何育仁听说是交换科来的电话，心里先有三分胆怯。但是纵然胆怯，究竟短了多少头寸，还是不可知的事，当然要知道清楚。于是到小书房里，将电话听筒拿起来，只喂了一声，立刻向着电话机，行了个半鞠躬礼。因道："是是是，张科长……哦，头寸不够。我今天下午，在同业方面，已经把头寸调齐了的。没想到他们不顾全信用……当然，万利银行自行负责……哦，十点钟前，要交出一亿二千万，会有这样多吗？……是是，我尽力去张罗。十点半钟，我到行里来，一切请多多维持。万利本身还在其次，影响到市面上的金融那关系就大了……好罢，一切面谈吧。"

何育仁放下了电话机，回到小客厅里来，脸色带点儿苍白，这神气就非常难看，那夹着雪茄烟的手指，兀自有些抖颤。石泰安心里想着：我说的话你不听，看你现在怎样对付？那金焕然襄理，却是忍不住，他已由座位上站起来，迎着问道："是不是告诉我们多少头寸？"何育仁坐下来，叹了口气道："不短头寸，打电话到我们家里来干什么？我没想到会短少到一亿二千万。"

金焕然道："一亿二千万？决不会有那样多。"石泰安坐在一旁点点头道："我想数目是不会太少的。昨天我们本来就短少着的头寸，因为数目还小，和交换科商量商量，就带过来了。今天上午，我们就短少着两千多万到三千万，下午大概是六千万，那么加上旧欠的，那的确是去一亿不远了。"何育仁皱了眉道："现在说着这些话有什么用？事不宜迟，我们分头去跑跑，十点钟以前，我们在行里碰一次头。"说着，就昂了头向窗子外叫道："叫老王预备车子吧。"大家一看经理这情形，是真的发了急，也都随着站了起来。

石泰安道："经理要我去走那几个地方，我立刻就去。不过卖大面子的地方，最好还是经理自己去。"何育仁站着想了一想，因道："我们还是分途办理吧。"于是在身上摸出自来水笔和两张名片，在名片后面写着他们要找的人，和要找的头寸，写完了，各人给了一张，然后摇着头道："不见得有多大的希望。不过尽力而为就是了，回头行里见吧。"他口里说着，人就向外走。出了大门，坐上人力包车，就直奔他所要找头寸的地方去。他第一个目的地，是赵二爷家里。

这赵二爷是重庆市上一位银行大亨，不但是对川帮有来往，对下江帮也有来往。银行界的人，为了他对内外帮都走得通，平常就不断地请教，到了有什么困难发生；若去向他求援，他斟酌轻重，或者是出钱，或者是出力，倒向不推诿。不过他有一个极大的毛病，私人言行，绝不检点，生平只有他给钉子人家碰，他却不碰人家的钉子，而且又喜欢过夜生活，白天三点钟以前，照例是不起床，三点钟以后，他坐着汽车，爱上哪里就上哪里。而且他家里的电话，只有他随便打出，你若向他家里打电话，探听他的行踪，照例是无结果，倒是你亲自向他公馆里去拜访，只要他在家，却不挡驾。因之在金融界请求赵二爷的人。只有冒夜活动，何育仁这银行，原来也曾请赵二爷当董事的，他答应有事可以帮忙，却没有就这个董事的职。这时他成了遇到了磨难的孙行者，非求救于观世音不可。因之抱着万一的希望，首先就到赵公馆来。

他到了大门口，首先看到门框上那个白瓷灯球亮着，其次是电灯光下，放着一辆油漆光亮的流线型汽车，那正是赵二爷的车子，证明了他并没有出去。立刻由包车上跳下来向前去敲门。他们家里的勤务迎了出来。在电灯光下带笑地点了头道："何经理这时候才来？"

何育仁先怔了一怔，这家伙怎么知道我会来？便点着头笑道："来早了怕二爷不在家。"勤务道："二爷现时正在会客室。"何育仁道："那么，请你去替我回一声，我在外面小客厅里等着吧。"勤务笑道："不，二爷说了，请何经理到小书房里去坐着。"何育仁听了，心里是又惊又喜，惊的是万利银行短头寸，已闹得满城风雨了。喜的是赵二爷猜到了自己一定来求救而且肯相救。若不是肯相救，怎么会预定了在小书房里见面呢？于是随在勤务后面，踱到小书房里去。

赵二爷的书房，倒是和他那大才的盛名相称。屋子里只有一架玻璃书橱，上下层分装着中西书籍，此外一套沙发，一套写字桌椅。桌子角上乱堆了一叠中英文杂志。桌面玻璃板放了两份晚报，一本精装的杜牧之的《樊川文集》，那书还是卷了半册放着的。提起来一看，正是《九日齐山登高》那首七律所在。"尘世难逢开口笑，菊花须插满头归"两句诗旁边，还用墨笔圈着一行圈呢。他心里想着，这位仁兄，还有这些闲情逸致，于是放下书，随手拿了份晚报，坐在沙发上等候主人。

可是今天的晚报，全已看过了的，将消息温习一遍，也没有多大意思。翻过报纸的后幅，就把副刊草草看了一遍，但耳朵里可听到赵二爷在对过客厅里说话。赵二爷说的是一口土腔，非常容易听出来的。这时，他正笑着说："啥子叫秩序？这话很难说。你说十二点钟吃上午，七点钟宵夜那是秩序？我要两点吃上午，九点吃宵夜，那难道就不是秩序。一个国民，只要当兵纳税，尽了他的义务，我有钱，天天吃油大，没得钱，天天喝吹吹儿稀饭，别个管不着。"

何育仁一听，这位先生又开了他的话匣子了。自己是时间很有关系的，却没有工夫听这分议论，于是在书房门外探视了几回。看到勤务过去，就向他招招手。因道："请你去和二爷再说一声罢。我有点急事，要和二爷谈谈，大概有十来分钟就够了。"勤务似乎也很知道他着急，深深点了个头，就到客厅里去了。这算是催动了这位大爷。

他口衔了纸烟，笑嘻嘻地走进来。他身穿咖啡色毛呢长夹袍，左手垂了长袖子，右手将袖口卷起，卷出里面一小截白绸袖子来。他是个矮小的个子，新理的发，头上分发，理得薄薄的，清瘦的尖面孔上，略有点短须。在这些上面，可以看出他是既精明而又随便。

他笑着进门，伸手和客人握了一握，笑道："我想，你该来找我了。不要心焦，坐下来慢慢地谈。"说着，让在沙发上坐下。何育仁虽被他揭破了哑谜，但究竟不便开口就说求救的话。因道："二爷恭喜，已留尊须了。"他笑道："这是我偶然高兴，这还是'草色遥看近却无'。若是有女朋友不喜欢这家私，我立刻就取消它。怎么样，今天头寸差多少？"他说着，立刻把话锋转了过来，逼问何育仁一句。他皱了眉道："正是为了这事向二爷请救兵，刚才接了交换科的电话，他说短一亿二千万。虽然由我算来，不会差这些个。可是他说出来这个数目，怎么着也得预备一亿。不然的话，他们宣布停止交换，那我们算完了。"

赵二爷听了毫不动心的样子。将茶桌上的纸烟听子，向客人面前移了一移，笑道："吸烟吧。慢慢地谈。"何育仁擦火吸着烟，沉静了两分钟，见赵二爷又换了一支新烟，架腿仰靠了沙发上坐着，昂了头向外叫道："熬一壶咖啡来喝。"他将身子偏着，头伸向前凑了一凑，把皱的眉头舒转着笑道："二爷，你得救我一把。"他笑道："不就是一亿二千万吗？不生关系，我已经和张科长通过两次电话，他决计等你们一夜，好在也不是万利一家渡难关。"

何育仁道："我也知道今天这一关，有好几家不好过。还有哪几家严重？"赵二爷笑道："廖子经刚才由我这里去，你今天整了他一下子。"这廖子经是利仁银行的经理，今日下午开了两千万元的支票来掉换本票，万利银行曾以手指头按捺，坏了人家的印鉴，将人家的支票退回。赵二爷说"整"了他一下子，当然就指的这件事了。

何育仁不免红了脸，苦笑了一笑，一时找不出一句答复的话来。但两分钟后他究竟想出个办法来了，笑道："这件事是有点对不住廖兄。也是事有凑巧，我出去找头寸去了，不在行里，其实支票上，纵然有点印鉴模糊，打个电话，接头一下就是了，何必那样认真退票。"

赵二爷哈哈笑了一声道："老兄，这个花枪，我们吃银行饭的人，哪个不晓得。两千万在别家无所谓，你这一锤，打在害三期肺病的人的身上，硬是要人好看。是把利仁的票子退回去，在上午也不要紧，下午退了回去，四点钟以后，你叫他哪里去找头寸？这个作风要不得，二天不可以。"说着，头枕在沙发椅靠上，乱摇了一阵。

何育仁虽不愿意赵二爷这样直率的指责，可是回想到是来请救兵的，那只好受着人家的气。因道："过了今明天这一关，我当亲自去向子经兄道歉。现在是没有多大时间了。二爷看怎么样，能帮着我多大的忙呢？"赵二爷口衔着烟卷，微微的摇上两下头，笑道："要说找现款，我今晚上是找不到的。刚才廖子经来了，我也是让他空着两手走去。不过你有了这个难过的难关，我也不能坐视，我绝对有办法，让你闯过关去。你不妨先到交换科去一趟，看那张科长是怎样的态度。"

何育仁笑道："那何用去看呢，我早已料到了。那是四个字的考语，停止交换。"赵二爷笑道："你并没有和我闹什么退票，我当然犯不上和你开啥子玩笑。我要你去一趟，一定有我要你去的道理。我是个夜游神，你到交换科去，若是没有结果，你不妨来个'夜深还自点灯来'。我是'吕端大事不糊涂'，平常你有啥事约我，作兴话从我左耳朵进来，就从右耳朵出去。不过事关别个银行的存亡关头，那我决不会误事。"

何育仁对于赵二爷的话，虽然是将信将疑，可是他约了个机会，总还没把路子完全堵死。只得站起来告辞道："我已经没有了时间，这事不能容我久做商量。"赵二爷原是坐在沙发上静静地靠了椅子背在听话的，他口里衔的那支卷烟，在烧得有半寸多长，兀自未曾落下。这时，他站起身来，烟灰落下来，在衣襟上打了几个旋转。他笑道："我晓得你没有时间商量，可是你这件事总还要商量，你可以到交换科去证明我的话，有人正等着你的商量呢。"说着，他首先起身向门外走，大有送客的样子，何育仁觉得这已无可留恋，只好向外走着。

赵二爷送客，是不出正屋屋檐的，何育仁到了屋檐外，复又转回身来，向二爷点着头道："话说多了，那是讨厌的，不过我最后还得重复一句，二爷必须挽救我一把。"赵二爷笑道："'山重水复疑无路，烟消日出不见人'。这两句诗集得怎么样？二天过了关，我们来饮酒谈诗吗。"何育仁犯了急惊风，偏偏遇到这位慢郎中，这让他只是啼笑皆非。心里虽是十分不满意，但依然伸出手来向赵二爷握着。

赵二爷握着他的手时，觉察到他的手臂有些抖战。这就摇撼着他的手道："不用焦心，天下没得啥子解决不了的问题。我负责你明天照样交换。"何育仁虽知道重庆市面上说负责两个字，是极普通的口头语，可是在赵二爷嘴里说出来，那也不会太普通。于是再点了两下头，告辞而去。

他第二个目的地，是秦三爷家里，可是他由马路上经过的时候，就看到秦三爷的汽车，停放在一家酒馆子门口。重庆是没有长久时间的夜市的，这个时候，他的汽车还停在这里，可想到又是有了什么盛会。这也用不着他想什么主意，就径直先回自己银行里去。

他银行里虽然也住了几位职员，可是每到晚上，就没有什么灯火，楼上下寂然。今天的情形不同，各屋子里灯火通明，好像是赶造决算的夜里。他首先看到客厅的玻璃窗户上，电灯映着几个人影摇摇。料行中同事全坐在那里等消息。

拉开活扇门，首先感到的，是电灯下面，烟雾沉沉。各沙发上，端坐着自己的干部，每人口衔一支烟，吞云吐雾，默然相向，并没有什么人作声。何经理走了进来，大家像遇到了救星一样，不约而同地，轻轻啊了一声，全站了起来。

何育仁站在屋子中间，向副理、襄理、主任全看了一眼，接着问道："有点路数没有？"石泰安将口里衔的烟支取下来，向身旁的痰盂子里弹了几弹灰，身上是有气无力的样子，头连了颈脖子全歪倒在一边，望了何经理道："今天银根奇紧，丝毫都想不到法子。"

何育仁淡淡一笑道："我也料着你们，不会想到什么法子。"金焕然襄理，还是穿了那套笔挺的西服。小口袋外面，垂出一截黄澄澄的金表链子，电灯光照着，就觉得他那细白的柿子型脸上，泛出一层轻微的汗光，似乎这小伙子，一切乐观，今天也有些减低成分了，他在修刮得精光的嘴唇上，泛出一片笑容，这就对何经理道："今天下午，我们退回去两张支票的事，同业都知道了。见面，人家就问这件事。这样一来，我们若和人家找头寸，那就更显得我们退票是真的了。"

何育仁道："既然如此，多话也不用说了，我马上到交换科去罢。丑媳妇总是要见公婆的。"他说毕最后这句话，人已是走出去了。他的确死了再找头寸的心，径直地就奔交换科。进了银行大厦的门，首先让他有个人家有先见之明的印象。就是由电梯上走到三层楼，那个交换科特设的传达先生，端坐在电灯下的小桌上，摊了几张报纸在那里看。

何育仁递上名片去，他接过一看，就先向来宾笑了一笑。然后站起来道："会张科长的？他正等着呢。"何育仁看了这位传达先生的笑容，好像是他脸上带了刀子，有那锋利的刀刃，针刺着来宾的眼光，他镇静地想了一想，笑道："我们原来是通过电话的。"传达是很信他的话，并不要去先通知，说了个请字，先行抢了两步，走进交换科长的办公室去，然后出来点点头，再说个请字。

何育仁走了进去，见写字台设在屋子中间，电灯照得雪亮。张科长坐在写字椅子上，面前摆下了许多表册，他右手旁放着一只带格子的小立柜，里面直放着黑漆布书壳的表册簿，可想到他是不住地在这里翻着账目的。桌子角上，有只精致的皮包也敞开着搭扣，未曾关上，又可想到那里面的法宝，他是不断地应用着。这里客人进了门，那张科长还大剌剌地坐在写字椅子上，直等客人靠近了写字台里，他才由位子上站了起来，伸出手来，隔了桌面向何育仁握了一握，然后指着旁边的椅子说声请坐。客人没有坐下，主人就先行坐下了，何育仁在他写字台侧面的沙发椅子上坐下。

张科长面前摆的表册簿子翻了几页，对着上面查看了一遍，然后将手在表册簿子上轻轻拍了两下，望了何育仁淡笑着道："贵行今天交换的结果，共差头寸多少，何先生知道吗？"何育仁对别个可以撒谎，对交换科长是不能撒谎的，因为自己给人家的支票，人家给自己的支票，都在这里归了总，两下一比，长短多少，交换科长心目里是雪亮的。便向张科长苦笑了一笑道："大概是八九千万，我今天……"

张科长向他一摆手道："这些闲文不用提，在明天早上八点钟以前，你必须把所短的头寸补起来。"何育仁道："张科长的意思，明日银行开门以前，短的头寸，必须交齐，若是不交齐，就停止交换了。"

张科长倒是没有答复他这句话，只淡淡地对他笑了一笑。然后把面前放的一听纸烟，送到写字台桌子角上，因道："请吸一支烟罢。我今天为了几家同业的事务，不打算回去，就睡在行里了。你有法可设的话，我长夜在这里恭候。"何育仁欠了一欠身子，笑道："那真是不敢当。"顺势他就取了一支纸烟在手，擦着火柴吸了。他也只是仅仅吸了一口烟，立刻把烟支取了出来，三个指头夹着，不住向茶几上的烟灰碟子里弹着灰。他一只手按住了膝盖，微昂了头向张科长望着。

张科长坦然无事地自吸着烟。他靠了写字椅子的靠背，不断地喷着烟发出微笑来。何育仁坐在他对面，看他穿的那套浅灰法兰绒西服，没有一点脏迹，没有一点皱纹，显然是从加尔各答做来的东西。他虽是个长方脸，可是由电光照着他肌肉饱满，皮肤上有红光反映，只在他两道浓眉尖上，就表示着他是权威很大。他那双有锋芒的眼睛，虽是掩藏在水晶片下，兀自有着英气射人。这就不能等着他把停止交换那四个字叫了出来了。因道："赵二爷说，有个电话给张科长。"他点点头道："有的，无非是叫我们放款给你们。这个当然办不到，谁也不敢违抗财政部的命令。不过赵二爷又给你们想了个第二条路，说是你们手上有东西拿出来抵账，这个我可以通融办理。你想想看，手上有什么可抵上一亿现款的，你送到我们这里来吧。"

何育仁听了这话，这家伙明知故问，不就是想我把金块子押给他吗？他默然又吸着几口烟。张科长不等他开口，又微笑着催了一句道："你想想看，还有什么可以拿出来抵账的吗？"何育仁道："我私人有点金子，可以卖给你们吗？"张科长道："可以的。官价是三万五。你有三千两金子的话，这问题就解决了。虽然商业银行是不许买金子的，好在你是卖出，我们也不过问来源。"

何育仁道："晚上可没有法子搬运那些金块。"张科长笑道："我不是说了吗？我今晚上是不回家的。只要你明早八点钟以前，将金块子送到。你们九点钟开门，照常营业，一点没有错误。"何育仁道："假如……"张科长笑着摇摇手道："何经理这是你自己的事，你自己要努力呀，还有什么假如可言呢？假如今晚上的交换，不能结账，明天你们就停止交换，这后果是极为明显的。我们管什么的，不能负这个责任。"

何育仁听这位科长的话，竟是越来越严重，而且那脸色也非常之难看，因起来道："好吧，就是那样办，明天七点半钟，我把金子送了来。"张科长道："我决计在这里等候。"何育仁究竟是不敢得罪他，还走向前和他握着手。

这回算是张科长特别客气，走出位子来，送到科长室门口，最后还点着头说了声：再会。何育仁苦笑着点了个头，转身就走。偏是冤家路窄，就在电梯口上，遇到了那位被退票的利仁银行经理廖子经。彼此对望着，站着呆了一呆。

003　戏剧性的演出

那位廖子经经理，在今日上午，就以利仁银行差着两千来万的头寸，感到十分困窘，下午不但没有补上，而且欠得更多。他因为万利银行欠利仁两千万，就在当日下午开支票挖回。不想万利给他来个退票。他银行里当然也有些黄金和美钞，但所差还只三四千万，不肯抛出这些硬货，因之就坐着汽车，连夜到处抓头寸。这时抓得有点头绪了，所差不过千万，因此他就到交换科来要向张科长先通知一声。预备万一那一千万元还抓不到时，请张科长予以通融，继续交换。

他心里还兀自想着，倘若不是万利银行将两千万元支票退票，今天晚上交换，所短有限，稍微在同业方面转动一下，也就够了。就是不够，凭着这几个钟头的奔走，已经跑得多出一千万元来，现在跑了几小时还不够，那就是吃了万利银行的亏。心里想着，不料就在交换科的鬼门关上，遇到了万利主持人何育仁。呆了几分钟之后，他便笑道："何兄，你好？"何育仁觉得这句话，并不是平常问好的意思，也就向他笑道："今天晚上彼此都忙，明天我到贵行去登门道歉，再会再会。"说着，两手举了帽子连拱了几个揖就跨上电梯走了。

他自知廖子经是不会满意的，见了张科长之后，少不得再说几句坏话。

那么这所短的一亿头寸，恐怕张科长是一百万也不肯让。低着头坐上人力车，到了自己银行里，那经理室和客厅里的电灯，还是照得通亮，这可见银行同人，还能同舟共济，正在等着自己的消息呢。他走进小客厅，向大家点了个头，然后坐下，因摇摇头道："大事完了，大事完了!"石泰安、金焕然都是抱着一番乐观的希望期待着何经理回来的，以为何经理的面子，不同等闲，他亲自到了交换科，交换科的张科长总可以给他一点面子。这时他什么话没说，接连就是几个完了，这让同事感到惊愕，大家都面面相觑，说不出话来。

何育仁道："也没有什么了不得，我们把那十万金块子，明天八点钟以前，全数送到交换科，把头寸就补齐了。"金焕然靠了茶几站着，两手向后，撑住了茶几的边沿，呆呆地望了何育仁。石泰安却是两手环抱在胸前，在客厅中间来回地走着。其余几个同事，却是各占着一把椅子坐了，依然面面相觑。

石泰安住了脚，向何育仁道："这样办，那是说我们照着三万五的官价，卖给国家银行。"何育仁淡淡地笑道："自然是如此，难道他还照黑市七八万一两买我们的?"金焕然道："那我们两三个月以来，岂不是白忙一场?"石泰安先笑了一笑，然后又摇上两摇头，但他仍然是走着步子的。他从从容容地道："若果然是白忙一场，那是大大地便宜了我们了。我们在各方面吸收着头寸，买了金子的期货，这金子就背得可以。整亿的现钱被冻结着，让我们周转不灵，这两天闹得没有办法应付每日人家提现，不都是为了这几块金子吗?我们原只想等了金价看高，将它变卖了，除了解除冻结的款子，我们还可以盈余几千万元。若是照这样办，把七万多一两的金子，做三万五一两去弥补短的头寸，那我们是赔得太多了。"

何育仁坐在沙发上，把脑袋垂下来，无精打采地摇了两摇头，叹口气道："姓张的，手段太辣，他半天工夫都不肯通融。假如他允许我们明天十二点以前补齐头寸的话，我这可以卖掉几块金子。现在是七万五六的行市，我们只要七万一两，你怕银楼业不会抢着要。我们只要卖七块，至多卖八块，这问题就解决了。现在把十块全搬了去，恐怕还有点儿不够。人家是把我们这本账看揭了底，要抄我们的家。"金焕然道："我们把金子抵了账，虽然照常交换，可是还短人家一屁股带两胯，这便如何是好?"何育仁只把鼻子哼了一声，淡笑着没有作声。石泰安道："我们现在有两个办法。第一个办法，就是我们自认倒霉，把十块金砖，一齐拿去抵账。第二个办法，就是我们满不理会，停止交换就停止交换，我们把金子卖了，总还够还债有余。"

何育仁道："我们还要不要万利银行这块招牌？我们还吃不吃银行这碗饭？停止交换以后，跟着同业的交往，完全断绝，存户挤兑，谁还向你银行做来往？恐怕非关门不可了。"金焕然道："那我们只有认背了。"何育仁将手连摇了两下，叹口气道："不要提这件事了，说了心里更是难过。大家去睡觉，明天一大早起来，用车子送金砖。"说着，将手在大腿上重重拍了一下，站起身来就向经理室去了。

这行里也给何经理预备了一间卧室，那是提防万一的事，他在行里过夜的。所以他忙了一天，倒不是没有地方安歇。安歇是安歇了，他睡在床上，一夜未曾睡着。次日七点钟就起来了，督率着干部人员，将十块金砖，由仓库里提出五块一包，用厚布包裹了，就用副经理的自备人力包车，分别装载，拖向大银行交换科去。这十块黄砖，关系何育仁的生命，他可不敢大意。除亲自押解外，还有三个职员随同车前车后照料。到了大银行门口，那个通交换科的侧门，已是开着的了。他再把金砖送到交换科科长办公室，那位张科长言而有信，破例八点钟以前上班，也在等候着了。何育仁将两个包袱搬到屋子里桌上，一块块地由包袱里取出金砖来，面色沉重，然后才走向前两步，和张科长握着手。他脸上发出一种极不自然的笑意，点了头道："我一切遵命办理了。"

张科长对那些金砖，一块块地瞟上一眼，他是经验丰富的人，自知道这金子值多少钱，点了点头道："我只要公事上交代得过去没有不可通融的。可是我总要算和朋友尽力了，我在这屋子里熬了一夜了。你的事情告一段落，坐下来吸支烟吧。"说着，他在身上取出赛银烟盒子和打火机向客人敬着烟。

何育仁在他口里，听到说告一段落，就知道没有问题了，因道："我们所短的头寸，有这些金子可以补齐了吧？"张科长道："这笔细账，我们自得详细地计算一下。我估计着，也许富余一点，也许短少一点，那都没有关系。"何育仁道："那么，张科长给我一张收条，我就回行去转告他们去了。"张科长笑道："那是自然，你给我这些东西，我还有不给收条的道理吗？"说着，就把科中职员叫来，点清了金块的重量，然后开了一张收条，张科长亲自加盖图章，递给何育仁，好像一切手续，都是预备好了的。

何育仁接过那张收条，看了一看收条上的数目与金块子上的分量相称，这就折叠好了，揣在口袋里，然后向张科长强笑地点了个头，就转身出去了。

他到了银行里，见所有职员，都已提早到了，静等着开门，那自然是好意的。但看他们脸上那分紧张的情形，分明他们还有一分万一的企图。以为银行今天若是开不了门，他们就得向银行负责人，索要生活费，所以何育仁一进了门，大家都向他注视着。但他态度极其自然，含着笑，走到经理室去，口里还一连地说着没有问题，没有问题。在他这四个字的解释里，大家心里，放下了一块石头。

到了九点钟，也就照常开门营业。开门营业不到十五分钟，那位将八百万元支票来提现的范宝华，他又来了。他还是那样自大，并不要什么人通知，径直地就走进了经理室。何育仁一见到了他，这就先行头痛了。因为停止交换这层大难关，虽然已经过去，可是行里库空如洗。有人来兑现，还是无法应付。这就走向前来，笑嘻嘻地和他握着手，点了头道："你是这样的忙，这么一大早，你就出门了。"

范宝华坐在沙发椅子上，架起腿来，自取着火柴与纸烟盒，擦着火柴，自行吸烟。微微地笑道："我虽然起得早，也没有何经理起得早。你不是七点钟，就上国家银行了吗?"何育仁道："是的，但是我们这一个难关，完全度过去了，没有什么事了。老实说，做银行业的人，偶然松手一点，把资金冻结一部分，那是很平常的事，也只要应付得宜，解冻也毫无困难。"他说着话，也很从容地在经理位子上坐下。

范宝华笑道："那是当然，只要存户都像我姓范的这样好通融，天下没有什么解决不了的事。"何育仁这就向他连连地点了几下头道："昨天的事，那实在是多承爱护。现在你那个难关，大概是度过去了。"范宝华倒不要这层体面，将头连连地摇撼了几下道："没有过去，没有过去。现在我就差着二三百万元的急用。我这里有张支票，希望不要给我本票。"说着，在烟盒子盖里层，松紧带子夹住的缝里，抽出一张折叠着的支票，交到经理桌上。接着笑道："我若把这支票交到柜上，你们柜上的职员，少不得也拿了支票到经理室来请示，总打算开本票。干脆，我就单刀直入到你这里来，向你请教了。"何育仁听说，微微笑了一笑。范宝华笑道："这次，无论如何，请帮忙。你若不帮忙，我今天过不去，这顿中饭，恐怕就要揩贵行的油了。"

何育仁接着那支票，先看了一看填的数目，然后向范宝华脸上瞟了一眼，见他满脸的肌肉颤动，全是那不正常的笑意，这就点了头道："好的，好的。你坐一会，我到前面营业部去看看。"说着，他站起身来就向外面走着，范宝华也立刻走向前将他衣袖拉扯着，笑道："何经理，你可不能开一张本票给我。我拿你贵行的本票在手上，和拿了自己的支票在手上，那有什么分别。二百六十万一张本票，那是买不到的东西呀。"

何育仁本不难答应他一句话，全给现钱，可是想到昨日下午，最后两小时，已把所有的现钞，搜括一空。今天还是刚刚开门，哪里就能找到这样一大笔头寸？于是站住了脚望着他出神了一会，然后笑道："老兄，何必那样……"这下面"见逼"两个字，他不好意思说出来，把样字拖长了，不肯向下说。范宝华笑道："我觉得我已很肯帮忙了。我一个跑街的小商人，有多大的能力呢。"

何育仁看他那样子，是丝毫无通融之余地，便笑道："请你等着罢，我绝对让你满意。"他笑嘻嘻地走了。范宝华对于这事，倒是淡然处之，就架腿坐在沙发上，缓缓地吸烟。约莫是十分钟，何育仁走进来了，他手上拿着一捆钞票，又夹了一张本票，弯了腰全放在茶桌上。范宝华先看那本票，就写的是二百万，因摇着头微笑道："难道一百万现钞，你们都不肯给我。"

何育仁道："本票也是一样。难道万利银行的本票都不能交换不成？哪家商业银行，也不能无限制地付出现钞。根本国家银行，就不肯多给我们现钞啊！你不相信我们，把这本票存入国家银行，下午你再开支票，也不过耽误你几小时而已。"范宝华自知道他开出了本票，就得负责，只是含笑吸烟。这时，他耳朵静下来了，就听到外面营业部哄哄的一片人声。再看何育仁的颜色，也极不自然。他想着在万利银行的存款，已没有多少，不必和他难堪了，将钞票本票收进了皮包，就告辞而出。

到了营业部一看，沿着柜台外，全站的是人。有的在数着钞票，有的在伸着支票或存款折子，向柜台里面递。柜台里面那些办事职员，脸上都现着紧张之色。几个职员站在柜台里边，正和柜台外的来人，分别说话。这不用细想，乃是银行开始挤兑的现象，万利银行的黄金时代，到这里要告一个段落了。

范宝华怀着一肚子的高兴，坐了人力车子，立刻转回家去。在半路上，就看到魏太太穿件蓝布大褂，夹了个旧皮包，在人行路上低了头缓缓地走。这就跳下车来，将她拦着，笑道："来得正好，我们一路吃早点去。"魏太太站住了脚，抬起头来，倒让他为之一惊。今天，她没有涂一点胭脂粉，皮肤黄黄的。两只眼眶子也像陷落下去很多。不过她的睫毛显得更长，倒另有一种楚楚可怜的样子。她在长睫毛里，将眼珠一转，向范宝华摇了摇头，并没有说什么。

范宝华道："你有什么心事吗？"魏太太只轻轻地叹了口气，依然还是不说什么。范宝华忽然想起，人家的丈夫还关在看守所里吃官司呢，便笑道：

"不要难过，做黄金的人，吃亏的多了，有家放手去做的银行，昨天还几乎关了门呢。你到我家里去吃午饭，我给你一点兴奋剂。"魏太太将眉毛皱了一皱，苦笑道："人家心里正在难过呢，你还拿我开玩笑。"

范宝华道："我决不是拿你开玩笑，我除了在万利银行拿回一笔款子而外，洪五爷还答应让给我两颗钻石。"魏太太听到钻石两个字，好像是饥饿的猴子，有人拿着几个水果在面前堆着，立刻心里就跳上了几跳，不等他把话说完，就带了三分笑意问道："钻石？多大的？你越来越阔了，金子玩过了，又来玩钻石。"

范宝华笑道："我哪谈得上玩钻石？也不知道洪五爷怎么突然高兴起来，说是我有这么一个好友为什么不送点珍贵东西给人家呢？我笑着说我送不起，这话当然也是实情。你猜他怎么说，你会出于意外。他说，假如能证明你是送那朋友的话，他和我合伙送。"魏太太道："送你哪个朋友？"范宝华笑道："你猜猜吧，我这位朋友是谁呢？我希望你不要错过机会，你要来。"魏太太笑道："你可不要骗我。"范宝华道："我骗你一回有什么用处，第二次有真话对你说你也不相信的了。"魏太太低头想了一想，因道："好吧，我十二点多钟来吧。我现在有点事要去办，不能多说话了。"说毕，她还向范宝华微微一笑，然后走去。

她心里本来是搁着一个丈夫受难的影子，急于要到看守所去看看，可是听了老范这番报告以后，脑子里又印了一个钻石戒指的影子，她匆匆地向看守所跑了去。到了门口，平常的一座一字土库墙门，只是门口挂着一块看守所的直立牌子，牌子下面，站着一个扶的警卫，这就给人一种精神上的威胁，老远的就把走路的步子放缓了。到了警卫面前，就缓缓地向前两步，先放了一阵笑容，然后低声道："我要进去探望一个人。"警卫道："探望犯人吗？你先到传达处去说罢。"说着，将手向门里一指。

魏太太到了传达处，向那里人说明了来意，由他引着进了一重院落，在登记处填了一页表格，那坐在办公桌上的办事员，是个年纪大的人，架起老花眼镜，将她填的表格看了一看，然后低下头，把视线由眼镜沿上射出来，向魏太太脸上身上看了来。这个姿态，最不庄重，她对这个看法，虽然很不愿意，可是也不便说什么。那老办事员将她打量了三四次，然后写了个字条，盖上图章，放在桌子角上，向她面前一推，再低了头，在眼镜沿上斜向了她望着，因道："拿了这个去等着，回头有人叫你。"

魏太太进得门来，脑筋里先就有三分严肃的意味，存在心头上。这时看了小办事员都很有点威风，她想着俗传人情似铁，官法如炉的八个字，那是一点不假。那小办事员看人的姿态，虽然相当滑稽，但是他脸上没有一点笑容，也就不说什么，拿过那张条子走了出来。这办公室外，是一带走廊，一列放了三四条长板凳。她走出来，有一位警士指着凳子道："你就在这里坐着等吧。"

魏太太是生平第一次到看守所，又知道司法机关，一举一动，都是要讲着法律的，人家叫怎么做，自己就怎么做，她在板凳上坐着，左右两边看看，见左边坐着两个女人，都是穿着八成旧的衣服，面色黄黄的蓬了满后脑的头发。这样，她当然不愿意去和她们说话。右边有个老头子，也是小生意人的模样。她觉得这些人若是探监的，恐怕所探的犯人，也不会怎样的高明，还是少开腔吧。默然地坐了约半小时，便夹着皮包站起来散步，沿着走廊走了两个来回，见来往的警士，对自己都看了一下，心里想着：大概是乱走不得吧？于是又坐了下来。自己已经移过去两尺路，大概已不是一两小时了。她微微地站起来，看到警察还在身边走来走去，她又坐下去了。

过了十来分钟，过来一个警察，大声叫着田佩芝。她站起来，那警士向她点了两点头。她看到这里的人，脸上全是不带笑容的，她见人点头，也就跟着他走去。那警察引着她走，先穿过一间四面是墙壁的屋子，然后遇到一个木栅栏门，门边就站有一位警察。引路的警察，报告了一声看魏端本的，那守门的警察，就伸着手把填写的探视犯人单子，接过去看了一看，然后才开着栅栏门，将魏太太放进去。她走进去之后，那栅栏门立刻也就关起来。她回头看了一下，倒不免心里连跳了几下。虽明知道自己并不会关在看守所里的，但是这栅栏门一关闭起来，她心里就不免怦怦乱跳几下。但是她极力镇静着，镇静得将走路的步子都有了规定的尺寸。

她经过了一条屋外的小巷子，到达一个小天井，这里的房屋，虽都是矮小的，但静悄悄的一点声音没有，好像是到了一幢大庙里。那护送的警士，就在屋檐下叫了声魏端本。随着这声叫，东边墙角下的小屋，在木壁上推开了尺来见方的一扇木板窗户，魏先生由里面伸出来。

魏太太一见，心里一阵酸痛，眼圈儿先红了。原来两天不见，他那西式分发，像干茅草似的堆在头上，眼眶儿下落，脸腮尖削，长了满脸的短胡茬子。颈脖子下面，那灰色制服的领子，沿领圈有一道漆黑的脏迹。她走近了窗户边，翻着眼睛望了他，还不曾开口呢，魏端本就硬着嗓音道："你，你今天才来？我时时刻刻都在望你呀？"

魏太太再也忍不住那两行眼泪了，呼叱呼叱地发着声，将手托着一条花绸手绢，只管擦着眼泪，半低了头靠着墙壁站定，她只有五个字说出来："这怎么办呢？"魏端本道："我完全是冤枉，不但黄金，连黄金储蓄券的样子，我也没有看见过。昨天已经过了一堂，检察官很好，知道我没有得着一点好处，我完全是为司长牺牲。我没钱请律师辩护，听天由命吧。"说毕，长长地叹了一口气。魏太太迟到今天才来探望，本来预备了许多话来解释的，现在却是一句话说不出来，只有呆呆站着擦着眼泪。

004 钻石戒指

女子的眼泪，自然是容易流出来的，可是她若丝毫没有刺激，这眼泪也不会无故流出来。魏端本现在这副情形下，让太太看到了，自己也就先有三分惭愧，太太只是哭，这把他埋怨太太探访迟了的一分委屈，也就都丢得干净了。两手扶着窗户台，呆了一阵子，两行眼泪，也就随着两眉同皱的当儿，共同地在脸腮上挂着。尤其是那泪珠落到一片黑胡茬子上，再加上这些纵横的泪痕，那脸子是格外地难看了。

魏太太擦干了眼泪，向前走了两步，这就向魏先生道："并不是我故意迟到今日，才来探视你。实在是我在外面打听消息，总想找出一点救你的办法来。不想一混就是几天。"魏端本心里本想说，不是打牌去了？可是他没有出口，只是望着太太，微微地叹了一口气。

魏太太道："你不用发愁，我只要有一分力量，就当凭着一分力量去挽救你。你能告诉我怎样救你吗？"魏端本道："这事情你去问我们司长，他就知道，反正他不挽救我出来，他也是脱不了身的。"

魏太太到了这时，对先生没有一点反抗，他怎么说就怎样答应。魏端本叫她照应家务，照应孩子。他说一句，魏太太就应一句。说了一小时的话，魏太太答应了三十六句你放心，和四十八句我负责。最后魏端本伸出手来和她握了一握。

魏太太对于魏先生平常办事不顺心的那番厌恶，这时一齐丢到九霄云外去了。这就黯然点了两点头。她的眼泪水，在眼睛眶子里就要流出来了。可是她想到这眼泪水流出来，一定是增加丈夫的痛苦，因之极力地将眼泪挽留住，深深地点了个头道："你……"

她顺着要保重的两字说出来时，她觉得嗓子眼是硬了，说了出来，一定会带着哭音，因之把话突然停止了。掉过头去，马上就走，但是走了三四步，究竟不肯硬了心肠离开，就回头看上一次。她见魏端本直了两只眼睛的眼神，只是向自己这里看了来，这就不敢多看了，立刻回转头去又走。这次算走远点，走了五六步，才回过头来。但当她回过头来，魏先生还是那样呆望，她当然是不忍多看，硬着心肠，就这样地出了院子。

她心里似乎是将绳索拴了一个疙瘩，非用剪刀不能剪开，又像胸里有几块火炭，非用冷水不能泼息，但是她没有剪子和冷水来应用，只有默想着赶快设法，把丈夫营救出来吧。除了丈夫，谁还是自己的亲人呢？她怀了这分义愤，很快地走出看守所。

她心里也略微有些初步计划，觉着要找个营救丈夫的路线，只有先问问陶伯笙，再问问参与秘密的司长。若是这两个人肯说出营救办法来，第二步再找得力的人。她打定了主意，很快地回家。她还不曾走到自己家里呢，就看到陶先生住的杂货店门口，站了一群人，而且是有男有女。其中一个女的给予自己的印象很深，那就是上次闹抗战夫人问题的何小姐。

何小姐穿了件半新旧的蓝布长衫，脸子黄黄的，头上虽然是烫发，恐怕是多时未曾梳理蓬乱着垂到后肩上。陶氏夫妻和两个穿西装服的男子将她包围了说话。

魏太太走向前去，只和她点了个头，还未曾开口，那何小姐倒是表示很亲切的样子，带着几分愁容道："魏太太，你看我们做女人的是多么不幸呀。人家需要我们，就让我给他洗衣烧饭，看守破家。人家不需要我了，一脚踢开，丝毫情义都没有了。没有情义，也就罢了，而且还要说我不是正式结婚的，没有法律根据。"陶太太挤向前来，咦了一声道："我的小姐，你怎么在街上说这种话？有理总是可以讲得通的，到屋子里去。我们慢慢说，好不好？"何小姐冷笑道："屋子里说就屋子里说，走吧。"他们男男女女，一窝蜂地走进杂货铺子里去了。

魏太太站在屋檐下出了一回神，觉得这虽是可以参考的事，但是自己丈夫在看守所里，正需要加紧挽救呢，哪里有工夫管人家闲事，正是这样地出着神呢，一位穿西服的男子，陪着一位穿制服的男子，匆匆地走到这门口来。

那穿制服的男子，站住了脚，就不肯向里走。穿西服的道："张兄，我劝你不要犹豫，还是去见她把话说明吧。只要她肯低头，你夫人那里我们做朋友的好说。反正只要你居心公正，何小姐也不能提出太苛刻的要求。"

张先生听了他朋友的说话，脸色板得极其难看。他说："老实讲，原来我是偏袒着姓何的，可是她提出来的条件，教我无法接受。我内人千里迢迢地冒着极大的危险，带了两个孩子来投奔我，她并没有什么错处。叫我不理她，这在人情上说不过去。何况我有太太她是知道的，根本我没有欺骗她。现在她要否认我有太太，把重婚罪加到我头上，那简直是迹近要挟。我是个穷光蛋，在社会上也没有丝毫位置，她爱怎么着，就怎么着。反正我和她没有正式结婚，法律上并没有什么根据。哼！她就要到法院里去告我，也告我不着。"

魏太太听了这最后的一句话，不觉怒火突发，心想，这个人怎么这样厉害！抗战夫人，就是这样不值钱！原来的太太，口口声声内人和太太，抗战夫人，变成了姓何的。这抗战夫人完全是和人家填空的，这未免是太冤枉了。回到家里坐在椅子上呆想了一阵，觉得自己的身世完全是和何小姐一样。抗战胜利，是一天接近一天了，可能是一年到两年之间，大家就要回到南京。那个时候，和魏端本争吵呢？还是和魏端本那位沦陷夫人争吵呢？自己一般是和何小姐一样，是没有法律根据的。想着想着，她的脸皮子红了起来，将一只手托了自己的脸腮，沉沉地想着。

就在这时，有个人在外面大声叫了问道："这是魏先生家里吗？"魏太太听那声音，却是相当陌生，而且还夹杂着一点南方口音，并非熟人。她先问了声哪位，自己就迎了出来，看得是一位三十多岁的中年人，头上没戴帽子，头发梳得溜光，身上一套灰哔叽西服，却是穿得挺括的。他看见她，先点了头道："是魏太太吗？"她也点着头。问声贵姓？他道："我姓张，是……"他将声音低了一低，然后接着道："我和魏兄同事。"

魏太太将他引到外间房子坐了，先皱了眉道："张先生，你看我们这种情形，不是太冤枉了吗？"张先生对魏太太看了一看，见她穿得非常朴素，又是满脸愁容，也有三分同情她，便点点头道："有确是冤枉，我也特为此事而来。司长说，这件事，是非常对不住魏兄，也对不住刘科长。不过这件事是大家有祸同当的。魏刘二人一天不恢复自由，他的事情就一天不了。关于那笔公款的事情，司长已经完全归还了。只要机关里向法院去封公事，证明公家并没有损失，大不了是手续错误，受些行政处分。大概有个三五天，机关方面，一定会把魏先生保出来。至于魏太太的生活，司长想到了一定是有问题的。现在兄弟带了一点小款子来，请魏太太先收着。"说着，他在西服袋里，掏出一张十万元的支票，双手送到魏太太的面前。

魏太太对于这么一个数目的款子，那是老实不看在眼里了。她随手放在桌上，淡淡地笑道："这倒是承着司长关心。不过我的困难，还不在暂时的生活。人关起来了，根本生活就要断绝。而且……"张先生不等她说完，站起来连连摇着手道："不会那样严重。你放心得了。一半天我再来奉访，有什么好消息，我就来告诉你。"魏太太道："假如请律师的话，我可负担不起。"张先生连说用不着，就走出去了。

魏太太本来也觉得营救魏先生是一部廿四史无从说起。现在有了可以保释的消息，她倒是心上一块石头落地。先把那张支票，放在手提皮包里。然后又坐着想了一想，当她正沉思的时候，那手表里面的针摆声吱咯吱咯响着，向耳朵里送来。她随了这响声，向手表一看，已是十一点三刻了，这让她想起范宝华的约会，约定十二点半钟可以到他家里去拿钻石戒指。这戒指既说的是洪五爷和范宝华共同送的。也说洪五爷也参加这个约会。这样有钱的阔人，为什么不和他认识。

她这样想着，立刻起身到厨房里去打盆水来，站在梳妆台面前洗脸，把妇女的轻重武器，如三花牌香粉、唇膏、美国雪花膏、蔻丹、胭脂膏之类，一件一件地罗列到桌上，然后对了镜子，按部就班地，在脸上施用起来。

她得了范宝华那笔资助，已经是做了不少新衣服，脸子上脂粉抹匀之后，她就打开衣箱来，挑了一件极鲜艳的衣服穿着，此外是连皮包皮鞋，一齐撤了新的。自然，这也就是范宝华的钱所做的。她并没有感到将人家送的穿着，又送给人家去看，那是表现出了人家的恩惠，相反的，她以为这种表现，正是表示自己不埋没人家的好感。因之她收拾停当之后，立刻坐了人力车子，就奔向范宝华家来。

她为了她要守约有信用，走到范家门口，就把手表抬起来看看。时间是凑合得那样好，不过是十二点二十五分，与原来约定的时间还差着五分呢。她进门来，正好范老板隔了玻璃窗子向外面探望。在两小时以前，他看她还是面皮黄黄的，穿了件蓝布大褂。现在她可是桃花一样的面孔。她身上穿件紫色蓝花织锦缎的长衣。这在重庆，还是一等的新鲜材料，真是光彩夺目。

他心里一阵高兴，马上由屋子里笑着迎了出来，走到她面前低声道："洪五爷早就来了，他还怕你失信，我说，你向来不失信的。"魏太太这就站住了脚，半扭转身子，做个要向外走的样子。范宝华伸手一把将她袖子扯住，问道："你这是什么意思？"魏太太道："我不愿意见生人。"范宝华道："怎么会是生人呢？我们不是同在一处，吃过一顿饭吗？"魏太太将一个涂了蔻丹的红指甲食指，伸在下巴颏上抵着，垂着眼皮，沉思了几秒钟，于是低声笑道："我倒是不怕见生人。不过我有个条件，你在姓洪的当面，不能胡乱说，又占我的便宜。"范宝华笑道："我占便宜，也不要在口头上呀，进去吧进去吧。"说着，他大声报告，田小姐来了。

魏太太为了钻石戒指而来，没有见到钻石戒指，她怎样肯回去？主人既是大声报告了，她也就随了这报告向里面走。洪五爷见范宝华迎了出来，他也是隔了玻璃窗户偷着看的，这时，已经魏太太向里走了，也就站起来迎接。客人是刚进客厅门，他就笑着先弯下腰了。连说田小姐来了，欢迎欢迎。

魏太太虽觉得这欢迎两个字很是有些刺耳，可是她愿认识洪五爷之处，却把这些微不快，冲淡下去了。这就笑向洪五爷道："我什么也不懂得，有什么可欢迎的呢？"洪五爷笑道："天下的英雄名士美人，都是山川灵秀之气所钟，得见一面，三生有幸，怎么不可欢迎呢，请坐请坐！"他说着话，还是真表示着客气，将沙发椅子连连拍了几下，那正是表示他十分的诚恳，给田小姐掸灰。

魏太太含着笑，在沙发上坐下，洪五爷立刻拿出烟盒与打火机，向她敬着烟。她笑着将手摆了几摆，说声谢谢。她那细嫩雪白的手，十个指甲，都染着红红的，伸出来真是好看。虽然她的手腕上，还带着一只金镯子，恰是十个指头都光光的，并没有任何种类的戒指。这时两个男子，斜坐在魏太太对面，隔了一张小茶桌，他们除看到她全身艳装之外，而不断的浓厚香气，兀自向人鼻子里送了来。

洪五爷这就向她笑道："田小姐，你是不是和重庆其他小姐们一样，喜欢走走拍卖行？"她笑道："那恰恰相反，我最怕走拍卖行。"洪五爷望了她道："那是什么原因？在重庆要想买而又买不到的东西，只有到拍卖行里去可以买到。你为什么怕去得？"她笑道："原因就在这里。买不到的东西，谁都看了眼热。可是没有钱买，那可怎么办呢？想买的东西没有钱买，多看一眼，不是心里多馋一下吗？"

洪五爷笑道："原来如此。我想，小姐们最喜欢的东西，无非是化妆品衣料首饰等类。我现在倒在拍卖行里找了两样小姐们所心爱的东西，不知道田小姐意见如何？"说着，他在西服口袋里掏摸了一阵，摸出两个小锦装盒子来，那盒子也都不过是一寸见方。他首先打开一只盒子盖来，露出里面绿色的细绒里子，盒子心里，一只金托子的钻石戒指，正正当当地摆在中间。那钻石亮晶晶的，光芒射人眼睛，足有老豌豆那么大。

魏太太看到时，心里先是一动，暗地里说，真有这东西送给我？她随了这目光所至，不由得微笑了一笑。洪五爷趁着她这一笑，把盒子交到她手上，笑道："你看这东西真不真？"魏太太笑道："你五爷看的东西，那还假得了吗？"洪五爷受了她这句恭维，心中大为痛快，虽明知道是敷衍语，可是只要她肯敷衍，那就是友谊的开始。这就起着身子，向她点了头道："田小姐这话太客气，要赏鉴珠宝玉器，那还是漂亮小姐的事。"

魏太太将那小锦装盒子捧在手上，对着眼光细细看了一番，对洪五爷爱理不理的，用迂缓而很低微的声音答道："这也关乎人之漂亮不漂亮吗？"洪五爷大声笑道："那是当然啦。只有漂亮小姐，她才配用珠宝首饰。也只有配用珠宝首饰的人，她才能分辨出珠宝真假。田小姐，你再看看这个。"说着，他又把那只锦装盒子递过来。这盒子的里子，是深紫色细绒的，早是鲜艳夺目。在这紫绒正中间，凹进去一个小洞，嵌着一只戒指金托子，正中顶住一粒钻石，那面积比先看的还要大。虽够不上比一粒蚕豆，却不是一粒豌豆。只稍稍地将盒子移动着，那钻石上的光彩，却在眼光前一闪。情不自禁地笑道："这粒钻石更好。"说着，又点了两点头。

洪五爷道："这粒大的呢，和卖主还没有讲好价钱，也许明后天可以成交，我先请田小姐品鉴。既是田小姐赞不绝口，我就决定把它买下来罢，至于那个小的，我已经和老范合资买下来了。小意思，奉送给田小姐。"魏太太虽明知道这钻石戒指拿出来了，姓洪的一定会相送，但彼此交情太浅了，一定要经过姓范的手，辗转送过来。不想他单刀直入，一点没有隐蔽，就把礼品送过来。凭着什么，受人家这份重礼呢？而况还在范宝华当面？这就向他二人笑道："那我怎么敢当呢？"洪五爷笑道："又有什么不敢当呢？朋友送礼，这也是很平常的事。"

魏太太将那个较小的锦装盒子捧在手上掂了两掂，眼望了范宝华微笑："这不大好吧？"范宝华道："不必客气，五爷的面子，那是不可却的。"魏太太只管将那小盒子在手上转动地看着，对那粒钻石，颇有点儿出神，因道："我可穷得很，拿什么东西还礼呢？"洪五爷架了腿坐着，将烟斗装上了一斗烟丝，擦了火柴，将烟嘴子塞到嘴里吸着，然后喷出一口烟来笑道："田小姐若是要还我们礼物的话，什么都可以，哪怕给我们一张白纸，我们都很感谢。"

魏太太将肩膀扛着，微闪了两闪，笑道："送一张白纸就很好，那太容易，就是那么办。"洪五爷笑道："白纸上带点图画，行不行？"魏太太笑道：

"我不但不会画，连字也不会写。"洪五爷道："若是田小姐有现成的相片，送我一张，那人情就太大了。"

范宝华没想到洪五爷交浅言深，居然向人家索取相片，很快地在这男女两人脸上看了一下。姓洪的丝毫没有什么感觉，架了腿自吸他的烟斗。魏太太的脸色，却闪动了一下。可是她被那两粒钻石戒指征服了。她除了已得着一粒钻石而外，还有一粒钻石，她有很大的希望，她虽然觉得洪五爷的话，说得太莽撞，可是前三分钟才接受下人家几十万元的珍重礼物，还不曾想到感谢的办法呢，没法子可驳人家。她抬头看那姓洪的坐在那里舒适而又自然，似乎他没有想到那是越礼的话。文明一点，人家要一张相片，也不见得就是失态。她顷刻之间，脑筋里转动了几遍。最后就向善意方面揣想，那些电影明星名伶，不问男女不都也是向人送相片吗？还有那些伟人，不都也是把相片送人，当了最诚恳的礼物吗？越想是越对。她心里想，口里虽有好几分钟没有答复洪五爷的话，但是她脸上，始终是笑着的。

洪五爷复又紧迫了一句道："田小姐不肯赏光吗？"她听了这赏光两个字，似乎是双关的。一方面说是不肯送相片，一方面也可以说是不收受那钻石戒指，那可有些愚蠢，这就立刻笑道："相片倒是有几张，都照得不好。"洪五爷笑道："凭着田小姐这分人才，无论照出怎样的相来，也是数一数二的美女图。我们很希望你不要妄自菲薄呀。哈哈！"他一声长笑，昂着头在椅子靠背上躺了下去。

魏太太两只手各拿了一只锦装小盒子，只管注视地玩弄着，正在出神呢，范宝华得意的用人吴嫂，正送着一玻璃杯子清茶出来了。她将茶杯放在魏太太面前，也就看到了那盒钻石戒指，哟着笑了一声道："金刚钻！田小姐买的？怕不要好几十万吧？"

洪五爷见她胖胖的脸，抹过了一层白粉，半长头发，梳得一根不乱，在后脑勺挽了个半月形，身上穿的那件半新蓝布大褂，没有一点皱纹，便向她笑道："老范用的这吴嫂，真是不错，你是几辈子修的。不但干干净净，而且也见多识广。她并没有把钻石认错为玻璃块子。"吴嫂站在魏太太椅子后，向客人笑道："没有戴过，听也听见说过吗！于今的重庆，不像往日，啥子家私没得吗！"

洪五爷点点头道："此话诚然。不过下江究竟有下江风味，不能整个儿搬到重庆来。将来抗战胜利，范先生要回下江，你和他管理家管惯了，他没有了你，那是很不方便的。你能不能也到下江去呢？而且他又没有太太，到下江去安家，没有你帮着也不行。"吴嫂听了这话，将她大眼睛上的眼皮下垂着，脸上泛出了一阵红晕。笑道："我郎个配？"

五爷道："你老板不许你出川吗？"吴嫂一摆头道："别个管不到我，哪里我也敢去。一个男子养不活女人，还配管女人吗？我就愿像田小姐一样，要自由。田小姐，你说对不对头？"魏太太很觉得她的话有些不伦不类，可是又不便说什么。只是点头微笑。洪五爷本也就猜着魏太太是哪路人物，经吴嫂这样一说，就更猜她是一朵自由之花了。

005 心神不定

范宝华自袁小姐脱离之后，一切太太的职务，都由吴嫂代拆代行。虽然他还紧紧地把握了主人的身份，没有让吴嫂向主人看齐，可是范家再来一位和袁小姐相等的，她就会把整个儿所得的权利被取消。现在眼面前的田小姐，就有着这样候补的资格。因之她看到了田小姐，心里就平添了一种不痛快。虽然魏太太给她许多好处，可是这些小仁小惠，掩盖不了她全盘的损失。这时，她见洪五爷过分地看得起田小姐，很有点川人所谓的不了然，这就在言语上故意透露一点田小姐的身份。可是这个计划，她失败了，姓洪的正是不需要这位小姐身份过于严肃。他对田小姐脸上看看，又对吴嫂脸上看看，觉得她们的脸上都红红的有些不正常，便笑道："自由都是好事呀！人若没有自由，那像一只鸟关在笼子里似的，有什么意思。"

吴嫂站在椅子背后，脸上微微地笑着，不住地抬起手来抚摸着头发。她那嘴唇皮颤动着，似乎有话要说。范宝华恐怕她说出更不好的话来，便向她笑道："菜做得怎样了？别让洪五爷老等着呀，恐怕洪五爷肚子饿了吧？"说着将眼望了她，连连地向她点了几点头。吴嫂抬起手来，又摸了几下头发，还站着出神不肯走去。

洪五爷也就会悟了范宝华的意思，这就向吴嫂点着头道："对的，我的确肚子饿了，你请快点做饭来给我吃罢。我不会忘记你的好处，当然我不会送金刚钻，可是比这公道一点的东西，我还是可以送你。"吴嫂听了这话，身子闪了一闪，嗤的一声笑了。范宝华笑道："五爷说话是有信用的。你不是很欣慕人家穿黑拷绸衫子吗？我给你代要求一下。今天这顿午饭的菜，若是五爷吃得合口的话，就由五爷送你一件拷绸长衫料子。工钱小事，那就由我代送了。"

吴嫂对这拷绸长衫，非常的感到兴趣，姓范的这样说了，姓洪的又这样说着，她觉得这个希望是不会空虚的，又向在座的人嘻嘻一笑，范宝华笑道："得啦，就请你去做饭罢。"吴嫂在脸上掩不住内心的欢喜，笑着眉毛眼睛全活动起来，扭着身子就走，走到进里屋的门，还用手扶着门框，回转头来看了一看。

魏太太对于吴嫂的行为本来有一种锐敏的觉性，现在见她一味地在说话和动作上，表现了酸意，脸上镇定着，且不说什么，心里可在暗笑，你那种身份和你那分人才，也可以和我谈自由吗？心里有了这么一点暗影，就对于吴嫂更有点放不下去。这就望了范宝华道："你家里上上下下，粗粗细细，全是吴嫂一个人，我一到这里来，你就留我吃饭，把人家累一个够，我心里真有点过意不去。"

洪五爷笑道："田小姐，你这叫爱过意不去了，老范花钱雇工，就为的是这些粗粗细细要人做。若说有客来要她多做几样菜，那是我们给她的面子，也是给老范的面子，要不然的话，重庆市面上，大小馆子有的是，我们稀罕到老范这里来吃这顿吗？"范宝华被洪五爷抢白了一顿，他并不生气，反是笑嘻嘻的。因点头道："的确如此，我以为洪五爷肯到我这里来吃顿便饭，我的面子就大了，怎么样也不可以让这荣誉失掉。"

洪五爷手握了烟斗，将烟斗嘴子，向范宝华指着，因道："你这家伙，就得我制服你。田小姐，你不知道，老范他少不了我，过去每做一票生意，都得我大帮忙。我为人是这样，无论什么事要祸福同当。朋友缺少资本的时候，要大家拿钱，大家就得拿出来，若是生意蚀了本，那不用说，赔本大家赔，反过来，赚了钱呢，那也不能独享，得拿出来大家分着用。今天我就替你敲了老范一个竹杠，让她和我合资送你一枚钻戒。其实他不应当让我提议，也不应当让我分担资本。你要知道，他这次赚钱可赚多了。分几个钱出来，买点东西，送朋友，那有什么要紧？"

魏太太觉得这些话，很让姓范的难堪。自己反正是得着了人家的礼物了，还有什么可说的呢，因笑道："谁给我的礼物，我就感谢谁，你二位送这样贵重的礼品给我，我只有感谢，什么我也不能说。"她这样说着，分明是给范宝华解围的，可是范宝华竟不揽这分人情，他笑道："五爷说的是实话，我是太忙，没有想到送礼这些应酬事件。你若是要道谢的话，还是道谢五爷吧。"说着，抱了拳头连连的向洪五爷拱着几下手。

魏太太抿了嘴笑着，只是看看手上的两盒钻石戒指，洪五爷笑道："田小姐对那个大些的钻石戒指，似乎很感到兴趣。今天下午，或者明天上午，我可以见到卖主，只要他肯卖，我一定不惜重价买下来。"她听到洪五爷这口风，分明是送礼送定了，为着表示大方一些，便笑道："那我也显得太得寸进尺了。"说着，将那装着大粒钻石的，递到洪五爷手上，然后把手皮包打开，将那小钻石放进去。同时，笑向洪范两人道："那我就拜领了。"

洪五爷笑道："不成敬意。不要说这些客气话，多说客气话，那就显得友谊生疏了。"她心里想着，统共才见过两面，难道不算生疏，还要算亲密吗？可是她口里却不敢否认洪五爷的话，点点头道："好，我就不说客气话。其实我根本不会说话，说出来不对，倒不如不说了。"

洪五爷笑道："不要说这些客套话了，说多了客气话，耽误了正当时间。我们谈些有趣味的问题罢。"说着，他将身子向椅子背上靠着，将架起的那只腿，不住的颠动，然后将烟斗嘴子放在嘴里吸着，眼睛斜望着魏太太只是发笑，笑得她红了脸怪不好意思的，便站起来，抬着手臂只看手表。范宝华恐怕她走了，因也站起来笑道："再宽坐一会，饭就要好了。"

魏太太虽然有点不好意思，但是看到洪五爷手上，还拿着那个钻石戒指的小盒子，这就觉得无论如何，不能得罪人家。因笑道："我当然不会走。连五爷都说吴嫂的菜做得好呢，我也到厨房里去帮着点，洗好筷子，灶里塞把火，这个我总也会吧？"说着，她真的走向厨房里去了。

洪五爷靠了椅子背坐着，半歪了身子，向魏太太的去路望着，笑道："这个人儿很不错，你是怎样认识的？"范宝华道："是赌场上认识的。这位小姐，特别地好赌。"洪五爷道："我看她也是这样。"说着微微一笑。他们所交换的情报，也只能说到这里，那位下厨房的魏太太可又走了出来了，不过这样一来，洪五爷已抓住了魏太太的弱点，他就故意地谈些赌经。

魏太太事先是没有怎样的理会，后来洪五爷谈得多了，她也就情不自禁的，向洪五爷笑道："五爷的手法，一定是高妙得很吧？"他笑道："你怎么知道我的手法高妙呢？"魏太太道："那有什么不知道的，打唉哈就是大资本压小资本。越是资本大的人，越可以赢钱。"洪五爷笑道："这样说，你是说我有钱了。"魏太太笑道："我这也不是恭维话吧？"她是架了两条腿坐着的，这时，将两只脚颠了几颠。颠的时候，将身子也摇动了。

洪五爷看她那份样子，心里就十分地欢喜了，只是嘻嘻地笑着。他似乎还有什么要说，恰好是吴嫂出来招呼吃饭，大家才算止了话锋。当然，有洪五爷在座，这顿饭菜是很好的。

饭后，吴嫂熬着一壶很好的普洱茶，请主客消化他们肠胃里的东西。洪五爷手上端着茶杯，慢慢地喝茶，却抬起头来对玻璃窗子外的天色看了一看。因笑道："今天天气很好，若是早两年，我们又该担心警报了。这样好的天气，我们应当怎样的消遣一下才好。老范，你的意下如何？"

范宝华笑道："这样好的天气，我们若是拖开桌子打它几小时的牌，那不是辜负了这样好的天气吗？我们最好是到南岸山上去游览两小时，随便找个乡下野馆子，吃它一顿晚饭。"

洪五爷点点头道："这个办法很好，吃了晚饭以后呢？"他说着，就耸动着嘴唇上的胡子，微微地笑了。范宝华笑道："文章就在这里了。晚饭后，我们找个朋友家里，我们打它两小时的唆哈，这一天就够消遣的了。"

魏太太听了这话，答应着跟了去，自然是十分不妥，知道人家游山玩水，游玩到哪里去？不答应跟了去，刚刚收了人家一枚钻石戒指，怎样就违拂了人家的意思？而况人家还有一枚更大的钻石戒要送，还没有送出来呢。若是违拂了人家的意思，这枚戒指还肯送了来吗，她这样地沉思着，就不知道怎样去答应这个问题。坐在长的仿沙发藤椅子上，两手抱了皮包，在怀里撑着，慢慢地做个要起身而不起身的样子。

洪五爷笑向她道："田小姐怎么样？能参加我们这个集团吗？"魏太太听到这话，索性就站起来了。因微笑着道："有这样有趣的集团，我是应当参加的，不过我今天上午就出来了，家里还有两个孩子，我得回去看看。"

洪五爷道："家里没有老妈子看顾着他们吗？"她道："虽然有老妈子，她也不能成天成晚地带着他们啦。我家里就是一个人，难道洗衣服烧饭，她都不去过问吗？"洪五爷偏着头想了一想，因道："田小姐回去一趟，那倒也无所谓，回头我们到哪里聚会呢。"魏太太笑着摇了两摇头道："过山过水，到南岸去赌夜钱那大可以不必了，依着我的意思，还是改个日子罢。"

洪五爷听她的话，已是不反对共同赌钱了，这就笑道："打牌是个兴致问题，既是提起了这个兴致，那就不能间断。田小姐若是嫌过江过河晚上不大方便，那么我们今天晚上，就到朱四奶奶家里去唆哈两小时。对于朱四奶奶，也无须客气，我打个电话给她，叫她预备晚饭。"魏太太在未认识朱四奶奶以前，是随便在些小户人家赌，除了看那五张牌，实在没有什么享受。自到了朱四奶奶家赌钱以后，这才享受到高等赌钱的滋味，洪五爷一提到她，就先感到兴趣了。因笑道："这个地方，倒是可以考量，不过朱四奶奶并没有邀请我们，我们可以随便的就去吗？做客人的，也未免太对主人有些勉强了。"

洪五爷笑道："对别人我不能代他的勉强，朱四奶奶和我是极熟的人，就是她不在家，我跑到她家去代做主人，她也没有什么话说。这是什么缘故，那我不必细说。我们多到她家去玩几回，你自然就明白了。"他说着这话，小胡子又在上嘴唇皮子上，连连地耸动了若干次，那正是他笑得乐不可支的情态。魏太太也抿了嘴对他微笑，她微笑的时候，乌眼珠子微斜着，两道长眉，不免向两面鬓角下舒展。范宝华已很知道她是高兴了。便笑道："你就在五点钟左右，直接到朱四奶奶家里去罢。资本一层不必介意，有五爷在座，大可帮忙。"

洪五爷笑道："我不推诿这个责任，不过有你范老板在座，你也不能不加上一点股子吧？"范宝华笑道："我第一句话就失言了。难道田小姐上场就输？最好是她不带资本上场就行。"魏太太道："不管怎么着，能抽空，我就到朱四奶奶家去看一趟罢。你们不必等我。"说着，她含笑向洪五爷点了个头就出门了。

她在做小姐的时候，就羡慕着人家的钻石戒指，不但是家庭没有那样富有，没力量预备，就是父母的力量可以办到，也不许可小孩子佩戴这种东西。现在于无意中就得了这么一个，而且还有一个更好的，也有可得的希望。她高兴极了，高兴得忍不住胸中要发出来的笑意。她只是抿嘴，把笑容忍住在嘴里。但是她在路上走着，心里决忘不了这件事。

她走着走着，就将皮包打开，取出戒指盒来，把戒指取着，就在左手的无名指上。她将手横着抬起来时，日光正好由上临下，手一侧，立刻有一道晶光在眼前一晃。戴钻石的人，花了几十担米的钱，换一粒小豆子，就是为了这个乐子。魏太太想不到自己从来没有打算争取这个乐子，而这个乐子，也自然地来了。她将小锦盒子收到皮包里去，就这样开始的戴着钻石。

她立刻也就想到，戴钻戒的人，一切都须相称。幸是先得了老范一大批钱，把衣服皮鞋全制了个透新，要不然的话，还穿着旧衣旧鞋，拿着钻石戒指，今天也不好意思戴了起来吧？她这样地想着，就不免低了头对她身上的衣服看着。织锦缎子夹袍美国皮鞋，这样的衣服和身上的珠宝，的确是配合起来了。既然满身富贵，那就不宜于走路了。正好路旁有几部人力车子停着，这就挑了一部最干净的招招手叫到身边来。自然不用和车夫讲车价,坐上去,说了声地方,就让他接着走了。

她坐在车上,殊不像往日。平常是不觉得有什么特殊之处的。今日对街上来往的摩登女子看着,脸上便现出了一番得色。心里同时想着,我比你们阔得多,我带有钻石戒指,你们能有这东西吗?尤其是看到几个戴金镯子的女子,存着一分比赛得胜的心理。金镯子算什么珍贵首饰?一定要有钻石戒指,那才算是阔人。想到这里也就不免抬起手臂来,对着手指上的戒指细细赏玩一番。赏玩过之后,又对街上走路的人看看,意思是不知他们看到自己的钻石戒指没有?

但车子快到家门口,她忽然有个新感觉,自己丈夫正在坐牢,自己穿得这样周身华丽,人家会奇怪的。尤其是手指上带着这么一粒晶光夺目的钻石戒指,更为引起人家的疑心。于是在怀里将皮包打开,立刻取了几张钞票在手上,又脱下手上的戒指,放了进去,将皮包关上。她一想,别把这好东西丢了。再打开皮包,见钻石戒指放在两叠钞票上,一伸右手,无名指又套起来。这个动作完毕,也就到了冷酒铺门口了。

她下了车,将取出的钞票,给了车钱,匆匆地走进店后屋子去。所以如此,不是别的,她觉得这一身华丽,在这日子,是不应当让邻居们看到的。进到屋子里,见杨嫂横倒在自己的床上睡着,两个小孩子,将方凳子翻倒在地上,两个人骑在凳子腿上。地面上撒了许多花生仁的衣子,和包糖果的纸。每人各拿了个芝麻烧饼在嘴里啃,魏太太嗐了一声道:"杨嫂,你怎么也不看看孩子,让他们弄得这一身一地的脏,来了人,像什么样子呢?"

杨嫂一个翻身坐了起来,左手扶着床栏杆,右手理着鬓边的乱发,望了她笑道:"太太这一身漂亮,是去和先生想法子回来吗?"魏太太脸上犹豫了一会子,答道:"自然是,这日子我还有心到哪里去呢?赶快找把扫帚来,把这屋子里收拾收拾罢。"她的男孩子小渝儿,看到妈妈回来,立刻跨下了凳子腿,扑向母亲的身边,伸手道:"妈妈,我要吃糖。"

魏太太见他那漆黑的两只手,立刻身子向后一缩,摇了手道:"不过来,不过来,我给你钱去买糖吃就是。"她说着,将不曾放下的皮包捧着打开来,在里面取出两张钞票,交给杨嫂道:"带他去买糖果,屋子里让我来收拾吧。"杨嫂带着两个孩子,她是十分感到烦腻的,但是要她做别件事情的时候,她又愿意带孩子了。接了钱,立刻带着孩子走了。

魏太太要她走开,倒并不是敷衍孩子而买糖。她打开皮包,看到那个装钻石戒指的锦装盒子，就急于要看那粒钻石。因为在洪范两人当面，必须放大器的样子，不能仔细看。在路上坐车子的时候，也不能仔细看，以免露出初次戴钻石的样子。现在到了家里，可以仔仔细细把这宝物看看了。这东西虽然总要给人看的，可是现在露出来，会有很大的嫌疑。因之先关上了房门，然后才由皮包里取出小锦装盒来。当然，这时候她的脸上，是带一番笑容的。

可是当她将小盒子打开的时候，她不但收了笑容，而且脸色变得苍白。因为那盒里面，只有衬托钻石戒指的蓝绸里子，却没有钻石戒指。这事太奇怪了，这东西放在锦装盒子里，锦装盒子，又放在皮包里，皮包拿在手上，片刻也没有放松，这有谁的神仙妙手，会把这钻石戒指偷了去呢？她站着呆了一呆，忽然想起来了，坐车到门口的时候，曾经打开手提皮包来，给了车夫几张钞票的车钱，莫不是在门口给车钱把钻石戒指拖着带了出来了？她想到这里答复着是的是的，立刻就开了房门向前面冷酒店里奔了去。

那些酒座上，正零零落落的，坐着有几位喝酒的酒客，见这位穿红衣服的年轻太太，由这酒店后出来，已是很为注意。及至她走到酒店屋檐下，又不走上街，低了头，只管在屋檐下走来走去。这虽很让人家知道是来找东西的。但是一个漂亮年轻女人，怎么会在冷酒店屋檐下找东西呢？于是大家的眼光都跟了魏太太走来走去。

魏太太走了几个来回，偶然一抬头，明白过来了，自己这一身衣服，很是让人家注意。回家的时候，自己不还想着丈夫坐在看守所里，不要让人家邻居看到自己过分修饰吗？由这点，就想到穿衣服避免邻人注意，和戴首饰避免人的事情，她就回忆到当人力车快到冷酒店门口的时候，自己是脱了钻石戒指向皮包里一丢的，并没有放到小锦盒子里去，也许落在皮包底下了。

她立刻回到屋子里去，将皮包再打开。这里面大小额钞票，洒了香水的花绸小手绢，粉镜，几张记下买东西的字条。一样一样拿出来清理着，并没有钻石戒指。将皮包翻过来向桌上倒着，也没有钻石戒指倒出。她不由得将高跟鞋在地上顿了两顿。自言自语地道："嘻！真是命苦，生平苦想着的东西，戴在手上只十来分钟就没有了。不成问题，必是打开皮包给车夫钱的时候，把这小小的东西丢了。该死！"说到这两字，她将手在胸脯上捶了一下，表示自己该打。

于是坐在床沿上，对了桌上皮包里倒出的东西和那个空皮包只管发呆。她越想越懊悔，抬起右手来，又向自己脸上打一个耳光。这一下打着她嫩的皮肤上，有点硌人。看手时，那钻石戒指亮晶晶的，又戴在右手无名指上。

她咦了一声，左手托了右手，对准了眼光看着，丝毫不错，是那钻石戒指。她这又呆了，坐着再想起来，分明戴在左手无名指上的，而且还除下来放进皮包里面去的，怎么会飞到右手指上来了呢？她呆着想了十分钟之久，算是想起来了，在打开皮包给车钱的时候，钻石戒指压在两叠钞票上面。自己觉得不妥，又戴在右手上来了，又连说该死该死。

006　营救丈夫的工作

　　魏太太在笑骂自己的时候，杨嫂正带着两个小孩子走进屋子来，听了这话，不免站在门口呆了，望了太太，不肯移动步子。魏太太笑道："我没有说你，我闹了个笑话，自己手上戴了戒指，我还到处找呢。"杨嫂听了这话，向着她手上看去，果然有个戒指，上面嵌着发亮的东西，因走近两步，向她手指上看着，问道："太太这金箍子上，嵌着啥子家私？"

　　魏太太平空横抬着一只手，而且把那个戴戒指的手指翘起来，向杨嫂笑道："你看看，这是什么东西？"杨嫂握住魏太太的手，低着头对钻石仔细看了一看，笑道："我晓得这是宝贝，啥子名堂我说不上。那上面放光咯，是不是叫做啥子猫儿眼睛啰。"魏太太眉开眼笑的，表示了十分得意的样子。点着头道："我知道，你是不懂得这个的。告诉你吧，这是首饰里面最贵重的东西，叫金刚钻。"杨嫂哟了一声道："这就是金刚钻唆（唆，疑问而又承认之意）？说是朗个的手上戴了这个家私，夜里走路，硬是不用照亮。我今天开开眼，太太，你脱下来把我看看。"

　　魏太太也是急于要表白她这点宝物，这就轻轻地，在手指上脱下来，她还没有递过去呢，那杨嫂就同伸着两手，像捧太子登基似的，大大地弯着腰，将钻戒送到鼻子尖下去看。魏太太笑道："它不过是一块小小的宝石，你又何必这个样子慎重？"杨嫂笑道："我听说一粒金刚钻要值一所大洋楼，好值啰！我怕它分量重，会有好几斤咯。"魏太太笑道："你真是不开眼。你也不想一想，好几斤重的东西，能戴在手指头上吗？好东西不论轻重。拿过来吧。"说着，她就把戒指取了过去，戴在自己的手指上。而她在这份做作中，脸上那份笑意，却是不能形容的。

杨嫂笑道："太太，你得了这样好的家私，总不会是打牌赢来的吧？"魏太太道："打牌赢得到金刚钻，那么从今以后，我什么也不用做，就专门打牌吧。"杨嫂笑道："我一按（猜）就按到了，一定是借得啥子朱四奶奶朱五奶奶的。你是要去拜会啥子阔人，不能不借一点好首饰戴起，对不对头？"魏太太道："你真是不知高低。这样贵重的东西，有人会借给你吗？就是有人借给我，我也不肯借。你想，我若把人家的戒指丢了，我拿命去赔人家不成？"杨嫂望了主人笑道："不是赢的，也不是借的，那是朗个来的？"魏太太的脸上，有点儿发红，但她还是十分镇定，微笑道："你说是怎样来的？难道我还是偷来的抢来的不成？"

杨嫂被她抢白了两句，自然也就不敢再问，不过这钻石戒指是怎样来的，她始终也没有一个交代，倒是让杨嫂心里有些纳闷。她站着呆了一呆，看看小娟娟和小渝儿，把买来的糖果饼干放在椅子上，围住了椅子站着吃，并没有需要母亲的表示。魏太太穿得像花蝴蝶子似的，也不像是需要儿女，她心里不由得暗骂了一句："这是啥子倒霉的人家？"心里暗骂着，脸上也就泛出一层笑意。这就对主人道："太太，你还打算出去唛？"魏太太低头看了看自己身上的衣服，因道："我现在不出去。"就是这六字，杨嫂也很知道她的意思，自不便再问。看看屋子里，满地的花生皮，自拿了扫帚簸箕来，将地面收拾着。

魏太太先是避到外面屋子里去。但是她偷眼看看前面冷酒店里的人，全不断地向里面张望，这就将房门掩上，把桌上放的两张陈报纸随便翻着看了一看。但她的眼光射在报纸上，可是那些文字，却没有一个印到脑筋里去的。静坐了五分钟，她还是回到自己屋子里去。手靠了床栏杆搭着，人斜坐在床头边，将左手盘弄着右手指上这个钻石戒指，不住地微笑。在微笑以后，她就对镜子里看看，觉得这个影子是十分美丽的。那么，不但范宝华送钱送衣料是应该，就是洪五爷送戒指，也千该万该，不过受了人家这份厚礼，说是丝毫不领人家的人情，在情理上也是说不过去的。她沉沉地想着，犹疑地在心里答复。最后她是微微地一笑。

在笑后，她不免接连打了几个呵欠，有些昏昏思睡。回头看看被褥，还是早上起床以后的样子，垫褥被单不曾牵直，被子也不曾折叠，这倒引起了很浓厚的睡意，赶快把身上的新衣新鞋换下，披了件旧蓝布长衫，纽襻也未曾扣得，学了杨嫂的样子，横倒在床上就睡下了。

她一春季，全没有今日起得这样的早，所以倒在被上，就睡得很香。不知是什么时候了。杨嫂在床面前连连地叫着。她翻身坐起来。杨嫂低声道："一个穿洋装的人，在外面屋子里把你等到起。"魏太太将手揉着眼睛，微笑问道："嘴上有点小胡子吗？"杨嫂道："没得，三十来岁咯，脚底下口音（谓下江口音也）。"魏太太道："你不认识他吗？"杨嫂道："从来没有来过。"

魏太太赶快站起来，向五屉桌上支着的镜子照照。自己是满面睡容，胭脂粉脱落十之七八了。立刻打开抽屉，取出粉扑在脸上轻扑了一阵，又将小梳子通了几十下乱发。桌上还放着一瓶头发香水，顺手拿起瓶子来，就在头发上洒了几下，然后转身向外走。杨嫂道："太太，不要忙呀。你的长衫子，纽袢还没有扣起呢。"她低头一看，肋下一排纽袢，全是散着没有扣起来的。于是一面扣着纽袢，一面向外面屋子里走去。

她在门外看到，就出于意外，想退缩也来不及，那客人已起身相迎了。这就是魏端本那位同事张先生。人家是热心来营救自己丈夫的，这不许可规避的。于是沉重着脸色，走到屋子里去向客人点着头道："为了我们的事，一趟一趟地要你向这里跑。张先生，你太热心了。"

张先生对魏太太以这种姿态出现，也是十分诧异。老远地就看到她一路扣着纽袢。天色已到大半下午了。不会她是这个时候才起床的吧？及至走到屋子里，又首先嗅到她身上一股子香气，而且在她手指上发现一粒金刚钻的戒指。这就让张先生心里明白了。她必然是穿着一身华丽，因为有客来了，所以赶快把华丽衣服脱下，换着这件蓝布大褂。当她丈夫在坐牢的时候，她却以极奢华的装束来见丈夫同事，那自然是极不得当的举动。她很聪明，立刻就改装了。不过这种举动，依然是自欺欺人，头上的香水，手指上的钻石戒指，这是可以瞒人的吗？

他正是这样想着，魏太太含笑让了客人坐下，然后脸上带了三分愁苦的样子，皱着眉毛道："承蒙张先生给司长带来了十万元，我们是十分感谢的才算能维持些日子的伙食，可是以后的日子，我怎样过呢？"她说毕，脸上又放出凄惨的样子，眼珠转动着，似乎是要哭。

然而她并没有眼泪，她只有把眼皮垂了下来，她望着胸前，两手盘弄着胸前一块手绢。她忽然省悟过来，把右手抬了起来，却又笑了。因道："这也是我有些小孩子脾气。前两个月，在百货摊子上买了一只镀金戒指，嵌了这样一粒玻璃砖块子，当了金刚钻戴。人家不知道，还以为我真有钻石戒指呢。我若真有钻石，我为什么那么傻，还住着这走一步路全家都震动的屋子吗？"她口里是这样分辩着，不过她将手掌抬起来给人看的时候，却是手掌心朝着人的部分占百分之八十，而手背只占百分之二十。因之，那钻石的形态与光芒，客人并不能看到。

这位张先生也是老于世故的人，魏太太越是这样的做作，也倒越有些疑心了。他心里想着，司长又有十万元存放在我衣袋里，幸而见面不曾提到这话。人家手上戴着钻石，稀罕这十万八万的救济？便笑道："那是自然。这件事，司长时刻在心，我也时刻在心。我今天来，特意告诉你一个好消息。就是我们的头儿，已经和各方面接洽好了，自己家里愿意把这事情缩小，不再追究。这官司既是没有了原告，又没有提起公诉，那当然就不能成立了。大概还有个把礼拜，魏先生就可以取保出来。不过取保一层，司长是不能出面的，那得魏太太去办手续。若是魏太太找不到保人，那也不要紧，这件事都交给我了，我可以想法子。"

魏太太道："那就好极了，一个女太太们，到外面哪里去找保人？尤其是打官司的人，人家要负着很重大的责任，恐怕人家不愿随便承当。"张先生微笑了一笑，然后点着头道："这自然是事实。不过魏太太也当帮我一点忙，若是有相当的亲友可以做保的话，不妨说着试试看，难道魏太太还不愿早早地把魏先生放了出来吗？"

魏太太这就把脸色沉着，因道："那我也不能那样丧心病狂吧？"张先生勉强地打了一个哈哈，因道："魏太太可别多心，我是随口这样打比喻的。不过话又说回来了。我在公，在私，都得和魏兄跑腿。今天我是先来报一个信，以后还有什么好消息，我还是随时来报告。"说着，站起身来就走出去了。

魏太太本来就有些神志不定，听着人家这些话越发的增加了许多心事。只在房里向客人点了个头，并没有相送。她在屋子里呆坐了一会，不免将手上那枚钻石戒指又抬起来看看。随着审查自己的手指，觉得自己这双手，雪白细嫩，又染上了通红的指甲，戴上钻石戒指，那是千该万该的，就为了丈夫是个穷公务员，戴了真的钻石，硬对人说是假。女人佩戴珍宝，不就是为了要这点面子吗？以真当假，不但没有面子，反是让人家说穷疯了，戴假首饰。遥望前途，实在是无出头之日，而况自己还是一位抗战夫人，毫无法律根据。要想魏端本发大财买钻石戒指给太太戴着那不是梦话吗？由手指上，她又看到左手腕上的手表。这时手表已是四点四十分，他忽然想到洪五爷五点钟在朱四奶奶处的约会。现在应该开始化妆去赴这个约会了。

她于是猛可地站起来，打算到里面屋子里去化妆。然而她就同时想到刚才送客人出门，人家的言语之间，好像是说魏太太并不望魏先生早日恢复自由，这个印象给人可不大好。于是手扶了桌子，复又坐了下来。她看看右手指上的钻石戒指，又看看左手腕上的手表，她继续地想着：若是不去赴人家的约会，那显然是过河拆桥。上午得了人家的礼物，下午就不赴人家的约会，不过得罪这位洪五爷而已，那倒也无所谓，可是在人家手上，还把握着一粒大的钻石戒指，今天晚上失信于人，那钻石他就决不会再送的了。"去。"她心里想着要去，口里也就情不自禁地喊出这个去字来，而且和这去字声音相合，鞋跟在地面顿上了一下。

杨嫂正是由屋子外经过，伸头问着啥事？她笑道："没有什么，我赶耗子。刚才那位张先生不是来了吗？他说魏先生可以恢复自由，只是要多找几个保人。他去找，我也去找。当然有路子救他，不问昼夜，我都应当去努力。"杨嫂抬起那只圆而且黑的手臂，人向屋子里望着，微笑道："太太说的是不在家里消夜？十二点钟，回不回来得到？"魏太太道："我去求人，完全由人家做主，我知道什么时候能够回来呢？你问这话，是什么意思。"她说到这里，故意将脸色沉了下来，意思是不许杨嫂胡说。

但杨嫂却自有她的把握，她知道女主人越是出去的时候多，越需要有人看家带小孩子。这时候她要走得紧，决不肯得罪看家的。这就把扶着门框的手臂，弯曲了两下，身子还随着颠动了几下。笑道："我朗个不要问？打过十二点钟，冷酒店就关门。回来晚了，他们硬是不开门喀，我晓得你几时转来，我好等到起。"

魏太太也省悟过来了，这不像往日，自己在外面打夜牌，魏端本回来了，可以在家里驻守不出去。现在家里男女主人都出去了，一切都得依靠她的。便转了笑容道："杨嫂，我们也相处两三年了，我家的事，你摸得最是清楚。我少不了你，因之我也没有把你当外人。这次魏先生出了事，真是天上飞来的祸。我们夫妻，虽然常常吵架，可是到了这时候，我不能不四方求人去救他，也望你念他向来没有对你红过脸，请你分点神，给我看看家。今天的晚饭，我大概是来不及回家吃的了。你带着孩子，怎么能做饭吃？我这里给你一点钱，你带孩子到对门小馆子里去吃晚饭吧。"

杨嫂接着钞票笑道："今天太太一定赢钱，这就分个赢钱的吉兆。"魏太太道："你总以为我出去就是赌钱。"杨嫂笑道："不生关系吗！正事归正事，赌钱归赌钱吗！"魏太太看着手表，时间是到了，也不屑于和佣人去多多辩论，立刻回到屋子里去，换上新衣服，再重抹一回脂粉。

那位杨嫂，得了主人的钱，也就不必主人操心，老早带了两个孩子，就躲开了主人了。魏太太无须顾虑孩子的牵扯，从从容容地出门。她现在的手皮包，那是昼夜充实着的。马路上坐人力车，下山坡坐轿子，她很快地就到了朱四奶奶公馆门口。

就在这时，看到酒席馆子里箩担，前后两挑，向朱家大门口里送了去。她心里也就想着：不用提，今天一会，又是个大举了。自己预备多少资本呢？她心中有些考虑，步子未免走得慢些。当她一走进院墙栅栏门的时候，朱四奶奶便一阵风似的，笑着迎到面前来，挽了她的手笑道："怎么好几天不见面。"魏太太嘻了一声道："家里出了一点事情，至今还没有解决，四奶奶消息灵通，应该知道这事。"

她点了头道："我知道，没有关系。你早来找我，我就给你想法子了。不过现在也不算晚，你安心在我这里玩两小时，我有办法，我有办法。"魏太太当然相信，她关系方面很多，她说的有办法，倒也不见得完全是吹的。于是握了她的手，同向屋子里走，并笑道："我一切都重托你了。今天四奶奶，格外漂亮。"说着，向四奶奶看着。

她身穿一件墨绿色的单呢袍子，头发是微微的烫着，后面长头发挽了个横的爱斯髻。脸上的胭脂抹得红红的，直红到耳朵旁边去。在她的两只耳朵上挂着两个翡翠秋叶，将小珍珠一串吊着，走起路来，两片秋叶，在两边腮上，打秋千似的摇摆着。她是三十多岁的人。在这种装扮之下，她不仅是徐娘丰韵犹存，而且在她那目挑眉语之间，还有许多少年妇女所不能有的妩媚。她挽着手向她脸上看着，脸上带了不可遏止的笑容。

四奶奶笑道："田小姐为什么老向我看着？"魏太太道："我觉得每遇到四奶奶一次，就越加漂亮一次。"四奶奶左手挽了她的手，右手拍了她的肩膀，笑道："小妹妹，别开玩笑了。漂亮这个名词，那是不属于我的了，那是属于小姐们的了。"

魏太太心里原憋着一个问题，在洪五爷面前，一向是被称为田小姐，而四奶奶在往常，却又惯称为魏太太，这在洪五爷当面喊了出来，就不免戳穿纸老虎。现在她忽然改口称为田小姐，这位朱四奶奶真是老于世故，凡事都看到人家心眼里去了。在她这种愉快情形下，挽着四奶奶的手，同走进了楼下客厅。这客厅里已是男女宾客满堂，大家正说笑着，声音哄堂。自然洪范两人都已在座。她进来了，大家都起身笑着相迎。因为在座的人，全是同场赌博过的。所以介绍的俗套，完全没有，很随便地入座，也就说笑起来。

她只坐了五分钟，发现对过小客室里，也是笑语喁喁，而朱四奶奶在这边屋子坐坐，随着也就到那边去坐坐。魏太太向在座的人看看已是十一位，那边小客室里还不知道有多少人呢。因道："这不是一桌的场面吧？"朱四奶奶正是和她并肩坐在沙发上，就轻轻地拍了她的大腿笑道："今天有文场，也有武场。有些人用手，也有些人用脚。我们回头在这里跳舞。"说着，她把嘴向客厅里屋一努。

　　原是这里外套间的两间地板屋子。外面的屋子是沙发茶几，客厅的布置。里面一间，在落地罩的垂花格子中间，挂了紫色的帐幔，把内外隔开。但是现在是把帐幔悬起的。在帐幔外面，可以看到里面，仅仅是一张大餐桌和几把椅子，而在屋子里角，摆了四个花盆架子，显得空荡荡的，那可知说声跳舞就把桌椅拖开，这里就变成舞场了。

　　魏太太对于这摩登玩意，也是早就想学习的，无奈没有人教过，也没有这机会去学，所以只有空欣慕而已。因摇摇头道："我不会这个，我还是加入文场吧。"洪五爷笑道："要热闹就痛痛快快地热闹一下，带着三分客气的态度，那是不对的。"魏太太道："不是客气，我真不会跳舞。"洪五爷道："这事情也很简单，只要你稍微留点意，一小时可以毕业，就请四奶奶当老师，立刻传授。"四奶奶操着川语道："要得吗！我还是不收学费。"说着，拐了魏太太的肩膀，将她拉起来站着。魏太太笑道："怎么说来就来？"四奶奶笑道："这既不用审查资格，又不用行拜师礼，还有什么考虑的。来，我做男的，带着你开步。"说着，右手握了魏太太的手，左手搂住魏太太的腰，颠着脚步，就向屋子中间拖着。

　　魏太太左闪右躲，只是向后倒退着。洪五爷笑道："田小姐，你别只是向下坐，你移着脚步跟了四奶奶走呀。"魏太太红着脸笑道："不行不行，大庭广众之中，怪难为情的。"朱四奶奶搂住她的腰，依然不放，因笑道："孩子话，跳舞不在大庭广众之中，在秘密室里跳吗？"洪五爷笑道："这有个解释。田小姐因为她不会开步，怕人看到笑话。这和教戏一样，说戏的人，也不能当了大众在台上说戏吧！那么，你就带了她到里面屋子里去跳吧，万一再难为情，可把帐幔放了下来。"朱四奶奶道："要得要得！"不由分说，拖了魏太太就向里面屋子里拖了去。

　　同时，在座的男女也都纷纷鼓掌。这次她被朱四奶奶带进去，就不再拒绝了。在座的男女说笑过去，也就过去了。只有姓洪的，对此特别感到兴趣。听到魏太太在里面说一阵笑一阵子。最后听到四奶奶笑着说："行了行了。只要有人带着你再跳两三回那就行了。"两个人手挽着手一同笑了出来。

四奶奶一个最能干的女佣人立刻迎向前道："楼上的场面都预备好了。"四奶奶向大家道："加入的就请上楼吧，打过一个半小时，再开饭。不加入的，先在楼下吊嗓子，我已经预备下一把胡琴一把二胡了。"她说着，眉飞色舞的，抬起一只染了红指甲的白手，高过头去，向大家招了几招，她真有一个做司令官的派头呢。

007 夜深时

在客厅里这群男女，都是加入文场的。他们随了朱四奶奶这一招手，成串地向楼上走。洪五爷却是最落后的一个，他向魏太太笑着点了两个头道："请缓行一步。"她只看他满脸的笑容，已经猜到了四五成账，而且在许多地方，正也要将就着姓洪的说话，他这么一打招呼，也就随着站定没有走。

洪五爷等人都走完了，笑问道："田小姐的资本，带着很充足吗？"她笑道："当然多少带一点现款，不过和你们大资本家比起来，那就差得太远。"姓洪的在他西服口袋里狂搜了一阵，轮流地取出整叠的钞票来。这个日子，重庆的钞票最大额还是一千元。他却是将那未曾折叠，也未曾动用过的整沓新钞票，接连交过三沓来，笑道："拿去做资本吧。"这钞票面印着一千元的数目，直伸着纸面，用牛皮纸条在钞面中间捆束着。这不用提，每沓一百张，就是十万元。洪五爷拿过钞票来的时候，她还没有伸手去接，洪五爷见她皮包夹在肋下，就把钞票，放在她皮包上面。

魏太太笑道："多谢你给我助威，赢了，我当然加利奉还。若是输了呢？"洪五爷笑道："不要说那种丧气的话。赌钱，你根本不要存一种输钱的思想。他若存上这个思想，就不敢放手下注子，那还能赢钱吗？打唆哈就凭的是这大无畏的精神。"他正说得起劲，朱四奶奶又重新走了来，向他笑道："怎么回事，人家都等着你们入座呢，你们有什么事商量。"

魏太太听说，不免脸上微微一红。洪五爷笑道："投资做买卖，总也得抓头寸呀。田小姐，请请！"他说着，在前面就走了。当了朱四奶奶的面，对于这三沓钞票，她就不好意思再送回去，打开皮包，默然地收纳。她本来就有二十万款子放在皮包里，再加上这三十万新法币，在打唆哈以来，要算是资本最充足的一次了。她一头高兴，立刻加入了楼上的唆哈阵线。

今天这小屋子的圆桌面上，共有九个人，却是四男五女。朱四奶奶依然是楼上楼下招待来宾，并未加入，于是在这桌上，五位女宾中，就是魏太太最有本钱的一位了。她心高气傲地放出手来赌，照着唆哈的战法，钱多的人就可以打败钱少的人。但也有例外，就是钱多的人，若是手气不好，也就会越赌越输。魏太太今天的赌风，就落在这个例外的圈子里。其中有几个机会，牌取得不错，狠狠地出了两注款子，不想强中更有强中手，两次都遇到了大牌。因之五十万现钞，不到两小时，就输了个精光。所幸洪五爷却是大赢家，看到魏太太陆续在皮包里掏出钞票来买筹码，这就把面前赢的筹码，十万五万的分拨给她。维持到吃饭的时候，她又输了十几万。她大半的高兴，却为这个意外的遭遇所打破。

当大家放下牌，起身向楼下饭厅里去的时候，她脸子红红的，眼皮都涨得有点发涩。夹了那只空皮包在肋下，缓缓地站着离开了座位。洪五爷又是落后走的，他就笑道："田小姐，今天你的手气太坏，饭后可不能再来了。"她微笑道："今天又败得弃甲丢盔，的确是不能再来。五爷大赢家，可以继续。"说着话，同下楼梯。

洪五爷在前，因答话，未免缓行一步。等着魏太太走过来了，窄窄的楼梯不容两人并肩挤着走，他就伸手握了她的手。做个恳切招呼的样子，摇摇头道："田小姐，你不赌，我也不赌。楼下有跳舞，回头我们可以加入那个场面。"魏太太心里想着：若要赌钱的话，只有向姓洪的姓范的再凑资本。今天姓范的也输了。不好意思和他借钱。姓洪的也表示不赌了，也不能向他借钱，而况借的将近五十万，又怎能再向人家开口呢？她为了这五十万元的债务，对于洪五爷也只有屈服，他握着手，就让他握着吧。

洪五爷只把她牵到楼梯尽头，方才放手。魏太太对他看着一跟，不免微微地笑了。当然，这让姓洪的心里荡漾了一下。他们各带了三分尴尬的心情，走进了楼下的饭厅。

这晚朱四奶奶请客，倒是个伟大的场面。上下两张圆桌男女混杂的，围了桌子坐着。洪五爷和魏太太后来，下桌上座仅仅空了两个相连的位子，他们谦让了一番。坐下了的，谁也不肯移动，他两人又是很尴尬地在那里坐下。

饭后，喝过一遍咖啡。朱四奶奶在人丛中还站着介绍一遍："这是美军带来的，绝非代用品。喝完了咖啡，请大家再尽兴玩。文武场有换防的。现在声明。"洪五爷右手托着咖啡碗碟，左手举起来，他笑道："我和田小姐加入舞场。"魏太太笑着摇摇头道："那怎么行？前两小时刚学，现在还不会开步子呢。"洪五爷笑道："那要什么紧，大家都是熟人，跳得不好，也没有哪个见笑。你和我跳，我再仔仔细细地教给你。"魏太太笑着，低声说了句不好，可是那声音非常之低，只是嘴唇皮动了一动，大概连她自己都不会听到吧？洪五爷虽然知道她什么用意。可是见她自己都没有勇气说出来，那也就不去介意。

这时，那面客厅里的留声机片子，已由扩大器播出很大的响声来，男女来宾带了充分的笑容，分别地去赴赌场与舞场。洪五爷接着魏太太的手，连声说道："来吧来吧。"魏太太也是怕拉扯着不成样子，只好随着他同到舞厅里来。

这时，一部分男女在客厅里坐着，一部分男女已是在对过帐幔下的厅里跳舞。那里面的桌椅，全都搬空了。光滑的地板又洒过了一遍云母粉，更是滑溜。屋子四角，亮着四盏红色的电灯泡，光是一种醉人之色。播音扩大器挂在横梁的一角。魏太太虽不懂得音乐片子，但是那个节奏，倒是很耳熟的。这时有四对男女，穿花似地在屋子里溜。小姐们一手搭在男子肩上，一手握着男子的手，腰是被西服袖子，松松地搂抱着。看她们是态度很自然，并没有什么困难，心里先就有三分可试了。她在旁边空椅子上坐着，且是微笑地看。

一张音乐片子放完，四对男女歇下来。在座的男女劈劈啪啪鼓了一阵掌。第二次音乐片子，又播放着的时候，几个要跳舞的男女都站了起来。洪五爷站到魏太太面前也就笑嘻嘻地半鞠着躬。她还不知道这是人家邀请的意思，兀自坐着笑。坐在她旁边的一位小姐，正是刚由舞场上下来，这就向她以目示意，又连连地扯了她几下袖子。魏太太到底也是看过若干次跳舞的，这就恍然大悟，立刻站了起来。笑道："五爷，我实在还没有学会，你教着我一点。"他笑道："我也没有把你当一位毕了业的学生看待呀。"正好朱四奶奶也过来了，见她肋下还夹着皮包，便由她肋下抽了过来。笑道："小姐，你还打算带着这个上场啦。"说时，她另一只手牵了魏太太，就引到了舞厅里去。

洪五爷自是跟了过来，接着她的手在舞厅另一只角落里，单独地和魏太太慢慢地跳着。他身子拖了魏太太移着脚步，口里还陆续地教给她的动作。

魏太太在一张音乐片子舞完之后，也就无所谓难为情了。接着第二张音乐片子放出，他两人又继续地向下跳，直跳过几张音乐片子，两人才到外面客厅里来休息。

这时，她有点奇怪，就是范宝华始终也没有在舞厅里出现。便向洪五爷笑道："老范也是个跳舞迷，怎么今天不加入？"洪五爷笑道："一定是大赢之下，我知道他的脾气，若是输了钱，他是到了限度为止，再不向前干。他理直气壮，那就老是向前进攻了。你不要管他，明天由他请客吧。"她也不便多问，音乐响起来，她又和洪五爷跳了几次。这么一来，她和姓洪的熟得多，也就把步伐熟得多，至少是不怯场了。

洪五爷跳了一小时，他笑道："我们到楼上去看看吧。"魏太太却想到老是和姓洪的同走，恐怕姓范的不愿意，因道："我不去了，看了我馋得很，我又不敢再赌。"姓洪的倒以为她这是实话，自向楼上去了。魏太太坐在外客厅里，且看对面舞厅里人家跳舞，借这机会，也可以学学人家的步伐。

在座还有两位女宾、五位男宾，都是刚休息下来。其中有位二十多岁的青年，长圆的脸，头发梳得像乌缎子似的，脸上大概新刮的脸，雪白精光。他穿一套青呢薄西服，飘着红领带，圆围着白衬衫的领子，整齐极了。原来见到他，像很熟，在哪里见过。来到朱公馆的时候，朱四奶奶介绍着，称他宋先生。这倒疑惑了。向来熟人中，没有姓宋的。在熟人家里，也没有到过姓宋的。不过这人却是很面熟，想不起来是怎样有这个印象的。在舞厅里看到了他，越看越熟，就是不便相问人家在哪里会过。这时他也休息着没有跳舞。和他坐在并排的一位男客，就对他笑道："宋先生，今天不消遣一段？"他道："今天会唱的人太多不用我唱了。"那人道："会唱的倒是不少，不过名票就是你一个。"

魏太太在这句话里，又恍然大悟。这位宋先生叫宋玉生。是重庆唯一有名的青衣票友。每次义务戏，都少不了他登场。原来以为他是个和内行差不多的人物。现在看他的装束和举动分明是一位大少爷。朱四奶奶家里，真是包罗万象，什么人都有。她心里这样想着，就更不免向宋玉生多看了几眼。

那宋玉生原来倒未曾留意。因为一个唱戏或玩票的人，根本就是容易让人注意的。现在发觉魏太太不住的眼神照射，他想着，这或者是人家示意共同跳舞。这就走到她面前站定，向她点了个头。她这已明白了舞场上的规矩，是人家邀请合舞。心里虽明明觉得和一个陌生的人挽手搭肩，不怎样合适。可是既然开始跳舞了，就得随乡入俗。人家没有失仪的时候，那就没有拒绝人家的可能，而且对于这样一个俊秀少年，也没有勇气敢拒绝人家。因之在心里时刻变幻念头的当儿，身子已是不由自主地站了起来，还没有走向舞场，在这边客厅的沙发椅子旁边，就和人家握着手搭着肩了。

他们配合着音乐，用舞步踏进了舞场。接连地舞过两张音乐片子，方才休息下来。这样，彼此就很熟识了。宋玉生在西服袋里掏出一只景泰蓝的扁平烟卷盒子来，敞开了盒子盖，弯腰向魏太太敬着烟。她笑道："宋先生，你这个烟盒子很漂亮呀。"她说笑着，从容地在盒子里取出一支烟来。宋玉生道："这还是战前，北平朋友送我的。我爱它翠蓝色的底子，上面印着金龙。"说着话，把烟盒子收起，又在衣袋里掏出一只打火机来。这打火机的样子，也非常的别致，只有指头粗细，很像是妇女用的口红。圆筒上面有个红滚的帽盖子，掀开来，里面是着火所在。宋玉生在筒子旁边小纽扣上轻轻一按，火头就出来了。

魏太太就着火吸上了烟，因笑道："宋先生凡事都考究。这烟盒子同打火机，都很好。"宋玉生笑道："我除了唱戏，没有别的嗜好，就是玩些小玩意。跳舞我也是初学，连这次在内，共是三回。"魏太太笑道："那你就比我高明得多呀。"宋玉生道："可是田小姐再跳两次，就比我跳得好了。"说着，两人在大三件的沙发上对面坐下。

魏太太见他说话非常的斯文，每句答话，都带了笑容，觉得把范洪这路人物和他相比，那就文野显然有别。断断续续谈了一阵子，倒也不想再上舞场。随后朱四奶奶来了，因笑问道："怎么不跳？"魏太太摇摇头道："初次搞这玩意，手硬脚硬，这很够了。"朱四奶奶道："那么，楼上的场面，现在正空着一个缺，你去加入吧。"

魏太太抬起手腕来，看了一看手表，笑道："已经十二点钟了，我要回去了。再晚了，就叫不开门了。"她这样说着倒不是假话，她想起了由家里出来的时候，杨嫂曾量定了今晚上回去很晚。难道真的就让她猜到了，就算回去之后，女佣人什么话不说，将来她人前说，先生吃官司，太太在外面寻快乐，那是会让亲友们说闲话的。她想得对了，这就站起身来，向朱四奶奶握着手道："我多谢了，我也不到楼上去和他们告辞，我明天早上还有点事要办。"

朱四奶奶握着她的手，摇撼了几下。因点点头道："好的，我不留你。我门口这段路冷静得很，夜深了，恐怕叫不到轿子。我叫男佣人送你回去。"魏太太道："送我到大街上就可以了。"朱四奶奶笑道："那随你的便吧。"她这个笑容，倒好像是包涵着什么问题似的。

魏太太也不说什么，只是道谢。朱四奶奶招待客人是十分的周到，由他家的男工，打着火把，领导着魏太太上道，并另给了她一只手电筒，以防火把熄灭。魏太太在朱公馆里，只觉得耳听有声，眼观有色，十分热闹，忘记了门外的一切。及至走出大门来，这个市外的山路，人家和树林间杂着，眼前没有第三个人活动。宽大的石坡路，两个人走的脚步响，卜卜入耳。天色是十分的昏黑。虽然是春深了，四川的气候，半夜里还是有雾。天上的星点，都让宿雾遮盖了。在山脚下看着重庆热闹街市的电灯，一层层的，好像嵌在暗空里一样。回头看嘉陵江那岸的江北县，电灯也是在天地不分的半中间悬着。因为路远些，雾气在灯光外更浓重。那些灯泡，好像是通亮的星点。人在这种夜景里走，恍如在天空里走，四周看不到什么，只是星点。

魏太太因今天特别暖和，身上只穿了件新做的绸夹袍子，这时觉得身上有些凉飕飕的，身上凉，心里头也就感觉到了清凉。回头看看朱四奶奶公馆，已经落在坡子脚下。因为她家那屋子楼上楼下，全亮着电灯。虽然在夜雾微笼的山洼里，那每扇玻璃窗里透出来灯光，还露出洋楼的立体轮廓。想到那楼里的人，跳舞的跳舞，打唆哈的打唆哈，他们不会想到，这屋子外面的清凉世界。他们说是热闹，简直也是昏天黑地。那昏天黑地的情况，还不如这夜雾的重庆，倒也有这些星点似的电灯，给予人一点光明呢。

她这样想着，低了头沉沉地想。前面那个引路的火把，红光一闪一闪，照着脚步前的石坡，有两三丈路宽大的光亮。尺把高的小树在石崖上悬着，几寸长的野草在石缝里钻着。火光照到它们，显出它们在黑暗中还依然生存着。抬头看看，火把的光芒，被崖上的大树挡住。火光照在枝叶的阴面，也是一片红。那经常受日光的阳面，这时倒在黑暗里了。魏太太在高中念书的时候，国文常考八十分以上。她受有相当文学的熏陶。在这夜景里，触景生情，觉得在黑暗里的草木，若被光亮照着时，依然不伤害它欣欣向荣的本能。天总会亮的。天亮了，就可以露出它清楚的面目。人也是这样，偶然落到黑暗圈子里来了，应当努力他自己的生存，切不可为黑暗所征服。

她越走越沉思，越沉思也越沉寂。前面那个打火把的工友，未免走得远些，他就举了火把过头，人在火把光下面，向魏太太看过来。因道："小姐，你慢慢走吗，我等得起。你朗个不多要下儿？"魏太太径直地爬着坡子。有点累了，这就站定了脚道："我明天早上还有事，不能通宵地玩啦。你们家几天有这么一回场面呢？"男工道："不一定咯。有时候三五天一趟，有时候一天一趟，我们四奶奶，她就是喜欢闹热（川语言热闹，与普通适反）。我看她也是很累咯。我说，应酬比做活路还要累人。今晚上，晓得啥子时候好睡觉啊。有钱的人，硬是不会享福。"

在魏太太心里，正是有点儿良知发现的时候，男工的这遍话，让她听着是相当的入耳。这就笑道："你倒有点正义感。你们公馆里，天天有应酬，你就天天有小费可收，那还不是很好的事吗？"那男工并没有答她的话。把火把再举一举，向山脚下的坡子看去，因道："有人来了。说不定又是我们公馆里来的客，我们等他一下吧。"魏太太因一口气跑了许多路，有点气呼呼的，也就站着不动。

后面那个人不见露影，一道雪亮的手电筒白光，老远地射了上来。却放了声道："田小姐，不忙走，我来送你呀。"魏太太听得那声音了，正是姓洪的。她想答应，又不好意思大声答应，只是默默地站着。那男工答道："洪先生，我们在这里等你。夜深叫不到轿子，硬是让各位受累。"

洪五爷很快地追到了面前，喘着气笑道："还好还好，我追上了，可以巴结一趟差事。朱四奶奶公馆，样样都好，就是这出门上坡下坡，有点儿受不了。"男工笑道："怕不比跳舞有味。"洪五爷笑道："你倒懂得幽默。你回去吧，有我送田小姐，你回去做你的事啰，这个拿去喝酒。"说时，在火把光里，见他在衣袋里掏了一下，然后伸手向男工手里一塞。那男工知趣问道："要得，洪先生要不要牵藤杆（即火把）？"洪先生道："我们有手电筒，用不着。你不要火把，滚回去不成？"那男工还没有听到"不成"那两个字，认为洪先生嫌啰唆，摇晃着火把就走了。

洪五爷走向前，挽了魏太太一只手臂膀，笑道："还有几十层坡子呢，我挽着你走上去吧。"魏太太是和他跳舞过几小时以上的伴侣，这时人家要挽着，倒也不能拒绝，而且这样夜深了，很长的一截冷静山坡路，除了姓洪的，又没有第三个人同走，自己也实在不敢得罪他。因之她只是默然地让人家挟着手膀子，并没有作声。

姓洪的却不能像她那样安定，笑道："田小姐，怎么样，你心里有点不高兴吗？"她答复了三个字："没有呀。"又默然了。洪五爷笑道："我明白，必然是为了今天手气不好，心里有些懊丧，那没有关系，都算我得了。"

魏太太道："那怎么好意思呢，该你的钱，总应该还你。"洪五爷道："不但我借给你做资本那点款子不用还，就是你在皮包里拿出来的现钞，我也可以还你。刚才我上楼去，大大地赢了一笔。这并不是我还要赌，就是我想着和你去捞本了，倒是天从人愿，本钱都挥回来了。既是把本钱捞回来了，为什么不交给你呢？"

魏太太道："你事先没有告诉我呀。若是你输了呢？"洪五爷道："我不告诉你，就是这个原故了。输了，干脆算我的，我还告诉你干什么？告诉我替你输了钱，那是和你要债了，就算不要债，那也是增加你的懊丧。我姓洪的和人服务，那总是很卖力气的。"魏太太听着，不由得格格地笑了一阵。

说着话，不知不觉的走完这大截的山坡路，而到了平坦的马路上。魏太太站着看时，电灯照着马路空荡荡的，并没一辆人力车。便道："五爷多谢你，不必再送，我走回去了。"洪五爷道："不，我得把钱交给你。"说着把声音低了一低，又道："那枚大的钻石戒指，我已经买下来了，也得交给你。"魏太太听了这报告，简直没有了主意，静悄悄地和洪先生相对立着巷子口上，而且是街灯阴影下。

008　不可掩的裂痕

在这天色已到深夜一点钟的时候，街上已很少行人，他们在这巷口的地方站着，那究竟不是办法，由着洪五爷愿做强有力的护送，魏太太也就随在他身后走了。但她为了夜深，敲那冷酒店的店门，未免又引起人家的注意，并没有回去，当她回家的时候，已是早上九点钟了。

她在冷酒店门口行人路边，下了人力车，放着很从容地步子走到自己屋子里去。当她穿过那冷酒店的时候，她看到冷酒店的老板，也就是房东，她将平日所没有的态度也放出来了，对着老板笑嘻嘻地点了个头，而且还问了声店老板早。她经过前面屋子，听到杨嫂带两个孩子在屋子里说话，她也不惊动他们，自向里面卧室里去。这屋里并没有人，她倒是看着有人似的，脚步放得轻轻地走到屋子中间来。

她首先是把手皮包放在枕头下面，然后在床底下掏出便鞋来，赶快把皮鞋脱下。意思是减少那在屋子里走路的脚步声。便鞋穿上了，她就把全身的新制绸衣服脱下，穿上了蓝布大褂。然后，她拿起五屉桌上的小镜子，仔细地对脸上照了一照。打牌熬夜的人，脸上那总是透着贫血，而会发生苍白色的。但她看了镜子，腮上还有点红晕，并不见得苍白，她左手拿了镜子照着，右手抚摸着头发，口里便不成段落的，随便唱着歌曲。

杨嫂在身后，笑道："太太回来了？我一点都不晓得。"魏太太这才放下手上的镜子，向她笑道："我早就回来了。若是像你这样看家，人家把我们的家抬走了，你还不知道呢。"杨嫂道："晚上我特别小心喀，昨晚上，我硬是等到一点钟。一点钟你还不回来，我就睡觉了。"

魏太太道："哪里的话，昨天十二点钟不到，我就回来了。我老叫门不开，又怕吵了邻居，没有法子，我只好到胡太太家去挤了一夜。"杨嫂道："今天早上，我就在街上碰到胡太太的，她朗个还要问太太到哪里去了？"

魏太太脸色变动了一下，但她立刻就笑道："那是她和你开玩笑的。你以为我在外面玩？为了先生的事，我是求神拜佛，见人矮三尺，昨天受委屈大了。"说着长长地叹了一口气，然后抬起手来拍两下胸脯道："我真也算气够了。"杨嫂远远地望着她的，这就突然地跑近了两步，低了头，向她手上看看道："朗个的？太太！你手上又戴起一只金刚钻箍子？"

魏太太这才看到自己的右手，中指和无名指上，全都戴了钻石戒指。便笑道："你好尖的眼睛，我自己都没有理会，你就看到了。这只可不是我的，就是我自己那只小的，我也要收起来，你可不要对人瞎说。"杨嫂眯了眼睛向她笑着，点了两点头道："那是当然吗，太太发了财，我也不会没有好处。"魏太太道："不要说这些闲话了，你该去买午饭菜。两个孩子都交给我了。下午我要到看守所里去看看先生，上午我就在家里休息了。"说着，在枕头下面，掏出了皮包。打了开来，随手就掏了几张千元的票票塞到她手上。

这个时候，重庆的猪肉，还只卖五百元一斤，她接到了整万元的买菜钱，她就知道女主人又在施惠，这就向主人笑道："买朗个多钱的菜，你要吃些啥子？"魏太太道："随便你买吧。多了的钱就给你。"杨嫂笑道："太太又赢了钱？"魏太太觉得辩正不辩正，都不大妥当。微笑着道："你这就不必问了，反正……"说着，把手挥了两挥。杨嫂看看女主人脸上，总带着几分尴尬的情形，她想着，苦苦地问下去，那是有点儿不知趣，于是把两个孩子牵到屋子里来，她自走了。

魏太太虽坐在儿女面前，但她并没有心管着他们，斜斜地躺在床上，将叠的被子撑了腰，在床沿上吊起一只脚来，口里随便地唱京戏。她自己不知道唱的是些什么词句，也不知道是唱了多少时候，忽然有人在外面叫道："魏太太，有人找你。"这是那冷酒店里伙计的声音，她也料着来的必是熟人。由床上跳下，笑迎了出来。

那门外过人的夹道里，站住了一位穿西服的少年，相见之下，立刻脱帽一鞠躬，并叫了一声田小姐。魏太太先是有点愕然，但听他说话之后，立刻在她醉醺醺的情态中恢复了记忆力，这就是昨晚上在朱四奶奶家见面的青衣名票宋玉生。遂哟了一声道："宋先生，你怎么会找到我这鸡窝里来了？"他笑道："我是专诚来拜访。"魏太太想到自己在朱四奶奶家里跳舞，是那样一身华贵，自己家里却是住在这冷酒店后面黑暗而倒坏的小屋子里，心里便十分感到惶惑。但是自从昨晚和他一度跳舞之后，对他的印象很深，人家亲自来拜访，也可以说是肥猪拱门，怎能把人拒绝了。站着踌躇了一会子，还是将他引到外间屋子来坐。

恰好是她两天没有进这房间，早上又经杨嫂带了两个孩子在这里长时期的糟乱。桌上是茶水淋漓，地板上是橘子皮花生皮。几只方凳子，固然是放得东倒西歪，就是靠墙角一张三屉小桌，是魏端本的书房和办公厅，也弄得旧报纸和书本，遮遍了全桌面，桌面上堆不了，那些烂报纸都散落到地面上来。魏太太一连的说屋子太脏，屋子太脏，说着，在地面抓了些旧报纸在凳面子上擦了几下，笑道："请坐请坐，家里弄成这个样子，真是难为情得很。"

宋玉生倒是坦然地坐下了。笑道："那要什么紧，在重庆住家的人，都是这个样子，你不看我穿上这么一身笔挺的西装。我住的房子，也是这样的挤窄。所以人说，在重庆三个月可以找到一个职业，三年找不到一所房子。"说着，他嘻嘻地一笑。因为他这向话是断章取义的，上面还有一句，就是三天可以找到一个女人。

魏太太陪着客，可没有敢坐下，因为她没有预备好纸烟，也不知道杨嫂回来烧着开水没有，请客喝茶，也是问题。只是站着，现出那彷徨无计的样子。

宋玉生倒是很能体会主人的困难，笑着站起来了。他道："我除了特意来拜访而外，还有点小意奉上。田小姐昨天不是对我那烟盒子和打火机都很感到兴趣吗？我就奉上吧。"说着，在西服袋里把那只景泰蓝的烟盒子，和那只口红式的打火机都掏了出来，双手捧着，送到魏太太面前。

魏太太这才明白他来的用意，笑道："那太不敢当了，我看到这两样小东西好，我就这样的随便说了一声，我也不能夺人之所爱呀。"宋玉生笑道："这太不值什么的东西，除非你说这玩意瞧不上眼，不值得一送。要不然的话，我这么一点专诚前来的意思，你不好意思推辞的。"他说的话，是一口京腔，而且斯斯文文地说得非常的婉转，不用说他那番诚意，就是他这口伶俐的话也很可以感动人。于是她两手接着烟盒子与打火机，点了头连声道谢。

宋玉生看着，这也无须候主人倒茶进烟了，就鞠躬告辞。魏太太真是满心欢喜，由屋子里直送到冷酒店门口，还连声道着多谢。这个时候，正好陶伯笙李步祥二人，由街那头走了过来，同向她打着招呼。

陶伯笙和魏端本是多时的邻居，在表面上，总得对人家的境遇，表示着关切，这就向前走着两步，问道："魏先生的消息怎么样了？"魏太太道："我是整日整夜地为了这件事奔走，我还到看守所里去过好几次。不过他倒是处之坦然，因为他这件事完全是冤枉。"她说着，脸上透着有点尴尬，说句不到屋子里坐坐，转身就向屋子里去了。

李步祥随在陶伯笙后面，走到他屋子里，忍不住先摇了两摇头道："这事真难说，这事真难说。"陶伯笙道："什么事让你这样兴奋？"李步祥道："你不看到她送客出来吗？那客是什么人？"陶伯笙笑道："你也太难了。魏端本也是个青年，他有青年朋友，那有什么稀奇？"李步祥道："魏端本为人，我大概也知道，他那人很顽固的，不会带着漂亮青年向家里跑的，而况这位漂亮青年，还和平常人不同，他是个青衣名票，哪个青年妇女不喜欢这种人呢？"陶伯笙笑道："你简直说得颠三倒四，既然说是人家这行为难说，又说青年妇女都爱漂亮青年。"李步祥抬起手乱摸了几下头，笑道："反正我觉得这事有点尴尬。"陶伯笙道："玩票也是正当娱乐，玩票的人，就不许青年妇女和他来往吗？你可少提这些话，来支烟，我们还是谈谈我们的正经生意。"

陶伯笙掏出纸烟盒来，向客敬着烟，把他拉着坐下，只是谈生意经，把这问题就扯开了。李步祥本来对这事是无意闲谈的，见老陶极力地避免来谈，倒越是有些注意。抽着纸烟想了一想，摇了两摇头道："现在的生意真不大好做。你看到那样东西会涨价，他偏偏瘟下来。你说那样东西是个冷门，有半个月就翻成两倍的。我有个朋友，在年底下就由贵阳运了几箱纸烟来，不料到了现在为止，纸烟就没有涨过价，这半年的利钱，赔得可以。说到金子，官价变成了三万五，应该可以不做了，可是只要你有胆量，尽可放手去做。

老范这回买的几百两金子，又翻了一个身子。黑市老是七八万。他说，下个月初，官价一定要提高，准是五万到六万。有钱现在还可以做。一万五变到两万的时候，那是大家大意，把这事错过了。两万变到三万五的这一关，谁都知道，我们还大大凑上一回趣呢。可是我们全和人家跑路，自己只落个几两，赚死了也有限。我们就那样想不通，为什么不借钱做上一大笔呢？我们就是借重庆市上最高的利，也不会超过十五分去。一百万才十五万利息而已，那时一百万可以做五十两黄金储蓄。现在出让给人，三万八到四万一两，没有问题，怎么着，也是对本对利。若是再熬两个月，不用，只熬半个月，等到官价变成了五万，我们这早期的储蓄券，五万二三，人家抢着要，那就赚多了。我们虽然没有老范的那样大手笔，可是把什么东西都变卖了，百十万元总凑得出来。现在一百万，可以买到二十八两。不到两个月，怕不是一百五六十万，比做什么生意都强。"

陶伯笙道："你那意思是要在五万元官价还没有宣布以前，又想抢进。"李步祥抬起手来搔着头皮了。他笑道："你说怎么办吧。现在除了做黄金储蓄，就没有把握。我做了两三年的百货，自问多少有些办法。可是这几个月来，我把老底子赔下三分之一去了。前两天接到湘西朋友来信，那边百货，总比这里便宜一半。我有心赶公路跑一趟。但是等我回来了，说不定重庆的货又垮下去了。货到地头死，我岂不要跳扬子江？我想来想去，挑稳的赶，决计把我手上的存货都卖了，换到了法币，我再去换黄金。"

陶伯笙道："这事情倒是可做。不过你还是向老范去请教请教，下个月的黄金官价，是不是真会变成五万呢？"李步祥道："你这话可问得外行。老范也不是财政部长。他知道黄金涨不涨价呢？不过这事实是摆在眼面前的。黑市比官价高出一倍有余，谁做财政部长，也不能白瞪着眼睛，让买黄金的人赚国家这些个钱。迟早是要涨价的，他又何必等？不过这里面有点问题，就是经济专家，也没有把握来解决。那是什么呢？就是官价涨了，黑市必然也跟着涨。这就事情越搞越糟了。可是我们做黄金储蓄的人，只要定单拿到手，可不管他这些。"

陶伯笙望了他笑道："老李，看你不出，你还有这么一套议论。"李步祥道："现在有三个买卖人在一处，哪个不谈买金子的事。我不用学，听也听熟了。"

陶伯笙道："这话说得有理。不过我陪你老兄跑了两天市场，全是瞎撞，一点没有结果，今天我不奉陪，你单独的去找老范吧，不过有一层……"说着，把声音低了一低道："关于隔壁那个人儿的事，你不要对老范说。本来我们和魏端本是好邻居，也是好朋友，我们这就感到十分尴尬，老范和那人我们不都是赌友吗？多少在老魏面前，我们是带点嫌疑，若是再加些纠纷，我们在朋友之间，可不好相处。"李步祥笑道："我才管不着这事呢。这时候，老范大概是在家里吃饭，我就去吧。"说着，抓起放在桌上的一顶旧帽子，起身就走。

陶伯笙追到门外叫道："若是买卖谈好了，不要忘了我一份啦。"李步祥笑着说："自然自然，老范也不是那种人。"他说了话，看到魏太太带了两个小孩子在街上买水果，和她点着个头，没说什么就走了。

他到了范宝华家里，老范正在客厅里，桌上摆着算盘账本，对了数目字在沉吟出神。看到李步祥便道："你这家伙，忙些什么啦。有好几天都没有见着你了。"李步祥道："你问问府上的女管家，我每天都来问安二次，总是见不着你。我猜你这时该吃饭了，特地来看你。"说着，他伸着脖子，看看桌上的账本。

范宝华笑道："你这家伙也不避嫌疑，我的账目，你也伸着头看。"李步祥道："我也见识见识，你现在到底做些什么生意呢？"范宝华笑道："你呀，学不了我。我现在又预备翻身，我打算把那几百两黄金储蓄券，再送到银行里去押一笔款子，钱到了手，再买黄金储蓄券，等到黄金官价变成五万的时候，把新的一批黄金储蓄券卖了，少卖一点吧，打个九折，一两金子，我白捞它一万。也许是半个月，也许是十天，我就又赚他几百万。老李，你学得来吗？"他说着这话，得意之至，取出一支烟卷放在嘴里。唰的一声，在火柴盒子边上把火柴擦着，拿火柴盒和拿火柴的手，都觉得是很带劲。

李步祥在他斜对面的椅子上坐着，偏了头向他望着。笑道："老兄，你也是玩蛇的人不怕蛇咬。上次你在万利银行存款买金子，上了人家那样一个大当，还要想去银行里设法吗？"范宝华道："哪家银行做买卖，会像万利这样呢？他们连同行都得罪了。现在万利的情形怎么样？昨天下午，我由他们银行门口经过，看到他们在柜上的营业员，像倒了十年的霉，全是瞌睡沉沉的要睡觉。这是什么原故，不就是想发财的心事太厉害吗？"

李步祥嘻嘻地笑着，望了范宝华不作声。他道："你今天为着什么事来了？只要是我帮得到忙的，我无有不帮忙的。你老是做这副吞吞吐吐的样子干什么？"李步祥道："我笑的不是这件事，我要你帮忙的事情多了，我还要什么丑面子，不肯对你说。我笑是笑了，可是我不对你说。老陶再三警告我也不要我对你说。"

范宝华对他脸看了一看，笑道："你不用说，我也明白，不就是魏太太的事吗？"李步祥摇摇头道："不是不是！我根本没有看到她。"说着话时，他脸上红红的。

范宝华口角里衔了烟卷，靠在椅子背上两手环抱在怀里对了李步祥笑着。李步祥笑道："其实告诉你，也没有什么关系，我看到她由家里送客出来。"

范宝华道："这比吃饭睡觉还要平常的事。陶伯笙又何必要你瞒着哩？显然是这里面有点儿文章。她送客送的是洪老五吧？"李步祥道："那倒不是。那个人是位名票友。"

范宝华将大腿一拍道："我明白了，是宋玉生那小子。昨晚上在朱四奶奶家里和他只跳舞了一回，怎么就认识得这样熟？"李步祥笑道："你猜倒是猜着了。但是那也没有什么稀奇。"

范宝华道："自然不稀奇。他们能在一起跳舞，为什么就不能往来。不过你好像就是为了这事要来报告我的。那能够是很平常的事吗？老李，我也是个老世故，难道这点儿事我都看不出来吗？"李步祥道："其实我没有看到什么，我就只觉得奇怪，怎么会由魏太太家里，走出一位青衣名票来？何况魏先生又不在家。"

范宝华冷笑一声道："哈哈，奇文还不在这里哩。她昨晚上由朱四奶奶家里出来，根本就没有回去，洪五送着她走的，不知道把她送到哪里去了。我怎么知道？吴嫂今早上菜市买菜，碰到他们的。算了，不要提她了，我最冤的，是前天送了她半只钻石戒指。"李步祥道："怎么会是半只呢？"

范宝华道："洪五要我合伙送她的。洪五要讨好她，为什么要我出这一半钱呢？好！我也不能那样傻瓜，反正羊毛出在羊身上，我得向洪五借一笔资本。我这黄金储蓄券，不要抵押了，我得和洪老五借钱。老李，你帮我一个忙，和我侦探侦探他们的路线。"李步祥笑道："你吃什么飞醋，侦探他们的路线又怎么样？这位太太根本不认识洪五，完全是你介绍的。"

范宝华沉着脸子想了一想，点头道："当然是我介绍的，我的用意……不说了，不说了，可是不该要我出半只钻石戒指的钱。这种女人，好赌，好吃，好穿，现在又会跳舞，我还对她有什么意思。她丈夫坐了牢，她像没事一样，打扮得花蝴蝶子似的，东游西荡，那就是个狠心人。也好，落得让洪五去上她的当。"他越说是越生气，脸子涨得红红的。

那吴嫂提了一壶开水，正走出来向桌子上茶壶里冲着茶。她不住地撩着眼皮，将大眼睛望了主人，却是抿了嘴笑。李步祥道："你笑什么？我笑我们说田小姐吗？"

她冷笑道："啥子小姐哟，不过是说得好听吧？我们做佣人的，不敢说啥子，她来了，先生叫我朗个招待，我就朗个招待。实说吗，招待别个，别个是不见情的。"她口里这样批评，对于生人，却又显出特别的殷勤，将新泡的茶，斟上了一杯，从从容容地送到别人面前。主人虽然嫌她多嘴。可是由于她的恭顺态度，先就忍住了那份不快。加之她两手捧出茶杯过来时，那两只手，又洗得干干净净，也觉得这佣人是不容易雇请得到的。于是接着她的茶碗，向她点了两点头，表示着接受她的劝告。

吴嫂这就更得意了，索性站在主人面前不走开，问道："说不定耍一下，她又要来咯。她来了，你撅她吗（撅为直接讥讽之意）。"范宝华哈哈笑道："那又何至于。她这样乱搞，我倒是原谅她。她爱花，丈夫没有钱，自己也没有钱，只要搞得到钱，她就什么不管了。"

李步祥道："人为财死，鸟为食亡，谁不是这样？"范宝华摇摇头道："那也不尽然，她要肯像其他公务员的眷属一样过着苦日子，不赌钱，不要穿漂亮衣服，她用不着这样乱搞了。"吴嫂道："对头！无论男女，总要有志气吗。我穷，我靠了我的力气和人家做活路，我也不会饿死。"李步祥笑着伸了个大拇指向她笑道："那没有话说，吴嫂是好的。"

范宝华虽是这样说了，但他不肯再说什么，只是捧了那杯茶，默然地坐着。李步祥看他那脸色，也不说什么，吴嫂不知道他们是什么意思，也自走开，但是加强了她一个信念，对于魏太太是无须再客气的了。

009 一误再误

在这日的下午，吴嫂这个计划，就实现了。约莫是下午三点钟，魏太太穿了一身鲜艳的衣服，就来敲门。她那敲门的动作，显然是不能和普通人相同。两三下顿一顿，而且敲的也不怎么响。那个动作，分明是有点胆怯。吴嫂在开门的习惯里，她已很知道这事了。现在听到魏太太那种敲门的响声，她就抢步出来。比往日懒于去开门的情形，那是大变了。她在门里就大声问道："哪一个？范先生不在家。"

魏太太听了是吴嫂的声音，就轻声答道："吴嫂，是我呀，我给你们送吃的来了。"这声音是非常的和缓，吴嫂拉开门来，却见魏太太手上提着柳条穿的两尾大鲤鱼，她很怕这鱼涎会染脏了她的衣服，把手伸得直直的，将鱼送了出去。她笑道："吴嫂，快提进去，这鱼还是活的。拿水养着吗。"

吴嫂摇摇头道："先生不在家，我们不要，我也做不得主。"她这样说着时，脸上可不带一点笑容，黑腮帮子绷得紧紧的，很有几分生气的样子。魏太太道："这有什么做不得主的呢。两条鱼交给你，也没有教你马上就吃了它。范先生回家来，他要是不肯受，你就把鱼退还给我，也就没有你的责任了。我和范先生也不是初交，送这点东西给他，也值不得他挂齿。"她说着话时，也不免有点生气，她心里想着好像送鱼来你们吃，倒要看你们下人的颜色。于是把手上提的鱼，向大门里面石板上一丢，淡笑道："范宝华回来了，由他去处理吧。"

吴嫂看她这样子，却不示弱，也笑道："交朋友，你来我往，都讲的是个交情吗！……朋友若是对不住别个，别个留啥子交情。洪五爷比我们先生有钱，那是当然，就比我们先生交得到女朋友。我们先生也是不怕上当，第一个碰到啥子袁小姐哟，落个人财两空。现在买起金刚钻送人，又落到啥子好处吗？"她说着话时，将头微微偏着，眼睛是白眼珠子多，黑眼珠子少，那一脸瞧不起人的样子，是谁也知道她的用意何在？

魏太太倒没想到好意送了东西来，倒会受老妈子一顿奚落，也就板了脸道："吴嫂，啰哩啰唆，你说哪个？我为了范先生喜欢吃鱼，买到两条新鲜的，特意送了来，这难道还是恶意。你这样不分青红皂白乱说，你忘记了自己是个老妈子。"

吴嫂道："是老妈子朗个的？我又不做你的老妈子。老实说，我凭力气挣钱，干干净净，没得空话人说，不做不要脸的事情。"她越说声音越大，这里的左右邻居，听到那骂街的声音，早已有几个人由大门里抢出来观望。

魏太太将身子一扭道："我不和你说，回头和你主人交涉。"说着，她就开快了步子，向街上走去。她又羞又气，自己感到收拾不了这个局面，低着头走路分不出东西南北，自己也不知道是要向哪里去。及至感到身边来往的人互相碰撞着，抬头定睛细看，才知道莫名其妙的，走到了繁华市中心区精神堡垒。

她站在一幢立体式的楼房下面，不免呆了一呆，心里想着：这应当向哪里去，还是回家？还是找个地方玩去？回家没有意思，反正两个孩子都交给了杨嫂了。不过要说是去玩的话，也不妥当，有一个人去玩的吗？事前并没有约会什么人去玩，临时抓角色，谁愿意来奉陪。现在总算有了时间，不如趁此机会，到看守所里去看看丈夫。本来在魏端本入狱以后，还只看过他一次，无论如何这是在情理上说不过去的，就是每逢到亲友问起来，魏先生的情形怎么样时，自己也老是感觉到没有话答复人家。现在到看守所里去和他碰一次头，至少在三两天以内，有人问魏端本的事，那是可以应付裕如的。她有了这么个主意，就向看守所那条大街上走去。

当她走了百十步之后，抬头一看电线杆上的电灯，已经在发亮。她忽然想着：虽然丈夫关在看守所里，而探监是什么手续，自己还毫无所知。到了这个时候法院还允许人去探看犯人吗？她迟疑着步子，正在考虑着这个问题，她忽然又想着：法院让不让进去，那是法院的事，去不去，却是自己的事，就算魏端本是个朋友吧，也可以再去看看，何况自己正闲着呢。她是这样地想，也就继续地向前走。忽然有人在面前叫了一声："田小姐。"

站住脚向前看看，乃是洪五夹了一个大皮包，挺了胸脯走过来。他第二句便问："到哪里去？"魏太太道："我上街买点东西，现在正要回家。"洪五牵着她的袖子，把她牵到人行路边一点，笑道："不要回家了，我带你一个很好的地方去吃晚饭。"她道："这样早就吃晚饭，总也要到六点钟以后再说吧。"洪五道："当然不是现在就去，现在我也有一点事。我说的也是六点钟以后的事。现在我还要到朋友那里去结束一笔账，你可不可以和我一路去？"魏太太道："你和朋友算账，我也跟了去，那算怎么回事？"洪五道："这个我当然考虑到的，但是我说去找的朋友之家，并不是普通人家，他们家根本就是门庭若市。你就不和我去，单独地也可以去的。走吧走吧。"说着，挽了她一只手就要向前拉。

魏太太扯着身体道："那我不能去。我知道什么地方？"洪五笑道："你想，我会到哪里去算帐结账呢？无非是银行银号。银号里，谁不能去呢。"魏太太道："能去，我为什么要去。"洪五笑道："我给你在那里开个户头，你和他们做来往，你还不能去吗？"

魏太太听了这话，内心一阵奇痒，那笑容立刻透上了两腮。可是她不肯轻易领这个人情，却向他笑道："你开什么玩笑。你也当知道我是不是手上拿着现款不用的人。我会有钱拿到银行里去开户头吗？"洪五道："我又不是银行里的交际科长，我凭什么拉你到银行里去开户头？我说这话，当然用不着你出钱。"

魏太太终于忍不住笑出来了，就扶了他的手臂道："那我们就一路去看看吧，反正我也不会忘记你这番好意。"洪五一面和她并肩走着，一面笑道："直到现在，你应当知道你的朋友里面是谁真心待你。"魏太太走着路，将手连碰了他两下手臂。因道："这还用得着你说吗？我把什么情分对待你，你也应当明白。"洪五笑道："但愿你永远是这个态度，那就很好。"魏太太道："我又怎么会不是这个态度呢？"

两人越说越得劲，也就越走越带劲，直走到一家三祥银号门口停了脚步，魏太太才猛然省悟，这事有点不对。现在已是四点多钟，银行里早已停止营业，就是银号也不会例外。这个时候，到银号里去开个什么户头？她的脸上，立刻也现出了犹豫之色。洪五见她先朝着银号的门看看，然后脸上有些失望，立刻也就明白了。笑道："你以为银号营业，已经过了时，我说的话是冤你的吗？我果然冤你，冤你到任何地方去都可以，我何必冤你到银号里来，而况银号这种地方……"

魏太太恐怕透出自己外行，这就向他笑道："你简直像曹操，怎么这样多心？我脸上大概有些颜色不平常吧？这是我想起了一桩心事，这心事当然是和银行银号有关的，这个你就不必问了。"洪五果然也不再问，向她点了两个头，引着她由银号的侧门进去。

这银号是所重庆式的市房，用洋装粉饰了门面的。到了里面，大部分的屋子是木板隔壁，木板上开了不少的玻璃窗户，电灯一齐亮着，隔了窗户，可以看到里面全是人影摇动。经过两间屋子时，还听到里面拨动算盘子的声音，放爆竹似的，她这就放了大半颗心，觉得银号的大门虽然关了，可是里面办业务的人那份工作紧张，还有很惊人的，也许是熟人在这时候照样的开户头。这些她就不多言，随了洪五，走到后进屋子里去。

正面好像是一间大客厅，灯火辉煌中，看到很多人在里面坐着。喧哗之声，也就达于户外。但洪五并不向那里走；引着她走进旁边一间屋子里去，这里是三张藤制仿沙发椅子，围了一张矮茶几。倒是另有一套写字桌椅，仿佛是会客而兼办公的屋子。他进来了，随着一位穿西装的汉子也进来了。他向洪五握着手笑道："五爷这几天很有收获。"洪五笑道："算不了什么，几百万元钞票而已，现在的几百万元，又做得了什么大事。"于是给他向魏太太介绍，这是江海流经理。介绍过之后，他立刻声明着道："我介绍着田小姐在贵号开个户头，希望你们多结十点利息。"

江海流笑道："请坐请坐，五爷介绍的那不成问题，今天当然是来不及了。当然是支票了，请把支票交给我，我开着临时收据，明天一早，就可以把手续办好。"他一面说话，十面忙着招待，叫人递茶敬烟。洪五先坐下来，他似乎不屑于客气，首先把皮包打开来。见江海流坐在对面椅子上，就向他笑道："明天又是比期，我们得结一结账了。"

江海流见茶房敬的烟，放在茶几上没有用。客人似乎嫌着烟粗。这就在西服袋里掏出赛银扁烟盒子来，打开了盖，托着送到洪五面前笑着："来一支三五吧，五爷。"洪五伸手取了一支烟，还转着看了一看。笑道："你这烟，果然是真的。不过新货与陈货大有区别。"江海流道："若是战前的烟，再好的牌子，也不能拿出来请客吧？"说着，收回了烟盒子，掏出打火机来，打着了火给洪五点烟。洪五伸着脖子将烟吸着了。点了两点头笑道："不错，是真的三五牌。"他将左手两个指头夹住了纸烟，尖着嘴唇，箭一般的，喷出一口烟来。

魏太太在一边看着，见他对于这位银号经理，十分地漫不经心，这就也透着奇怪，不住地向主客双方望着。洪五向她微笑了一下，似乎表示着他的得意，然后将放在大腿上的皮包打开，在里面取出一叠像合同一样的东西，右手拿着，在左手手掌心里连连的敲打了几下，望了江海流微笑着道："我们是不是要谈谈这合同上的问题？"

江海流看到他拿出那合同来的时候，脸色已经有点变动。这时他问出这句话来，这就在那长满了酒刺的长方脸上，由鼻孔边两道斜纹边，耸动着发出笑容来。他那两只西服的肩膀，显然是有些颤动，仿佛是有话想说而又不敢说的样子，对了洪五，只是微点了下巴颏。

洪五道："你买了我们的货，到期我若不交货，怕不是一场官司。现在我遵守合同，按期交你们的货，你们倒老是不提，可是我们抛出货去的人，就不能说硬话了。货不是还在手上吗？自然我可以没收那百分之二十的定钱，但是那不是办法。因为我是缺少头寸，才卖货的。没有钱，这比期我怎么混得过去？我若是不卖给你们，卖给别人的话，在上个比期我的钱就到手了。我已经赔了一个比期的利息，还要我赔第二个比期的利息吗？"他口里这样说着，手上拿了那合同，还是不住地拍打着。

江海流笑道："这话我承认是事实。不过洪先生很有办法，这一点货冻结不到你。我们也是头寸调不过来。若是头寸调得过来的话，我们也不肯牺牲那笔定钱。"洪五哈哈地冷笑了一声道："牺牲那笔定钱？做生意的人，都是这样的牺牲，他家里有多少田产可卖？本来吗，每包纱，现在跌价两三万，一百包纱就是二三百万。打胜仗的消息，天天报上都登载着，说不定每包纱要跌下去十万，有大批的钱在手上，不会买那铁硬的金子，倒去做这跌风最猛的棉纱。不过当反过来想一想，若是每包纱涨两三万，我到期不交货，你们是不是找我的保人说话？"

江海流经理果然是有弹性的人物，尽管洪五对他不客气，他还是脸上笑嘻嘻的。等他说完了，这就点点头道："五爷说的话，完全是对的。但是我们并不想拿回那笔定钱，也就算是受罚了。只要我们肯牺牲那笔定钱，我们也就算履行了合同。"洪五道："当然我不能奈你何。可是这一百包纱放到了秋季，你怕我不翻上两翻。那东西也不臭不烂，我非卖掉不可吗？你们以为我们马上收回武汉，湖北的棉花，就会整船的向重庆装，没有那样容易的事；打仗不是做投机买卖，说变就变。明年秋天，也许都收复不了武汉。你们不要你以为我一定要卖给你们吗！但是我也不能无条件罢休，我这里有二百两黄金储蓄券，在你们贵号抵押点款子用用。请你把利息看低一点，行不行？"说着，他把那张合同再放进皮包，再把里面的黄金储蓄券取出来。

魏太太在旁边侧眼看着，大概有上十张。她想，洪五说是有二百两黄金，那决不错。他无非又是套用老范那个法子，押得了钱再去买黄金。那江海流恰也知道他这个意思，便向他笑道："五爷大概证实了，黄金官价，下个月又要提高。转一笔现钞在手上，再拿去买黄金储蓄。"洪五笑道："既然知道了，你就替我照办吧。"

江海流向他微笑着，身子还向前凑了几寸路，做个恳切的样子，点了头道："过了这个比期再办，好不好？"洪五笑道："你以为我过得了比期？"正说到这里，一个茶房进来说有电话。江海流出去接电话去了，洪五悄悄地向她笑道："你看到没有？不怕他是银号里的经理，我小小地敲他一个竹杠，他还是不能不应酬。"魏太太看他可以压倒银行家，也是很和他高兴的。向他低声道："你真可以的。"洪五笑着点了两点头，彼此默然相视而笑。

这就听到江海流在隔壁屋子里接电话，发出了焦急的声音道："这就不对了，颜先生……我们这样好的交情，你不能在比期的前夜给我们开玩笑。这个日子，我们差不了两千万。"说到这里，他接连地称是了一阵，仿佛是听电话那边的人训话。随后他又道:"虽然我们也做了一点黄金储蓄,那都是同事们零星凑款,大家凑趣的。你真要我们把这些储蓄券拿出来,也未尝不可以。不过颜先生对我们小号的交情就似乎有点欠缺了。哦!说到洪五爷他正在我们这里。我们的账目全都答应展期了。哦!要洪五爷说话,好好!"

听到这里,洪五自取出纸烟来吸着,头放在椅子靠背上,两眼翻着望了天。烟由口里喷出来,像是高射炮。这时,江海流走了进来,一路的拱着揖,他笑道:"五爷,颜老总来了电话,正和我们为难,请你去给我们圆转两句,我说你的账目,已经解决了。"

洪五笑道:"全都解决了?拿货款来。"说着伸出一只手向江海流招了几招。江海流还是抱了拳连连地拱着。洪五站起来笑道:"我的话不能白说,你得请我吃一顿。"江海流道:"那没有问题,我一定办到,我一定办到。"口里说着,手上还连连的拱着。在这种客气的条件下,洪五就跟着走了。

魏太太坐一旁,虽没有开言,可是她心里想着:洪五和老范,同是做投机买卖的人,那就相差得多了。老范到银行里去求人,还要吃万利银行的亏。老洪到这银号里来,只管在经理面前搭架子,这位经理,还是不住地向他说好话。这也就可以知道两个人的势力大小了。

她这样想着,就不免对那皮包注视了一下。洪五走得匆忙,他丢下皮包,起身就出门去了。这皮包恰是不曾盖起来,三折的皮面,全是敞开的,而且皮包就放在椅子上她手边。她随手在皮包夹子里掏了一下,所掏着的,是整叠的硬纸。抽出来看时,便是洪五刚才表现的那叠黄金储蓄券。当面一张,填的数目就为五十两,户头是洪万顺。洪五的名字叫清波,倒是相当雅致的,这个户头绝对是个生意买卖字号。这可见做黄金储蓄的人,随便写户头,不必和他的本名有什么关系。

她一面想着一面翻弄着那叠黄金储蓄券。这里面的数目有十两八两的,户头有赵大钱二之类的。她想着,顺便和老洪开开玩笑,把那户头普通的给抽下两张,看他知道不知道。她带着笑容,就抽出三张储蓄券来,顺手塞到衣服袋里,把其余依然送到洪五的皮包里去。

她这时几乎是五官四肢一齐动用,手里做事,耳朵却听着洪五在隔壁屋子里打电话,但听他哈哈大笑,说一切好商量好商量,似乎正在高兴头上。这又随手在皮包里摸索一阵,拿出来一大叠单据来看看,里面有本票,有收条,有支票。其中的支票,也形式不一,有划现的,有抬头的,也有随便开的。数目字都是几十万。而其间几张银行本票，至少的也是十五万，在赌场上时见着中央银行的五万元本票，大家都笑着说要把它赢了过来，当为个良好的彩头。中央银行的本票，和其他银行的本票又不同，拿到大街上去买东西，简直当现钞用。这时眼面前就摆着有十五万元，五十万元，七十万元的中央银行本票。为什么不顺手拿过来呢？心里这一反问，她又把三张本票揣到口袋里去了。

但那些支票，她拿在手上，还看了沉吟着。她想划现和抬头支票，当然不能拿。就是普通支票，也当考虑。到银行里去取现的时候，很可能会遭受到盘问的。她正是拿不定主意，就听到洪五在电话里说着再会。这也就不能再耽误了，立刻把所有的支票收条，一把抓着，向那皮包里塞了进去。

接着听到洪五在屋子外面笑着："该请客了，一切是顺利解决。"她心里到底是有点摇撼，她就站起身来，迎到屋子门口去，手皮包也夹在肋下。看到了洪五，首先表示着一种等得不耐烦的样子，然后皱了眉道："我还有事呢，要先走了，反正今天开户头也来不及了。"洪五笑道："田小姐，你忙什么呢？这里江经理要请客呢。"

江海流在后面跟着来，脸上也是笑容很浓，而且这番笑意，不是先前那番苦笑，而是眉飞色舞由心里高兴出来的样子。他鞠着半个躬道："田小姐，你倒是不必客气。我们敝号里有个江苏厨子，一部分朋友都说他的手艺可以，随便三五个人，邀着到我们这里来吃便饭的事，常常有之。刚才问过了厨子，今天正买着了一条好新鲜青鱼。"洪五走进屋子来，很不经意地收起了他的皮包在手上提着。向她笑道："他们的便饭，可以叨扰，我说市面上的话，负责要得。"

魏太太最是爱吃点儿好菜，洪五点明了要江经理请他，而江经理请的就是在本银号里面，想必这厨子必定不错。而且认识这位银号经理，对自己也没有什么不好之处，也就笑着点点头道："那就叨扰吧。"于是洪五在前引路，魏太太跟着，最后是江海流压阵。走了几步，江海流在后叫道："田小姐，你丢了东西哩。"可是她回头看时，脸就通红了。

010　破绽中引出了线索

原来江经理所说魏太太遗落的东西，这是让人注意的玩意，乃是一张中央银行五十万元的本票。那江经理口里说着，已是在地面上将这张本票捡了起来，手里高高地举起，向她笑道："田小姐，你失落这么一张本票，大概不算什么。可是非亲眼得见，由你身上落下来，我捡着了这张东西，还是个麻烦：收起来，怕是公家的；不收起来，交给谁？"魏太太深怕他泄漏这秘密，他却偏是要说个清清楚楚。她赶快回转身来，说了声谢谢，将这张本票接了过去，立刻向身上揣着。

洪老五对于这事，倒也并没有怎样地介意。他们宾主三人，都到了楼上的时候，这位江经理真肯接受洪老五的竹杠，在餐厅里特意地预备下了一张小圆桌，桌子上除已摆下菜碟而外，还有一把精美的酒壶，放在桌子下首的主位上。魏太太对于这酒的招待，很有戒心，看到之后，就哟了一声。洪老五好像很了解她这个惊叹姿态，立刻笑道："没有关系。你不愿喝，你就不必喝吧，这是江经理待客的一点诚意。"魏太太说了声多谢，和洪老五同坐下。

吃时，除了重庆所谓杂镶的那个冷荤之外，端上来的第一碗菜，就是红烧海参。魏太太心里正惊讶着，洪五举起筷子瓷勺来，先就挑了一条海参，放到他面前小碟子里去，笑道："在战前，我们真不爱吃海参，可是这五六年来，先是海口子全封锁了，后来是滨海各省的交通，也和内地断了关系，海参鱼翅这类东西就在馆子里不见面了。后方的人本来没有吃这个的必要，也就没有人肯费神，把这东西向里运。不过有钱的人，总是有办法，他要吃鱼翅海参的话，鱼翅没有，海参总有。"说着，他伸着筷子头，向海参菜碟子里，连连地点了几下，又笑向魏太太道："有款子只管放到三祥银号来，你看江经理是一位多么有办法的人。"

江海流笑道："这也不见得是有什么办法。有朋友当衡阳还没有失守的时候，由福建到重庆来，就带些海味送人。我们分了几十斤干货，根本没有舍得吃。现在胜利一天一天地接近，吃海参的日子也就来了，这些陈货可以不必再留，所以我们都拿出来请客。大概再请几回，也就没有了。"洪五向魏太太笑道："我说怎么样，有个地方可以吃到好菜吧？这些菜在馆子里你无论如何是吃不到的。"

正说到这里，茶房又送一盘海菜来，乃是炒鱿鱼丝。里面加着肉丝和嫩韭菜红辣椒，颜色非常的好看。她笑道："战前我就喜欢吃这样菜。虽然说是海菜，每斤也不过块儿八毛的。现在恐怕根本没有行市吧？"她含笑向江海流望着。江海流道："鱿鱼比海参普通得多，馆子里也可以吃到。田小姐爱吃这样菜，可以随时来，只要你给我打个电话，我就给你预备着。吃晚饭吃午饭都可以。"洪老五笑道："这话是真，他们哪一餐也免不了有几位客人吃便饭。今天除了我们这里一个小组织，那边大餐所里，还有一桌人。"魏太太笑道："这可见得江经理是真好客啊。"

他们说着话，很高兴地吃完了这顿饭。依着江海流的意思，还要请两人喝杯咖啡。可是魏太太心里有事，好像挺大的一块石头压在心上似的，这颗心只是要向下沉着。便笑道："江经理，我这就打扰多了。下次……"她说到下次，突然地把话忍住，哟了一声道："这话是不对的，出是刚吃下去，我又打算叨扰第二顿了。"说着话，她就起身告辞。

主人和洪老五都以为她是年轻小姐好面子，认为是失了言，有些难为情，所以立刻要走，也就不再去挽留她了。洪老五确是有笔账要和三祥银号算，只跟着她后面，送到银号门口，看到身后无人，悄悄地笑道："对不住，我不晓得你要先走，要不然，我老早就把账结了，和你一路看电影去。今天晚上，你还可以出来吗？我还有点东西送你。"魏太太笑道："今天晚上，我可不能出来了。"洪五抢上前一步，握着她的手，摇撼着笑道："你一定要来，哪怕再谈半小时呢，我都心满意足。上海咖啡店等你，好吗？"魏太太因他在马路上握着手，不敢让他纠缠得太久了，就点了头道："也好吧。"说着，把手摔了开来。但洪五并不肯放了这件事，又问道："几点钟？九点钟好吗？"魏太太不敢和他多说话，乱答应了一阵好好，就走开了。

她回到家里，首先是把衣兜里揣着的黄金储蓄券和本票拿出来。她是刚进卧室门的，看到这两样东西还在，她回转身来将房门掩上，站在桌子边，对了电灯把数目详细地点清着。储蓄券是七两一张，八两一张，二十五两一张，共是四十两，本票是十五万元一张，五十万元一张，七十万元一张，共一百三十五万。这个日子，四十两金子，和一百三十五万元的现款，那实在不是一件平常的事。这储蓄券是新定的，虽然要到半年后，才可以兑到黄金，可是现在照三万五一两的原价卖出去，应该没有什么困难，就算买主要贪点便宜，三万整数总可以卖得到手，那就是一百二十万了。二百多万的现款拿在手上，眼前的生活困难总算是可以解决的，何况手上还零碎积攒得有几十万块钱，两只金镯子，两只钻石戒指，这也是百万以上的价值。有三百多万元，胜利而后定是可以在南京买所房子。

她拿了几张本票和黄金储蓄券在手上看着，想得只管出神，忽然房门推着一下响，吓得她身子向后一缩，将手上拿的东西，背了在身后藏着。其实并没有事，只是杨嫂两手抱了小渝儿送进房来。因为她没有闲手推门，却伸了脚将门一踢。

魏太太道："你为什么这样重手重脚？胆子小一点，会让你吓掉了魂。"杨嫂笑道："往日子我还不是这样抱着娃儿进来？我早就看到太太进来，到现在，衣服还没有脱下，还要打算出去唝？"魏太太道："这个时候了，我还到哪里去。你把孩子放下来，给我买盒子烟去。"杨嫂笑道："太太买香烟吃，这是少见的事喀。有啥子心事吧？"魏太太的手皮包还放在桌上，就打了开来，取了两张钞票交给她。杨嫂当然不追究什么原因，将孩子放在床上，拿了钱就出去了。

魏太太将本票和黄金储蓄券，又看了一看，对那东西点了两点头，就打开了皮包，把两本票子都放了进去，且把皮包放在床头的枕头底下。自己身子靠了木架子的床栏杆坐着，手搭在栏杆上，托了自己的头，左腿架在右腿上，不住地前后摇撼。她的眼睛，望了面前一张方桌子，她回想到在三祥银号摸洪五皮包的那一幕。

她想着不知有了多少时候，杨嫂拿一包烟，走进屋子来，看到她虽坐在床沿上，穿的还是出门的衣服，架着的腿，还是着皮鞋呢。笑道："硬是还要出去。"她站在主人身边，斜了眼睛望着。魏太太倒不管她注意，拿了烟盒子过来，取一支烟在嘴里衔着，伸了手向杨嫂道出两个字："火柴。"她两只眼睛，还是向前直视着，尽管想心事。

杨嫂把火柴盒子递到她手上，她擦了一根火柴，把纸烟点着了，就远远地将火柴盒子向方桌上一扔。还是那个姿态，手搭在床栏杆上，身子斜靠着。不过现在手不托着头，而是将两个指头夹了纸烟。她另一只手的指头，却去揉搓着衣襟上的纽扣。杨嫂这倒看出情形了，很从容地问道："今天输了好多钱？二天不要打牌就是。钱输都输了，想也想不转来。先生在法院里还没有出来。太太这样赌钱，别个会说空话的。你是聪明人吗，啥子想不透。"魏太太喷着烟，倒噗嗤一声笑道："你猜的满不是那回事，你走开吧，让我慢慢地想想看，给我带上门。"杨嫂直猜不出她是什么意思，就依了她的话出去，将房门带上。

她静静地坐着，接连地吸了四支烟。平常吸完大半支纸烟，就有些头沉沉的，没有法子把烟吸完。这时虽然吸了四支烟，也并不感到有什么醉意，她还是继续地要吸烟，取了一支烟在手，正要到方桌子上去拿火柴，却听到陶太太在房门外问道："魏太太在家里吗？"她答道："在屋子里呢，请进来。"

陶太太推门进来，见她是一身新艳的衣服，笑道："我来巧了，迟一步，你出门了。"魏太太道："不，我刚回来，请坐坐吧。"陶太太道："我不坐，我和你说句话。"说着，她走到魏太太身边，低声道："老范在我们那里，请你过去。"她说这话时，故意庄重着，脸上不带丝毫的笑容。

魏太太道："我还是刚回来，不能赌了，该休息休息。"陶太太摇了头笑道："不邀你去赌钱。范先生说，约你去有几句话说。"魏太太道："他和我有话说？有什么话说呢？我们除了赌钱，并没有什么来往。你说我睡了，有话明日再谈吧。"陶太太两手按了方桌子，眼光也射在桌子面上，似乎不愿和她的目光接触。放出那种不在意的样子道："还是你去和他谈谈吧。我夫妻都在当面，有什么要紧呢？他原来是想径自来找你的。后来一想，魏先生不在家，又是晚上，他就到我家去了。看他那样子，好像有什么急事的样子。"魏太太低头想了一想道："好吧，你先回去，我就来。"陶太太倒也不要求同走，就先去了。

魏太太将床头外的箱子打开将皮包里的东西，都放到箱子里去。手上两个钻石戒指，也脱了下来，都塞到箱子底衣裳夹层里去。然后，把身上这套鲜艳的衣服换下，穿起青花布袍子。皮鞋也脱了，穿着便鞋。她还怕这态度不够从容的，又点了一支纸烟吸着，然后走向陶家来。在陶伯笙的屋子外面，就听到范宝华说话，他道："交朋友，各尽各的心而已。到底谁对不住谁，这是难说的。"魏太太听到这话，倒不免心中为之一动，便站住了脚不走，其后听到老范提了一位朋友的姓名，证明那是说另外的人，这就先叫了声范先生，才进屋去。

见陶伯笙夫妻同老范品字式的在三张方凳子上坐着，像是一度接近了谈话。点了个头笑道："范先生找局面来了？"范宝华也只点了个头，并不起身，笑道："可不是找局面来了。这里凑不起来，我们同到别个地方去凑一场，好不好？"魏太太道："女佣人正把孩子引到我屋子里来，晚上我不出去了。"范宝华道："那就请坐吧，我有点小事，和你商量商量。"

魏太太看他脸上，放出了勉强的笑容，立刻就想到所谈的问题，不会怎样的轻松。于是将两个手指，夹了纸烟，送到嘴里吸了一口，然后喷出烟来笑道："若要谈生意经，我可是百分之百的外行。"说着，她自拖了一只方凳子，靠了房门坐着。范宝华道："田小姐，你不会做生意？那也不见得吧？明天是比期，我知道你到电灯上火了，还在三祥银号，不知道你是抓头寸呢？还是银号向你要头寸。"

魏太太立刻想到，必是洪五给他说了，哪里还有第二个人会把消息告诉他，立刻心里怦怦跳了两下，但她立刻将脸色镇定着笑道："范先生不是拿穷人开心？银号会向我这穷人商量头寸？人家那样不开眼。"范宝华道："这个我都不管，那家银号的江经理，不是请你和洪五爷吃饭吗？洪五爷掉了一点东西，你知道这事吗？"

她听到这话，心房就跳得更厉害了，但她极力地将自己的姿态镇静，不让心里那股红潮涌到脸腮上来，笑着摇摇头道："不知道，我们在那银号楼上吃完了晚饭，江经理还留我们喝咖啡呢。我怕家里孩子找我，放下筷子就走了。洪五爷是后来的，他掉了什么东西呢？在银号里丢得了东西吗？"范宝华道："哦！你不知道那就算了，我不过随便问一声。"

魏太太见他收住了话锋，也落得不提。立刻掉转脸和陶太太谈话。约莫谈了十分钟，便站起来道："孩子还等着我哄他们睡觉。我走了，再见。"她说得快，也就走得快，可是走到杂货店门外，范宝华就追上了。老远地就叫道："田小姐，问题还没有了，忙着走什么。"他说话的声音很沉着，她只好在店家屋檐下站着。

范宝华追到她面前，回头看看，身后无人。便低声道："你今天是不是又赌输了钱？"魏太太道："我今天没赌钱，你问我这话，什么意思？我倒要问你，我今天好心好意，送两条新鲜鱼到你家去，你那位宠臣吴嫂，为什么给我脸子看？不让我进门，这也无所谓，我就不进去。指桑骂槐，莫名其妙说我一顿，用意何在？"

范宝华道："吴嫂得罪了你，我向你道歉。至于我问你是不是又赌输了，这是有点缘故的。因为你一赌输了想捞回本钱，就有些不择手段。当然我说这话，是有证据的，决不能信口胡诌。"魏太太道："我为了那件事，被你压迫得可以了，你动不动，就翻陈案，你还要怎么样呢？今天我不是还送新鲜鱼给你吃吗？我待你不坏呀。"

范宝华听了她这话，心里倒软了几分。因低声道："佩芝，你不要误会，我来找你说话，完全是好意，不是恶意。洪老五那个人不是好惹的，而且他对你一再送礼，花钱也不少，你为什么……我不说了，你自己心里明白。"魏太太道："我明白什么？我不解，洪老五他在你面前说我什么？"

范宝华道："他说他在三祥银号去打电话的时候，皮包放在你身边。他丢了三张本票，三张黄金储蓄券。他当然不能指定是你拿了，不过你在三祥银号，就落了一张本票在地上。由这点线索上，他认为你是捡着他的东西的。据说，共总不过二百多万，以我的愚见，你莫如交给我，由我交给他，就说是你和他闹着好玩的。我把东西交给他了，我保证他不追问原因，大家还是好朋友，打个哈哈就算了。"

魏太太道："和你们有钱人的人在一起走路，就犯着这样大的嫌疑。你们丢了东西，就是我拿了，他唯一的证据，就是我身上落下了本票。这有什么稀奇，钞票和本票一样，谁都可以带着，不过你们拿的本票，也许数目字比我们大些而已，难道为了我身上有一张本票，就可以说是我拿了别人的本票？反正我有把柄在你手上，你来问我，我没有法子可以抬起头来，若是他姓洪的直接这样问我，我能依他吗？范先生，你又何必老拿那件事来压迫我呢？我那回事做错以后，我是多大的牺牲，你还要逼我。"说着，嗓子哽了，抬起手来擦眼泪。

范宝华听了她的话，半硬半软，在情理两方面都说得过去。这就呆呆地站在她面前，连叹了几口气。魏太太道："你去对洪老五说，不要欺人太甚。我不过得了他一只半钻石戒指，我也不至于为了这点东西，押在他手下当奴隶。"说着，扭转身就向家里走。

范宝华追着两步，拉住她的手道："不要忙，我还有两句话交代你。你既然是这样说了，我也不能故意和你为难。不过我有两句忠言相告，这件事我是明白的。你纵然不承认，可是你也不要和洪老五顶撞着，最好你这两天对他暂时避开一下。"

魏太太道："那为什么？"范宝华道："不为什么，不过我很知道洪五这个人，愿意花这笔钱，几百万他不在乎。不愿意花这笔钱，就是现在的钱，三十五十，他也非计较不可。他既然追问这件事，他就不能随便放过。你是不是对付得了他？你心里明白，也就不用别人瞎担心了。这几句话可是我站在朋友的立场上，向你做个善意的建议。回家去，你仔细地想想吧。我要走了，免得在陶家坐久了，又发生什么纠纷。"说着，他首先抬起一只手来，在空中摇摆了几下，在摇摆的当中，人渐渐地走远。

魏太太以为他特意来办交涉，一定要逼出一个结果来的。这时他劝了几句话，倒先走了。她站在屋檐下出了一会神，慢慢地走回家去。

杨嫂随在她后面，走到屋子里来，问道："陶太太又来邀你去打牌？"魏太太坐在床沿上，摇了两摇头。杨嫂道："朗个不是？那个姓范的都来了。我说，这几天，你硬是不能打牌了，左右前后街上的人，见了我就问，说是你们先生吃官司，你们太太好衣服穿起，还是照常出去耍，一点都不担心吗？我说你不是耍，就是和先生的官司跑路子，他们都不大信。你看吗，我们前面就是冷酒店，一天到晚，啥子人没得，你进进出出，他们都注意喀。话说出去了，究竟是不大好听。我劝你这几天不打牌，等先生出来了再说。"

魏太太望了她道："这冷酒店里，常有人注意着我吗？"杨嫂道："怕不是？你的衣服穿得那样好，好打眼睛啰！"魏太太默然地坐着吸烟，却没有去再问她的话。杨嫂也摸不出来主人是什么心事，站着又劝了几句，自行走开。不过她最后的一句话，和范宝华说的相同，请她自己想想。

魏太太坐在床沿上，将手扶了头，慢慢地沉思，好在并没有什么人在打断她的思想，由她去参禅。她想得疲倦了，两只脚互相拨弄着鞋子，把鞋子拔掉了，歪身就倒了下去。但她不能立刻睡着，迷糊中，觉得自己的房门，是杨嫂出去随手带上的，并没的插闩。自己很想起来插闩，可是这条身子竟是有千斤之重，无论如何抬不起来。她想到箱子里有本票，有黄金储蓄券，尤其是有钻石戒指两枚，打开房门睡觉，这是太不稳当的事。用了一阵力气，走下床来，径直就奔向房门口。

可是她还不曾将手触到门闩呢？门一推，洪老五抢了进来。他瞪着两只眼睛，吹着小胡子，手上拿了根木棍子，足有三尺长。他两手举了棍子那头，指着魏太太喝骂道："骂你这个不要脸的东西，专门偷朋友的钱。你还算是知识分子，要人家叫你一声小姐。你简直是和小姐们丢脸。我的东西，快拿出来，要不然，我这一棍子打死你。"说时，他把那棍子放在魏太太头上，极力地向下压。她想躲闪，也无可躲闪，只有向下挫着。她急了举起两手，把头上这棍子顶开。用大了力，未免急出一身汗来，睁眼看时，这才明白，原来是一场梦。

压在头上的棍子，是小渝儿的一只小手臂。当自己一努力，身子扭动着，小渝儿的手，被惊动了缩去大半，只有个小拳头还在额角边。她闭着眼睛，定了定神，再抬起头看看房门，不果然是敞着的吗？她想着这梦里的事，并没有什么不可实现的。外面是冷酒店，谁都可以来喝酒，单单地就可以拦阻洪五爷吗？不但明天，也许今晚上他就会来。

她是自己把自己恐吓倒了，赶快起床，将房门先闩上，闩上之后，再把门闩上的铁搭钮扣住。她还将两手同时摇撼了几下门，觉得实在不容易把门推开的，才放下了这颗心。可是门关好了，要赃物的不会来，若是刚才到陶家去，这门没有反锁之时，出了乱子那怎么办？她又急了，喘着气再流出第二次汗来。

011 赌徒的太太

心理的变态，常常是把人的聪明给塞住了。魏太太让这个梦吓慌了，她没有想到她收藏那些赃物的时候，并不曾有人看见。这时，在枕头底下摸出了钥匙，立刻就去开床头边第三只箱子的锁。本来放钥匙放箱子，那都是些老地方，并没有什么可疑的。这时在枕头下摸出了钥匙，觉得钥匙就不是原来的那个地方，心里先有一阵乱跳，再走到箱子边，看看那箱子上的锁，却是倒锁着的。她不由得呀了一声道："这没有问题，是人把箱子打开了，然后又锁着的。"于是抢着把箱子打开，伸手到衣服里面去摸。这其间的一个紧要关头，还是记得的，两枚钻石戒指，是放在衣服口袋里的。她赶快伸手到袋里面去摸，这两枚戒指，居然还在。但摸那钞票支票本票，以及黄金储蓄券时，却不见了。

她急了，伸着手到各件衣服里面去摸索，依然还是没有，刚刚干的一身汗，这时又冒出第三次了。她开第二只箱子的时候，向来是简化手续，并不移动面上那只小箱子。掀开了第二只箱子的箱盖，就伸手到里面去抽出衣服来。这次她也不例外，还是那样的做。现在觉得不对了，她才把小箱子移开，将箱子里的衣服，一件件地拿出来，全放到床上去。直把衣服拿干净了，看到了箱子底，还不见那三种票子。

她是呆了，她坐在床沿上想了一想，这件事真是奇怪。偷东西的，为什么不把这两枚钻石戒指也偷了去呢？若说他不晓得有钻石戒指，他怎么又晓得有这么些个票子呢？她呆想了许久，叹了几口长气，无精打采地也只好把这些衣服，胡乱地塞到箱子里去，直等把衣服送进去大半了，却在一条裤脚口上，发现了许多纸票子，拿起来看时，本票支票储蓄券，一律全在。

她自嗤的一声笑了起来，放进这些东西到箱子里去的时候，自己是要找一个大口袋的。无意之中，摸着裤脚口就把东西塞到里面去了。哪里有什么人来偷，完全是自己神经错乱。这时，算是自己明白过来了。可是精神轻松了，气力可疲劳了，大半夜里起来，这样的自扰了一阵，实在是无味之至。眼看被上还堆了十几件衣服，这也不能就睡下去。先把皮包在枕头下拿出来，将这些致富的东西，都送到皮包里去，再把皮包放到箱子里。至于这些衣服，对它看看，实在无力去对付它，两手胡乱一抱就向箱子里塞了去。虽然它们堆起来，还比箱沿高几寸，暂时也不必管了。将箱子盖使劲向下一捺，很容易地盖上，就给它锁上。随着把小箱子往大箱子上压下去，算把这场纷扰结束了。

不过有了这场纷扰，她神经已是兴奋过度，在床上躺下去却睡不着了。唯其是睡不着，不免把今天今晚的事都想了一想。范宝华来势似乎不善，可是他走的时候，却有些同情，可能他先是受着洪五的气话，所以要来取赃。他后来说是躲开一点的好，那不见得是假话。你看洪五到朱四奶奶家去，她都很容忍他，确是有几分流气。避开也好，有几百万元在手上，什么事不能做，岂能白白地让他拿了回去？

她清醒半醒的，在床上躺到天亮。一骨碌爬起来，就到大门外来，向街上张望着。天气是太早了，这半岛上的宿雾，兀自未散，马路上行人稀落，倒是下乡的长途班车，叮叮当当，车轮子滚着上坡马路，不断的过去。在汽车边上，悬着木牌子，上写着渝歌专车。她忽然想到歌乐山那里，很有几位亲友，屡次想去探望，都因为怕坐长途汽车受拥挤，把事情耽误了。现在可以不必顾到汽车的拥挤，保全那些钱财要紧。

她忽然有了这个念头，就把杨嫂叫了起来，告诉要下乡去，一面就收拾东西。好在抗战的公务员家属，衣服不会超过两只箱子。她把新置的衣鞋，全归在一只箱子里，其余小孩子衣服打了两个大包袱。把隔壁陶太太请过来告诉她为了魏端本的官司，得到南岸去找几个朋友，恐怕当天不能回来，只有把两个孩子也带了去，房门是锁了，请她多照应一点。陶太太当然也相信。请她放心，愿意替她照顾这个门户。

魏太太对于丈夫，好像是二十四分的当心，立刻带了两个孩子和杨嫂雇着人力车出门去了。雇车子的时候，她说的话，是汽车站而不是轮渡码头，陶太太听着，也是奇怪，但她自己也有心事，却没有去追问她。她的行为是和魏太太相反的，除了上街买东西，却是不大出门，在屋子里总找一点针线做。恰是这两天女工告病假走了，家事是更忙，她没有心去理会魏太太的家事。

这天下午，李步祥来了。他也是像陶伯笙一样的作风，肋下总夹着一个皮包，不过他的皮包，却比陶伯笙的要破旧得多而已。他到这里，已经是很熟的了，见陶太太拿了一只线袜子用蓝布在补脚后跟。那袜子前半截，已经是补了半截底的了。站着笑道："陶太太，你这是何苦？这袜底补了再补，穿着是不大舒服的。你只要老陶打唆哈的时候，少跟进两牌，你要买多少袜子？"陶太太站起来，扯着小桌子抽屉，又在桌面报纸堆里翻翻。

李步祥摇摇手道："你给我找香烟？不用，我只来问两句话，隔壁那位现时在家里吗？"陶太太道："你也有事找她吗？她今天一早，带着孩子们到南岸去了，房门都上了锁。"李步祥道："我不要找她，还是老范问她。她若在家，让我交封信给她，这封信就托你转交吧。"说着，打开皮包，取出封信，交到陶太太手上。

她见着信封上写着"田佩芝小姐展"七个字，就把信封轻轻在桌沿上敲着道："你们男子汉，实在是多事。人家添了两个孩子的母亲，一定要把她当做一位小姐。原来她只是赌钱，现在又让你们教会了她跳舞了。生活这样高，人家家中又多事……"李步祥拱拱手道："大嫂子，这话你不要和我说，我根本够不上谈交际，这封信我也是不愿意带的。据老范说，这里面并不谈什么爱情。有一笔银钱的交涉，而且数目也不小。本来这封信是可以让老陶带来的，老陶下不了场，只好让我先送来了，谁知道她不在家。"

陶太太摇了两摇头道："老陶赌得把家都忘了，昨天晚上出去，到这时候还是下不了场，输了多少？"李步祥道："我并不在场赌，不知道他输多少。其实这件事，你倒不用烦心，反正你们逃难到四川来，也没有带着金银宝贝。赢了，他就和你们安家，输了，他在外面借债，偿还不了，他老陶光杆儿一个，谁还能够把他这个人押了起来不成？"

陶太太道："这个我怕不晓得，但这究竟不是个了局吧？就像你李老板，也不是像我们一样，两肩扛一口，并没有带钱到四川来的，可是你夹上一只皮包终日在外面跑，多少有些办法，就说买黄金吧，恐怕你不买了二三十两，每两赚两万，你也搞到了五六十万。你看我们老陶，搞了什么名堂？……就是认到一班说大话的朋友，谈起来就是几十万几百万，谁看到钱在哪里？说他那个皮包，你打开来看，你会笑掉牙。也不知道是哪家关了门的公司，有几分认股章程留下，让他在字纸篓里捡起来，放在皮包里了，此外是十几个信封，两叠信纸，还有就是在公共汽车站上买的晚报。夹了那么个东西，跑起来多不方便。"

李步祥笑道："我倒替老陶说一句，夹皮包是个习惯。不带这东西，倒好像有许多不方便。不但信纸信封，我连换洗衣服手巾牙刷，有时候都在皮包里放着的，为的是要下乡赶场，这就是行李包了。陶老板和我不同，他有计划将来在公司里找个襄副当当。我老李命里注定了跑街，只要赚钱，大小生意都做，不发财倒也天天混得过去。"

他这种极平凡的话，陶太太倒是听得很入耳。便问道："李老板，我倒要请教你一下，你这行买卖，我们女人也能做吗？"李步祥摇了两摇头道："没有意思，每天一大早起来，先去跑烟市。在茶馆楼上，人挤着人，人头上伸出钞票去，又在人头上抢回几条烟来，有时嗓子叫干了，汗湿透了，就是为了这几条烟。再走向百货商场，看看百货，兜得好，可以检点便宜，兜不着的就白混两个钟点。这是我两项本分买卖，每天必到的。此外是山货市场，棉纱市场，黄金市场，我全去钻。"

陶太太笑道："你还跑黄金市场啦？"李步祥摇着头笑道："那完全是叫花子站在馆子门口，看人家吃肉。可是这也有一个好处。黄金不同别的东西，它若是涨了价，就是法币贬了值，法币贬了值，东西就要涨价了。"

陶太太笑道："什么叫法币贬了，什么叫黑市了，什么叫拆息了，以前我们哪里听过这些，现在连老妈子口里也常常说这些。这年月真是变了。我说李老板，我说真话，就是你刚才说的几个市场都得带我去跑跑，好吗？"李步祥揭下了头上的帽子来，在帽子底下，另外腾出两个指头搔着和尚头上的头发，望了她笑道："你要去跑市场，这可是辛苦的事，而且没有得伯笙的同意，我也不敢带你出去跑。"

陶太太靠了桌子站着，低下头想了一想，点头道："那就再说吧。希望你见着伯笙的时候，劝他今天不要再熬夜了，第一是他的身体抵抗不住。第二是家里多少总有点事情，你让我做主是不好，不做主也不好。"李步祥道："这倒是对的，伯笙还没有我一半重。打起牌来，一支香烟接着一支香烟向下吸，真会把人都熏倒了。"

陶太太道："拜托拜托，你劝他回来吧。"李步祥看她说到拜托两个字，眉毛皱起了多深，倒是有些心事。便道："好的好的，我去和你传个信吧，现在还不到四点钟呢，我去找他回来吃晚饭吧。若是我空的话，我索性陪他回来，说不定还扰你一顿饭呢。"说毕，他盖着帽子走了。

陶太太听他说到要来吃饭，倒不免添了一点心事，立刻走到里面屋子里去，将屋角上的米缸盖掀起来看看。这在今日，她已是第二次看米缸里的米了。原来看这米缸里的米，就只有一餐饭的。陶太太看看竹簸箕里的剩饭，约莫有三四碗。自己带两个上学的孩子，所吃也不过五六碗，所差有限，于是买好了两把小白菜，预备加点油盐，用小白菜煮一顿汤饭吃。这时李步祥说要送陶伯笙回来，那就得预备煮新鲜饭了。米缸里现放着舀米的碗，她将碗舀着，把缸底刮得咯吱作响，舀完了，也只有两碗半米，这两碗半米，若是拿来做一顿饭，那是不够的。

她站在米缸边怔了一怔，也只好把这两碗半米都盛了起来放在一只瓦钵子里，端了这个钵子，缓步地走到厨房里去。他家这厨房，也是屋子旁边的一条夹巷。这里一路安着土灶、条板、水缸、竹子小橱。但除了水缸盛着半缸水而外，其余都是空的，也是冷冷清清的。为了怕耗子，剩的那几碗饭，是用小瓦钵子装着，大瓦钵子底下还放了两把小白菜。这样，对了所有的空瓶空碗，和那半缸清水，说不出来这厨房里是个什么滋味。

她想着出去赌钱的丈夫，无论是赢了或输了，这时口衔了半支烟卷，定是全副精神，都注射着几张扑克牌上。桌子面上堆着钞票，桌子周边围坐着人，手膀子碰了手膀子，头顶的电灯可能在白天也会亮起来。因为他们一定是在秘密的屋子里关着门窗赌起来的，屋子里烟雾缭绕，气闷得出汗，那和这冰冰冷的厨房，正好是相反的。

她想着叹了一口气，但也不能再有什么宽解之法，在桌子下面，把乱柴棍子找出来，先向灶里笼着了火，接着就淘米煮饭。这两件事是很快地就由她做完了。她搬了张方竹凳子，靠了那小条板坐着，望那条板上的空碗，成叠地反盖着。望了那反盖的大钵子底上放着两把小白菜，此外是什么可以请客的东西都没有了。她将两手环抱在怀里，很是呆呆地同这夹道里四周的墙望着。

她对于这柴烟熏的墙壁，似乎感到很大的兴趣，看了再看，眼珠都不转动。她不知道这样出神出了多久，鼻子里突然嗅到一阵焦糊的气味，突然站起来，掀开锅盖一看，糟了，锅里的水烧干了，饭不曾煮熟，却有大半边烧成了焦黄色。赶快把灶里的柴火抽掉，那饭锅里放出来的焦味，兀自向锅盖缝里钻出来，整个小厨房，都让这焦糊味笼罩了，她也管不着这锅里的饭了，取一碗冷水，把抽放在地面上的几块柴火泼熄了，还是在那方竹凳子上坐着。

她想着在没有烧糊这锅饭以前，至少是饭可以盛得出来。现在却是连白饭都不能请人吃了，厨房里依然恢复到了冷清清的，她索性不在厨房里坐着了，到了屋子里去，把箱子里的蓄藏品，全都清理清理，点上一点。这让她大为吃惊，所有留存着的十几万元钞票，已一张没有，就是陶伯笙前几天抢购的四两黄金储蓄券，也毫无踪影。在箱子角上摸了几把，摸出几张零零碎碎的小票，不但有十元五元的，而且还有一元的。这时候的火柴，也卖到两元一盒，几百元钱，能做些什么事呢？就只好买盒纸烟待客吧？

她靠着箱子站定，又发了呆了，然而就在这时，听到陶伯笙一阵笑声，李步祥也随了他的声音附和着。他道："你有那么些个钱输掉它，拿来做笔小资本好不好？"陶伯笙笑道："没有关系。我姓陶的在重庆混了这么多日子，也没有饿死，输个十万八万，那太没有关系，找一个机会，我就把它捞回来了。喂！陶太太哪里去了？"当他不怎么高兴的时候，他就把自己老婆，称呼为太太的。

陶太太听了这口气，就知事情不妙，这就答应着："我在这里呢。"她随了这话，立刻跑到前面屋子来。她见丈夫在一晚的鏖战之中，把两腮的肌肉，都刮削一半下去了，口里斜衔了大半支烟卷，人也是两手抱了西装的袖子，斜靠了桌子坐着的，不过他面色上并不带什么懊丧的样子，而且还是把眼睛斜看着人，脸上带了浅浅的笑容。他道："我们家里有什么菜没有，留老李在这里吃饭，我想喝三两大曲，给我弄点下酒的吧。"

陶太太笑道："那是当然，李先生为你的事，一下午到我们家来了两回了。"陶伯笙摸着桌子上的茶壶，向桌子这边推了过来，笑道："熬夜的人，喜喝一点好的热茶，家里有没有现成的开水？我那茶叶瓶子里，还有点好龙井，你给我泡一壶来，可是热水瓶子里的水不行，你要给我找点开的开水。"

陶太太并没有说没有两个字，拿了茶壶，赶快到里面屋子里去找茶叶。小桌子上，洋铁茶叶瓶，倒是现成的，可是揭开瓶盖子来看时，只是在瓶底上，盖了一层薄薄的茶叶末。她微微地叹了口气，拿着茶壶，就直奔街对过一家纸烟店去。

这家纸烟店，也带卖些杂货，如茶叶肥皂蜡烛手巾之类。他们是家庭商店，老老板看守店面，管理账目并做点小款高利贷。少老板跑市场囤货。少老板娘应付门市。有个五十上下年纪的难民，是无家室的同乡妇人。老老板认她是亲戚，由老老板的床铺整理，至于全店的烧茶煮饭，洗衣服，扫地，完全负责。所享的权利有吃有住，并不支给工钱。她姓刘，全家叫她刘大妈，不以佣工相待，也为了有这声尊称就不给她工钱。刘大妈又有位远房的侄子老刘，二十来岁，也是难民，老老板让他挑水挑煤挑货，有工夫，并背了个纸烟篮子跑轮船码头和长途汽车站。虽然也是不给工资，但在做小贩的盈余上，提百分之十五。哪一天不去做小贩，就不能提成，所以他每天在店里忙死累死，也得腾出工夫去跑。全家是生产者，生意就非常的好。他们全家对陶太太感情不错。因为她给他们介绍借钱的人，而且有赌博场面，陶伯笙准是在他家买洋烛纸烟。

陶太太走到他们店里来，先把手指上一枚金戒指脱下来，放在柜台上，然后笑道："郑老板，我又来麻烦你了。朋友托我向你借一万块钱，把这个戒指作抵押。"那位老老板正在桌子上看账，取下鼻子上的老花眼镜，走到柜台边来。他不看戒指，先就拖着声音道："这两天钱紧得很，我们今天就有一批便宜货没钱买进。"他口里虽是这样说了，但对于这枚戒指，并不漠视，又把拿在手上的眼镜，向鼻子尖上架起，拿起那枚戒指，将眼镜对着，仔细地看了一看，而且托在手掌心里掂了几掂。

陶太太道："这是一钱八分重。"老老板摇了两摇头，他在柜台抽屉里取一把戥子，将戒指称了约莫两三分钟，将眼镜在戥星上看了个仔细。笑道："不到一钱七呢。押一万元太多了。"陶太太道："现在银楼挂牌，八万上下，一八得八，八八六十四，这也该值一万二千元。人家可不卖，郑老板，你就押一万吧。"他沉吟了一会子，点了头道："好吧，利息十二分，一月满期。利息先扣。"

陶太太看看这老家伙冬瓜形脸上，伸着几根老鼠胡子，没有丝毫笑容，料着没有多大价钱可讲，只好都答应了。老老板收下戒指，给了她八千八百元钞票。陶太太立刻在这里买了二两茶叶，一包纸烟。正好刘大妈提了一壶开水出来，给老老板泡盖碗茶。便笑道："分我们一点开水吧？"郑老板道："恐怕不多吧？现在烧一壶开水，柴炭钱也很可观。"

陶太太便抽出一支纸烟来，隔了柜台递给他道："老老板吸支烟。"他接过了，向刘大妈道："茶烟不分家，你和陶太太冲这壶茶，大概人家来了客，家里来不及烧开水。陶太太刚买的茶叶，你给她泡上一壶。"

陶太太真是笑不是气不是，打开茶叶包撮着一撮茶叶向壶里放着。老老板望了道："少放点茶叶不要紧，我们这是飞开的水，泡下去准出汁。"陶太太笑着，没说什么。

老老板将柜台上撒的茶叶，一片片地用指头钳了起来，放到柜台上玻璃茶叶瓶里去。那支被敬的纸烟他也没吸，放到柜台抽屉的零售烟支铁筒里去并案办理。陶太太看到，也不多说，端了茶壶就向家里走。陶伯笙见她茶烟都办来了，点头笑道："行了，去预备饭吧。"陶太太道："快一点；吃面好吗？"陶伯笙道："面饭倒是不拘，给我们弄两个碟子下酒。"

陶太太偷眼看他，脸上还是没有多大的笑容，而且李步祥总是客人，可不能违拂了丈夫的吩咐。她说着好好，带了她金戒指押得的八千块钱，就提小菜篮子出去了。她在经济及可口的两方面，都筹划熟了，半小时内，就把酒菜办了回来。

又是十分钟，将一壶酒两个碟子，由厨房里送到外面屋子里去。乃是一碟酱牛肉，一碟芹菜花生米拌五香豆腐干。芹菜要经开水泡，本来不能办，但是在下江面馆里买酱牛肉的时候，是借着人家煮面的开水锅浸着了回家来才切的。陶伯笙是个瘦子，就喜欢吃点香脆咸，这却合主人的意，她也可以节省几文了。丈夫陪了客饮酒，算是有了时间许她做饭了，她二次在厨房里生着火，给主客下面。忙着的时候，虽然不免看看手指上缺少了那枚金戒指，但觉得这次差事交代过去了，心里倒也是坦然的呢。

012 人血与猪血

这一餐饭，陶伯笙吃得很安适。尤其是那几两大曲他喝得醉醺醺的，大有意思。饭后又是一壶酽茶，手里捧着那杯茶，笑嘻嘻地道："太太，酒喝得很好，茶也不坏，很是高兴，记得我们家里还有一些咖啡，熬一壶来喝，好不好？"

陶太太由厨房里出来，正给陶先生这待客的桌子上，收拾着残汤剩汁，同时心里还计划着，两个下学回来的孩子，肚子饿呢，打算把剩下来的冷饭焦饭，将白菜熬锅汤饭吃。现在陶先生喝着好茶，又要熬咖啡。厨房里就只有灶木柴火，这必须另燃着一个炉子才行。因为先前泡茶，除在对面纸烟店借过一回开水，这又在前面杂货店里借过两回开水，省掉了一炉子火。陶先生这个命令，她觉得太不明白家中的生活状况。这感到难于接受，也不愿接受，可是当了李步祥的面，又不愿违拂了他的面子，便无精打采地，用很轻微的声音，答应了个好字。

陶伯笙见她冷冷的，也就把脸色沉下来，向太太瞪了一眼。陶太太没有敢多说话，立刻回到厨房里去，生着了炉子里的火熬咖啡。两个小学生，也是饿得很。全站在土灶边哭丧着脸，把头垂了下来。大男孩子，两手插在制服裤袋里，在灶边蹭来蹭去。小男孩子将右手一个食指伸出来，只在灶面上画着圈圈。灰色的木锅盖，盖在锅口上，那锅盖缝里微微的露出几丝热气。

陶太太坐在灶边矮凳子上，板了脸道："不要在我面前这样挨挨蹭蹭，让我看了，心里烦得很。你们难道有周年半载没有吃过饭吗？"大孩子噘了嘴道："你就是会欺侮我们小孩子，爸爸喝酒吃肉，又吃牛肉汤下面。我们要吃半碗汤饭没有，你还骂我们呢，你简直欺善怕恶。"陶太太听了这话，倒忍不住噗嗤一声笑了，但她并不因小孩子的话，就中止了她欺善怕恶的行为，她还是继续地去熬那壶咖啡。

她想到喝咖啡没有糖是不行的，她就对大孩子施行贿赂，笑道："我给你钱去买个咸鸭蛋，下饭吃，你去给我买二两白糖来。"说着，给了大孩子几张钞票，还在他肩上轻轻拍了两下，做了鼓励的表示。大孩子有钱买咸鸭蛋，很高兴地接着法币去了，陶太太倒是很从容地把咖啡和汤饭做好。

那大孩子倒也是掐准了这个时候回来的。左手拿着一枚压扁了的鸭蛋，右手拿着一张报纸包的白糖。那纸包上粘了好些个污泥，都破了几个口子了，白糖由里面挤了出来。孩子身上呢，却是左一块右一块，粘遍了黑泥。

陶太太赶快接过他手上的东西，叹了口气道："你实在是给你父母现眼。大概听说有咸鸭蛋吃，你就高兴得发疯了，准是摔了一跤吧？"她一面说着，一面给小孩子收拾身上。不免耽误了时间。再赶着把咖啡用杯子装好，白糖用碟子盛着，摆在木托盘里送到外面屋子里去，陶伯笙和李步祥都不见了，看看他们两人的随身法宝两只新旧皮包也都不知所去。

她把咖啡放到桌上，人站着对桌子呆了很久，自言自语地道："这不是给人开玩笑。我是把金戒指押来的钱啦。这白糖不用，可以留着，这咖啡已经熬好了，却向哪里去收藏着呢。"她这样地想着，坐在那桌子边发呆。也不知道有了多少时候，只见两个孩子，汤汁糊在嘴上湿黏黏的走了进来。便问道：

"你们这是怎么弄的，把饭已经吃过了吗？"男孩子道："人家早就饿了，你老不到厨房里去，人家还不自己盛着吃吗？给你还留了半锅饭呢。"

陶太太只将手挥了两下，说句你们去擦脸，她还是坐在桌子边，将一只手臂撑在桌子沿上，托住了自己的头，约莫有半小时，却听到两个妇人的声音说话进来。有人道："这时候，他不会在家，准去了。"又有人道："既然来了，我们就进去看看吧。"她听出来了，说话的是胡罗两位太太。她们径直地走进屋子来了，看到摆着两杯咖啡在桌上，一个人单独地坐着，这是什么意思呢？

陶太太直等两位客人都进了房，她才站了起来，因道："哟！二位怎么这个时候双双地光临？请坐请坐！"罗太太笑道："坐是不用坐，我们来会陶先生来了。他倒是比我们先走了吗？这倒有点奇怪。"陶太太道："我们这口子。什么事也不干，就是好坐桌子，昨天晚上出去的，直到今天吃晚饭的时候他才回来。他和朋友回来，喝了四两酒，又叫我熬咖啡他喝，等我在厨房里把咖啡熬得了，送到外面屋子里来的时候，他到哪里去了也不知道了。"胡太太听着，带着微笑，向罗太太看看，罗太太也是带了会心的微笑，向她回看了过去。

陶太太望了她们道："我说的话有什么好笑的吗？"胡太太笑道："老实告诉你昨天晚上，我们就在一处赌的，因为老范赢得太多，大家不服气，约了今晚上再战一场。"陶太太对这两位太太都看了一眼。见她们虽然在脸上都抹了胭脂粉，可是那眼睛皮下，各各的有两道隐隐的青纹，那是熬了夜的象征。但她还是不肯说破，含笑道："我们怎么能够和范先生去打比。他资本雄厚，有牌无牌，他都拿大注子压你，不服气有什么用，赌起来，不过是多送几个钱给他。昨晚上是在范先生家里了，今天晚上，是在哪里呢？"

罗太太道："原来约了到朱公馆去。打电话去问，四奶奶不在家。有些人要换地方，有些人主张去了再说。我们因为摸不着头脑，所以来问一声。偏偏陶先生已经先走了。老胡，我们就去吧。"胡太太在她那白胖的脸上，带着一点红晕。她那杏核儿大眼睛，闪动着上下的睫毛。摇了两摇头道："若是到四奶奶家里去赌，我不去。"罗太太望了她道："那为什么？"胡太太道："我上次到朱家去赌了一场，还是白天呢，回家去听了许多闲话。"罗太太道："外面说的闲话，那都是糟蹋朱四奶奶的。你们胡先生还是记住上次和你办交涉的那个岔子。他向你投降了，决不能干休，总得报复你一下。他说的话你也相信吗？"胡太太道："我当然不能相信。不过很多人对朱四奶奶的批评，都不怎样好。"罗太太将脸色沉了一下，而且把声音放高了一个调子，她道："别人瞎说，我们就能瞎信吗？我们和她也认识了两三个月了，除了她殷勤招待朋友而外，并没有见她有什么铺张。难道好结交朋友，这还有什么不对吗？别人瞎说八道，我们不能也跟着瞎说八道，去吧。"她说着，就伸手挽了胡太太一只手，胡太太倒并不怎么拒绝，就随着她走了。

陶太太无精打采地把她们送出店门口，这才明白，原来陶伯笙是到朱四奶奶家打唆哈去了。不管怎么样，那里是高一级的赌博场面，这戏法就越变越大了。她心里压着一块石头似的，走回屋子去，把那两杯咖啡泼了，把糖收起，又在桌子边坐着。还是孩子们吵着要睡觉，她才去给他们铺床。然后她想到了一件什么事，没有办完，又到厨房里去巡视一番。她嗅到锅盖缝里透出来的一阵饭菜香味，这才让她想起来了，自己还没有吃饭。掀开锅盖来看时，那锅汤饭煮得干干的，掺和在饭里的小青菜，都变成黄叶子了。她站在灶边，将碗盛着干汤饭吃了，再喝些温开水，就回房去，但她并没有睡觉，在陶伯笙没有回来的时候，她一定得守着孤单的电灯去候门。

这个守门的工夫，就凭了补袜底补衣服来消磨。她补袜子袜得自己有些头昏眼花的时候，她想起了烧焦了的那几碗饭，是盛起来放在瓦钵子里的。重庆这地方，耗子像蚂蚁一样的出动，可别让耗子吃了。赶快放下针线，跑到厨房里去看时，那装饭的钵子，和上面盖着的洋铁盘子，全打落在地面。钵子成了大小若干瓦片，除了地面上还有些零碎饭粒而外，人舍不得吃的饭，都给耗子吃了，那些零碎的饭粒，还要它干什么呢。叹了口气，自走回屋子去。

这点饭喂了耗子，倒不算什么。不过自己有个计划，这些冷饭留着到明天早上，再煮一顿汤饭菜。照着现在这个情形，那就完全推翻了。陶伯笙今晚上若是赢了钱回来，这可向他要一点钱，拿去买米。若是他输了，根本就不必向他开口了。甚至他赌得高兴了，今晚上根本就不回来，连商量的人都没有，干脆，还是自己想法子吧。拿出衣袋里押金戒指的那些钞票数了一数只剩下了五千多元，全数拿去买米，也没有一市斗。此外还有油盐菜蔬呢。而且猜得是对的，过了深夜一点钟，陶伯笙还没有回来，她自觉闷得很，就打开窗户来，伸头向外面看看。

重庆春季的夜半，雾气弥漫的时候较多。这晚上却是星斗满天，在电灯所不能照的地方，那些星斗之光，照出了许多人家的屋脊。这吊楼斜对过也是吊楼，在二层楼的纸窗户格里，猛然电灯亮着，随着窗户也打了开来。在窗户里闪出半截女子的身体。

陶太太就问道："潘小姐，这时候，你还没有睡吗？"那位潘小姐索性伸出头来，笑道："我还是刚刚回来呢。今天，我是夜班。这两天，医院里忙得很，有两位看护小姐都忙病了。我明天八点钟还得去接早班，回来抢着睡几小时吧。现在为生活奔走，真是不容易。陶太太也没有睡？"她叹了一口气道："潘小姐，就是你所说的话，生活压迫人啦。"潘小姐道："唉！这年月，生活真过不下去。只要能换下钱来，什么事都肯干。我们医院里找人输血。只说句话，多少人应征？"

陶太太道："我特意等你回来问呢，我的血验过了，可以合用吗？我希望明天就换到钱。"潘小姐道："哟，陶太太，你的身体不大好，你不要干吧。"陶太太道："我的身体不大好吗？我三年来就没有生过一次病。我的血不合用吗？"潘小姐笑道："合倒是合用的。不过你也不至于短钱用到那种程度。"陶太太道："合用就好了，潘小姐，我不说笑话。你明天早上，什么时候起来？我到你家里来找你，我们虽然天天见面，隔了窗户说话，你哪里知道我的苦处。唉！"说着，她长长地叹了口气。在她这口气叹过之后，又吁了一声。潘小姐看她这样子。的确是有些为难，便道："你若是一定要输血的话，你明天早上再来找我吧。"陶太太连说好的好的，方才和潘小姐告别，关上了窗子。

她在床上躺着，睁了眼睛，望了天花板，却只管去想家里要的米，和医院里要的血。她想得迷糊地睡了一觉，被两个上学的孩子惊醒。立刻起床，披着衣服，就打开窗户看看。正好那边的窗户也是洞开着，潘小姐就在窗户边洗脸架子边洗脸。她一抬头，两手托着手巾举了一举，笑道："陶太太，早哇！"陶太太道："请你等一等，我就来。"说着，赶快到厨房里取了一盆冷水来，匆匆地洗过一把脸，找了一件干净蓝布大褂，就向潘小姐那边屋子走去。

潘小姐是母女两个人，共住着一间吊楼屋子的。她们都在脸上带了一分惊奇的颜色望着她。她也明白这一点，进门就先笑道："潘太太，潘小姐，你们一定觉得我要卖血，这是一件很奇怪的事吧？实对你说，我们家里，今天没有下锅的米。我们那位先生，已是两天两夜不回家了，我不想点法子怎么办？"潘太太道："你们陶先生在外也交际广大呀，难道会窘到这样子？"这五十上下年纪的老太太，穿着件灰布短棉袍儿，瘦削着一张皱纹脸子，倒是把半白的头发，梳得清清楚楚的，手上挽了个篮子，正待出门去买菜呢。

陶太太道："潘太太，你这不是去买菜吗？我今天就不能去买菜。因为什么？口袋里没有钱。"潘小姐笑道："陶太太，你是不明白医院里的情形。这输血的事，并不像有米拿出去卖，立刻可以换到钱，你登记和输血的手续，虽是做过了，一定等病人要输血的时候，才叫你去输血。输了血之后，那才可以领到钱，你今天等着米下锅，那可来不及。"

陶太太听了这话，不免脸上挂着几分失望，怔怔地望了她母女两个。潘小姐道："不过这也碰机会。碰巧了，立刻就有病人等着输血，立刻就可以换到钱。昨天晚上，我听到医生说，有两个病人，情形相当严重，也许今天上午就要输血。若是你的血，正合这两个人用，今天就行，你不妨和我一路去试试。我这马上就走了，你随我去试试吧。"陶太太听了这话，又提起了几分兴趣，就随在潘小姐身后，同到那医院里去。

这时病人正纷纷地挂号就诊。潘小姐先让她在候诊室里等着，先到院长那里去报告。过了一会，她笑着出来道："你来的机会太好了。我说的那两个病人，果然都要输血。现在正要通知输血的人到医院里来。你的血检验的结果，对病人都合适。今天上午就输五十 CC。"说着，潘小姐就带她进去见院长和主任医生。

经过了三十分钟，她把一切手续办完了，最后的一个阶段，是一位女看护，将一根细针，插到手膀的血管子里去。针的那头，是小橡皮管子接着，通到小瓶似的玻璃管里去。那玻璃管里有了大半瓶血，这是白饶让医生再拿去看看的。这事完了，潘小姐又让她在护士休息室里候着。

过了一小时，潘小姐拿了一张油印的纸单子递到她手上，笑道："这事情成了。真算你来得巧。你在这志愿书上签个字吧。"陶太太道："早登记过了，我还要签个字吗？难道……"潘小姐笑道："这是手续。"她看那字条上印好的字，是说："今愿输血救济病人，如有意外，与院方无涉。立字为据。"便淡笑道："你们医院也太慎重了。我既然要卖血，还讹人不成。签字就签字吧。"潘小姐还是笑着交代了一句手续，就引她到桌子边，交支笔请她在字条上签个字，然后引她到诊病室里去。

穿白衣服的医生，含笑向她点了个头，在眼镜里面的眼睛，很快地侦察了一下。她看那医生桌上长针橡皮管玻璃管一切都已预备好。她料着那个玻璃管就是盛自己的血的，看那容量，总有一小茶杯。但到了这时，她也不管，将右手的衣袖卷起，把头偏到一边去。医生和女护士走近她的身边，她全不顾，她只觉得手膀经人扶着，擦过了酒精，插进去了根针，她益发地闭上了眼睛。

她也不知道是经过几多分钟。又觉得手臂上让人在揉擦着，那个插血管的银针也拔走了，便问道："完了吗？"在身边的女护士道："完了，不要紧的。"她这才回过头来，向女护士点了个头。同时，这女护士似乎表示了无限的同情，在沉重的脸色上，也和她点了几下头，而她手上拿着的玻璃管子，可装满了鲜红的液体。

医生将桌上的白纸用自来水笔，很快地写了两行蓝色字，乃是："凭条付给输血费五万元。"他将这张字条交到陶太太手上并给了一个慈祥的笑容，点头道："你到出纳股去取款吧。"陶太太情不自禁的，抖颤了声音，说着谢谢，接过字条，由潘小姐引着，取得了五万元法币。

在民国三十四年的春季，五百元的票额，还不失为大钞，五万元钞票正好是一百张。这医院里出纳员，似乎对卖血的人，也表示几分同情，他们就拿了一叠不曾拆开号码的新票子交给她，这票子印得是深蓝色的，整齐划一，捆束得紧紧的一扎，看起来美丽，拿在手上，也很结实。

陶太太把这叠钞票，掖到衣袋里去，赶快地就走出医院。抬头看看天上太阳，在薄雾里透出来，却是黄黄的。她揣摸着这个时候，应该是十一点多钟，两个上学的孩子，还有些时候到家，这就不忙着回去，先到米市上去买了两斗米，雇了人力车子，先把这米送回去。看看家里没人，再提着菜篮子出门，除了买了大篮子的菜蔬，并且买了斤半猪肉，十几块猪血。又想到小孩子昨晚上为了吃一个咸鸭蛋，而高兴得摔了跤，又买了几个咸鸭蛋带回去。

这样的花费，她觉得今天用钱是十分痛快，把衣袋里的钞票点点数目。那卖血的钱，还剩有五分之二。她心里自己安慰着自己说，虽然抽出去了那一瓶子血，可是买回来这样多的东西，那是太好了。可惜是人身上的血，太有限了，卖过了今天这回，明天不能再卖。她踌躇着这回的收入，又满意着这回的收入，可说是踌躇满志。

就在这个时候，先是两个学生回家了，随后是陶伯笙回来了。他照样地还是夹了那个旧皮包回家，并没有损失掉。不过他脸上的肌肉，一看就觉得少掉了一层。尤其是那些打皱的皮肤，一层接触了一层，把那张不带血色有脸子，更显得苍老。他口角上衔了一支纸烟，一溜歪斜地走进屋子来。陶太太看到，随着身后问道："还喝咖啡不喝，我还给你留着呢。"

陶伯笙耸动着脸上的皱纹，露了几粒微带黄的牙齿，苦笑着道："说什么俏皮话，赢也好，输也好，我并没有带什么南庄的田北庄的地到重庆来赌。我反正是把这条光杆儿身子去滚。滚赢了，楼上楼，滚输了，狗舔油。"说着，他将皮包帽子一齐向小床铺上一丢，然后身子也横在铺上。将两只皮鞋抬起来，放在方凳子上，抬起两手倒伸了个懒腰，连连打了两个呵欠。笑道："我想喝点好茶，打盆热水来，我洗把脸。"陶太太对他脸上看看，笑着点了两点头，自转身向厨房里去了。

陶伯笙躺着了两三分钟，想着不是味儿，他也就跟到厨房里来。当他走到厨房里的时候，首先看到那条板上，青菜豆腐菠菜萝卜，全都摆满了。尤其是墙钉上，挂了一刀肥瘦五花肉，这是家里平常少有的事。还有个大瓦盆子，装了许多猪血。太太正把脸盆放在土灶上，将木瓢子向脸盆里加着水。灶口里的火，生得十分的旺盛，锅里的水，煮得热气腾腾的。这个厨房是和往日不同了，便笑道："今天不错，厨房里搞得很热闹。"陶太太道："你不管这个家，我也可以不管吗？洗脸吧。"说着端了脸盆向卧室里走。

陶伯笙对厨房里东西都看了一眼，回到卧室里去的时候，见屋角上的小米缸，米装得满满的，木盖子都盖不着缸口。便道："哟！买了这些个米？家里还有钱吗？"陶太太将洗脸盆放在桌上，将肥皂盒，漱口盂，陆续地陈列着，并把手巾放在脸盆口覆着，然后环抱了两手，向后退着两步，望了丈夫道："钱还有，可是数目太小，不够你一牌唆的。"

陶伯笙走到桌子边洗脸，一面问道："我是说箱子里的钱，我都拿走了，家里还有钱办伙食吗？"陶太太笑道："箱子里没有钱，我身上还有钱呢，你可以在外面混到饭吃，我和两个孩子可没有混饭吃的地方。"陶伯笙笑道："这可是个秘密，原来你身上有钱，下次找不着赌本的时候，可要到你身上打主意。"陶太太噘了嘴笑，点点头。陶伯笙两手托了热面巾，在脸上来回地擦着笑道："你样样都办得好，就是那盆猪血办得不大好。"陶太太道："你把热手巾洗过脸，你也该清醒清醒，还说我猪血办得不好呢。"说着，她眼圈儿一红，两行眼泪急流了下来。

013 回家后的苦闷

陶伯笙问太太的这句话，觉得是很平常，太太竟因这句话哭了起来，倒是出于意外的，因道："猪血这东西，我看是不大干净，吃到嘴里，也没有什么滋味，我说句不好，也没有多大关系，你怎么就伤心起来了？"陶太太在衣袋里掏出一方旧手绢，揉擦着眼睛，淡淡地道："我也不会吃饱了饭，把伤心来消遣。我流泪当然有我的原因，现在说也无益，将来你自然会明白。"

陶伯笙笑道："我有什么不明白的，无非是你积蓄下来的几个钱，为家用垫着花了。这有什么了不起，明后天我给你邀一场头，给你打个十万八万的头钱，这问题就解决了。"陶太太道："说来说去，你还是在赌上打主意，你脑筋里，除了赌以外，就想不到别的事情吗？"

陶伯笙望了她道："咦！怎么回事，你今天有心和我别扭吗？你可不要学隔壁魏太太的样子。她和丈夫争吵的结果，丈夫坐了牢，她自己把家丢了。躲到乡下去，你看这有什么好处？"陶太太道："我和魏太太学？你姓陶的一天也负担不起，人家金镯子钻石戒指，什么东西都有。我只有一枚金戒指，昨天晚上，就押出去给你打酒喝了。你一天到晚夹了只破皮包，满街乱跑。你跑出了什么名堂来？你还不如李步祥，人家虽是做小生意买卖出身的，终年苦干，多少总还赚几个钱，你有什么表现？你说吧。"

陶伯笙道："我有什么表现？在重庆住了这多年，我并没有在家里带一个钱来，这就是我的表现。"陶太太笑了一声道："你在重庆住了这多年没有在家里带钱来，那是不错。可是马上胜利到来，大家回家，恐怕你连盘缠钱都拿不出来。你在重庆多年有什么用？你就是在重庆一百年，也不过在这重庆市上多了一个赌痞。"

陶伯笙把脸一沉道："你骂得好厉害，好，你从今以后，不要找我这赌痞。"说着，一扭身走到外面屋子里去，提了他那个随身法宝旧皮包，就出门去了。

陶太太在气头上，对于丈夫的决绝表示，也不怎样放在心上，可是他自这日出去以后，就有三天不曾回来。陶太太卖血的几个钱，还可以维持家用。虽然陶伯笙三天没有回家，她还不至于十分焦急。这日下午，她正闷坐在外面屋子里缝针线，一面想着心事，要怎样去开辟生财之道，而不必去依靠丈夫。忽然外面有个男子声音问道："陶先生在家吗？"她伸头向外看时，是邻居魏端本。

他是新理的发，脸上刮得光光的。头上的分发也梳得清清楚楚。只是身上穿的灰布中山服脏得不像样子，而且遍身是皱纹，这就立刻放下针线迎到门外笑道："魏先生回来了，恭喜恭喜。"他的脸子，已经瘦得尖削了，嘴唇已包不着牙齿。惨笑了道："我算做了一回黄金梦，现在醒了，话长，慢慢地说吧，我现在已经取保出来了，以后随传随到，大概可以无事，我太太带着两个孩子到哪里去了？"

陶太太道："她前几天，突然告诉我，要到南岸去住几天，目的是为魏先生想法子，到南岸什么地方去了，我不知道，她把钥匙放在我这里，小孩子都很好，你放心。"

魏端本道："我家杨嫂，也跟着她去了？"陶太太进里面屋子去取出钥匙交给了他，向他笑道："杨嫂跟着她去是对的，不然，你那两个孩子，什么人带着呢。你回去先休息休息吧，慢慢再想别的事。我想，我们都得改换一下环境，才有出头之日。老是这样的鬼混，总想捡一次便宜生意做，发一笔大财，这好像叫花子要在大街上捡大皮包，哪有什么希望？"

魏端本走回家去，看到房门锁着，本来也就满心疑惑，现在听了她的话，更增加了自己的疑团，但是急于要看着自己家里变成了什么样子，也不去追问了，说了声回头见，赶快地走回家去。

打开锁来，先让他吃了一惊，除了满屋子里东西抛掷得满床满桌满地而外，窗子是洞开的，灰尘在各项木器上，都铺得有几分厚，正像初冬的江南原野，草皮上盖了一层霜。床上只剩了一床垫的破棉絮，破鞋好几双，和一只破网篮，都放在棉絮上。桌上放着一只铁锅，盖住了些碗盏，一把筷子，塞在锅耳子里，油盐罐子和酱醋瓶子，代替了化妆品放在五屉桌上，地面上除了碎报纸，还有几件小孩的破衣服。他站着怔了一怔。心想太太这决不是从容出门，必定是有什么急事，慌慌张张就走了，想当年在江苏老家，敌人杀来了，慌忙逃难，也不过是这种情景，这位夫人，好生事端，莫不是惹了什么是非了。

他在屋子中间呆站了一会，丝毫没有主意，后又开了外边屋子的门，这屋子的窗子是关的，里面的东西，都也是平常的布置。他到厨房里去，找到了扫帚掸子，把外面屋子收拾了一番，且坐着休息五分钟。但就是这五分钟，只觉得自己心里，是非常的空虚，出了看守所，满望回得家来，可以得着太太一番安慰，至少看到自己两个孩子，骨肉团聚之后，也可以精神振奋一下。然而……他这个转念还没有想出来，桌子下面瑟瑟有声。低头看时，两只像小猫似的耗子，由床底下溜出来。后面一只，跟着前面这只的尾子，绕了桌子四条腿，忽来忽去，闹过不歇。重庆这个地方，虽然是白天耗子就出现的，可是那指着人迹稀少的地方而言，像外边这间屋子，乃是平常吃饭写字会客的地方，向来是不断人迹的。这时有了耗子，可见已变了个环境。他立刻哀从中来，只觉一阵酸气，直透眼角，泪珠就要跟着流出来。

他又想着，关在看守所里，受着那样大的委屈，自己也不肯哭，现在恢复了自由，回到了家里，还哭些什么？于是突然地站起，带着扫帚掸子，又到里面去收拾着。两间屋子都收拾干净了，向冷酒店的厨房里，舀了一盆凉水擦抹着手脸。看看电灯来火，口也渴了，肚子也饿了，这个寂寞的家庭，实在忍耐不下去。锁了门出去，买了几个热烧饼，带到小茶馆里，打算解决一切。

重庆的茶馆，大的可以放百十个座头，小的却只有两三张桌子，甚至两三张桌子也没有，只是在屋檐下摆下几把支脚交叉的布面睡椅，夹两个矮茶几而已。作风倒都是一样，盖碗泡茶约分四种，沱茶、香片、菊花、玻璃。玻璃者，白开水也。菊花是土产，有铜子儿大一朵，香片是粗茶叶片子和棍子，也许有一两根茉莉花蒂，倒是沱茶是川西和云南的真货，冲到第二三次开水的时候，酽得带苦橄榄味。此外是任何东西不卖，这和抗战时期的公务人员生活，最是配合得来。在三十四年春天，还只卖到十元钱一碗。

魏端本打着个人的算盘，就是这样以上茶馆为宜。但电灯一来火，茶馆里就客满，可能一张灰黑色的方桌子，围着五六位茶客，而又可能是三组互不相识的。他走进一个中等的茶馆，二三十张桌子的店堂全是人影子，在不明亮的电灯光下拥挤着。他在人丛中站着，四周观望了一下，只有靠柱子，跨了板凳，挤着坐下去。虽然这桌子三方，已经是坐了四个喝茶的人，但他们对于这新加入的同志，并不感到惊异，他们照旧各对了一碗茶谈话。

魏端本趁着茶房来掺开水之便，要了一碗沱茶。先就着热茶，一口气把几个烧饼吃了，这才轮到茶碗掺第三次开水的时候，慢慢地来欣赏沱茶的苦味。他对面坐了一位四十上下的同志，也是一套灰色中山服。不过料子好些，乃是西康出的粗哔叽。他小口袋上夹一支带套子的铅笔，还有一个薄薄的日记本。头发谢了顶，由额头到脑门子上，如滑如镜。他圆脸上红红的，隐藏了两片络腮胡子的胡桩子，他也是单独一个人，和另外三个茶客并不交言。他大口袋里还收着两份折叠了的晚报，而他面前那碗茶，掀开了盖子并不怎样的黄，似乎他在这里已消磨了很久的时间了。

魏先生料着他也是一位公务员，但何以也是一人上茶馆，却不可解，难道也有一样的境遇吗？心里如此想着，不免就多看了那人几眼。那人因他相望，索性笑着点了个头道："一个人上茶馆，无聊得很啊。"魏端本道："可不是，然而我是借了这碗沱茶，进我的晚餐，倒是省钱。重庆薪水阶级论千论万，而各种薪水阶级的生活，倒五花八门，无奇不有，大概我们是最简化的一种。"那人因他说到我们两字，有同情之意，就微微一笑。

魏端本感到无聊，在衣袋里掏摸一阵，并无所获，就站起来，四面望着。那人笑问道："你先生要买纸烟吗？买纸烟的几个小贩子今天和茶馆老板起了冲突，今天他们不来卖烟了。我这里有几支不好的烟，你先尝一支怎么样？"说着，他已自衣服口袋里，掏出一只压扁了的纸烟盒子。

魏端本坐下来，摇着手连说谢谢。那人倒不受他的谢谢，已经把一支烟递了过来，向他笑道："不必客气，茶烟不分家。我这烟是起码牌子黄河。俗言道得好，人不到黄河心不死，吸纸烟的人到了降格到黄河牌的时候，那就不能再降等了，再降等就只有戒烟了。"

魏端本觉得这个人很有点风趣，接过他的烟支，就请问他的姓名。他在口袋里拿出一叠二指宽的薄纸条，撕下一张送过来。这是抗战期间的节约名片。魏端本接了这名片，就觉得这人还有相当交际的，因为交际不广的人，根本就把名片省了。看那上面印着余进取三个字，下注了"以字行"。上款的官衔，正是一个小机关的交际科的科长。这就笑道："我一看余科长就是同志，果然不错。我没有名片，借你的铅笔，我写一写名字吧。"

余进取口袋里铅笔取出来，交给了他，他不曾考虑，就在那节约名片上，把真姓名写下来，递了过去。余进取看到，不由得哦了一声，魏端本道："余科长，你知道吗？"他沉吟着道："我在报上看到过的，也许是姓名相同吧？"魏端本这就省悟过来了，自己闹的这场黄金官司，报上必然是大登特登，今天刚出法院，还不知道社会上对自己的空气，现在人家看到自己的名字，就惊讶起来，想必这个贪污的名声，已经传布得很普遍了。便向余进取点了两点头道："一点不错，报上登的就是我，你先生看我这一身褴褛，可够得上那一份罪名？至少我个人是个黑天冤枉。"

余进取点点头道："你老兄很坦白，这年月，是非也不容易辨白，这是茶馆里，不必谈了。"他说着话时，向同桌的人看了看。另外三个人，虽然是买卖人的样子，自然，他也就感到不谈为妙。吸着烟，谈了些闲话，那三位茶客先走了。

魏端本终于忍不住胸中的块垒，便笑道："余先生，你真是忠厚长者。其实，就把我的姓名，再在报上宣扬着，我也不含糊，我根本是个无足轻重芝麻小的公务员，谁知道我？以后我也改行了，摆个纸烟摊子，比拿薪水过日子也强。话又说回来，薪水这东西，以前不叫着养廉银子吗？薪水养不了廉，教人家从何廉起？无论做什么事的，第一要义，总得把肚子吃饱，做事吃不饱肚子，他怎么不走出轨外去想法子呢？"

余进取隔了桌面，将头伸过来，低声笑道："国家发行黄金储蓄券，又抛售黄金，分明给个甜指头人家吮吮，好让人家去踊跃办理，而法币因此回笼。这既是国家一个经济政策。公务员也好，老百姓也好，只要他不违背这个政策，买金子又不少给一元钱，为什么公务员一做黄金就算犯法呢？还有些人做黄金储蓄，好像是什么不道德的事一样，不愿人知道，这根本不通，国家办的事，你跟着后面拥护，那有什么错？难道国家还故意让人民做错事吗？"

魏端本听了将手连连的在桌子沿上拍了几下道："痛快之至！可是像这种人就不敢说这话了。"余进取在袋里取出那两份折叠着的晚报来问道："你今天看过晚报吗？"魏端本道："我今天下午三点钟，才恢复了这条自己的身子，还没有恢复平常生活，也没有看报。"

余进取将报塞到他手上，指了报道："晚报上登着，黄金官价又提高，不是五万就是六万，由两万涨到三万五，才有几天，现在又要涨价了，老百姓得了这个消息，马上买了金子，转眼就可以由一万五赚到两万五，而且是名正言顺的赚钱，他为什么不办？公务员若是有个三五万富余的钱在手上，当然也要办。你不见当老妈子的，她们都把几月的工钱凑合着买一两二两的。"

魏端本点点头道："余先生这话，当然是开门见山的实情，可是要面子打官腔的人，他就不肯这样说，若有人肯这样想，我也就不吃这场官司了。"余进取又安慰了他几句，两个人倒说得很投机，坐了一个多钟头的茶桌方才分手。

魏端本无事可干，且回家去休息。虽然家里是冷清清的，可是家里还剩下一床旧棉絮，一床薄褥子，藤绷子床柔软无比，回想到看守所里睡硬板床，那是天远地隔，就很舒适地睡到天亮。

他还没有起来，房门就推了开来，有人失声道："呀！哪个开了锁？"他听到杨嫂的声音，一翻身由床上坐起来，问道："太太回来了吗？"杨嫂看到主人坐在床上，她没有进入，将房门又掩上了。

魏端本隔了门道："这个家，弄成了什么样子。我死了，你们不知道，我回来了，你们也不知道，你们对我未免太不关心了。"他说是这样地说了，门外却是寂然。心里想着：难道又是什么事得罪了太太，太太又闹别扭了，于是静坐在床上，看太太什么表示。

直等过了十来分钟，外面一点动作没有。下床打开房门来看，天气还早，连冷酒店里也是静悄悄的。里外叫了几声杨嫂，也没有人答应，倒是冷酒店里伙计扫着地，答道："我一下铺门，杨嫂一个人就回来了，啥子没说，慌里慌张又走了。"魏端本道："她没有提到我太太？"伙计道："她没有和我说话，我不晓得。"魏端本追到大门口两头望望，这还是宿雾初收，太阳没出的早市，街上很少来往行人。一目了然，看不到杨嫂，也看不到家中人，这样看起来，杨嫂原是不知道主人回了家，才回来的，看到了主人她却吓跑了，那么，自己太太，是个什么态度呢？

洗过了手脸，向隔壁陶太太家去打听，正好她不在家，只有两个孩子收拾书包，正打算上学去。因问他："妈妈呢？"大孩子说："爸爸好几天没有回来，妈妈找爸爸去了。"魏端本惊着这事颇有点巧合，一个不见了太太，一个不见了先生，那也不必多问了，身体是恢复了自由，手上却没有了钱用，事是由司长那里起，现在想到机关里去恢复职务，那是不可能，但司长总要想点法子来帮助。于是就径奔司长公馆里去。

他还记得司长招待的那间客室，为了不让司长拒绝接见，径直上楼，就叩那客室之门，心里已通盘筹划了一肚子的话，于今是一品老百姓，不怕什么上司不上司，为了司长想发黄金财，职业是丢了，名誉是损坏了，而太太孩子也不见了，司长若不想点办法，那只有以性命相拼。他觉得这个撒赖的手段，是可以找出一点出路的，然而，不用他叩那客室之门，根本是开的，里面空洞洞的，就剩了张桌子歪摆着，就是上次招待吃饭的那个年轻女佣人，蓬着头穿了件旧布大褂，周身的灰尘。

她手提了只网篮，满满的装着破旧的东西，要向外走。她自认得魏端本，先道："你来找司长来了？条了（逃了）坐飞机上云南了。"他怔了一怔道："真的？"她道："朗个不真？你看吗，这个家都空了。"魏端本点点头道："好！还是司长有办法。昨天下午，刘科长来了吗？"她还没有答应，却有人接言道："我今天才来，你来得比我还早。"说着话进来的，正是那刘科长。魏端本叹了口气道："好！他走了，剩下我们一对倒霉蛋。"

刘科长走进屋子各处看看，回转身来和魏端本握手，连连地摇撼了几下，惨笑着道："老弟台，不用埋怨，上当就这么一回，我们不是为了想发点黄金财弄得坐牢吗？做黄金并不犯法，只是为了我们这点老爷身份才犯法，现在我们都是老百姓，把裤子脱下来卖了，我也得做黄金，不久黄金就要提高到五万以上，打铁趁热，要动手就是现在。"说时，他不握手，又连连地拍了魏端本肩膀。他好像有了什么大觉悟一样，交代完了，立刻就转身出去。

魏端本始终不曾回答他一句，只是看看那个女佣人在里里外外，收拾着司长带不上飞机的东西。他心想：人与人之间，无所谓道义，有利就可以合作，司长走了，这位女佣人，还独自留守在这里，她为的是什么？为的就是那些破碎的东西了。那么，反想到自己的太太，连自己的家也不要，那不就是为了家里连破烂东西都没有吗。刘科长说的对，还是弄钱要紧，脱了裤子去卖，也得做黄金生意。他有了这个意思发生，重重地顿了一下脚，复走回家去。

当然，这个家里没有人，究比那有个不管家的太太还要差些，不但什么事都是自己动手，这张嘴也失去了作用，连说话的机会也没有。无可奈何，还是出门去拜会朋友，顺便也就打听打听太太和孩子的消息，但事情是很奇怪，没有任何朋友知道田佩芝消息的，这些情形，给予了他几分启示，太太是抛弃着他走了。夫妻之间，每个月都要闹几回口头离婚，田佩芝走了，也不足为怪，只是那两个孩子，却教他有些舍不得。

他跑了一天，很失望地走回家去。他发现了早上出门，走得太匆促，房门并不曾倒锁，这时到家，房门是开了。他心里想着，难道床上那床破棉絮和那条旧裤子还有人要？他抢步走进屋子去看，东西并不曾失落一样，床面前地板上，有件破棉袄，有条黄毛野狗睡在上面，屋子里还添了一样东西。那野狗见这屋子的主人来了，夹着尾巴，由桌子底下蹿到门外去了。他淡笑了一笑，自言自语地道："这叫时衰鬼弄人。"

坐在床沿上，靠了床栏杆，翻着眼向屋子四周看看，屋子里自己已经收拾过了，屋子中间的方桌子是光光的，靠墙那张五屉桌，也是光光的，床头边大小两口箱子都没有了，留下搁箱子的两个无面的方凳架子。屋子里是比有小孩有太太干净得多了，可是没有了桌上的茶杯饭碗，没有了五屉桌上大瓶小盒那些化妆品，以及那面破镜架子，这屋子里越是简单整洁，他越觉得有一种寂寞而又空虚的气氛。同时，墙角下有两个白木小凳子，那是两个孩子坐着玩的。他想到了两个孩子，好像两个小影子，在那里晃动。他心房连跳了几下，坐不下去了，赶快掩上房门倒扣了，又跑上街来。

他看到街两边的人行道上，来往地碰着走，他看到每一辆过去的公共汽车，挤得车门合不拢来，他觉得这一百二十万人口的大重庆，是人人都在忙着，可是自己却一点不忙，而且感到这条闲身子，简直没有地方去安顿，于是看看街上的动乱，他有点茫然。不知不觉地，随了两位在面前经过的人走去。

走了二三十家店面，他忽然省悟过来：我失业了，我没有事，向哪里去？把可以看的朋友，今天也都拜访完了，晚晌也不好意思去拜访第二次。他想来想去地走着，最后想着，还是去坐茶馆吧。立刻就向茶馆走。

这晚来得早一点，茶馆里的座位，比较稀松，其中有一位客人占着一张桌子的。和人并座喝茶，这是最理想的地方，他就径走拢，跨了凳子坐下。原来坐着喝茶的人，正低了头在看晚报。这时被新来的人惊动着抬起来头，正是昨日新认识的余进取先生。他呀了一声，站将起来，笑着连连地点头道："欢迎欢迎！魏先生又是一个人来喝茶？今天没有带烧饼来？"魏端本笑道："我们也许是同志吧？我吃过了晚饭，所以没有带烧饼，可是余先生没有例外，今天还带着晚报。"

他笑道："你看我只是一位起码的公务员不是？但是我对于国家大事，倒是时刻不能忘怀。我也希望能够发财，有个安适的家，可以坐在自己的书桌上，开电灯看晚报，但也许那是战后的事了。"他说毕，微微地叹了一声，两手捧起晚报来，向下看看。

魏端本听他这话音，好像他也是没有家的，本来想跟着问他的，他已是低头看报，也就自行捧了盖碗喝茶。那余先生看着报，突然将手在桌沿上重重拍了一下道："我早就猜着是这个结果。黑市和官价相差得太多了，政府决不能永远便宜储蓄黄金的老百姓，到了一定的时期，官价一定要提高。据我的推测，三个月后，黄金的官价一定要超过十万。这个日子，有钱买进黄金，还不失为一个发财的机会。"他先是看了报纸，后来就对了魏端本说，正是希望得一声赞许之词，可是魏端本心里，就别扭着想：怎么处处都遇见谈黄金生意的人呢？

014 有家不归

魏端本迷了一阵子黄金，丝毫好处没有得着，倒坐了二十多天的看守所。他对于黄金生意，虽然不能完全抛开，但他也有了点疑心，觉得这注人人所看得到的财，不是人人所能得到的，可是他的朋友，却不断地给他一种鼓励。第一是陶伯笙太太，她说要另想办法。第二是刘科长，他说以后不受什么拘束，脱了裤子去卖，也要做黄金生意。第三就是这位坐茶馆的余进取先生了。

他不用人家提，自言自语地要做黄金生意。这是第二次见面，就两次听到他发表黄金官价要提高。

魏先生心里自想着，全重庆人无论男女老少，都发生了黄金病。若说这事情是不可靠的，难道这些做黄金的人都是傻子？他心里立刻发生了许多问题，所以没有答复余进取的问话。然而余先生提起了黄金，却不愿终止话锋，他望了魏端本笑道："魏先生，你觉得我的话怎么样？有考虑的价值吗？"魏端本被他直接地问着，这就不好意思不答复。因道："只要是不犯法的事，我们什么都可以做。"

余进取笑着摇摇头道："这话还是很费解释的。犯法不犯法，那都是主观的。有些事情，我们认为不犯法，偏偏是犯法的。我们认为应当犯法，而实际上是绝对无罪。再说，这个年月，谁要奉公守法，谁就倒霉。我们不必向大处远处说，就说在公共汽车上买车票吧。奉公守法的人最是吃亏，不守法的人，可以买得到票，上了车，可以找着座位。那守法的人，十回总有五回坐不上车吧？我是三天两天，就跑歌乐山的人，我原来是排班按次序买票，常常被挤掉，后来和车站上的人混熟了，偶然还送点小礼，彼此有交情了，根本不必排班，就可以买到票。有了票，当然可以先上车，也就每次有座位，这样五六十公里的长途，在人堆里挤在车上站着，你想那是什么滋味？那就是守法者的报酬。"

魏端本坐在茶馆里，不愿和他谈法律，也不愿和他谈黄金。因他提到歌乐山，便道："那里是个大建设区了。现在街市像个样子了吧？"余进取道："街市倒谈不上，百十来家矮屋子在公路两边夹立着，无非是些小茶馆小吃食宿。有钱的人，到处盖着别墅，可并不在街上。上等别墅不但是建筑好，由公路上引了支路，汽车可以坐到家里去。你想国难和那些超等华人有什么关系？"

魏端本道："但不知这些阔人在乡下做些什么娱乐。他们能够游山玩水，甘守寂寞吗？"余进取道："那有什么关系？他们有的是交通工具的便利，什么时候高兴，什么时候进城，耽误不了他们的兴致。若是不进城，乡下也有娱乐，尤其是赌钱，比城里自在得多，既不怕宪警干涉，而且环境清幽，可以聚精会神的赌。天晴还罢了，若是阴雨天，几乎家家有赌。"魏端本笑道："到了雾季，重庆难得有晴天。"余进取笑道："那还用说吗？就是难得有一家不赌。这倒也不必管人家，世界就是一个大赌场，不过赌的手法不同而已。你以为希特勒那不是赌？"

魏端本坐的对面，就是一根直柱。直柱上贴了张红纸条，楷书四个大字："莫谈国事"。他对那纸条看了看，又觉得要把话扯开来，叹口气道："谈到赌，我是伤心之极。"余进取笑道："你老哥在赌上翻过大筋斗的？"他摇摇头道："我不但不赌，而且任何一门赌，我全不会。我的伤心，是为了别人赌，也不必详细说了。"说毕，昂着头长长地叹了口气。

余进取听了这话，就料定他太太是一位赌迷，这事可不便追着问人家。于是在身上掏出那黄河牌的纸烟，向魏端本敬着。他笑道："我又吸你的烟。"余进取笑道："我还是那句话，茶烟不分家，来一支，来一支。"说时，他摇撼着纸烟盒子，将烟支摇了出来。同时，另一只手在制服衣袋里掏出火柴盒子，向桌子对面扔了来。笑道："来吧，我们虽是只同坐过两次茶馆，据我看来，可以算得是同志了。"魏端本看他虽一样地好财，倒还不失为个爽直人，这就含笑点着头，把那纸烟接过来吸了。

两人对坐着吸烟，约莫有四五分钟都没有说话。余进取偷眼看了看他的脸色，见他两道眉头子，还不免紧蹙到一处，这就向他带了笑问道："魏先生府上离着这里不远吧？"魏端本喷着烟叹了口气道："有家等于无家吧？太太带着孩子回娘家去了。家里的事，全归我一人做。我不回家，也就不必举火，省了多少事，所以我专门在外面打游击。"

余进取拍了桌沿，做个赞成的样子，笑道："这就很好哇。我也是太太在家乡没来，减轻了罪过不少。别个公教人员单身在重庆，多半是不甘寂寞。可是我就不怎么样，如其不然，我能够今天在重庆，明天在歌乐山吗？魏先生哪天有工夫，也到歌乐山去玩玩？我可以小小的招待。"魏端本淡淡地一笑道："你看我是个有心情游山玩水的人吗？但是，我并没有工作，我现在是个失了业，又失了灵魂的人。"

余进取越听他的话，越觉得他是有不可告人之隐，虽不便问，倒表示着无限的同情，想了一想道："老兄若是因暂时失业而感到无聊，我倒可以帮个小忙，我们那机关，现在要找几个雇员抄写大批文件，除了供膳宿而外，还给点小费。这项工作，虽不能救你的穷，可是找点事情做，也可以和你解解闷。"魏端本道："工作地点在歌乐山吧？城里实在让我住得烦腻了，下乡去休息两个月也好，这几天我还有点事情要做，等我把这事情做完了，我就来和余先生商量。"

余进取昂头想了一想，点了下巴颏道："我若在城里，每日晚上，准在这茶馆子里喝茶，你到这里来找我吧。"魏端本听了这话，心里比较是得着安慰，倒是很高兴地喝完了这回茶。

当天晚上他回到家里，独自在卧室里想了两小时，也就有了个决心。次日一早起来，把所有的零钱都揣在身上，这就过江向南岸走去。南岸第一个大疏建区是黄角桠，连三年不见面的亲友都算在内，大概有十来家，他并不问路之远近，每家都去拜会了一下。他原来是有许多话要问人家，可是他见到人之后，却问不出来，只是说些许久不见，近来生活越高的闲话。可是他的话虽说不出来。在大家不谈他的太太，或者不反问他的太太好吗，这就知道他太太并没有到这里来，那也就不必去打听，以免反而露出了马脚。

这样经过了一日的拜访，并无所得，当晚在黄角桠镇市上投宿，苦闷凄凉地睡了一晚。第二日一早起来。恐怕去拜访朋友不合宜，勉强地在茶馆里坐着喝早茶，同时，也买些粗点当早饭。这茶饭去菜市不远，眼看到提篮买菜的，倒有一半是人家的主妇，这自然还是下江作风。他就联带地想起一件事，太太的赌友住在黄角桠的不少人里面很有几位是保持下江主妇作风的。可能她们今天也会来。那么，遇到了她们其中的一个，就可以向她打听太太的消息了。

这样想着，就对了街上来往的行人格外注意。总算皇天不负苦心人，当他注意到十五分钟以后，看到那位常邀太太赌钱的罗太太，提了一只菜篮子由茶馆门前经过，这就在茶座前站了起来，点着头叫了声罗太太。她和魏端本也相当地熟，而且也知道他已是吃过官司的人，很吃惊地呀了一声道："魏先生今天也到这里来了？太太同来的吗？"魏端本道："她前两天来过的。"说着话，他也就走出茶馆来。

罗太太道："她来过了吗？我并没有看到过她呀，我听到说她到成都去了。"魏端本无意中听了这个消息，倒像是兜胸被人打了一拳。这就呆了一呆，若笑着没有说出什么话来。罗太太多少知道他们夫妻之间的一点情形，立刻将话扯了开来。笑道："魏先生，你知道我家的地点吗？请到我家去坐坐。"魏端本道："好的，回头我去拜访。"其实，他并不知道罗公馆在哪里。

眼望着罗太太点头走了，他回到茶座上呆想了一会，暗下喊着："这我才明白，原来田佩芝到成都去了，这也不必在南岸胡寻找些什么，还是自回重庆去做自己前途的打算。这位抗战夫人早就有高飞别枝的意思，女人的心已经变了，留恋也无济于事，只要自己发个千儿八百万的财，怕她不会回来。所可惜的是自己两个孩子，随着这个慕虚荣的青年母亲，知道他们将来会流落到什么人手上去。嗐！人穷不得。"

随了他这一声惊叹，口里不免喊出来，同时，将手在桌沿上拍了一下。凡是来坐早茶馆的人，在这乡镇上大多数是有事接洽，或赶生意做的。只有魏先生单独地起早坐茶馆无所事事，他已经令人注意。他这时伸手将桌子一拍，实在是个奇异的行动，大家全回过头来向他望着。他也觉得这些行动，自己是有些失态，便付了茶资匆匆地走了。

他独自地走着路，心里也就不断的思忖借以解除着自己的苦闷。他忽然听到路前面有操川语的妇人声，还带了很浓重的江苏音，很像是自己太太说话。抬头看时，前面果有三个妇人走路。虽然那后影都不像自己的太太，但他不放心，直等赶上前面分别地看着，果然不是自己的太太，方才罢休。

他在过渡轮的时候，买的是后舱票。他看到有个女子走向前舱，非常地像自己的太太。后舱是二等票，前面有木栅拦着，后舱人是不许可向前舱去的。他隔了木栅，只管伸了头向前舱去张望着。当这轮船靠了码头的时候，前后舱分着两个舱口上岸，魏端本急于要截获自己的太太，他就抢着跑到人的前面去。跳板只有两尺多宽，两个排着走，是不能再让路的了。他急于要向前，就横侧了身子，做螃蟹式的走路。在双行队伍的人阵上，沿着边抄上了前。上岸的人看到他这个样子，都瞪了大眼向他望着。但他并不顾忌，上了岸之后，一马当先，就跑到石坡子口上站定，对于上岸的任何一个人，都极力地注意看。

在上岸的人群中，他发现了三个妇人略微有点儿像自己的太太，睁了大眼望着。可是不必走到面前，又发现自己所猜的是差之太远了。站在登岸的长石坡上，自己很是发呆了一阵。心想，自己为什么这样神经过敏。太太把坐牢的丈夫丢了，而出监的丈夫，就时刻不忘逃走的太太。

他呆站着望了那滚滚而去的一江黄水，那黄水的下游，是故乡所在，故乡那个原配的太太，每次来信，带了两个孩子，在接近战场的地方，挣扎着生命的延长，希望一个团圆的日子。无论怎么样，那个原配的太太是大可钦佩的。他这样地想着，越觉得自己的办法不对，这也就不必再去想田佩芝了。

他回想到余进取约他到歌乐山去当名小雇员，倒还是条很好的路子，当天晚上就去茶馆里去候他，偏是计划错了，他这天并不曾来。过了三天，也没有见着。自己守着那个只有家具，没有细软，没有柴米的空壳家庭，实在感到无味，而自己身上的零碎钱，也就花费得快完了。终日向亲友去借贷，也不是办法，于是自下了个决心，向歌乐山找余先生去。好在余先生那个机关，总不难找。他锁上了房门，并向冷酒店里老板重托了照应家，然后用着轻松的情绪，开着轻松的步子，向长途汽车站走去。

这个汽车站，总揽着重庆西北郊的枢纽，所有短程的公共汽车，都由这里开出去。在那车厂子里，成列的摆着客车，有的正上着客，有的却是空停在那里的。车站卖票处，正排列着轮班买票的队伍。在购票的窗户外面，人像堆叠在地面上似的，大家在头顶上伸出手来，向卖票窗里抢着送钞票。魏端本看看这情形，要向前去买票是不可能的，而且卖票处有好几个窗户眼，也不知道哪个窗户眼是卖歌乐山的票。

他被拥挤着在人堆的后面，正自踌躇着，不知向哪里去好，也就在这时，听到身后有人叫人力车子，那声音非常像自己太太说话。赶紧回头看时，也没有什么迹象。他自己也就警戒自己，为什么神经这样紧张？风吹草动都翻，自己太太有关系，那也徒然增加自己的烦恼，于是又向前两步挤到人堆缝里去，接着又听到有人道："柴家巷和人拍卖行。"这句话，听得清清楚楚，决计是自己太太的声音。

刚才回头看时有一辆由歌乐山开来的车子，刚刚到站才有两三个人下车。当时只注意到站上原来的人，却没有注意上下车的人，也许是太太没有下车，就在车子上叫人力车的。这样想着，立刻回转身来向车厂子外看了去，果然是自己的太太，坐在一辆人力车上。因为车站外就是一段下坡的马路，人力车顺了下坡的路走去，非常的快，只遥远地看到太太回转雪白泛红的脸子，向车站看上了一眼，车站上人多，她未必看见了丈夫。

抬起手来，向马路那边连连地招了几招，大声叫着佩芝，可是他太太就只回头看了一次，并不曾再回过头。他就想着：太太回到了重庆，总要回家，到家里去等着她吧。钥匙在自己身上，太太回去开不了门，还得把她关在房门外头呢，想时，不再犹豫了，一口气就跑回家去。

冷酒店里老板正站在屋檐下，看到他匆匆跑回来，就笑问道："魏先生不是下乡吗？"他站着喘了两口气，望了他道："我太太没有回来？"老板道："没有看见她回来。"魏端本还怕冷酒店老板的言语不可靠，还是穿过店堂，到后面去看看。果然，两间房门，还是自己锁着的原封未动。

他想着太太也许到厨房里去了，又向那个昏暗的空巷子里张望一下。这厨房里炉灶好多天没有生火，全巷子是冷冰冰的。人影子也没有，倒是有两只尺多长的耗子，在冷灶上逡巡，看到人来，抛梭似地逃走，把灶上一只破碗冲到地面，打了个粉碎。魏先生在这两只老鼠身上，证明了太太的确没有回来。他转念一想，她是把钥匙留在陶家的，也许她在陶家等着我吧？于是抱着第二次希望，又走到隔壁陶家去。

那位陶伯笙太太，提了一篮子菜，也正自向家里走。她没有等魏端本开口，先就笑道："太太是昨晚上回来的吗？怎么这样一早就出去了？"魏端本道："你在哪里看到她的，看错人了吧？"陶太太笑道："我们还说了话呢？怎么会看错了人呢？"她并不曾对魏端本的问话怎样注意，交代过也就进家去了。

魏端本站在店铺屋檐下，不由得心房连跳了几下。她回到了重庆，并不回家，也没有带孩子，向哪里去了？而且她回头一看时，见她胭脂粉涂抹得很浓，身上又穿的是花绸衣服，可说是盛装，她又是由哪里来？听到叫车子是向人和拍卖行去，她发了财了，到拍卖行里收买东西去了，彼此拆伙，也不要紧，但为了那两个孩子，总也要交代个清楚，时间不算太久，就追到拍卖行去看看，无论她态度如何，总也可以水落石出。他这样想着立刻开快了步子，就向柴家巷走了去。

事情是那样的不巧，当魏先生看到人和拍卖行大门，相距还有五十步之遥，就见一个女人穿了宝蓝底子带花点子的绸衫，肩上挂了一只有宽带子的手皮包，登上一部漂亮的人力车，拉着飞跑地走了。那个女人，正是自己的太太。他高喊着佩芝佩芝，又抬起手来向前面乱招着，可是那辆车子是径直地去了，丝毫没有反响。

魏端本看那车子跑着，并不是回家的路，若是跟着后面跑，在繁华的大街上未免不像样子。他慢慢地移步向前，且到拍卖行里去探听着，于是放从容了步子，走进大门去。这是最大的一家拍卖行，店堂里玻璃柜子，纵横交错地排列着。重庆所谓拍卖行，根本不符，它只是一种新旧物品寄售所，店老板无须费什么本钱，可以在每项卖出去的东西上得着百分之五到十的佣金。所以由东家到店员，都是相当阔绰的。

魏端本走进店门去，首先遇到了一位穿西服的店员，年纪轻轻的，脸子雪白，头发梳得很光，鼻子上架着金丝眼镜，看起来，很像是个公子哥儿。魏端本先向他点了头，然后笑道："请问，刚才来的这位小姐，买了什么去了？"那店员翻了眼睛向他望着，见他穿了灰布制服，脸上又是全副霉气，便道："你问这事干什么？那是你家主人的小姐吗？"

魏端本听着，心想，好哇，我变成了太太的奴隶了。可是身上这一份穿着和太太那份穿着一比，也无怪人家认为有主奴之分。便笑道："确是我主人的小姐，主人嘱我来找小姐回去的。"说到这里柜台里又出来一位穿西服的人，年纪大些，态度也稳重些，就向魏端本道："你们这位小姐姓田，我们认得她的，她常常到我们这里来卖东西。前几天她在手上脱下一枚钻石戒指，在我们这里寄卖，昨天才卖出去。今天她来拿钱了，买主也是我们熟人，是永康公司的经理太太。你们公馆若要收回去的话，照原价赎回，那并没有问题。"

魏端本明白了，拍卖行老板，把自己当了奉主人来追赃的听差。笑道："那是小姐自己的东西，她卖了就卖了吧，主人有事要她回去，不知道她向哪里去了。"那年纪大的店员向年纪轻的店员问道："田小姐不是不要支票，她说要带现钞赶回歌乐山吗？"年轻店员点了两点头。那店员道："你要寻你们小姐，快上长途汽车站去，搭公共汽车，并没有那样便利，你赶快去，还见得着她，不过你家小姐脾气不大好，我是知道的，你仔细一点，不要跑了去碰她的钉子。"

魏端本听到这些话，虽然是胸中倒抽几口凉气，可是自己这一身穿着，十分的简陋，那是无法和人家辩论的。倒是由各方面的情形看起来，田佩芝的行为，是十分的可疑，必须赶快去找着她，好揭破这个哑谜。这样地想了，开快了步子，又再跑回汽车站去。

究竟他来回地跑了两次，有点儿吃力，步伐慢慢地走缓了。到了车站，他是先奔候车的那个瓦棚子里去。这里有几张长椅子，上面坐满了的人，并不见自己的太太，再跑到外面空场子来，坐着站着的人，纷纷扰扰，也看不出太太在哪里。他想着那店友的话，也未必可靠，这就背了两手，在人堆里来回地走着。

约莫是五六分钟，他被那汽车哄咚哄咚的引擎所惊动，猛然抬头，看到有辆公共汽车，上满了客，已经把车门关起来了。看那样子，车子马上就要开走。车门边挂了一块木牌子，上写五个字，开往歌乐山。他猛然想起，也许她已坐上车子去了吧？于是两只脚也不用指挥，就奔到了汽车边。这回算是巧遇，正好车窗里有个女子头伸了出来，那就是自己的太太。他大声地叫了一句道："佩芝，你怎么不回家？又到哪里去？"

魏太太没有想到上了汽车还可以遇到丈夫，四目相视，要躲是躲不了的，红了脸道："我……我……我到朋友那里去有点事情商量，马上就回来。"魏端本道："有什么事呢？还比自己家里的事更重要吗？你下车吧。"魏太太没有答言，车子已经开动着走了。

魏端本站在车子外边，跟着车子跑了几步，而魏太太已是把头缩到车子里去了。他追着问道："佩芝，我们的孩子怎么样了？孩子！孩子！"

015　各有一个境界

魏端本先生虽是这样地叫喊着，可是开公共汽车的司机，他并不晓得，这辆汽车，很快地就在马路上跑着消失了。他在车站上呆呆地站了一阵子，心里算是有些明白：太太老说着要离婚，这次是真的实现了。她简直不用那些离婚的手续，径自离开，就算了事。太太走了就走了，那绝对是无可挽回的，不过自己两个孩子总要把他们找回来。

他站着这样出神，那车站上往来的人，看到他在太阳光下站着，动也不动，也都站着向他看。慢慢的人围多了，他看到围了自己，是个人圈子，他忽然省悟，低着头走回家去。他说不出来心里是一种怎样的空虚，虽然家里已经搬得空空的，可是他觉着这心里头的空虚，比这还要加倍。所幸家里的破床板，还是可以留恋的。他推着那条破的薄棉絮，高高地堆着，侧着身子躺下去。也许这天起来得过早，躺下去，就昏昏沉沉地睡着了。

不知睡了多少时候，醒过来坐着，向屋子周围看看，又向开着的窗口看看，自言自语地说了句没意思，他又躺下了。这次躺下，他睡得是半醒，听得到大街上的行人来往，也听到前面冷酒店里的人在说话，可是又不怎样的清楚。几次睁开眼来，几次复又闭上。最后他睁开眼，看到屋梁上悬下来的电灯泡，已发着黄光，他就突然地一跳，又自言自语地道："居然混过了这一天，喝茶去。"

他起身向外，又觉得眼睛迷糊，人也有些昏沉沉的，这又回身转来，拿了旧脸盆，在厨房里打了一盆冷水来洗脸。虽然这是不习惯的，脸和脑子经过这冷水洗着，皮肤紧缩了一下，事后，觉得脑子清楚了许多，然后在烧饼店里买了十个烧饼将报纸包着，手里捏了，直奔茶馆。这次没有白来，老远地就看到余进取坐在一张桌子边，单独地看报喝茶。魏先生当然和他同桌坐下。余进取只是仰着脸和他点了个头，然后又低下头去看报。

魏端本是觉得太饥饿了，泡了沱茶来了，他就着热茶，连续地吃他买的十个烧饼。余进取等他吃到第八个烧饼的时候，方才放下报来，这就笑道：

"老兄没有吃饭吧？我看你拿着许多烧饼，竟是一口气吃光了。"魏端本道："实不相瞒，我不但没有吃晚饭，午饭也没有吃，早饭我们是照例免了的。"

余进取将手上的报纸放在桌沿上，然后将手拍了两下，叹道："老兄，你的生活太苦了，这样下去，你这样维持生活，再说，你有家属的人，太太也不能永远住在亲戚家里，她肯老跟你一样，每日只吃几个烧饼度命吗？"魏端本道："那是当然。离乱夫妇，也管不了许多，大难来到各自飞跑。"说着，他连续地把那剩余的两个烧饼吃了，然后，端起盖碗来，咕嘟了两口热茶。

余进取道："我劝你还是找点小生意做吧，不要相信那些高调，说什么坚守岗位。"魏端本道："我当然不会相信这些话，而且我根本也没有岗位。"余进取道："你能那样想，那就很好。你看这报上登着这物价的行市，上去了就不肯下来，纵然有跌，也是涨一千跌五十，连一成也不够。你不要相信什么管制统制的话，譬如黄金官价现定三万五一两，官家可不肯照这行市二两三两的卖现金给你。你要买，是六个月以后兑现的黄金储蓄券，或者是连日期都没有的期货，而且那是给财神爷预备的，我们没有这分希望。我们只有做点儿小生意买卖吧，反正什么物价，也是跟了黄金转。你看今天的晚报。"说着，他将手指着晚报的社会新闻版。

魏端本看那手指的所在，一行大字题目，载着七个字："金价破八万大关。"他心里想着，原来余先生天天看晚报上劲，他所要知道的，并不是我们的军队已反攻到了哪里，而是金价涨到了什么程度。像他这样一个天天坐小茶馆的人，有多少钱买金子，何必这样对金价注意？他是这样想着，而余先生倒是更是表现着他对金价的注意。他已把那张晚报重复地捧了起来，就在那昏黄的灯光向下看。

魏端本笑道："余先生，我倒有句话忍不住要问你了，你大半时间在乡下的，在乡下打听不到金价，我们要根据这金价做生意，那怎样地进行呢？"他含笑道："做生意的人，无论住在什么地方，消息也是灵通，就以我住的歌乐山而论，那周围住的金融家，政治家，数也数不清，在他们那里就有消息透出来。"

今天听到歌乐山这个名词，魏端本就觉得比往日更加倍的注意。这就问道："歌乐山的阔人别墅很多，那我是知道的，好像女眷们都不在那里。"余进取道："你这话正相反，别墅里第一要安顿的就是好看的女人。有眷属的，当然由城里疏散到乡下去。没有眷属的，他们也不会让别墅空闲着。你懂这意思吗？那里也可以凑份临时家眷啦，有钱的人何求不得？"他说着话，不免昂起头来叹了口气。

这话像是将大拳头在魏先生胸口上打了一下，他默默地喝着茶，有四五分钟没有作声。他脸上现出了很尴尬的样子，向余进取笑问道："你几时回歌乐山去？"余进取见他脸上泛起了一些红色，以为他是不好意思，这就向他笑道："我本来打算后天回去。不过我来往很便利，我可以陪同你明日到歌乐山去，给你把那工作弄好。抄文件这苦买卖，现在没有人肯干，你随时去都可以成功，是我先提议的，你有什么不好开口的呢？"

他根本没有了解魏端本的心事，魏先生苦笑了一笑，又摇了两摇头道："朋友，我落到现在，还有什么顾忌，而不愿开口向人找工作吗？我心里正还有一件大事解决不了，我想找个人商量商量。这人也许在歌乐山。所以我提到下乡，我心里就自己疑惑着，是不是和那人见面呢？"余进取笑道："大概你是要找一位阔人。"魏端本道："那人反正比我有钱，我知道今天她就卖了一只钻石戒指。"余进取道："是个女人？"

魏端本也没有答复他这话，自捧起盖碗来喝茶。他向旁边桌子上看去，那里正有两个短装人，抱了桌子角喝茶，其间一个不住地向这边桌子上探望。魏端本心想，什么意思？我那案子总算已经完了，他老是看着我，还有人跟我的踪吗？就在这时，一位穿粗哔叽中山服的中年汉子，走了进来，下面可是赤脚草鞋。头上戴了顶盆式呢帽子，走进了茶馆，也不取下。这就听到送开水的么师叫着，刘保长来了。那个短装人，就仰向前道："保长，我正等着你呢，一块儿喝茶吧。"刘保长笑道："要得吗！罗先生多指教，洪先生倒是好久不见，听说现在更发财了。"那个姓罗的，就拉了保长到更远的一张桌子上去了。魏端本想着，这事奇怪，简直是计算着我。我可以不理他。法院已经把我取保释放了，还会再把我抓了去不成？而且我恢复自由，天天为了两顿饭发愁，根本没有什么行动可以引人注意的。这就偏过脸去和余进取谈话。余先生心里没事，也就没有注意往别张茶桌上看。看了他那份尴尬的样子，倒十分地同情他，就约了次日早晨坐八点钟第二班通车到歌乐山去。

魏端本说不来心里是一种什么滋味，像是空荡荡的，觉得什么希望都没有了。好像有千种事万种事解决不了，把五脏都完全堵塞死了。他出了茶馆，走到自己家的冷酒店门口，他又停住了脚，转着身向大街上走。他看到那个绸缎百货店窗饰里灯彩辉煌，心里就骂着：这是战时首都所应有的现象吗？走到影院门口，看到买电影票子的，也是排班站了一条龙，他心里又暗骂着：这有买黄金储蓄券那个滋味吗？看到三层楼的消夜店，水泥灶上，煮着大锅的汤团，案板上铺着千百只馄饨，玻璃窗里，放着薰腊鱼肉，仿佛那些鱼肉的香味都由窗缝子里射了出来，那穿西装的人，手膀上挽了女人，成对地向里面走。他心里想着：这大概都是做生意的人吧。这世界是你们的，你们囤积倒把，有了钱就这样的享受。我们不过挪用几个公款，照规矩去做黄金储蓄，这有什么了不得，而自己就为这个坐了牢了。天下事，就这样不平等？我要捡起一块砖头来，把这玻璃窗子给砸了。

他想到这里，咬着牙，瞪了眼睛望着。身后忽然有人叫道："魏先生，你回来了。"他回头看时，正是邻居陶伯笙，他站在人行路上，身子摇摇晃晃的，几乎是要栽倒，虽是不曾说话，那鼻子里透出来的酒味，简直有点让人嗅到了要作呕。便答道："我回来好几天了。老没有看到你。你们都到哪里去了？"陶伯笙两手一拍道："不要提，赌疯了。"

他说这话时，身子前后摇荡着，几乎向魏端本身上一栽。他道："陶兄，你喝多了，我送你回去吧。"陶伯笙摇了两摇头道："我不回去。我不发财，我不回去。要发财，也不是什么难事。实不相瞒，我已经兜揽得了一笔生意。我陪人家到雷马屏去一道，回来之后，他们赚了钱，借一笔款子我做生意，我……"说着，他身子向前一歪，手扶了魏端本的肩膀，对他耳朵边，轻轻地道："雷波这一带是川边，出黑货，黑市带来脱了手，我们买黄的。"

魏端本立刻将他扶着，笑道："老兄，你醉了，大街之上，怎么说这些话。"他站定了，笑道："没关系，人为财死，鸟为食亡。我今天晚上有个局面，再唆哈一场，赢他一笔川资。回去我是不回去的了。我已经知道，我女人在医院里输血，换了钱买米，我男子汉大丈夫，还好意思回家去吃她的血吗？今天晚上赢了钱，明天请你吃早点。"他说着这话，抬起一只手在空中招了两招，跌跌撞撞，在人丛中就走了。走了十来步，他又复身转来，握了魏端本的手道："我们同病相怜，我太太瞧不起我，你太太也瞧不起你，我太太若有你太太那样漂亮，那有什么话说，也走了。你太太的事，我知道一点，不十分清楚，谁让你不会做黄金生意呢？"他说了这话，伸手在魏端本肩上拍了两下，那酒气熏得人头痛。

魏端本赶快偏过头来，咳嗽了两声，回过头来时，他已走远了。魏端本听了这话，心里是格外地难过。回家的时候，正好在门口遇到陶太太，她左手上提了一只旅行袋，右手扶一根手杖。魏端本道："你这样深夜还出门吗？"她道："你不看我拿着手杖，我是由外面化缘回来。"他道："化缘？这话怎么说？"她叹了口气道："老陶反对我劝他戒赌，他有整个礼拜不回来了。我知道他无非是在几个滥赌的朋友家里停留下了，那也只得随他去吧。他不回来，我倒省了不少开支。我现在自食其力，在亲戚朋友那里，不论多少，各借了一点钱，有凑一万八千的，也有千儿八百的，装了这一袋零票碎子，从明天起，我出去摆个纸烟摊子，我倒要和他争一口气。"

魏端本听了这话，就没有敢提陶伯笙的话。不过陶伯笙说是同病相怜，却不解何故。他呆站着望了陶太太，不能作声，陶太太倒怪不好意思的，悄悄地走了。

魏端本将陶家夫妇和自己的事对照一下，更是增加了感慨，也懊丧地走回家去。卧室门是开的，电灯也亮了，他心想：出门的时候，是带着房门的，难道又是野狗冲进去了？可是野狗也不会开电灯。因此进房之后，不免四处张望，见方桌上放了一封信，上写魏端本君开拆，那信封干净，墨汁新鲜，分明是新写的。赶快拿起信来，将信笺抽出来看，倒只有一张信纸，并无上下款。信纸上写：

你太太在外边，行同拆白，骗了友人金镯，钻石，衣料多件，又窃去友人现款三百万元之多。听说你要下乡去找她，那很好。你告诉她，偷骗之物，早早归还，还则罢了。如其不然，朋友决不善罢甘休。阁下也必须连带受累。请将此信，带给她看，她自知写信者为谁也。

信后画了一把刀，注着日子，并无写信人具名。魏先生拿了这纸信在手上，只管周身发抖。眼看了这纸上的字都像虫子一样，只管在纸上爬动。他将信放下，人向床铺上横倒下去，全身都冒着冷汗。

他前后想了两三小时，最后，他自己喊出了个"罢"字，算是结论，而且同时将床铺捶了一下。他当然又是一晚不曾睡好。不过他迷糊着睡去，又醒来之后，却是听到一片的嘈杂市声。在大街上寄居的人，这点可告诉他是时间不早了，他跳下床来，首先到前面冷酒店里去打听了一下时间，业已八点。他匆匆地收拾了十五分钟，立刻带了一个包袱，奔上汽车站。

又是个细雨天，满街像涂了黑浆，马路两边，纸伞摆着阵势，像几条龙灯，来往乱钻。穿过两条街，在十字路口，有个惊奇的发现。陶太太靠着一家关闭着店门的屋檐，坐在阶石上，身边立着一个白木支脚的纸烟架子，其上摆满了纸烟盒。她身上穿件旧蓝布罩衫，左鼻子上架了一副黑眼镜，两手撑起一把大雨伞，然而她衣服的下半截，已完全打湿了。在那副黑眼镜上，知道她是不愿和熟人打招呼的，自也不必去惊动她了。

他又是低了头走着，有人叫道："魏先生，也是刚出门，我怕我来迟了，你会疑心我失约的。"说话的,正是余进取,他是由一家银楼出来。魏端本道:"余先生买点金子?"他低声笑道:"我买什么金子?我有这么一个嗜好,若是在城里的话,我总得到银楼里去看看黄金的牌价。银楼是重庆市上的新兴事业,几乎每条街上都有银楼,我随便走到哪里,都可以看看黄金的牌价。在这点上,倒让我试出了银楼业的信用,这倒是一致的,任何大小银楼,牌价倒是一样。"魏端本满腹都是愁云惨雾,听了他这话,倒禁不住笑了出来。

却喜是阴雨天,下乡人少,到了车站,很容易地买到了车票。上车之后,魏端本又发现了一个可注意的人,便是昨晚在茶馆里向保长说话的罗先生。他紧跟在后面,走上了车子,就找个座位坐了。魏端本看他一眼,他也就回看了一眼。魏端本心里想着,难道我还值得跟踪?好在自己心里是坦然的,就让他跟着吧。

他默然地和余进取坐在车子角上。但是姓余的却不能默然,一路都和他谈着物价黄金。魏端本只是随声附和,并没有发表意见。余进取也就看到了他一点意思,把话转了一个方向。因道:"你的工作没有问题,不必发愁。为了安定你的心事起见,下车之后,我就带你去见何处长。本来这事无须去见这高级长官,不过他这个人倒也平民化,你和他谈过了,给他一个好印象,也许有升迁的机会。"魏端本只是道谢着。

十二点钟,车子到了歌乐山。余进取是说了就办,下车之后,将彼此带的东西,存在镇市上一家茶馆里,就带了魏端本向何处长家来。离开公路,由山谷的水田中间,顺了一条人行小路,走上一个小山丘。那山丘圆圆的,紧密着生了松槐杂树,有条石砌的坡子,在绿树里绕着山麓上升。这个日子,正是杜鹃花盛开的时候,树底下,长草丛中,还有石砌缝子里,一丛丛的杜鹃花红得像在地面上举着火把。这时细雨已经定止了,偶然有风经过摇着树枝,那上面的积水,滴卜滴卜,打在石坡上作响。

魏端本道:"在这个地方住家真好,这里是没有一点火药味的。"余进取笑道:"我们得发财呀,发了财就可以有这种享受了,所以我脑子里昼夜都是一个经营发财的思想。这个大前提不解决,其余全是废话。有人笑我财迷,你就笑我吧。他们没有知道这无情的社会,是现实不过的,没有钱还谈什么呢。"

魏端本还想答应他这话,隔了树林子,却被风送来一阵女人的笑语声。这是快到何处长的家了,大家就停止了谈话。顺石路,穿过了树林,是个小山谷。四周约有三四亩大的平地,中间矗立着三幢小洋楼。洋楼面前,各有花圃，正有几个男女在花圃中的石板路上散步。其中有个穿中山服的汉子，余进取收着雨伞，站定了向他一鞠躬，叫着何处长。魏端本只好远远地站住了。可是，这让他大大地惊奇一下。

何处长后面，站着两个女人，手挽手地在看风景。其中一位穿蓝花绸长衫的烫发女郎，就是自己的太太。她似乎没有料到丈夫会到这里来，还在和那个挽手的女人说笑。她道："何太太，你昨晚上又大大地赢了一笔，该进城请客了。处长什么时候去呢？搭公家的车子去吧。"

魏端本料着那位太太，就是处长夫人，自己正是求处长赏饭吃而来，怎好去冲犯处长夫人的女友，就没有作声。余进取已是抢先两步走到处长面前去回话。何处长听过他介绍之后，点了两点头。余进取回头向魏端本招着手道："韩先生你过来见处长。"这是早先约好了的。魏端本这三个字为了黄金案登过报，不能再露面，他改叫着韩新仁了。

这声叫喊，惊动了魏太太回过头来，这才看清楚了是丈夫来了。她脸色立时变得苍白，全身都微微地抖颤着。何太太握了她的手道："田小姐，你怎么了？"她道："大概感冒了，我去加件衣服吧。"说毕，脱开何太太的手，就走到洋楼里面去了。魏端本虽然心里有些颤动，但他已知道自己的太太完全变了，这相遇是意外，而她的态度却非意外，也就从从容容走到何处长面前回话去。当然，这在他两人之外，是没有人会知道当前正演着一幕悲喜剧的。

016　你太残忍了

这位何处长倒的确是平民化，看到魏端本走了过去，他也伸着手，和他握了一握。然后笑道："韩先生，我们这抄写文件，是个机械而又辛苦的工作，你肯来担任，我们欢迎。不过我们有相当的经验，往日来抄写的雇员，往往是工作个把月，就挂冠不辞而去。新旧衔接不上，我们的事情倒耽误了，我们希望韩先生能够多做些日子。"

魏端本在这个时候，简直是方寸已乱。但他有一个概念，这个地方，决不能多勾留，可是何处长和他这么一客气，他拘着面子倒是不好有什么表示了，只是连连地说了几遍是。

何处长又道："我们办公的地方，离这里也不远，有什么不了解的地方，你可以问李科长。李科长如不在办公室里，你径直来问我也可以，余先生索性烦你一下，你引他去见一见李科长去。"余进取当然照着何处长的指示去办。

魏端本跟到办公处，见过那李科长，倒也是照样地受着优待。他那不肯在这里工作的心思，也就只得为这份优待所取消。

这个办公地点，自然是和那何处长公馆的洋楼不可同日而语。这里是靠着山麓盖的一带草房，木柱架子，连着竹片黄泥石灰糊的夹壁。因为是夹壁，所以那窗户也不能分量太重，只是两块白木板子，在直格子里来回地推拉着，不过窗外的风景，还不算坏，一片水田，夹在两条小山之中。这小山上都高高低低长有松树，这个日子，都长得绿油油的。水田里的稻子长着有两三尺高，也是在地面上铺着青毡子。稍远的地方，有两三只白色的鹭鸶在高的田埂上站着。阴阴的天气，衬托着这山林更显着苍绿。

这里李科长为了使他抄写工作不受扰乱起见，在这一带屋子最后的一间让他工作。这里有一位年老的同事，穿一件旧蓝布大褂，秃了一个和尚头。头发和他嘴上的胡子一样，是白多黑少，架了一副大框老花眼镜，始终是低头抄写。仅是进门的时候李科长和他介绍这是陈老先生，而且声明着，他是个聋子。这样事实上还等于他一人在此工作，连个说话的机会都没有。一张白木小桌子，靠窗户摆着，上面堆了文具和抄件。

魏端本和陈老先生，背对背各在窗户下抄写，抄过两页，送给李科长看了，他对于速率和字体，认为很满意，就吩咐了庶务员，给他在职员寄宿舍里找了一副床铺，并介绍他加入公共伙食团。他虽对于这个工作非常的勉强，可是人家这份温暖，却不好拒绝。

到了黄昏时候，余进取又给他在茶馆里把包裹取来，并扛了一条被子来，借给他晚上睡眠，而且悄悄地还塞了几千钞票在他手上当零用。魏先生在这多方面的人情下，他实在不能说辞谢这抄写工作的话。

当晚安宿在寄宿舍里，乃是三个人共住的一间屋子，另外两位职员，他们是老同事，在菜油灯光下，斜躺在床铺上谈天。魏端本新到此地，又满腹是心事，也只有且听他们的吧，他们由天下大事谈到生活，再由生活谈到本地风光。

一个道："老黄呀，我们不说乡下寂寞，今天孟公馆里就在开跳舞会呀。

老远望见孟公馆灯火通明，那光亮由窗户里射出来，照着半边山都是光亮的。我一路回来，看到红男绿女，成双作对向那里走。"又一个道："我们何处长太太一定也加入这个跳舞会的。"那个道："一点不错，她还带了两位女友去呢，什么甜小姐咸小姐都在内，她可是和我们何处长脾胃两样。"

魏端本听到田小姐这个名称，心里就是一动，躺在床上，突然地坐了起来，向这两位同事望着。人家当然不会想到这么一位穷雇员和摩登小姐有什么关系。其中一位同事，望了他道："韩先生，你不要看这是乡下。由这向南到沙坪坝，北到青木关，前后长几十公里，断断续续，全是要人的住宅。你要听黄色新闻，可比重庆多呀。"

魏端本也只微笑了一笑，并没有答应什么话，不过这些言语送到他耳朵里，那都觉得是不怎么好受的；他勉强地镇定着自己的神志，倒下床铺去睡了。

从次日起，他且埋下头去工作，有时抽出点工夫，他就装成个散步的样子，在到何处长公馆的小路上徘徊着。他想：自己太太若还是住在何公馆，总有经过这里的时候。他这个想法，是没有错误的。在一周之后，有一下午，他在那松树林子里散步的时候，有两乘滑竿，由山头上抬了下来。滑竿上坐着两个妇人，后面那个妇人是何处长太太，前面那个妇人，正是自己太太田佩芝。

只看她身上穿花绸长衫，手里拿着亮漆皮包。坐在滑竿上跷起腿来，露着两只玫瑰紫皮鞋和肉色丝袜子，那是没有一样穿着，会比摩登女士给压倒下来的。自己身上这套灰布中山服，由看守所里出来以后，曾经把它洗刷了一回，但是没有烙铁去烫，只是用手摩摩扯扯就穿在身上的。现在又穿了若干日子，这衣服就更不像样了。他把自己身上的穿着，和坐在滑竿上太太的衣服一比，这要是对陌生的人说，彼此是夫妇，那会有谁肯信呢？他这么一踌躇，只是望着两乘滑竿走近，说不出话来。

下坡的滑竿，走得是很快的，这山麓上小路又窄，因之魏端本站在路头上，滑竿就直冲了他来。重庆究竟还是战都，谈不到行者让路那套。在旧都北平，请人让路，是口里喊着借光您哪。在南京新都，就直率地叫着请让请让。重庆不然，叫让路是两个手法。一种恐吓性地喊着：开水来了，开水来了。一种是命令式地喊着两个字：左首！他那意思，就是叫前面的人站到左首去。初到此地的人，若不懂得这个命令而给人撞了，那不足抗议的。

当时抬着魏太太的滑竿夫，也是命令着魏先生左首。魏先生虽想和他太太说话，先让了这气势汹汹的滑竿夫再说。他立刻张着路边的一棵松树，闪了过去。那滑竿抬走得很快，三步两步就冲过去了。呆坐在滑竿上的魏太太，眼光直射，并无笑容，更也没有作声。接着是后面何太太的滑竿过来了。她在滑竿上，倒是向他点了个头，笑道：“韩先生你出来散步，对不起。”她说着这话，滑竿也是很快地过去了，魏端本不知道这声对不起，她是指着没有下滑竿而言呢？还是说滑竿夫说话冒犯。这也只有向了点个头回礼。

滑竿是过去了，魏端本手扶了松树，不由得大大地发呆。向去路看时，魏太太坐在前面那乘滑竿上，正回头来向着何太太说话。对于刚才在路上顶头相遇的事情，似乎没有介意。他想着：何太太倒是很客气的，还叫他一声韩先生。不过她既叫韩先生，是确定自己姓韩。纵然田佩芝承认是魏太太，这也和姓韩的无干。在这里工作，把名字改了也就行了，一时大意，改了姓韩，却不料倒给了太太一个赖账的地步。看这两乘滑竿，不像是走远路的，也许他们又是赴哪家公馆的赌约去了。

他怔然地站了一会，抬起头来向天上望着，长长地叹了一口气，然后随手摘了一支松桠，低了头缓缓地走回办公室去。他看到那位聋子同事，正低了头在抄写，要叫他时，知道他并听不到，这就向他做了个手势，彼此各点了两点头，也就自伏到桌上的去抄写文件。

他好在是照字抄字，并不用得去思索。抄过了两页书，将笔一丢，两手环抱在怀里向椅子背上靠着，翻了两眼向窗子外青天白云望去。呆望了一会，心里可又转了个念头，人家约了自己来抄写文件的，食住都是人家供给，岂能不和人家做点事，叹了口气，又抄写起来。

当天沉闷了一天，晚上又想了一宿，觉得向小路上去等候太太，那实在是一件傻事。看到了田佩芝，也不能带她走，至多是把她羞辱一场，而自己又有什么面子呢？于是次日早上起来，倒是更努力地去抄写。正是抄得出神时候，却听到隔壁墙啪啪地敲了两下。当时虽然抬头向外望了一眼，但是并没有人影，还是低头去抄写。只有几分钟的工夫，那夹壁又拍了几下响，只好伸着头由窗子缝里向外看了去。

这一看，不免让他大吃一惊，正是三度见面不理自己的太太。他呆着直了眼睛，说不出话来。魏太太倒还是神色自然，站在屋檐下向他招招手道：“你出来我和你说几句话。”魏端本匆遽之间也说不出别的，只答应了好吧两个字。他看看那位聋子同事，并没有什么知觉，就开了屋门跑出去。

魏太太看到他出来，首先移步走着，一方面回过头来向他道：“这里也不是谈话的地方，你和我到街上谈谈吧。"魏端本没说什么，还是答应她好吧两个字，跟着她身后，踏上穿过水田平谷中间的一条小路，这里四周是空旷的，可以看到周围很远。魏太太就站住脚了。她沉住了脸色，向丈夫道："端本请你原谅我，我不能再和你同居下去了。"魏端本笑道："这个我早已明白了，不是我看见你和何太太在一处，我自惭形秽，都没有和你打招呼吗？"

魏太太点了头道："这个我非常感谢你。唯其如此，所以我特意来找你谈话。"说着，她将带着的手提皮包打开，取出一大叠钞票，拿在手上，带了笑容道："我知道你已经失业了，可是你干这个抄写文件的工作，怎么能救你的穷？你抄着写着，也不过是混个三餐一宿，反是耽误了你进取的机会，这里有三十万元钱，我送给你做川资，我劝你去贵阳，那里是旧游之地，你或者还可以找出一点办法来。"魏端本笑道："好哇！你要驱逐我出境，不过你还没有这个资格。"说着，昂起头来，哈哈大笑。

魏太太手上拿了那一大叠钞票，听着这话，倒是怔住了，于是板住了脸道："姓魏的，你要明白，我们只是同居的关系，并没有婚约。谁也不能干涉谁，就算我们有婚约，你根本家里有太太，你是欺骗人的骗子。你敢在这地方露出真面目来和我捣乱吗？你这个贪污案里的要犯，人家知道你的真名实姓，就不会同情你。"

魏端本道："这个我都不和你计较，你爱骂我什么就骂我什么。我是让金钱引诱失足在前，你是让金钱引诱你正在失足中，喊叫出了，你我都不体面。你离开我就离开我吧，我毫不考虑这事。我已经前前后后，想了多天了。我来找你，有两件事，第一件是我两个孩子你放在哪里，你得让我带了回去。小孩子没有罪过，我不愿他们流落了。"

魏太太道："两个孩子，我交给杨嫂了。在这街边上租了人家一间屋子，安顿了他们，这个你可以放心。"魏端本道："为什么你不带在身边？"魏太太道："这个你不必过问，那是我的自由，我问你第二件什么事？"

魏端本可笑道："你不说我是要犯，是骗子吗？别人也这样地骂你，可说是无独有偶了。你不妨拿这封信去看看，这是人家偷着放在我屋子里桌上让我带来的。"说着，在衣袋里掏出那封匿名信递了过去。魏太太看他这样子，是不接受那钞票。她依然把钞票收到皮包里面去，然后腾出手来，将这信拿着看。

她看了之后，身子是禁不住地突然抖颤一下，夹在肋下的皮包，就扑通地落在地上。魏端本并不去和她拾皮包，望了她淡淡地笑道："那何必惊慌失措呢？人家的钞票和钻石，也不能无缘无故地落在你手上，你把对付我这种态度来对付别人也就没有事了。"

魏太太将那信三把两把扯碎了，向水田里一丢，然后弯腰把皮包捡了起来。淡淡地笑道："你这话说对了，钞票，钻石，金子，那也不能够无缘无故地到我手上来。我并不怕什么人和我算账。这件事我自有方法应付，也决不会连累到你。"魏端本道："我打听打听，你为什么把钻石戒指卖了？"她道："那还有什么不明白？我赌输了。"

魏端本道："你还是天天赌钱？"她笑道："天天赌，而且夜夜赌。我赌钱并不吃亏，认识了许多阔人的太太。我相信我要出面找工作，比你容易得多，而且我现在衣食住行，和阔人的太太一样，就是赌的关系。"魏端本道："既然如此，各行其是吧，不过我的孩子，你得交还给我。你若割离了我的骨肉，我也就顾不得什么体面不体面，那我就要喊叫出来了。"他说着这话时，可就把两手叉了腰，对她瞪了大眼望着。

魏太太道："不用着急，你这个要求，并没有什么难办的，我答应你就是了。"魏端本道："事不宜迟，你马上带我去看孩子。"魏太太道："你何必这样急，也等我安排安排。"魏端本道："那不行，你现在是闲云野鹤的身子，分了手我到哪里去找你，你现在就带我去。"他说着话时，两手叉腰更是着力，腰身越发挺直着。

魏太太四周观望，正是无人，她感觉到在这里和他僵持不得，这就和缓着脸色向他微笑道："你既然对我谅解，我也可以答应你的要求的。不必着急，我们一路走吧。"魏太太说完了，就向前面走。魏端本怕她走脱了，也是紧紧地跟着。他也是看到四顾无人，觉得这个女人心肠太狠，很想抓住她的衣服，向水田里一推。他咬着牙望了她的后影几回想伸出手来，可是他终于是忍住了。

慢慢地向前，已将近公路，自更不能动手，也就低了头和她同走到歌乐山的街上来。可是到了这里，魏太太的步子就走缓了，她不住地停着步子小沉吟一下，似乎是在考虑着什么。魏端本也不作声，且看她是怎样的交代。这时，迎面有三个摩登妇女走来。其中一个跑步向前，伸手抓住魏太太的手，笑道："好极了，我们正要去找你，就在这里遇着了。我家里来了几位远客，请你去作陪。"

魏太太道："我有点事，迟一小时就到，好不好？"那妇人笑道："不行不行！你不去，就要答应别家的约会了。"说着，她将声音低了低道："听说你昨天又败了。"魏太太没有答复，只点了两点头。她道："既然如此，你应该找个翻本的机会呀！今天在场的人，就有昨天赢你钱的人，你不觉得这是应该去翻本的吗？"说着，拖了魏太太就走。

她回头看魏端本时，见他将两手环抱在怀里，斜伸了一只脚，站在路头上，脸上丝毫没表情，只是呆了眼睛看人。魏太太就向女友道："一小时以内，我准到。我城里的亲戚来了，让我引他去看看几家亲戚。我仅仅是做个引导，一会儿就可以了事。"那妇人将嘴向魏端本一努道："那是你们亲戚？"她道："不是，我们亲戚在前面等着，这是亲戚家里的同乡。"那妇人道："好吧，让你去吧，我等你吃饭。你若是不来，以后我们就不必同坐着桌子了。"说毕，撒了手，魏太太就赶快地走开。

魏端本也只有无声地冷笑着，跟了走。魏太太已不愿意走街上了，看到公路旁有小路，立刻转身走上了小路。魏端本在后面叫道："田小姐，你可不能开玩笑，说了在街上，怎么又走到街外去了呢？"她道："我总得把你带到，你何必急呢。"说着她却是挑了一条和公路作平行线的小路倒走回去，终于是在歌乐山背街一个小茶馆的后身站住了脚，魏端本正疑惑着她是什么骗局，忽然听到有小孩子叫唤爸爸的声音。

在泥田埂上，两个小孩子跑了过来。两个小孩，全打了赤脚，小娟娟的头发蓬得像只鸟窠。天气已经是很暖和了，她下身虽是单裤，上身还穿着毛绳褂子，而这毛绳褂子在袖口上，全已脱了结，褂穗子似的坠出很多线头。小渝儿呢，和尚头上的头发长成个毛栗蓬，身上反是穿了姐姐的一件带裙女童装。裙半边拖靠了脚背。他们满身全是泥点，小渝儿脸上也糊了泥。两人手上各拿了一把青草。

小渝儿好久没有看到父亲了，见了魏端本，直跑到他面前来，魏端本看见男孩子的小圆脸，又黄又黑，下巴颏也尖了，已是瘦了三分之一。他将手摸着孩子的头，叫了一声孩子，嗓子哽了，两行眼泪直流下来。小娟娟似乎受到过母亲的教训，看到母亲那一身花绸衣服，她没有敢靠近，站在父母中间，将一个小手指头送到嘴里捱着。魏端本向她招招手，流着泪连叫几个来字。孩子到了身边，他蹲在地上，一手搂着一个问道："你们怎么在田里玩泥巴？杨嫂哪里去了？"小娟娟道："杨嫂早走了，爸爸没有叫她来吗？"

魏端本望了魏太太道："这是怎么回事？"魏太太道："我们家散了，还要女佣人干什么？这两个孩子，我托一个养猪的女人养了。"魏端本道："那也好，把孩子当猪一样的养。你只知道自己享受，你把孩子糟蹋到这样子。你太残忍了。"魏太太道："是我残忍吗？我倒要问你，这养孩子的责任是该由父亲负担呢？是该由母亲负担？你自己没有拿出一文钱来养活孩子，你说什么残忍不残忍的风凉话？"

魏端本道："废话也不用多说，今天是来不及了，我今天向这何处长告辞，明天我带了孩子走，你把那个养猪的女人叫来，我们三面交代清楚。"说着，泥墙的小门里，走出一位周身破片的女人，先插言道："小娃儿的老汉来了唉？要带起走，我巴不得，饭钱我不能退回咯。"

魏端本道："那是当然，我这孩子不是你带着，也许都饿死了，我这里有点钱，算是谢礼。"说着，在身上掏出几张钞票，塞到她手上。点个头道："再麻烦你一下。晚上你弄点水给我孩子洗个澡，梳梳头发，我明天早上来带他们走。若是我身上方便的话，我明天再送你一点钱。"那女人接着钱笑道："这话我听得进，要像是这位小姐，一次丢了几个饭钱，啥子不管，我就懒得淘神。娃儿叫她妈，她又说是亲戚的娃儿。是郎个的？"魏端本苦笑着向太太道："这也是我的风凉话吗！"她脸色一变，并不答复，扭转身就跑了。

017 屡败屡战屡战屡败

魏太太在这个环境中，她除了突然的跑开，实在也没有第二个办法。她固然嫌着两个孩子累赘，她也更讨厌这穷丈夫扫了她的面子。她走开以后，魏端本和孩子们要说什么话可以不管。因为那些背后说的闲话，人家可以将信将疑的。她把这个问题抛到了脑后，放宽了心去赴她的新约会。

那个在街镇上相遇的女人，是这附近有钱的太太之一，她丈夫是个公司的经理，常常坐着飞机上昆明。有时放宽了旅程索性跑往国外。这一带说起她的丈夫刘经理，没有人不知道的。刘经理有一部小坐车，每日是上午进城，下午回家。有时刘经理在城里不回家，汽车就归她用。歌乐山到重庆六七十公里，刘太太兴致好的时候，每天迟早总有一天进城，所以她家里的起居饮食，无城乡之别，因为一切都是便利的。他家也就是为了汽车到家便利的原故，去公路不远，有个小山窝子，在那里盖了一所洋房。城里有坐汽车来的贵宾，那是可以到她的大门里花圃中间下车的。

魏太太对于这样的人家，最感到兴趣。她走进了那刘公馆的花圃，就把刚才丈夫和儿子的事，忘个干净了。那主人刘太太，正在楼上打开了窗户，向下面探望，看看她来了，立刻伸出手来，向她连连地招了几下。笑道："快来快来，我们都等急了。"魏太太走到刘家楼上客厅里，见摩登太太已坐了六位之多。

三位新朋友，刘太太从中一一介绍着，两位是银行家太太，一位是机关里的次长太太，那身份都是很高的。不过她们看到魏太太既长得漂亮，衣服又穿得华丽，就像是个上等人，大家也就很愿意和她来往。这里所谓上等人，那是与真理上的上等人不同，这里所谓上等人，乃是能花钱，能享受的人，魏太太最近在有钱的妇女里面厮混着，也就气派不同。她和那位银行家太太都拉过手。在拉手的时候，她还剩下枚钻石戒指，自在人家眼光下出现。这样，人家也就不以她为平常之辈了。

十分钟之后，刘公馆就在餐厅里摆下很丰盛的酒席招待来宾。饭后，在客厅用咖啡待客。女主人笑说："到了乡下来，没有什么娱乐，我们只有摸几只牌，赞成不赞成呢？"其实她所问的话，是多余的，大家决没有不赞成之理。六位来宾，加上主人刘太太和魏太太共是八位，正好一桌阵容坚强的唆哈。

魏太太今天赌钱，还另有一个想法，就是今天给魏端本的三十万元钞票，虽然让人家碰回来了，可是自己两个孩子，就要让丈夫带走，丈夫虽然可以不管，孩子呢，多少总有点舍不得。趁着明天离开这里以前，给他们四五十万元，有这些钱，魏端本带他们到贵阳去，川资够了，就是在重庆留下，也可以做点小本生意。自己皮包里有三十万元资本，还可以一战。今天当聚精会神，对付这个战局，碰到了机会，就狠狠地下一大注。

她这样想了，也就是这样做。其初半小时，没有取得好牌，总是牺牲了，不下注进牌。这种稳健办法也就赢了个三四万元。当然！这和她的理想，相差得很远。这桌上除了今天新来的三位女宾，其余的赌友，是适用什么战术，自己完全知道。她们也许是打不倒的。至于这三位新认识的女友，可以说只有一个战术，完全是拿大资本压人。这种战术，极容易对之取胜，只要自己手上取得着大牌，就可以反击过去。

她这样看定了，也就照计而行，赢了两回，此后，她曾把面前赢得和原有的资本，和一位银行家太太唆了一牌，结果是输了。这一下，未免输起了火，只管添资本，也就只管输。战到晚上七点钟，是应了俗话，财归大伴，还是新来的三位女友赢了，魏太太除了皮包里的钞票，已完全输光，还借了主人刘太太三十万元，也都输了。

那三位贵妇人，还有其他的应酬，预先约好了的战到此时为止，不能继续，魏太太只有眼睁睁地看着人家饱载而去。偏是今日这场赌，女主人也是位大输家，据她自己宣布，输了一百万。三十四年春季，这一百万还是个不小的数目。虽然魏太太极力地表示镇静，而谈笑自看，叫是她脸皮红红的，直红到耳根下去。这就向女主人道："我今天有点事，预备进城去的，实在没有预备许多资本，支票本子，也没有带在身上。"刘太太不等她说完，就摇了手拦着道："不要紧的，今天我又不要钱用，明天再给我吧。"

魏太太总以为这样声明着，她一定会客气几句的，那就借了她的口气拖延几天吧。不想和她客气之后，她倒规定了明天要还钱。便道："好的，明天我自己有工夫，就自己送来，自己没有工夫，就派人送来。"刘太太道："我欢迎你自己来，因为明天我的客人还没有走呢。老王呀，滑竿叫来了没有？"她说着话，昂头向屋子外面喊叫着。屋子外就有好几介人答应着："滑竿都来了，到何公馆的不是？"

原来这些阔人别墅的赌博，也养活不少苦力。每到散场的时候，所有参与赌博的太太小姐，都每人坐一乘滑竿回家。好在这笔钱，由头子钱里面筹出，坐着主人的滑竿，可是花着自己的钱。坐滑竿也是坐着自己分内的，所以她毫不犹豫地，就告别了主人，坐着滑竿回到何公馆来。

这时，也不过七点半钟，春末的天气，就不十分昏黑，远远地就看到何公馆玻璃窗户，向外放射着灯光。她下了滑竿，一口气奔到放灯光的那屋子里去，正是男女成圈，圈了一张桌子在打唆哈。

何太太自然也在桌子上赌，看到了魏太太就在位子上站了起来，向她招招手笑道："来来，快加入战团。"魏太太走近场面上一看，见桌子中间堆叠了钞票，有几位赌客，正把全副精神，射在面前几张牌上，已达到了钩心斗角的最高潮。

何太太牵着她的手，把她拉近了，笑道："来吧。你是一员战将，没有我们鏖战，你还是袖手旁观的。"魏太大对桌上看着，笑着摇了两摇头道："我今天可不能再来了。下午在刘太太那里，杀得弃甲丢盔，溃不成军。"

何太太笑道："唯其如此，你就应该来翻本啦。"她这样地说着，就亲自搬了一张椅子来放在身边，拍了一下椅子背，要她坐下。魏太太笑道："我是个赌鬼，还有什么临阵脱逃之理，不过我的现钱都输光了。我得去拿支票簿子。"

座中有位林老太太，是个胖子，终日笑眯眯的，唯其如此，所以她也就喜欢说笑话。这就笑道："哎呀！田小姐，晓得你资本雄厚，你又何必开支票吓人呢？"魏太太一面坐下来，一面正色道："我是真话。今天实在输苦了，皮包里没有了现钱了。"

何太太笑道："我们是小赌，大家无聊，消遣消遣而已。在我这里先拿十万去，好不好？"魏太太正是等着她这句话。便点头道："好吧。我也应当借着别人的财运，转一转自己的手气。"她口里这样说，心里可是另一种想法。她想着：手上输得连买纸烟的钱都没有了。明天得另想办法，现在有这十万元，也许能翻本。不必多赢，只要能捞回四十万的话，把三十万元还刘太太，留十万元做川资，到重庆去一趟，也许在城里可以找出一点办法来。这么一想，她又把赌钱的精神提了起来。

可是这次的事，不但不合她的理想，而且根本相反。在她加入战团以后，就没有取得过一次好牌，每次下注进牌一次，就让人家吃一次。赌到十二点钟散场，又在何太太那里拿了二十万元输掉了。这样一来，她自是懊丧之至。纳闷着睡觉去了。

这里的主人何太太，对她感情特别好。所以好的原因，偶然而又神秘。当魏太太带着杨嫂和两个孩子到歌乐山来的时候，她在一家不怎么密切的亲戚家里住着。这人家的主人，在附近机关里，任一个中等职务，全家都有平价米吃，而住的房子，又是公家供给的，所以生活很优裕。主妇除了管理家务，每天也就是找点小赌博藉资消磨岁月。魏太太住在这样的主人翁家里，当然也就情意相投，跟随在主人后面凑赌脚。

有一次游赌到何公馆来了，她被介绍为田小姐。何太太见她长得漂亮，举止豪华，就直认为是一位小姐，对她很是客气。这何太太的丈夫，虽是一位处长。可是她没有正式进过学校，认字有限，连报都不能看懂。很想请位家庭教师，补习国文，然而为了面子关系，又不便对人明说。

和魏太太打过两次唉哈之后，有一天晚上，魏太太来了，没有凑成赌局，谈话消遣。魏太太说是和丈夫不和，由贵阳到重庆来，想谋得一份职业。现在虽因娘家是个大财主，钱有得用，但自己要自食其力，不愿受娘家的钱。在职业未得着以前，到乡下来，打算住两个月，换换环境。

何太太听她这样说了，正中下怀，先就答应腾出一间房子让她在家里住下。魏太太自然是十分愿意，但两个脏的孩子，不便带了来，而亲戚家里又不便把孩子存放着。正好自己赢了两回钱，就叫杨嫂带着孩子，住到那养猪的人家去。这种地方，杨嫂当然不愿意，也不征求女主人的同意，竟自带着钱跑回重庆去了。这么一来，两个孩子，依靠着那养猪的女人，为了他们更脏，她也就更要把他们隐藏起来。每次上街，就抽着工夫，给那养猪的女人几个钱。

这里的女主人何太太，自不会猜到她有那种心肠，在一处盘桓到了一星期，彼此自相处得很好，何太太也就告诉了她自己的秘密，请她补习国文。当魏端本到这里来的时候，她已经和何太太补习功课三天了。这两天不是跳舞就是赌钱，何太太就没有念书。这晚何太太却没有输钱，而且这样的小输赢，何太太根本也不放在心上，所以下了场之后，她就走到魏太太屋子里去，打算请她教一课书。

推开房门来，魏太太是和衣横躺在床上，仰了脸望着屋顶。何太太笑道："你恶战了十几小时，大概是疲倦了吧？"她丝毫没有考虑地坐了起来，随口答道："我在这里想心事呢。"她说过之后，又立刻觉得不对，岂能把懊丧着的事对别人说了。便笑道："我没有家庭，又没有职业，老是这样鬼混着过日子，实在不是了局，在热闹场中，我总是欢天喜地的，像喝醉了酒的人一样，把什么都忘记了。可是回到自己的屋子里，形单影只，我的酒醒了，我的悲哀也就来了。"

何太太在床上坐下，握着她的手道："我非常之同情你。你这样漂亮又有学问，怎么会得不着爱情上的安慰呢？这事真是奇怪。我若是个男子又娶得了你这样一位太太。我什么事都愿意做。"魏太太微笑着，摇了两摇头道："天下事并不家人理想上那样简单。这个社会，是黄金社会，没有钱什么都不好办。"

何太太道："你府上不是很富有的吗？"她道："我已经结了婚了，怎好老用娘家的钱？我很想出点血汗，造一个自己的世界。"何太太道："现在除非有大资本做一票投机生意才可以发财呀。做太太小姐的，有这个可能的吗？"魏太太挺了胸道："可能，我现在有个机会，可以到加尔喀达去一趟，若是有充足资本的话，一个月来回，准可以利市三倍。我打算明天进城去一趟，进行这件事。明天又是星期六，上午赶不到银行里，我的支票，要后天才能取得款。我有两只镯子，你给我到那里押借一二十万用用，后天出利取回，今晚上就有办法吗？"何太太道："二十万元，现在也算不了什么，我这里也许有，你拿去用吧。这还要拿东西抵押吗?"魏太太:"那好那好! 我可以多睡两小时，免得明早赶第一班车子走。"说着，握住了女主人的手，摇撼了几下，表示着感谢。

何太太倒是很热心的，就在当晚取了二十万元现钞交给她，以为她有到印度去的壮举。也不打搅她了，让她好好安息了，明天好去进行正事。魏太太得了这二十万元，明日进城的花销是有了。不过算一算在这里的欠款，已经有六七十万元，若再回来，这笔欠款是必须还给人家的，这不但是体面所关，而且几十万元的欠款都不能归还人家，田小姐这尊偶像就要被打破了。

她有了这二十万元的川资，反倒是增加了她满脑子的胡思乱想，大半夜都没有睡着，醒来已是半上午了。她对人说，要赶早进城去，那本是借口胡诌的。虽然睡到半上午了，她也并不为这事而着急，但听到何处长在外面大声地说:"我们这份抄写工作，实在养不住人，那位新来的韩先生，又不告而别了，这个人字写得好，国文程度又好。我倒是想过些时候提拔提拔他的。"

魏太太听了这消息，知道是魏端本已经走了，她倒是心里落下一块石头，更是从容地起身。何太太因为她说进城之后，后天不回来，大后天准回来，又给了她十几万元，托买些吃的用的。这些钱，魏太太都放到皮包里去了。她实在也是想到重庆去找一条生财之道。出了何公馆，并没有什么考虑，直奔公共汽车站。

这歌乐山的公共汽车站，就在街的中段，她缓缓地走向那里。在路边大树荫下，有个摆箩筐摊子的，将许多大的绿叶子，托着半筐子红樱桃，又将一只小木桶浸着整捆的杜鹃花。她在大太阳光下站着，看了这两样表示夏季来临的东西，不免看着出了一会神。忽然肩上有人轻轻拍了两下，笑道:"怎么回事，想吃樱桃吗? 四川的季节真早啊! 一切都是早熟。"

魏太太回头看时，是昨日共同大输的刘太太。因道:"我倒不想吃。乡下人进城带点土产吧。这里杜鹃花满山都是，城里可稀奇。我想买两把花带进城去送人。"刘太太道:"你要进城去吗?"魏太太笑道:"负债累累，若不进城去取点款子回来，我不敢出头了。"

刘太太笑道:"那何至于，今天是星期六，下午银行不办公，后天你才可以在银行里取得款子，你现在忙着进城干什么?"魏太太道:"我也有点别的事情。"刘太太抓着她的手，将头就到她耳朵边，低声道:"那三位来宾，今天不走，下午我们还赌一场。输了的钱，你不想捞回来吗? 今天上午有人在城里带两副新扑克牌回来了，我们来开张吧。"

魏太太皮包里有三十多万现钞，听说有赌，她就动摇了。本来进城去，也是想找点钱来还债，找钱唯一便利的法子，还是唆哈。既然眼前就有赌局，那也就不必到重庆去打主意了。便笑道："我接连大输几场，我实在没有翻本的勇气了。"刘太太极力地否认她这句话，长长地唉了一声，又将头摇摆了几下，笑道："你若存了这种心事，那做输家的人，只有永远地输下去，走吧走吧。"抓了魏太太的手，就向她家里拖了走。魏太太笑道："我去就是了，何必这样在街上拉着。"她说着话，带了满面的笑痕，她整晚不睡着的倦容，那都算抛弃掉了。

到了刘公馆，那楼上小客厅里的圆桌上，已是围了六位女赌友坐着，正在飞散扑克牌。刘太太笑道："好哇！新扑克牌，我说来开张的，你们已是老早动起手来了。"桌上就有人笑应道："田小姐也来了，欢迎欢迎，昨日原班人马一个不动，好极好极！"

魏太太倒没有想着能受到这样盛大的欢迎，尤其那两位银行家太太，很想和她们拉拢交情，她们既然这样欢迎，也就在两位银行太太中间坐下去。同时，她想着昨天早晚两场的战术，取的是稳扎稳打主义，多少有些错误，很有两牌可以投机，都因为这个稳字把机会失去了，今天在场的又是原班人马，她们必然想着是稳扎稳打，正可以借她们猜老宝，投上两回机。

这样想过之后，她也就改变了作风。上场两个圈，投了两回机，就赢下了七八万。这样一来，不但兴趣增高，而且胆子也大了。可是半小时后，这办法不灵，接连就让人家捉住了三回。一小时后，输二十万元了，两小时后，输五十万元。除了皮包里钞票，输个精光，而且又向女主人借了二十万元。赌博场上不由人算如此！

这样惨败，给予魏太太的打击很大。赌到了六点钟，她已没有勇气再向主人借钱了。输钱她虽然已认为很平常，可是她这次揣了钱在身上，却有个新打算，凭了身上这些资本，哪条路子也塞死了。她手里拿了牌在赌，心里可不定地在计划新途径，她看到面前还有一两万钞票的时候，突然的站了起来，向主人刘太太道："这样借个三万五万赌一下，实在难受得很。我回去拿钱去吧。"主人对于她这个行动，倒不怎么地拦阻。因为她昨晚和今天所借的钱，已经六七十万。若要再留她，就得再借钱给她，实在也不愿赔垫这个大窟窿，只是微笑着点了头，并没有什么话。

魏太太在这种情形中，突然地扭转身就走。在赌场上的人，为了赌具所吸引，谁都不肯离开位次的。因之魏太太虽然告辞，并没有挽留她。她走出了刘公馆，那步子就慢慢地缓下来，而心里却一面地想自己这将向哪里去呢？难道真的向何公馆去拿钱，那里只有自己的两只箱子和一套行李，不能把这东西扛到赌场上来做赌本。若是和何太太借去，那还不是一样，更接近了断头路。

她心里虽然没有拿定主意，可是她两只脚已经拿定了主意，径直地向公共汽车站上走。这里到重庆的最后一班车，是六点半钟开，她来的恰是时候，而且这班车，乘客是比较的少，就很容易地买得了车票，就上车直奔重庆。但她到了重庆，依然是感到惶惑的，先说回家吧，那个家已由自己毁坏了。若是去找范宝华这位朋友吧？自己的行为，已很是他们所不齿。她凭了身上这点钱，竟不能去住旅馆。

018 此间乐

就有钱去住旅馆，明日的打算又怎么样？她想到旅馆，就想到了朱四奶奶家里，她家就很有几间卧室，布置得相当精致。而且也亲眼看到，有些由乡下进城的太太小姐们，不必住旅馆，就住在她家里。这时到她家里去，无论她在家不在家，找张好床铺睡，那是不成问题的。不过朱四奶奶家里，十天总有八天赌钱。这时候跑了去，她们家里正在唉哈，那作何打算？还是加入，还是袖手旁观？袖手旁观，那是不会被朱四奶奶所许可的。加入吧，就是身上做川资剩余下来的几千元了。这要拿去唉哈，那简直是笑话，不过时间上是不许她有多少考虑的。

她下了公共汽车，重庆街道已完全进入了夜市的时间，小街道上，灯火稀少，人家都关了门，这时去拜访朋友，透着不知趣，而且没吃晚饭，肚子里也相当饥荒。由于街头面馆里送出来的炸排骨香味，让她联想到朱四奶奶家里的江苏厨子，做出来的江苏菜，那是很可留恋的。于是不再考虑了，走到那下坡的路口上，雇了一乘轿子，就直奔朱公馆。她们家楼上玻璃窗子，总是那样的放出通亮的电光。这可以证明朱四奶奶在家，而且是陪了客在家里的。

她的轿子刚歇在门口，那屋子里的人，为附近的狗叫所惊动，就有人打开窗子来问是谁？魏太太道："我是田佩芝呀，四奶奶在家吗？"她这个姓名，在这里倒还是能引动人的，那窗户里又伸出一截身子来，问道："小田吗？这多日子不见你，你到哪里去了，快上楼来吧。"随了这话，她家大门已经打开了。

她走到楼上，觉得朱公馆的赌博场面，今天有点异样。乃是在小屋子里列着四方桌子，有两男两女在摸麻将牌。这四个人中有一个熟人，乃是青衣票友宋玉生。走到那房门口，心里就是一动，然后猛可地站住了。可是宋玉先已抬头看到了她，立刻手扶了桌沿，站了起来，向她连连地抱着拳头作揖笑道："田小姐，多久不见了，一向都好。"他说话总是那样斯斯文文的，而且声调很低。

这日子，他穿了翠蓝色的绸夹袍，在两只袖口外，各卷出了里面两三寸宽的白绸汗衫袖口。他雪白的脸子和乌光的头发，由这大电灯光一照耀着更是觉得他青春年少，便笑着点了个头道："今天怎么换了一个花样呢？"宋玉生道："我们不过是偶然凑合的。"他下手坐了一位三十来岁的胖太太，这就夹了一张麻将牌，敲着他扶在桌沿上的手背道："你还是打牌，还是说话？"宋玉生笑着说是是，坐下来打牌，可是他是不住地向魏太太打招呼，朱四奶奶就给她拖了个方凳子，让她在宋玉生身后坐下看牌。

主人她是在这里坐着的，就问道："今天由哪里来？是哪一阵风把你吹来了？"魏太太笑道："这个我先不答复你，反正来得很远吧？实不相瞒，我还是今日中午十二点钟吃的午饭。"朱四奶奶笑道："那说你来巧了。玉生也是没有吃晚饭，我已经叫厨子给他预备三菜一汤。你来了，加个炒鸡蛋吧，这饭马上就得。"

宋玉生回过头来道："饭已得了，就等我下庄，可是我的手气偏好，连了三庄，我还有和的可能。田小姐，你看这牌怎样？"说着，他闪开身子，让魏太太去看桌上所竖立的牌。就在这时，对面打出一张牌，她笑道："宋先生，你和了。"宋玉生笑道："有福气的人就是有福气的人，你不说话看一看我的牌，我就和了。"魏太太笑道："别连庄了，让四奶奶替你打吧，我饿了。"

宋玉生站起身，向她作了一个辑，笑道："请替我打两牌吧。"四奶奶笑道："照说，我是犯不上替你打牌的。刚才我说菜怕凉，请你让我替你打。你说赢钱要紧。这时魏太太一说，你就不是赢钱要紧了。"宋玉生道："我饿了不要紧，自己想赢钱活该。田小姐陪着受饿，那我就不对了。"他说着，已是起身让座，四奶奶自和他去做替工。

朱公馆大小两间饭厅，都在楼下。她家女仆就引着到楼下饭厅里来。桌上果然是四菜一汤，女佣人安排着杯筷，是两人对面而坐。她盛好了饭，就退出去了。宋玉生在魏太太对面，向她看看，笑道："田小姐，你瘦了。"她叹了口气道："我的事，瞒不了你，你是到我家里去过的。你看我这样的环境，人还有什么不瘦的？"

宋玉生道："不过我知道，你这一阵子，并不在城里呀。"魏太太道："你怎么知道我的行踪？"他手扶了筷子碗不动，望了她先微微地一笑，然后答道："你对于我很漠然，可是我是在反面的，我已经托人打听好几次了。今天我实在没有想到你会到这里来，你是不是猜着我在这里？不过那我太乐观了。"她笑道："这也谈不上什么悲观乐观。"宋玉生道："你忽然失踪了，我的确有些悲观的。"

说时，她手里那只饭碗已经空了，宋玉生立刻走出他的位子来，接过她的饭碗，在旁边茶几上洋瓷饭罐里，给她盛着饭，然后送到她面前去。魏太太点了头道："谢谢，你说悲观，在我倒是事实。这回我离开重庆市区，我几乎是要自杀的。我实告诉你……"说着，她向房门外看了看，然后笑道："你看我手上，不是有两枚钻石戒指吗？已经卖掉了一枚了。"她说着话时，将拿筷子的手伸出来些，让他看着。接着道："女人非到万不得已的时候，她不会卖掉这样心爱的东西的。我已经亏空了百十万了。就是再卖掉手上这枚戒指，也不够还债，因为你到过我那破鸽子笼，知道我的境况的，倒不如对你说出来，还痛快些。若对于别人，我还得绷着一副有钱小姐的架子呢。"

宋玉生道："你不就是亏空百多万吗？没有问题，我可以和你解决这个困难。"魏太太望了他道："你不说笑话？"宋玉生道："我说什么笑话呢？你正在困难头上，我再和你开玩笑，我也太没有心肝了。"魏太太倒没有料到误打误里，会遇到这样一个救星。这就望了他笑道："难道你可以和我个人演一回义务戏？"

宋玉生道："用不着费这样大的事，我有几条路子，都可以抓找到一笔现款。究竟现在哪条路准而且快，还不能决定。请你等我两天，让我把款子拿了来。"魏太太道："多承你的好意给我帮忙，我是当感谢的。不过总不能师出无名，你得告诉我为什么要帮助我？"宋玉生笑道："你这是多此一问了。

我反问你一声，为什么我唱义务戏的时候，你我并不认识，你肯花好几千元买张票看我的戏呢？"魏太太道："因为你是个名票，演得好，唱得好，我愿意花这笔钱。"

宋玉生笑道："彼此的心理，不都是一样。你只要相信我并不是说假话，那就好办了。一定要把内容说出来，倒没有意思。吃完了饭了，喝点这冬菜鸭肝汤吧。这不是朱四奶奶的厨子，恐怕别人还做不出来这样的菜。"说着话，他就把魏太太手里吃空了的饭碗，夺了过来，将自己面前的瓷勺儿，和她舀着汤，向空碗里加着。一面笑道："牌我不打了，你接着替我打下去吧。我在旁边看着，夜是慢慢地深了，你还打算到哪里去呢。"魏太太道："我不能在这里过夜。"说着，她也向房门外看了一看，接着道："而且我还希望四奶奶给我保守秘密，不要说我来过了。"

宋玉生把汤舀了小半碗，两手捧着，送到她面前，低声笑道："你那意思，是怕老范和洪五吧？姓洪的到昆明去了。"魏太太红着脸道："我怕他干什么，大家都是朋友，谁也干涉不了谁。"宋玉生伸出雪白的手掌，连连摇撼了几下，笑道："不要提他，谁又信他们的话。吃完了饭，赶快上楼去吧。"魏太太听宋玉生的口音，分明洪范二人已对他说了些秘密。自己红着脸，慢慢地把那小半碗汤喝完，也颇奇怪。

他们这里吃完了饭，那女佣人也就进来了。她拿着两个热手巾把子，分别送到两人面前，向宋玉生低声笑道："我已经煮好了一壶咖啡，这还是送到楼上去喝呢，还是宋先生喝了再上楼？"魏太太看那女佣人脸上，就带三分尴尬的样子，这很让自己难为情，便道："宋先生在楼上打着牌呢，这当然是大家上楼去。"说着，她就先走。

宋玉生紧跟在后面上来，将手扶了她的手臂，直托送到楼口。魏太太对于这件事，倒没有怎么介意。到了那小房间里，朱四奶奶老远地看到，就抬了手连连招着笑道："玉生快来吧，还是你自己打。我和你赢了两把，他们大家都不高兴。"宋玉生道："我让给田小姐了，我在旁边看看就行了。"

朱四奶奶对于男女交际的事，她是彻底的了解，宋玉生这样地说了，她并不问那是什么原因，就站起来让座给魏太太坐下。这已是十点多钟了，魏太太打牌之后，就没有离开朱四奶奶家。到了次日，她确已证明洪五已到昆明去了，胆子就大了许多，虽然范宝华也很为自己花了些钱，但这是不怕他的。恰好昨晚一场麻将，宋玉生大赢，他到魏端本家里去过，知道她是个纸老虎，因此连本带利三十多万元，全送给了她。她掏空了皮包，现在又投下去许多资本，心里更觉舒服。

这天晚上，朱四奶奶家里居然没有赌局，她有了几张话剧荣誉券邀了魏太太和几位女朋友去看话剧，散戏之后，魏太太就说要到亲戚家里去。四奶奶和她走到戏馆子门口，拖着她一只手，向怀里一带笑道："这样夜深，你还打算到哪里去？今晚上我家里特别地清静，你陪着我去谈谈。"魏太太对于她所问的要到哪里去，根本不能答复。不过她约着去陪了谈谈，倒是可以答复的，便笑道："你那肚子里海阔天空，让我把什么话来陪你说。"朱四奶奶还牵着她的手呢，微微地摇撼了几下。笑道："你若是这样说话，就不把我当好朋友了。"魏太太自乐得有这个机会，就跟了她一路回家去。

朱四奶奶家里佣人是有训练的，她在外头听戏，家里就预备下了消夜的，朱四奶奶是不慌不忙，吃过了夜点，叫佣人泡了两玻璃杯好茶，然后把魏太太引到自己卧室里去。重庆的沙发椅子困难，多半都是藤制的大三件，上面放下了软垫，以为沙发的代用品。不过朱四奶奶家里，究竟气派不同。除了她的客厅里有两套沙发之外，她的卧室里也有两件。这时，红玻璃罩子的电灯发着醉人颜色的光亮，那两把沙发围了一张小茶桌，上面两玻璃杯茶，两碟子糖果，一听子纸烟。

四奶奶拉了魏太太相对而坐着，取了一支纸烟擦了火柴点着吸了，摇着头喷出一口烟来，然后将手指头夹了烟支向屋子四周指着，笑道："不是我吹，一个女人，能在重庆建立这么一番场面，也很可自傲了。"魏太太笑道："那的确是值得人佩服的事。何须你说。"

四奶奶摇摇头道："究竟不然，我的漏洞太多，实不相瞒，我的笔下不行，有许多要舞文弄墨的地方，我就只好牺牲这着棋，这不知有多少损失，还有我这么一个家，每天的开支，就是个口记的数目，并没有一本账。我必得找个人合作，补救我这两件事的缺憾。"魏太太听到这里，就知道她是什么用意了。笑道："你所说的，当然是女人，这样的女人在你朋友里面，就会少了吗？"

四奶奶摇摇头道："不那么简单。除了会写会算之外，必须是长得漂亮的。"魏太太笑道："这就不对了，你又不是一个男人用女秘书，你管她漂亮不漂亮呢？"朱四奶奶笑道："这是你的错误。审美的观念那是人人有的。这问题摆到一边，不要研究。我朋友里面，能合这个条件的虽然有几位，但最合条件的，就莫过于你。你的环境，我略微知道一点。我这个要求，你是可以答应的。因为无论怎么样，在我这里住着，比在何处长家里住着，要舒服得多。"魏太太听了这话，倒不免吓了一跳。在何处长家里住着她怎么会知道，心里想着，脸上不免闪动了两下。

四奶奶笑道："你必然奇怪，我怎么会知道你在何家的消息呢？"说着，她就笑了，把胸脯微挺了起来，表示她得意之色。因道："老实说，大概能交际的女人，我很少不认得的。歌乐山来人，也有到我这里的啊。假如你在我这里能住个一两月，你对这些情形，就十分明了了。"魏太太没有勇气敢拒绝她的要求，也在桌上烟盒子里取出来一支纸烟，慢慢地吸着。

朱四奶奶笑道："你的意思如何？你若愿意在这里屈留下来，除了我所住的这间屋子，你愿意在哪间，随你挑选。花钱的事，你不必发愁，我有办法，将来你自己也有办法。至于洪五爷那层威胁，你不必顾忌，你不就是欠他几个钱吗？他在昆明的通信地址我知道，我写信给他，声明这钱由我归还，也许他就不肯要了。"魏太太笑道："我真佩服你，怎么我的事情你全知道？"朱四奶奶将指头夹着烟支，在嘴里吸上了一口，笑道："我多少有点未卜先知。"魏太太默然地吸着烟，有两三分钟没有说话。

四奶奶道："你没有什么考虑的吗？"魏太太道："有这样的好事，我还有什么考虑的呢？不过你还没有告诉我，我在你这里，要做些什么事？我是否担任得下来？"四奶奶笑道："你绝对担任得下来。大概三五天，我总有一两封信给人，每次我都是临时拉人写，虽然这并不费事，可是我就没有了秘密了。这件事我愿意托给你。此外是每天的家用开支，我打算有个帐本，天天记起来，这本来我自己可以办的，可是我就没有这股子恒心，记了两天，就嫌麻烦把它丢下了。这件事也愿意交给你，也就只有这两件事，至多是我有晚上不回来的时候，打个电话给你，请你给我看家。也许家里来了客，我不在家，请你代我招待招待，这个你还办不来吗？"

魏太太由歌乐山出走，身上只有了一万多钱法币，除了买车票，实在是任何事不能干了。现在不经意中得了这样一个落脚的地点，而且依然是和一批太太小姐周旋，并不失自己的身份，这是太称心意的事了。这就笑道："四奶奶的好意，我试两天吧。若是办得不好，你不必客气，我立刻辞职。"

四奶奶伸着手掏了她一下脸腮，笑道："我们这又不是什么机关团体，说什么辞职就职。好了，就是这样办了。你要不要零钱用？我知道你在歌乐山是负债而来的。"魏太太道："宋玉生赢的那笔钱，他没有拿走，我就移着花了。"

四奶奶起身，就开了穿衣柜扯出一只抽屉，随手一拿，就拿了几卷钞票，这都交到魏太太怀里，笑道："拿去花吧。小宋是小宋的，四奶奶是四奶奶的，钱都是钱，用起来滋味不一样。今晚上，你好好地睡着想一想，有什么话明天对我说，那还是不晚的。"魏太太看四奶奶那乌眼珠子转着，胖脸腮不住地闪动，可以说她全身的毫毛都是智慧的根芽，自己哪敢和她斗什么心机？便笑道："没有什么话说，我是个薄命红颜，你多携带携带。"

四奶奶拍了她的肩膀笑道："谈什么携带不携带，你看得出来我这里的情形，总是大家互助，换句话说，就是大家互乐呢。去安歇吧，有话明天答复我。"魏太太表面上虽然表示着踌躇，其实她心里并没有丝毫的考虑。因为她现在没有了家，什么地方都可落脚。

当晚回到四奶奶给她预备的卧室里，倒是舒舒服服睡了一宿，醒来的时候还很早，掏出枕头下的手表看，还只有七点钟。她有意看看今日的阴晴，掀开了窗户的花布帘子，向外张望了一下。这窗户是和大门同一个方向的，偶然朝下看，却见宋玉生由这楼下走出去，他取下头上的帽子，在空中招摆着，正是和楼上人告别。她心想：这家伙来得这样早吗？不过她又一转念，以后正要帮助着朱四奶奶，这一类的事，那是大可不必研究的。欲知后事如何，请看《谁征服了谁》。

下 册

第二部分　谁征服了谁

远方经典阅读·张恨水作品集

001　居然一切好转

朱四奶奶这种人家，固然很是紊乱，同时也相当的神秘。魏太太听着四奶奶的话，好像很是给自己和宋玉生拉交情。现在看到宋玉生一早由这里出去，这就感到相当的奇怪，她放下了窗帘，坐在椅子上，呆呆地想了一阵，也想不出一个什么道理来。悄悄地将房门开了，在楼上放轻脚步巡视一番，只听到楼下有扫地的声音。此外是全部静止，什么声响没有。经过四奶奶的房门外，曾停住听了两三分钟，但听到四奶奶打鼾的声音很大，而且是连续地下去，并没有间断。她觉着这并没有什么异样，也就回房去再安歇了。

午后朱四奶奶醒来，就正式找了魏太太谈话，把这家务托付给她。她知道自己的事，四奶奶一本清楚，也就毫不推辞。过了两天，四奶奶和她邀了一场头，分得几十万元头钱，又另外借给了她几十万元，由她回歌乐山去把赌账还了，把衣服行李取了来。

当她搭公共汽车重回重庆的时候，在车子上有个很可惊异的发现。见对座凳上有个穿布制服的人，带着一只花布旅行袋。在旅行袋口上挤出半截女童装，那衣服是自己女儿娟娟的，那太眼熟了。这衣服怎么会到一个生人的手上去？这里面一定有很曲折的缘故。她越看越想，越想也就越要看。那人并不缄默，只管和左右邻座的旅伴谈着黄金黑市。分明是个小公务员的样子，可是他对于商业却感到很大的兴趣。那人五官平整，除了现出多日未曾理发，鬓发长得长，胡桩子毛刺刺而外，并没有其他异样的现象。这不会是个坏人，怎么小孩子的衣服会落到他手上呢？

魏太太只管望了这旅行袋，那人倒是发觉了。他先点个头笑道："这位太太，你觉得我这旅行袋里有件小孩子衣服，那有点奇怪吗？这是我朋友托我带回城去的。他很好的一个家庭，只为了太太喜欢赌钱，把一个家赌散了。那位太太弃家逃走，把两个亲生儿女，丢在一个养猪的穷婆子那里饿饭。这位朋友把孩子寻回去了，自己在城里卖报度命。两个孩子白天放在邻居家里，晚上自己带了他们睡，又做老子又做娘。他小孩还有几件衣服存在乡下，我给他带了去。"

魏太太道："你先生贵姓？"他笑道："我索性全告诉你吧。我叫余进取，我那朋友叫魏端本。我们的资格，都是小公务员，不过魏先生改了行，加入报界了。太太你为什么对这注意？"魏太太摇摇头道："我也没有怎样的注意。我要和我自己孩子做两件衣服穿，不过看看样子。"

余进取看她周身富贵，必定是疏建区的阔太太之一，也就不敢多问什么。倒是有魏太太方面，误打误撞的，探得了丈夫和孩子们的消息，心里是又喜又愁。喜的是和姓魏的算是脱离了关系，以后是条孤独的身子，爱干什么，就干什么，不会觉着拘束。忧的是魏端本穷得卖报为生，怎样能维持这两个孩子的生活呢？虽然和姓魏的没有关系了，这两个孩子，总是自己的骨肉，怎能眼望着他们要饭呢！她在车上就开始想着心事，到了重庆，将箱子铺盖卷搬往朱公馆，在路上还这样地想着呢：不要在路上遇到魏端本卖报，那时可就不好意思说话了。难道像自己这样摩登的女人，竟可以和那一身破烂的人称夫妻吗？她想是这样想了，但并没有遇到魏端本。

等着坐了轿子押解着一挑行李到了朱公馆，那里可又是宾客盈门的局面。楼底下客厅里男女坐了四五位，宋玉生在人围正中坐着，手指口道，在那里说戏。魏太太急于要搬着行李上楼，也没过去问。

上楼之后，就听到前面客厅里有人说笑着，想必也是一个小集会。她把东西在卧室里安顿好，朱四奶奶就来了。她笑道："你回来就好极了，我正有笔生意要出去谈谈。楼上楼下这些客，你代我应酬应酬吧。有一半是熟人。楼上有了六个人，马上就要唆哈。楼下的人，预备吃了晚饭跳舞。回头你告诉他们把播音器接好线，地板上洒些云母粉。我要开溜。他们若知道，就不让我走的。"

魏太太道："什么生意，要你这样急着去接洽呢？"她笑道："有家百货店，大概值个两三千万元，股东等着钱做黄金生意，要倒出。我路上有两个朋友愿意顶他这个铺子，托我去做个现成的中人。"

魏太太道："既是有人愿意倒出百货店来做金子买卖，想必是百货不如黄金。你那朋友有钱顶百货店，不会去买现成的金子吗？"朱四奶奶笑道："这当然是各人的眼光不同，现在我没有工夫谈这个，回家之后，我再和你谈这生意经吧。"说着，她将两手心在脸上扑了两扑，表示她要去化妆，扭转身子就走了。

　　魏太太在她家已住过一个时期，对于她家的例行应酬，已完全明白，这就走到了楼上客厅里去，先敷衍这些要赌钱的人。今天的情形特殊，完全是女客。魏太太更是觉得应付裕如。其中有两位不认识，经在场的女宾一介绍，也就立刻相熟了。魏太太宣布四奶奶出门了，请各位自便。大家就都要求她也加入战团，她见了赌，什么都忘记了的人，当然也就不加拒绝。

　　十分钟后，客厅隔壁的小屋子里，电灯亮了起来。圆桌面上铺了雪白的桌布，两副光滑印花的扑克牌放在中心，这让人在桌子外面看到，先就引起了一番欣慕的心理。她随了这些来宾的要求，也就在桌子旁边的椅子上坐下。这样在余进取口里所听到的魏端本消息，也就完全丢在脑后了。

　　但她究竟负有使命，四奶奶不在家，不时地要向各处照应照应，所以在赌了二三十分钟之后，她必得在楼上楼下去张罗这一阵。这样倒使她的脑筋比较的清醒，她进着牌时，有八九分的把握才下注，反之，有好机会，她也宁可牺牲。因之，这天在忙碌中抽空打牌，倒反是赢了钱。

　　晚饭是魏太太代表着四奶奶出面招待的，又是两桌人。她当然坐主位，而宋玉生也就挨了主席坐着。吃饭之间，他轻轻地碰了她一下腿。然后在桌子下张望着，就放下筷碗弯腰到桌子下去捡拾什么。他道："田小姐，请让让，我的手绢落在地上。"她因为彼此挤着坐，也就闪开了一点椅子，她的右手扶着椅子座沿。宋玉生蹲在地上，就把一张纸条向她扶了椅子的手掌心里一塞，立刻也就站起来了。

　　魏太太对于这事，虽觉得宋玉生冒昧，但当了许多人的面，说破了是更难为情的，默然地捏住了那纸条，当是掏手绢，把那纸条揣到衣袋里去。饭后，她抢着到卧室里去，掩上了房门，把纸条掏出来看。其实，这上面倒没有什么下流的话。上写着：四奶奶今天去接洽这笔生意，手续很麻烦，也许今晚上不回来的。饭后跳舞，早点收场。今天赌场上的人，都不怎么有钱，你犯不上拿现钱去赢赊账。

　　在这字条上，所看出来的，完全是宋玉生的好意，魏太太再三地研究，这里没有什么恶意，也就算了。不过她倒是依了宋玉生的话，对于楼下的舞厅，她没有把局面放大。因为朱四奶奶常是在晚饭前后，四处打电话拉人加入跳舞的。饭前如在赌钱，忘了这事。饭后她就没打一个电话，反正只有那几个人跳，到了一点钟，舞会就散了。楼上那桌赌因为四奶奶不在家，有两位输钱的小姐，无法挪动款项，也就在跳舞散场的时候，随着撤退。魏太督率佣人收拾一切，安然就寝。

她次日十点多钟起床，朱四奶奶已经回来了。两人相见，她只是微笑，朱公馆的上午，照例是清静的。四奶奶和她共同吃午饭的时候，并无第三人。四奶奶坐在她对面，只是微笑，笑着肩膀乱闪。魏太太道："昨晚上那笔生意，你处理得很得意吧？这样高兴。"四奶奶道："得意！得意之至！我赚了二百元美钞。"魏太太听了这话，不由得两腮飞起两块红晕，低下头挟了筷子尽吃饭。

四奶奶微笑道："田小姐，老实对你说，你爱小宋，我是知道的，可是我也很爱他。他并没有钱，他花的全是我的。他送你的二百美钞，就是我的。凡事他不敢瞒我，你没有起床的时候，他在楼下客厅里等着我呢。我见了他，第一句话就问他，我给的二百美钞哪里去了。他说转送给你了，而且给我下了一个跪，求我饶恕他。我当然饶恕他，我并不要他做我的丈夫，我不会干涉他过分的。你虽然爱他，你没有撩他，全是他追求你，我十分明白。这不能怪你，像他那柔情似水的少年，谁不爱他？不过我待你这样周到，你不能把我的人夺了去呀。"

魏太太听她赤裸裸地说了出来，脸腮红破，实在不能捧住碗筷吃饭了。她放下碗筷，两行眼泪像抛沙似的落下来。她在衣襟纽扣上掏下了手绢，只管擦眼泪。四奶奶笑道："别哭，哭也解决不了问题，我可以称你的愿把小宋让给你，我不在乎，要找什么样子的漂亮男子都有，我还告诉你一件秘密消息，袁三小姐也是我的人，她和我合作很久了，范宝华在她手上栽筋斗，就是我和她撑腰的，老范至死不悟，又要栽筋斗了，他现在把百货店倒出，要大大地做批金子。我昨天去商量承顶百货店就是他的。他在我这里，另外看上了一个人，就是昨晚和你同桌赌唆哈的章小姐，我已经答应和他介绍成功，但是我有一个要求，教他将他和你的秘密告诉我，他大概很恨你，全说出来了。"

魏太太没想到她越说越凶，把自己的疮疤完全揭穿，又气又羞，周身陡颤，哭得更是厉害。朱四奶奶扑哧一声笑道："这算得了什么呢？四奶奶对于这一类的事，就经过多了，来，洗脸去。"说着拉了魏太太一只手拖了就走。

她把魏太太牵到屋子里，就叫女佣人给田小姐打水洗脸，当了女佣人的面，她还给魏太太遮盖着，笑道："抗战八年，谁不想家？胜利快要来了，回家的日子就在眼前，何必为了想家想得哭呢？"等女佣人打水来了，她叫女佣人出去，掩上了房门，拉着魏太太到梳妆台面前，低声笑道："我不是说了吗？这没有什么关系，四奶奶玩弄男人，比你这手段毒辣的还有呢。将来有闲工夫，我可以告诉你，我用的花样儿就多了。"

魏太太看她那样子，倒无恶意，就止住了哭，一面洗脸，一面答道："你是怎么样能干的人，我还敢在你孔夫子面前背书文吗？我一切的行为，都是不得已，请你原谅。"四奶奶笑道："原谅什么，根本我比你还要闹得厉害。"魏太太道："我真不知道那二百美钞是四奶奶的。我分文未动，全数奉还。"四奶奶将手拍了她的肩膀，连摇了几摇头道："用不着，送了不回头，我送给小宋了，他怎么样子去花，我都不去管他。我不但不要那二百元美金，我还再送你三百，凑个半千。"

魏太太不明白她这是什么意思，望了她道："四奶奶，你不是让我惭愧死了吗？"四奶奶笑道："这钱不是我的，是位朋友送给你的，让我转送一下而已。这个人你和他赌过两次，是三代公司的徐经理。"魏太太道："他为什么要送我钱呢？"四奶奶笑道："小宋又为什么送你钱呢？钱，我已经代你收下了。在这里。"说着她就打开了穿衣柜，在抽屉里取出三叠美钞，放在梳妆台上，笑道："你收下吧。"

魏太太道："我虽和徐经理认识，可是不大熟，我怎好收他这样多的钱呢？"四奶奶道："你也不是没有用过男朋友的钱。老范和洪五爷的钱，你都肯用，姓徐的钱，你为什么就不能用？"说着这话，她可把脸色沉下来了。

魏太太红着脸，拿了一只粉扑子在手，对了梳妆台上的镜子，只管向脸上扑粉，呆了，说不出话来。朱四奶奶又扑哧地笑了。低声道："美钞是好东西，比黄金还吃香。三百美钞，不是个小数呀，收着吧。"说时，她把那美钞拿起来，塞到她衣服口袋里去了。

魏太太觉得口袋里是鼓起了一块。她立刻想到这换了法币的话，那要拿大布包袱包着才拿得动的。这就放下了粉扑子，抓住四奶奶的手道："这事怎么办呢？"说时，眼皮羞涩得要垂下来。四奶奶笑道："你真是不行，跟着四奶奶多学一点。男人会玩弄女人，女人就不能玩弄男人吗？拿了钱来孝敬老娘，就不客气地收着。不趁着这年轻貌美的时候，挖他们几文，到了三十岁以后，这就难了。四十岁以后呢，女人没有钱的话，那就只有饿死。事情是非常的明白，你不要傻。"

魏太太被四奶奶握着手，只觉她的手是温热的。这就低垂了眼皮低声问道："这事没有人知道吗？"四奶奶笑道："只有我知道，而且你现在是自由身子，就是有人知道了，谁又能干涉你？那徐经理今天请你吃晚饭。"魏太太道："改天行不行呢？"四奶奶道："没关系，尽管大马关刀敞开来应酬，自然我会陪你去。"

魏太太在四奶奶屋子里坐了一会子，实在也说不出什么话来，自己任何一件秘密，人家都知道，有什么法子在她面前充硬汉呢？而况又是寄住在她家里。当时带了几分尴尬的情形，走回自己卧室里去。把口袋里的美钞掏出数了一数。五元一张的，共计六十张，并不短少。她开了箱子把三百元美钞放到那原存的二百元一处，恰好那也全是五元一张的，正好同样的一百张。这真是天外飞来的财喜。若跟着魏端本过日子，做梦也想不到这些个钱吧？四奶奶说得对了，不趁着年轻貌美的时候，敲男子们几个钱，将来就晚了。反正这个年月，男女平等，男子们可以随便交朋友，女子又有什么不可以？自己又不是没有失脚的人，反正是糟了。

她站在箱子边，手扶了箱子盖，望了箱子里的许多好衣服，和那五百元的美钞，这来源都是不能问的，同时也就看到了手上的钻石戒指。这东西算是保存住了，不用得卖掉它了，她关上了箱子，拍了箱盖一下，不觉得自己夸赞自己一句：我有了钱了。俗言说，衣是人的精神，钱是人的胆，她现在有了精神，也有了胆，自这日起，连牌风也转过来了，无论打大小唆哈，多少总赢点钱。有了钱，天天有的玩，天天有的吃，她可以说是没有什么心事该想的，然而也有，就是自己那两个孩子，现在过的什么日子，总有些放心不下。她听说白天是寄居在邻居家，这邻居必是陶太太家。想悄悄到陶家看看小孩子吧？心里总有点怯场，怕是人家问起情形来，不好对人家说实话。考虑着，不能下这个决心，而朱四奶奶家又总是热闹的，来个三朋四友，不是跳舞唱戏，就是赌钱，一混大半天和一夜，把这事就忘了。

不觉过了七八天，这日上午无事，正和朱四奶奶笑谈着，老妈子上楼来说，范先生和一个姓李的来了。魏太太忽然想起了李步祥，问道："那个姓李的是不是矮胖子？"女佣人道："是的，他还打听田小姐是不是也在家呢？我说你在家。"魏太太道："既是你说了，我就和四奶奶一路去见他。"说着，两人同时下楼，到了楼梯半中间，她止住了步子，摇了几摇头。

四奶奶道："不要紧，范宝华正有事求着我，他不敢在我这里说你什么，而且你也很对得起他。"魏太太道:"我倒不怕他,把话说明了,究竟是谁对不住谁呢?只是这个姓李的,我不好意思见他,他倒是个老实人。他好像是特意来找我的。他和陶家也很熟,也许是姓魏的托了他来谈孩子的事吧,我见了面,话不好说,而且我又喜欢哭。"

四奶奶笑道:"你的意思,我明白,我找着他在一边谈谈吧。假如孩子是要钱的话,我就和你代付了。"魏太太点了点头,倒反是放轻了步子回转到楼上去。

四奶奶在楼下谈了半小时,走回楼上来,对她笑道:"你不出面倒也好。李步祥说,他是受陶伯笙太太之托来见你的。姓陶的和太太闹着别扭,一直没有回家。陶太太自己,摆纸烟摊子度命。自己的孩子都顾不了,怎能代你照应孩子呢?她很想找你去看看孩子,和魏端本说开了,把孩子交你领来。我想你一出面,大人一包围,孩子拉着不放,你的大事就完了。我推说你刚刚下乡去了,老妈子不知道。我又托姓李的带十万元给陶太太说,以后有话对我说。这事我给你办得干净利落,教他们一点挂不着边。"

魏太太默然地坐着有五分钟之久,然后问道:"他没有说孩子现在过得怎么样?"朱四奶奶道:"孩子倒是很好,这个你不必挂念。"说到这里,她把话扯开,笑道:"你猜老范来找我是什么事?"魏太太道:"当然还是为了那座百货店的出顶。"朱四奶奶道:"光是为这个,那不稀奇。他原来出顶要三千五百万,现在减到只要两千四百万了。此外,他出了个主意,说是我不顶那百货店也可以。他希望我对那个店投资两千万,他欢迎我做经理。两千万我买小百货店的经理当,朱四奶奶是干什么的?肯上这个当吗?"

魏太太道:"姓范的手上很有几个钱啦,何至于为了钱这样着急?"朱四奶奶道:"这就由于他发了财还想发财。大概他已打听得实了。黄金的官价马上就要升为五万。他就要找一笔现款,再买一大批黄金。现在是三万五的官价。他想买三千五百万元的黄金,马上官价发表,短短的时间,就赚一千五百万,而且买得早的话,把黄金储蓄券弄到手,送到银行里去抵押,再可以套他一笔。所以他很急。不过各人的看法不同,他肯二千四百万出顶那个百货店,也有人要,你猜那人是谁。"魏太太道:"投机倒把的事我一摸漆黑,不知道。"四奶奶伸手一掏她的脸腮,笑道:"就是你的好友徐经理呀。"魏太太听了这话,脸上一红,微微一笑。

002　一连串的好消息

魏太太的微笑，不仅是难为情，她也这样想着，我也眼看到范宝华出卖他的财产，而且也可以说是卖给自己的好友。在范宝华交易成功以后，到朱公馆来和四奶奶道谢，她也就一同随四奶奶出来相见。范宝华看到她，首先是一惊，她不但装扮得更是漂亮，而且脸上和手臂上的肌肉，长得十分丰润。这已到了四川的初夏季节。魏太太穿了一件蓝绸白花背心式的长衫，两只肥白的手臂完全露出。在左臂上围了一只很粗的金膀圈，当大后方大家全着了黄金迷的日子，凡是佩戴着新的金器品，那就是表示了那人有钱。

她在朱公馆住了这些时候，已是应酬烂熟，这就伸出一只手来和他握着，笑问道："范先生更发财了吧？"他道："发财？我瞒不了四奶奶，我把老底子都抖着卖了。"

宾主落了座，范宝华首先表示道："今天来此，并无别事，特意来和四奶奶道谢，这个店倒出了，你给我帮了不小的忙，因为上个比期，我听到说黄金官价快要升到五万了，我就大胆借了一笔钱，做了一百五十两黄金储蓄，利息是十一分。不想储蓄券买到手了，偏偏是官价没有提高。昨天的比期，我若不还钱，又得转一个比期，那我就要蚀本了，前天我把倒店的这笔钱得着了，昨天还了债，而且是喜事成双，大概明后天官价就要提高，这个消息，我得的十分准确。四奶奶可以趁此机会赶快做点黄金储蓄吧。"

四奶奶笑道："做黄金生意的人，天天自己骗自己，总说是黄金官价要提高。财政部长，比做生意的人，还要聪明得多，他不会让老百姓占便宜下去的。"范宝华道："那是当然。不过现在黄金黑市是八万上下，一两黄金比官价贵四五万元，财政部能够老是这样吃亏下去吗？"

朱四奶奶点着头道："那是当然，不过三万五的黄金现在还可以储蓄，到了五万就动不得了。你若是愿意出四万的价钱，我这里有朋友托卖的几十两储蓄券，八月底到期。"范宝华道："真的，那是两万官价定的了。"

四奶奶道："那就凭你去计算吧，反正你现在出四万，三个月后至少捞回八万。"范宝华大为兴奋，不由得站起来问道："多少两呢?"四奶奶道："五十多两，分四张储蓄券。你要接受，就趁早。这是两位小姐输了钱，抵押赌博帐的。"范宝华拍了手道："我全要，我全要!"

魏太太坐在一边看到，微笑道："范先生对于买金子还是这样感到兴趣。"范宝华道："我稳扎稳打，又不冒一点险，怕什么的，至少是不赚钱，决不会吃官司。"她听说，脸一红，没有话说，朱四奶奶把话扯开来道："范老板，言归正传，你要买这五十两储蓄券，四十八小时限期，过期我就卖给别人了。还有一层，若是官价宣布到五万，你就带了钱来，我也不卖，反正不能比官价还便宜些。"

范宝华站着向她拱了手道："四奶奶再帮我一次忙，请你替我保留四十八小时。若是官价升到了五万，那当然另作别论。"说时，他看到魏太太冷冷地坐在那里，也向她拱了手道："田小姐请你替我美言两句，我若是赚了钱，一定请客。"魏太太只抿嘴笑着，没有作声。范宝华很知道她的身世，倒不介意她是否高兴。他立刻注意到去筹款，就向四奶奶告别了。

他走着路，心里就想着这将近二百万的现钞，要由哪里出? 唯一能和他跑腿的，还是李步祥，他连走了两家谈生意的茶馆，把李步祥找着，请他到家里吃午饭，并把朱四奶奶让出五十两黄金储蓄券的话告诉他。问道："老李，你能不能和我再跑两天。我手上还有一小批五金材料，你去和我兜揽兜揽主顾看。"李步祥道："五金材料，也不比黄金坏，留在手上，照样的涨价。我看你还是把买得的黄金储蓄券，送到银行里去抵押，再套一批款子。用黄金滚黄金，这法子最简单。"

范宝华笑道："这个法子，我还要你说吗? 我手上的黄金储蓄券，有十分之五六，都在银行里，只有最后套来的一批，还放在手上。大概还有二百多两。这二百多两，拿去抵押，总还可以借到五六百万。可是你得算算利钱，每个月负担多少? 我就是尽五十两做，恐怕也要拿出八十两去押，才套得出现款来。这样套着，买的黄金储蓄越多，手里的存券就越少。反过来，利钱倒越背越多。所以我现在不想套着做了，愿意拿现钱买现货。五金变成金子，不赚钱也不会吃亏。"

李步祥将手摸摸头，笑道："若是据你这说法，黄金提高官价的事，一定是千真万确的了。第一次黄金涨两万的时候，我失了机会，只买了几两。第二次涨三万五的时候，我还是没有赶上，只买了几两。这一次涨五万以前，哈! 我得狠他一下。"说着一拍大腿，用脚在地面重重一顿。

范宝华道:"我老早不是说过了吗?就是借钱干,也还比做普通生意强。"李步祥道:"你看这次黄金加价,会在什么时候发表?"说着,他向范宝华的脸上看着,好像他的脸上就有一行行的字,能把这问题答复下来。他笑道:"信不信由你,至多不会出一个礼拜。在银行里摆着一字长蛇阵的人,抢着买黄金,财政部要提高,也得压两天他们的宝,若是可以由人民随便押中,以后的戏法就不灵了。这几天银行里买黄金的高潮又过去了,财政当局再也憋不住的。"李步祥笑道:"你虽不是财政部长,由于上两次加价,你都猜得很准,我是一定相信你。你有什么东西零卖,开张单子给我,我和你跑跑。"

范宝华就在他的皮包里取了十张单子给他,并答应借给他五两金子的本钱。这个重赏,把李步祥激动了,立刻就走去。范宝华也夹了皮包,上他的写字间。在每日下午两三点钟的时候,这里总有些人来往,交换商场情报。这来往的并不限于正式商人,品类是相当复杂的。他正由楼下的公司营业部走上了楼梯口。一位穿西服的,迎面相遇,抓着他的手道:"你这时候才来,我到你写字间来了两三次了。"范宝华道:"失迎失迎,我今天中午接洽一笔买卖,未免来得晚了一点,屋子里谈吧。"

这人随着范老板进了屋子,他随手就把房门掩上。笑道:"老实说,我是够交情的。我为了报告你这消息,三十分钟之内,我两次上这个楼。"范宝华笑道:"你看金子官价快要发表了吗?"说着,他在身上取出烟盒子来,打开盒子,捧着送到客人面前,请他取烟。

他摇摇手道:"我没有工夫,我看到我们老板刚才发出去一封亲笔信,是送给一家银行经理的,又打出去两个电话,再三叮嘱快点办,迟了时间就来不及了。我看这情形,就猜着和金价有关。老实说,我也想发财。我就特别献殷勤,借着向老板回话的机会,故意到公事抽屉柜里去寻找文件。其实这都是极普通的文件,连人家送的杂志都分别塞在那里,老板向来不看。重要文件,有他的机要秘书管着,不会放在那里,我故意自言自语地说前几天收到两张讣闻不知道是什么日子开吊,应该查查看。我这样说着,就只管在那里整理文件,意思是要等我们老板接过电话。我这个计划,总算没有白费力,不到十五分钟,来了电话。我们老板接着电话,先就是一阵高兴,后来说:'当然请客,还要大大地请客。数目可以做三四个户头,反正不把我的姓改掉就成,用什么名字都可以。不过后天礼拜六下午,可能发表,你办得要马前一点。若是提前发表,我们就扑空了。'我听了这些话,再根据老板向银行里经理去信的事，互相参考一下，那不是买黄金储蓄是干什么。说的后天发表，不是黄金官价发表，又是什么？"

范宝华偏着头想了一想道："你猜着应该是对的。纵然不对，我们也应当向这个方向办。"说着和那人握了两握手。那人笑道："我还有几个地方要去，事情紧迫，不说闲话了。"说着转身就向外走。范宝华道："我的期票还没有开给你呢。"那人笑道："我们都是在社会上要个漂亮场面的人，谁也不会过河拆桥，你赶快预备头寸吧。"说着，抬起手来向他招了两招，拉开门出去了。

范宝华送到了房门口，呆站了一下，见来人是匆匆而去，步子放落得极不自然，可知道他心里是很着急的。他回到屋子里，先坐下来吸了一支烟，自己一拍大腿，也就站起来，随着信口道："找头寸去。"

门一推进来一位穿蓝湖绉长衫的朋友。他这衣服是战前之物，表示了他是位囤积的能手。他蓄着两撇短八字须，梳了半把背头，脸子上光滑红润，也表示他休养有素。他从容地走了进来，问道："我以为你和朋友在谈生意经呢。"他笑道："谈生意经的朋友，是刚刚走出去，我在着急，黄经理有何见教。"

他将房门随手关上了，低声笑道："据我得的消息，三天之内，就要……"范宝华"黄金官价，加到五万，或者七万。"黄经理道："你只猜到了一半，是黄金储蓄，要停止办理。这本来是个极明显的事情。黄金黑市到了八万多，官价还是三万五，那不是有意让国库亏本？不过为了官方面子，咬着牙拖下来这么一个时期。现在实在拖不下去了，非停办不可。停办之后，黑市脱了官价的联系，那还不是拼命地跑野马。老兄若是手上有钱，赶快地做黄金储蓄吧。三天之后，你就可以发小财。"

范宝华道："你这消息可靠吗？"黄经理道："太可靠了。"范宝华笑道："多谢多谢，你给我这消息，是太够交情了。我若赚了钱，请你吃饭。"黄经理摇摇头道："请我吃饭用不着，今天晚上有个小应酬，要请你帮一点忙。"

范宝华道："只要我能够办到的，你就说吧。"黄经理道："我们公司里一个姓吴的小职员，太太添了孩子，自己有点小亏空，想不出法子弥补。听到黄金储蓄要停办的消息，他忽然计上心来，打算邀一场头。将所得的头钱，赶快就去做黄金储蓄。等着黄金储蓄停办了，他把储蓄券出卖，一定可以捞个对本对利。他所邀的角色，都是这二楼上的老板先生们。你是个唠哈能手，对这事谅无推辞的了。"说着，他拱了两拱手。

范宝华笑道:"打唉哈我没有推辞过的事,不过今天的时间,我要腾出来去找头寸。"黄经理笑道:"谈到找头寸,范先生有的是办法,难道还要整夜地奔忙吗?而且太晚了,头寸也无法去找。我们现在不妨把时间定到晚上八点钟。这位邀头的吴老弟,他当然要办一点菜,请大家吃餐便饭。"

范宝华道:"这样下本钱,还要请大家吃顿便饭。那么,打少了头钱,人家还不够开销呢。"黄经理道:"唯其如此,所以还要找大角儿名角儿才能唱成这台戏。"

范宝华沉思了一下子,点头道:"我就凑一脚吧。在什么地方?"黄经理道:"我们那小职员,所住一间屋,餐厅和厕所都在那里,那也实在无法招待来宾,就在我家里吧。"

黄经理也是在这楼上设下写字间,专做游击生意的。范宝华偶然周转不灵,也和他通融些款子。他出来替伙计们邀一场赌,自也不能驳回,就约定了八点半钟以前准到。这时他心里不想别的,料着不论是黄金折价,或者是停止储蓄,但在最近几天,必有一桩实现。实现以后,黑市必又是一个剧烈的波动。这个机会,不能失掉,他抬头一看,那位黄经理什么时候走去,已不知道。刚才站在屋子里低头沉思,已是出了神了。他转后悔不该让李步祥去兜卖五金材料,自己亲自出马,倒是立刻就可以知道好坏的消息,现在把事情交给人家办去了,若是自己又出去办,这事就弄得一女许配两个郎了。他心里这样想着,两手背在身后,就在屋子里绕圈子走着。

走了几个圈子,他又坐下来,吸一支纸烟,最后,他站起来一拍桌子,说了一句走。把放在桌子上的皮包提了起来,就有个要出门的样子。倒不想门外有人答应了,笑道:"范老板起什么急,你怕金子会飞了?"说话的,正是他盼望的李步祥。

便问道:"有好消息吗?"李步祥摇摇头道:"接连跑了四五家,有的说,你那单子上定的价钱赛过了行市,他们不能接受。有的一看单子,就知道是范老板的存货。他们说得更是气人。范老板又是买金子差了头寸,抛出五金材料来换现钱。卖货要赚钱,买金子又要赚钱,钱都归范老板一个人赚了,这个时候,有现钱在手的人,谁不去买黄金,又痛快,又简单。谁愿啰哩啰唆,买一批五金材料在家里摆着。"

范宝华淡笑道:"你出去跑了半天,就是把人家这些骂我的话带了回来?"李步祥笑道:"你别忙呀,当然我还有话。最后我跑了两家五金行,他们正要带些材料到内地小县份去。看了这单子上的货，有合用的，也有不合用的，要分开来买。若不分开，就照码打七折。"

范宝华摇着头，那句不卖的话还没有说出，李步祥又道："我给你算了一算，就是打七折，你还可以卖出二百万大关。只要你一点头，他们把银行里的本票给你。你有了本票，明天上午就可以买黄金储蓄券，后天上午，你就把储蓄券拿到手。若是这个时候，宣布黄金加价，你还是合算之至！你若不放心，我已给你找到了路子，你自己去接洽。"

范宝华低着头想了几分钟，顿着脚道："好吧，为了黄金，我百货店都倒出了，这一点五金材料的存货，我留着也做不出好大的办法来。好罢，我扫清底货，卖了就卖了。以后我专做黄金，连这个写字间也不要了。"李步祥笑道："你也就是坐在家里等着发财。"

范宝华道："我八点半钟还有个约会，现在我们就去签张草约。走吧。"说着，他挽了李步祥的手就走。这个写字间，范老板和邻居亭子间，共用了一名茶房，叫老么。他在老板来了之后，就去给他预备开水泡茶，他这时提着茶壶来了，却正碰到老板走出门。他这就笑道："生意郎个忙，茶都不喝一口唉？"

范宝华笑道："我实在也是忙糊涂了，我走进这写字间，是怎样进来的都不知道，我还忘了有个李老么呢。"他笑道："范先生，你不忙走，我有件事求求你，你硬是要答应咯。"

范宝华笑道："你还没有说出要求来，先就说硬是要我答应，这话教我怎么说呢？"李老么鞠着躬道："范先生，你忙，也不在乎几分钟吗，你要一下，我有话说。"说着，他斟了一杯茶，双手送到面前，请他接着，然后在衣服袋里，取出一张纸条，又是一鞠躬，双手呈给范老板。他接过来看着。上面这样写：

敬呈范大经理。启者无别，止因我家老祖母冉病在床，没得医药费。立马要借薪工三个月。他是七十八岁之人，望大经理开恩，借我，三个月巴。二天长薪工我的薪工不加，算是利钱，要得？千即千即。茶房李老么鞠躬。

范宝华笑道："难得，虽然上面不少别字，我居然看懂。你有老祖母？我没听见你说过，你不是再三声明，你是六亲无靠的一个人吗？"李老么笑道："这个老祖母是我过房么叔的祖母。"

范宝华笑道："更胡说了，你么叔的祖母，是你的曾祖母，你怎叫祖母呢。你老实说，是怎样搞亏空了，要借钱。"李老么正了脸色道："龟儿子骗你，我没有搞亏空。我不嫖不赌，六亲无靠，啥子亏空？"

范宝华笑道："现在是你自己说的，你六亲无靠，你哪里来的祖母？"李老么将手抬起来搔搔头发，这就笑道："我有点正当用途，确是，龟儿子就骗你。"范宝华道："你有什么正当用途？快说，我要走了。"李老么道："大家都在买金子准备发财，我当茶房的人就买不得？你借三个月薪工给我，有个四五万块钱，我也买一两要要。"李步祥在一旁听到伸了一伸舌头。

范宝华笑道："你说明了，我倒是可以帮你一个忙，明天上午，你到我家里去，我准给你一两黄金的钱，你要发这注小财，还是越快越好，明天上午，你必须把现款交到银行里去。"李老么听说，深深地鞠躬，范李二人这才从容地出门。

走在路上，李步祥道："老么怎么也知道抢黄金？"范宝华道："大概这黄金停止储蓄的消息，这三层楼都传遍了，利之所在，谁不去抢？"他们说着话，已经到了楼房的大门口。身后忽然有人接嘴道："李老板，教你笑话。"回头看时，却是陶伯笙太太。

她提了一只大白包袱，里面伸出许多长纸盒子的两头，正是整条的纸烟。她穿了件旧蓝布大褂子，脊梁都让汗湿透了。李范两人都知道她已在摆纸烟摊子了，并不敢问她提着什么。范宝华向她点了个头道："久违久违，我是和老李谈着茶房借工资买黄金的事。"

陶太太把包袱放在地面，掏出手绢擦了一擦额头上的汗，然后笑道："实不相瞒，我正也是为了这事来见范先生的。你这大楼我不敢胡乱上去，我看到李先生进去的，我就在这门口等着。"范宝华以往在她家打搅过的，自不能对人家冷淡，便道："我正有一点事，不能招待陶太太，有什么见教，你就请说吧。"她笑道："伯笙不告而别地离开家庭到西康去了。我一个女人，怎能维持得了这个家。我现在已经做小生意了。做小生意怎能有多大翻身呢？家里还有几件皮衣服，我想托范先生给我卖掉它，就是卖不掉，押一笔款子也好，因为我等着钱用。"

范宝华笑道："夏天卖皮货，这可不是行市，你有什么急用呢？"陶太太笑道："刚才范先生说了，茶房都要借工钱做黄金储蓄，哪个不想走这条路呢？"范宝华听她这话，又看她脸上黄黄的，很是清瘦。他心里这就联想到，无论什么人都在抢购金子了。

003 魔障复生

陶太太这个要求，在李步祥看起来，倒是很平常的。什么人都变卖了东西来做黄金生意，她把那用不着的皮货变成黄金，那不是很好的算盘吗？便在一旁凑趣道："陶太太现在的生活，也很是可怜，范先生路上若有熟人愿意收买皮货的，你就和她介绍介绍吧。"范宝华很是怕她开口借钱，就连连地点了头道："好的好的，我给你留心吧。"说着，他拔步就走。

李步祥倒是不好意思向人家表示得太决绝，只得站在屋檐下向她点了头，微笑道："陶太太现在是太辛苦了，是应当想一个翻身的法子。伯笙走的这条路子也算是个发财的路子，等他回来了就好了。"

陶太太看了范宝华已经走远，笑道："发财的人，就是发财的人，他生怕我们沾他什么光。其实我不要沾什么光，我是来碰碰机会，看看那位魏太太在不在这里？她不要魏先生，那也算了，这年月婚姻自由，谁也管不着她。只是她那两个孩子，总是自己的骨肉，她应该去看看，有一个孩子，已经病倒两天了。魏先生自己要做买卖，又要带孩子，顾不到两头，只好把那摊子摆在那冷酒店门外，那就差多了。"

李步祥道："他不是在卖报吗？"陶太太道："白天摆小书摊子，晚上卖晚报，这两天不能卖报了。真是作孽，他想发个什么财，要买什么金子呢？当个小公务员，总比这样好一点吧？"

李步祥站着想了一想，点着头道："你是一番热心，我知道。魏太太不会到这里来的，她现在和阔太太阔小姐在一处了。你这话，我倒是可以转告她。我要陪范先生去做笔生意，来不及多谈。有工夫，我明天去回你的信吧。"他说毕，也就走开。

范宝华在街边等着他呢。问道："准是她和你借钱吧？"李步祥笑道："人穷了，也不见着发财的人就红眼，她倒是另有一件事访到这里来的。"因把陶太太的话转述了一遍。

范宝华摇摇头道："那个女人，虽然长得漂亮，好吃好穿又好赌，任什么事不会干，姓魏的把她丢开了，那是造化，要不然，他也许还要坐第二拘监所。今天我的生意做妥了，我倒可以周济周济他。快点去把这笔买卖做成吧。"

他口里说着快，脚下也就真的跟着快。向李步祥道："走上坡路，车子比人走慢得多。走吧。"说着，他约莫是走了二三十家店面，突然停住了脚步，向他笑道："这个不妥，我们赶上门去将就人家，也许人家更要捏住我们的颈脖子。东西少卖几个钱，我倒是不在乎。若是人家拖我两天日子，那我就全盘计划推翻，还是你去接头，我在家里等着。只要今天晚上他们能交现款，我就再让步个折扣，也在所不惜。老李，人在这个时候，是用得着朋友的。你得和我多卖一点力气。"说时伸手连连地拍了他的肩膀。他也不等李步祥回答，就向回家的路上走了。

他到了家，那位当家的吴嫂看了他满脸焦急的样子，知道他又是在买金子。因为每次收买金子，他总要紧张两天的。便向他微笑道："你硬是太忙，发财要紧，身体也要紧。不要出去了，在家歇息一下吗，消夜没得。"说着，伸手替他接过皮包和帽子。

老范不由得打了个哈哈笑道："我忙糊涂了，忘记了吃饭这件大事。我生在世上，大概不是为吃饭来的，只是为挣钱来的。好，你给我预备饭。"他说着话，人向楼上走。走到楼梯半中间，他又转身下来，站在堂屋中间，自搔头发自问道："咦！我忘了一件什么事，想不起来，但并没有忘记什么东西。哦，是了，我的皮包没有拿回来。吴嫂，暂不开饭我出去一趟，马上就回来。"

吴嫂和他捧着茶壶走来，笑道："喝杯茶再走吗，应了那句话，硬是抢金子。"他道："我把皮包丢在写字间了。有图章在里面，回头我等着用。"吴嫂笑道："硬是笑人，皮包你交给我，我送到楼上去了，你不晓得？"范宝华笑道："是的是的，你在门外头就接过去了，不过我总忘记了一件事。"

吴嫂斟了一杯茶，双手递给他，笑道："不要勒个颠三倒四。是不是没看着晚报？"他道："不是为了夜报，但我的确也忘了看，你给我拿来吧。"他端了茶杯，坐在椅子上慢慢地喝着，眼睛还是望了茶的颜色出神，见杯子里漂着两片小茶叶，他就看这两片茶叶的流动。

吴嫂站在身边道："看报，不要啥子，你回回做金子都赚钱，这回还是赚钱。"她把晚报放在他茶杯子上，笑道："你看报，好大的一个金字。"范宝华顺眼向报上看去，果然是报上的大题目，有一个金字。这个金字，既是吴嫂所认得的，当然他更是触目惊心，立刻放下茶杯，将晚报拿起来看。欧洲的战事国内的战事，他都不去注意，还是看本市版的社会新闻。那题目是这样的写着："黄金加价，即将实现。"他立刻心里跟着跳了两跳。

他还怕看得有什么错误，两手捧了报，站在悬着电灯光底下，仔细看着。那新闻的大意，是黄金加价问题，已有箭在弦上之势，日内即将发表，至于加价多少却是难说，黄金问题，必定有个很大的变化。若是不加价，政府可能就会停止黄金政策的继续发行。老范看了那新闻，觉得对于自己所得的消息，并没有错误。他把报看过之后，又重新地再看一遍。心里想着，总算不错，今天预先得着了消息，赶快就抓头寸。这消息既然在晚报上登出来了，那不用说，明天日报会登得更为热闹。回头李步祥把主顾带着来了，只要给现钱，我什么条件都可以接受。

他这样地想着，将报拿着，两手背在身后，由屋子里踱到院子里去，由院子里又踱到屋子里来，就是这样来回地走着。吴嫂把饭菜放到堂屋里桌上，他就像没有看到似的还是来回地走着。吴嫂叫了几声，他也没有听到。吴嫂急了，就走过来牵着他的衣袖道："朗个的？想金子饭都不吃唆？"范宝华这才坐下来吃饭。可是他心里还不住地想着，假如李步祥失败，就要错过一个绝大的发财机会。他正吃着饭，突然地放下筷子碗，将手一拍桌子道："只要有现款，什么条件，我都可以接受。"

吴嫂站在一边望了他，脸上带了微笑，正有一句话要问他。桌子一响，她吓得身子震动着一跳，笑道："啥子事？硬是有点神经病。"范宝华回头看了她笑道："你懂得什么，你要在我这个境遇，你会急得飞起来呢。"

李步祥在门外院子里答言道："范先生，有客来了。"范宝华放下筷子碗，迎到屋子外面来，口里连说着欢迎。但他继续到第三个欢迎名词的时候，感觉到不妥，还不知道来的人属于百家姓上哪一姓，怎好就说出欢迎的话来？因之，立刻把那声音缩小了。

随着李步祥走进屋子来的，也是一位穿西服的下江人。他黄黄的脸，左边腮上，有个黑痣，上面还长了三根黄毛。这个人在市面上有名的，诨号穿山甲。范宝华自认得他。问道："周经理，好久不见，用过晚饭没有？"他笑道："我们不能像范先生这样财忙，现在已是九点多钟了，岂能没有吃过晚饭？你可以自便，等着你用过了饭，我们再谈吧。"范宝华饿了，不能不吃，而又怕占久了时间会得罪了这上门的主顾，将客人让着在椅子上坐下了，又敬过了一遍茶烟，这才坐下去将筷子碗对着嘴，连扒带倒，吃下去一碗饭，就搬了椅子过来，坐在面前相陪。先就说了几声对不起。

李步祥怕他们彼此不好开口，先笑道："周老板很痛快的，我把范兄的意思和他说了，他说在商业上彼此帮忙，一切没有问题。"范宝华连说很好，又递了一遍纸烟。

那穿山甲周老板笑道："都是下江商人，什么话不好说。那个单子，我已经算好了，照原码七折估计，共是二百四十二万。说一是一，说二是二，我们就照单子付款。不过那时间太晚了，连夜要抓许多现款，实在不是容易事。现在我只找到二百万本票，已经带来，都是中央银行的，简直当现钞用。这对于范老板那是太便利了。"说着在身上掏出一只透明的料器夹子，可以看到里面全是本票和支票。他掏出几张本票，交到范宝华手上，笑道："这是整整二百万。至于那四十二万零头，开支票可以吗？"

范宝华虽然不愿意，可是接过了人家二百万本票，就不好意思太坚持了自己的意见，点头道："当然也可以。不过我明天上午就得当现款用，支票就要经过银行一道交换的手续与时间。"穿山甲道："若是范老板一定要本票，今晚上我去和你跑两家同业，做私人贴现，也许可以办到。为了省去麻烦起见，两万你不要了，我去找四十万现钞给你，好不好。"

范宝华道："若是贴现的话，我还是要本票，两万就不要了吧。"穿山甲向他笑道："痛快，三言两语，一切都说妥了，不过这批五金，并不是我要，我和别人拉拢的，大家都是朋友，我不能说要佣金的话，你总得请请客。"

范宝华笑道："没有问题，明天晚上我请你吃饭。"穿山甲笑道："彼此都忙，也许没有工夫。我看你单子上开有灯泡两打，你又涂掉了，大概因为不属于五金材料的缘故，你就把两打灯泡送给我吧。"范宝华道："这是我自己留着用的。好吧，我送一打给你。"穿山甲道："好，就是那么办。我现在还是把那四十二万的支票给你，以表示信用。你现在开张收条给我，并在单子上注明，照单子提货，不付退款，并注明加送灯泡一打。"

范宝华也没有考虑，就全盘答应了。穿山甲的一切，好像都是预备了的，就在料器夹子里，掏出一张现成的支票给他。范宝华看时，数目是四十万，日子还开去十天。因笑道："不对呀，周老板，这是期票。"他道："这是人家开给我的支票，当然不能恰好和你所要的相符，反正这支票我是作抵押的，又不当现钞给你。过两小时也许不到两小时，我就会拿本票或现钞来换的。"

范宝华因他已经交了二百万本票，也就只好依照他的要求，写了一张收据和提货单子给他。并注明如货色不对，可以退款。他接到那单子，就笑问道："货在哪里呢？我好雇车子搬走。"

范宝华道："货在家里现成，夜不成事，你明天来搬还晚了吗？"穿山甲笑道："夜不成事，我怎么给你货款呢？我又怎么答应着给你拿支票去贴现呢？货不是我买的，我已经交代过了，交了款，我拿不到货回去，我怎么交代？"他说到这里，已不是先前进门那种和颜悦色。脸子冷冷的，自取了纸烟，擦着火柴吸烟，来个一语不发。

范宝华不能说收了人家的钱，不给人家货。笑道："倒不想周老板这样不放心，好吧。你就搬货吧。"于是亮着楼下堆货房间的灯，请李步祥帮忙，把所有卖的货，全搬了出来。由穿山甲点清了数目，雇了人力车子运走。

直等他走后，范宝华一看手表，已是十点多钟，拍了手道："穿山甲这小子，真是名实相符，我中了他缓兵之计。现在已经大半夜了，到哪里拿支票贴现去？看这样子，就是明天上午，他也不会送现款来，反正他已把货搬了去了，我还能咬他一口吗？"李步祥道："你也是要钱太急，他提出什么要求，你都答应了。我不知道你是什么算盘，我没有敢拦着你。"

范宝华背了两手，在屋子里转了圈子走路。大概转有十多个圈子，他将放在茶几上的那份晚报拿起来看看，又拍了手道："不管了。吃点小亏，买了金子我就捞回来了。老李，明日上午还得跑银行，要起早。我请你吃早点。"李步祥道："你还跑什么银行？朱四奶奶那里有五十两黄金的黄金储蓄券，现成的放在那里等着，你交款就手到拿来。"

范宝华道："她的话，不能十分靠得住。我现在是抢时间的事，假如让她耍我半天，下午也许银行里就停止黄金储蓄了。办了这笔，我再想法去买了那笔。"说话时，他坐一会，站了一会，又走一会，他当家的吴嫂，不断地来探望他。

李步祥因已深夜，也就告辞了。他在路上想着，老范这样忙着要买金子，想必这是要抢购的事情。他临时想得一计，自己皮包里，还有老家新寄来的一封信，是挂号的，邮戳分明。在大街上买了两张信纸，带到消夜店里去，胡乱吃了一碗馄饨，和柜上借了笔墨，捏造了一封家书。上写家中被土匪抢劫一空，老母气病在床，赶快汇寄一笔家用回来，免得全家老小饥饿而死。他把那家书信封里的原信纸取消，将写的信纸塞了进去，冒夜就跑了七八处朋友家里，他拿出信来，说是必须赶快汇一笔钱回去。但时间急迫，要想立刻借一笔款子，这是不可能的事。现在只有打一个会，每个朋友那里凑一万元的会资，共凑十万元。在深夜的灯光里，大家看到他那封信，也都相信。他既需款十分迫切。在当时，一万元又已不算什么大数目。都想法子凑足了交给他。有的居然还肯认双股。于是他跑到十二点钟，就得了十一万五千元。他的目的，不过想得十万元，这就超过了他的理想了。他很高兴地回到了寓所，安然地睡觉。

到了次日早上，他起床以后，就奔向范宝华的约会。他们在广东馆子里吃早点，买了两份日报看，报上所登的，大概地说，世界战局和国内的战局，都是向胜利这边走。物价不是疲也是平，只有黄金这样东西，黑市价目，天天上升。范宝华的皮包里，已经带有两百多万现款。他含着笑容向李步祥道："老实说，我姓范的做了这多年的抗战商人，已经变成个商业油子了。我无论做哪票生意，没有把握，就不投资。投资以后准可捞点油水。"

李步祥偷看他的颜色，还是相当的高兴，这就一伸脖子向他笑道："你押大宝，我押小宝，我身上现有四两的钱，不够一个小标准，你可不可以借点钱给我凑个数目。"范宝华笑道："你要我来个四六拆账，那未免太多了吧？"李步祥笑道："那我也太不自量了。只要你借我四万元，让我凑个小五两。我昨天和你跑了一下午不算，今天我还可以到银行里去排班，以为报酬。"

范宝华擦了一根火柴，点着烟吸，喷出一口烟来笑道："以前我是没有摸到门路，到国家银行里去乱挤，现在用不着了。这事情可交给商业银行去办。我们就走，我准保没有问题。"说着，站起来就要向外开步。

李步祥扯着他的衣袖笑道："四万元可没借给我，你还打算要我会东。"范宝华呵了一声笑着，复坐下来把东会了。李步祥道："我看你这样子，有点精神恍惚，你不要把昨晚收到的本票都丢了。"范宝华道："穿山甲答应给我现钞的。可能那张四十万元的期票，都会是空头，那我也不管它了，有了机会再抓。四十万元的亏，我还可以吃得起。"李步祥见他带着那不在乎的样子，也就不再追问，跟了他走。

范宝华自从和万利银行做来往上了一次当以后，他就不再光顾滑头银行了。现在来往最密的是诚实银行。这家银行稳做，进出的利息都小。那银行经理贾先生，也能顾名思义，他却是没有一切的浮华行动，终年都是蓝布大褂，而头上也不留头发，光着和尚头，嘴唇上似有而无的有点短胡茬子，他口里老衔着支长可二尺多漆杆烟袋，斗子上，插一支土雪茄。这是个旧商人的典型。

范宝华对他，倒很是信仰。带着李步祥到了诚实银行，直奔经理室。那贾经理一见，起身相迎，就笑道："范先生又要做黄金储蓄。"他呆站了望着他道："你怎么会知道这件事呢？"贾经理左手执了旱烟袋，先伸出右手和他握了一握，然后指了鼻子尖道："我干什么的？难道这点事都不知道吗？就从昨天下午四点钟起，又来了个黄金浪潮，不过这买卖竟是稳做可靠。"

范宝华见他这样说穿了，也不必弯曲着说什么，就打开皮包来，取出本票，托他向国行去办黄金储蓄六十两，而且还代李步祥买五两。贾经理很轻微地答复道："没有问题，先在我这里休息休息，吸支烟喝杯茶，我立刻叫人去办。"他把客人让着坐了，叫茶房把一位穿西服的行员叫了来。他将经理桌上的便条，开了两个户头的名字，和储蓄黄金的数目。交给那个行员道："最好把储蓄券就带了回来。"那行员答应着去了，贾经理道："范先生，你能等就等，不能等，就在街上遛个弯再来，我先开张收据给你，也不必经营业股的手了，我亲自开张便条吧，在两个钟头就要把收据收回来的。"

范宝华道："我一切听便。"那贾经理口里还咬住旱烟袋嘴子，将旱烟杆放在身旁。他坐在经理席上偏了头就将面前的纸笔写了一张收据并盖了章，交给范宝华道："两笔款子开在一处，没有错。"说毕，吸着旱烟。因为经理室又有客来，范李二人马上告辞。

到了街上，李步祥道："我看这位经理土头土脑，做事又是那样随便，这不会有问题吗？"范宝华笑道："我们这点钱，他看在眼里？两亿元他也看得很轻松。我非常地信任他。回头来，我们就可以取得黄金储蓄券，我心里这块石头算是落下去了。现在我们要考虑的，就是到哪里去消磨两三个钟头。"李步祥道："我要看看魏端本去，到底怎样了，我倒是很同情他。"范宝华同意他这个说法，走向魏端本住的那个冷酒店来。

在街上，远远地就看到那里围上一圈人。两人挤到人圈子里看时，一个穿灰布中山服的人，蓬着头发，他手上拿了几张铅印的报纸传单，原是卖西药的广告，上面盖了许多鲜红的图章。他举着那传单，大声叫道："这是五十两，这是五百两，这是一两，大小数目都有，按黄金官价对折出卖，谁要谁要？"他叫完了，围着的人哄然大笑。

004 失去了母亲的孩子

这个疯子所站的身后，地面上铺了一块席子。席子上放了一些新旧书本，和一些大小杂志。那席子边站着一个穿青布制服的汉子，两手环抱在胸前，愁眉苦脸的，对这个疯子望着，那正是魏端本。范宝华进入圈子里，向他点了个头道："魏先生，好哇？这个人怎么回事？"魏端本也向他点点头。断章取义的，只答应了下面那句话，苦笑道："这是我一个朋友余进取先生，是个小公务员。因为对黄金问题，特别感到兴趣，相当有研究。可是他和我一样的穷，没有资本做这生意，神经大概受了一点刺激，其实没有什么了不得。"

余进取先生笑嘻嘻地听他介绍，等他说完了，就向范宝华笑道："谁要说我是疯子，他自己就是疯子。我没有一点毛病，你先生的西服穿得很漂亮，皮包也很大，我猜你决不是公务员，你一定是商人。你愿不愿意和我合伙做金子，我准保你发财。你看，我这不是黄金储蓄券？由一千两到一两的，我这里全有。"说着，他把手上拿着的一叠传单举了起来。

范宝华笑道："余先生，你醒醒吧，你手上拿的是卖药的传单。"他笑道："你难道不识字？这一点没有错，是黄金储蓄券。这个不算，我还有现货。"说着，他就回转身去，在地面上拾了一块石头，高高地举过了头笑道："你看，这不是金砖？"

围着看的人又哈哈大笑。这算是惊动了警察，来了两名警士瞪了眼向疯子道："刚才叫你走开，你又来了。你再不走，我就把你带了走。"他淡笑道："这奇怪了，买卖黄金，是政府的经济政策，我劝市民买黄金，这是推行政令，你也干涉我。"警士向前推了他道："快走，你是上辈子穷死了，这辈子想黄金把你想疯。"他带说带劝把他拉走，看到人跟在后面，也就离开了这冷酒店的门口。

范宝华这就近前一步，向端本笑道："你这位朋友很可怜，眼看见胜利快要接近，他倒是疯了。将来回家，连家里人都不认得了。"魏端本笑道："我的看法，倒是和范先生相反。疯了更好，疯了就什么都不想了。"他说着话，弯下腰去，把席子上放的书本整理了一下，手上拿起两本书，向空中举着，笑道："我现在做这个小生意了。往日要知道不过是这样的谋生，何必费那些金钱和精神，由小学爬到大学，干这玩意，认识几个字就行了。"

李步祥怕人家不好意思，始终是远远地站在街边上。现在看到魏端本并不遮盖穷相，也就走了过来，向他笑道："魏先生多时不见，你改了行了。"魏端本站起来笑道："李老板我不是改行，我是受罚。我不肯安分守己，站在自己的岗位上工作，好好地要做黄金梦。你想，假如这黄金梦是我们这样普普通通的人都可以实现的，那些富户豪门他都干什么去了。做黄金买卖可以发财，那些富产豪门他早就一口吞了。不是我吃不到葡萄，我就说葡萄是酸的。除非那些富户豪门，他要利用大家抢购黄金，好得一笔更大的油水。不然的话，大鱼吃小鱼，他们在不久的将来，一定要把这些做黄金的人吃下去。纵然不吃下去，他也会在每人身上咬一口。"他说着话时，那黄瘦的面孔上绷得紧紧的，非常的兴奋。

李步祥看他这个样子，好像是得着了什么新鲜消息，就走近了前，扯着他衣襟，低声问道："魏先生，你得了什么新闻吗？"他道："我并没有得什么新闻，不过我不想发财了，我的脑筋就清楚过来。凭我多年在重庆观察的经验，我就想着办财政的人，开天辟地以来，就没有做过便宜老百姓的事。"

他这样地说着，倒给予了范宝华一个启迪。这的确是事实。把握财权的人，都是大鱼吃小鱼，谁肯把自己可以得的便宜，去让给老百姓。范宝华便点头道："魏先生这样自食其力，自然是好事。本钱怎么样，还可以周转得过来？"他将手向地摊上指了两指，笑道："这些烂纸，还谈得上什么本钱？要有本钱，我也不摆地摊了。"

范宝华笑道："要不要我们凑点股子呢？"魏端本对于这句问话，大为惊异，心想：他为什么突然有这个好感。于是对他脸上很快地看了一眼。见他面色平常，并没有什么奇异之处，这就点了头道："谢谢，我凑合着过这个讨饭的日子吧。我因为小孩子病了，不能不在家里看守着。假使我能抽出身子在外面多跑跑的话，找到几个川资，我就带着孩子离开重庆了。"

李步祥道："魏先生几个孩子？"他叹了口气道："两个孩子，太小了。女的五岁，男的三岁不到。偏是最小的孩子病了，时时刻刻地我得伺候他的茶水。"李步祥道："找了医生看没有？"魏端本道："大概是四川的流行病，打摆子，我买点奎宁粉给他吃吃，昨天有些转机了。现时睡在床上休息。"

李步祥道："我倒有个熟医生，是小儿科，魏先生若是愿意找医生看看的话，我可以介绍。"魏端本道："谢谢李老板，我想他明天也许好了。"他口里虽是这样拒绝着的，脸上倒是充分表示了感激的意思。

李步祥是比较知道他的家务情形。望了他道："魏先生，我有点事情和你商量，到你屋子里去谈几句，可以吗？"魏端本道："可以的，我得去请人给我看摊子。"范宝华笑道："你请便吧，我在这冷酒店外面桌子上来二两白酒，可以代劳一下。"魏端本又向他道着谢，才带了李步祥走到屋子里去。

他外面那间屋子，已经是用不着了，将一把锁锁了，引着客到里面屋子来，客人一进门，就感到有一种凄凉的滋味，扑上人的心头。靠墙壁的一张五屉柜零落的堆着化妆品的罐子和盒子，还配上了两只破碗。桌子里面，放了一把尺长的镜子，镜架子也坏了，用几根绳子架花的拴缚着，镜子面，厚厚的蒙了一层灰尘。正中这张方桌子，也乱放着饭碗筷子，瓦钵子，还有那没盖的茶壶，盛了大半壶白水。大女孩子手上拿了半个烧饼，趴在床沿上睡着了。上身虽穿了一件半旧的女童装，下面可赤了两只脚。满头头发，纷披着把耳朵都盖上了，看不到孩子是怎样睡着的。一张大绷子床，铺了灰色的棉絮。一个黄瘦的男孩子，将一床青花布的棉被角，盖了下半截，上身穿件小青布童装，袖子上各撕破了两块。脸尖成了雷公模型，头枕在一件折叠的旧棉袄上，眼睛是半开半闭的睡着。那床对面朝外的窗户，大部分是掩闭着的，所有格子上的玻璃，六块破了五块，空格子都用土报纸给遮盖了，屋子里阴暗暗的。在光线不充分的屋子里，更显着这床上两个无主的孩子，十分可怜。

魏端本看到客人进屋以后，也有点退缩不前，就知道这屋子给人的印象不佳，这就叹口气道："我这么个家，引着来宾到屋子里来，我是惭愧的。请坐吧，我是连待客的茶烟都没有的。"他说着话，在桌子下拖出一张方凳子来，又在屋子角落里搬出个凳子在桌子前放着。

李步祥看到他遇事都是不方便的，这也就不必在这里放出来宾的样子了，拱拱手向主人道："我也可以说是多事。不过陶太太托了我，我若不给你一个回信，倒是怪不好的。我也是无意中遇到她的，以前我在陶太太那里见过，也许她还不认识我呢。"他说着，绕了一个大弯子，还没有归到本题，说时，脸上不住的排出强笑来，而且还伸着手抚摸头发，那一份窘态是可想到他心里很怕说的。

魏端本笑道："李老板不说，我也明白了。你是说陶太太托你去找孩子的母亲，你已经把她找到了？"李步祥笑道："是的。我也不是找她，不过偶然碰着她罢了。她现在很好。不过也不大好。一个人，孩子总是要的啊！"魏端本笑道："我完全明白了，她不要孩子算了，有老子的孩子，那决不会要娘来养活他们。李先生这番热心，那我很是感激的。不过我并没有这意思希望她回来养这个孩子。我若是那样，也就太没有志气了。多谢多谢！"说着，他既拱手，又点头。

这么一来，倒弄得李步祥不能再说一个字了，只有向魏端本做了同情的态度，点了头道："魏先生这话是很公正的，我们非常的佩服。我姓李的没有什么长处，若说跑路，不论多远，我都可以办到，魏先生有什么要我跑路的事，只管对我说，我一定去办，那我打搅了。"说着，他也就只好向外走。

他们这一说话，把床上那个孩子就惊醒了。魏端本道："孩子，你喝口水吧！"他道："我不喝水，我要吃柑。"魏端本道："现在到了夏天，广柑已经卖到五百块钱一个。一天吃六七个广柑，你这个摆摊子的爸爸，怎么供养得起？"李步祥站在门外，把这话自听到了。

随后魏端本出来，他和范宝华告辞，在路上就把屋子里面的情形告诉了他。范宝华笑道："没有钱娶漂亮老婆，那是最危险不过的事。他现在把那个姓田的女人抛开了，那是他的运气。"李步祥道："那个生病的孩子没有娘，实在可怜。我想做点好事，买几个广柑送给那孩子吃。你到银行里去拿储蓄券吧，吃了午饭，我到你公馆里去。"范宝华笑道："你发了善心，一定有好报，你去办吧。"

李步祥却是心口如一，他立刻买了六只广柑，重新奔回那冷酒店。这时，那个为黄金发疯了的余进取，又到了那店外马路边上站着。老远地就听到他大声笑道："我是一万五买的期货，买了金砖十二块。现在金价七万五，我一两，整赚六万。有人要金砖不要？这块整八十两，我九折出卖。好机会，不可失掉。"他两手各拿了一块青砖，高高举起，过了头顶，引得街上看热闹的人，哈哈大笑，魏端本也就被围在那些看热闹的人圈子里。

李步祥想着，这倒很好，免得当了魏先生的面送去，让魏先生难为情。于是把广柑揣在身上悄悄地由冷酒店里溜到那间黯淡的房子里去。那个男孩子在床上睡着，流了满脸的眼泪，口里不住地哼着，我要吃广柑。那个女孩子已不趴在床沿上睡了。她靠了床栏杆站着，也是塞塞率率地哭。同时，她提起光腿子来，把手去抓着，有几道血痕向下流着。

李步祥赶快在身上掏出广柑来，各给一个。问女孩子道："你那腿，怎么回事？"她拿着广柑擦了眼睛道："蚊子咬的，爸爸也不来看看我。"说着，咧了嘴又哭起来了。李步祥道："不要哭，你爸爸就来的。"说着，又给了她一个广柑。那孩子两手都拿了广柑，左右开弓地拿着看看，这就不哭了。床上那个男孩子更是不客气，已把广柑儿的皮剥了，将广柑瓤不分办地向口里乱塞了去。

李步祥对于这两个孩子的动作不但是不讥笑他们，倒是更引起了同情心，便把买来的广柑，都放在床头边，因道："小朋友，我把广柑都给你留下来了，可是你慢慢地吃。下午我再来看你。若是我来看你的时候你还有广柑，我就给你再买。若是没有了，我就不给你再买了。"小渝儿听说，点了两点头道："我留着的。"他一面说，一面将广柑拿了过去，全在怀里抱着。

李步祥道："你还想什么吗？"他这样说，心里便猜想着，一定是想糖子想饼干。可是他答复的不是吃的，他说我想妈。李步祥只觉心里头被东西撞了一下。看看孩子在床上躺着，黄瘦的脸睁了两只泪水未干的眼睛，觉得实在可怜。虽然对了这两个小孩子，也被他窘倒了，而说不出一句适当的话来，他正是这样怔怔地站着，窗子外面，忽然发生一种奇怪的声音，哇的一声像哭了似的。李步祥听了这声音，很是诧异，赶快打开窗户来向外看去。

魏端本住的这间屋子是吊楼较矮的一层楼，下面是座土堆，在人家的后院子里，由上临下，只是一丈多高，他向下看时，乃是方桌子上摆了一架梯子，那梯子就搭在这窗子口。有个女人，刚由梯子上溜下去，踏到了桌子面上了。她似乎听到吊楼上开窗子响，扭转了身由桌子上向地面一跳。

李步祥虽看不到她的脸，但在那衣服的背影上，可以看出来那是魏太太，立刻伏在窗台上，低声叫道："魏太太，你不要走，你的孩子正想着你啦。"她也不回转头来，只是向前走着，不过对李步祥这种招呼，倒不肯不理，只是抬起嫩白的手，在半空中乱招摆着。她这摆手的姿势里，当然含着一个不字。不知她说的不，是不来呢，或者是不要声张？李步祥不知道人家的意思如何，自然不敢声张，可又不愿眼睁睁望了她走去，只好抬起一只手来，向她连连地乱招着。可是魏太太始终是不抬头，径直的向前走。她走进人家的屋子门，身子是掩藏到门里去了，却还伸出一只手来，向这吊楼的窗户连连地摇摆了几下，李步祥这就证明了那绝对是已下堂的魏太太。左右邻居，少不得都是熟人，她知道孩子病了，偷着到窗户外面看看，这总算她还没有失去人性。

他呆站了一会，见床上那个男孩和床面前站的这个女孩，都拿着广柑在盘弄，这就向他们点个头道："乖孩子，好好地在家里休息着。你爸爸若是问你广柑由哪里来的，你就说是个胖子送来的。我放着一张名片在这镜子上，你爸爸自会看到这名片。"他真的放了一张名片在那捆缚镜子的绳圈里，就放轻着脚步走出去了。

他走开这冷酒店的时候，首先把脸掉过去，不让魏端本看到。走不多路，就遇到了那位为黄金而发疯的余进取。他没有拿传单，也没有拿青砖，两手捧了一张报在看，口里念念有词。因为他在马路边的人行道上走，不断地和来往的人相撞。他碰到了人，就站住了脚向人家看上一眼，然后翻了眼向人家道："喂！你看到报上登的黄金消息没有？又要提高。每两金子，官价要提高到八十万，你若是现在三万五买一两金子，就可以赚七十六万五，好买卖呀。我没有神经病，算盘打得清清楚楚。现在做个小公务员，怎么能够活下去，一定要做一点投机生意才好。我很有经验，中央银行中国农民银行都要请我去做顾问。买黄金期货到农民银行去买，做黄金储蓄，到中央银行去做，你以为我不晓得做黄金生意？带了铺盖行李，到银行门口去排班，那是个傻事。我有办法，无论要多少金子，我打两个电话就行了。这是秘密，你们可不要把话胡乱对人说呀……这些事情，做干净了，发几千万元的财，就像捡瓦片那样容易。做得不干净呢，十万块钱的小事，你也免不了吃官司。"他说着话时，顺手就把最接近他的一个路人抓住，笑嘻嘻地对人家说着。

街上看热闹的人，又在他后面跟上了一大群。他越看到人家围着他，越是爱说。小孩子们起哄，叫他把金子拿出来看。他那灰布中山服的四个口袋，都是装得满满的，由胸面前鼓了起来。走一步，四个预起来的袋子就晃荡着一下。他听到人家问他金子，他就在四个口袋里陆续地取出大小石块来，举着向人表示一下，笑嘻嘻地道："这是十两的，这是十五两的，这是二十两的，这是五十两的。"他给人看完了，依然送回到口袋里去。

李步祥看他所拿的那些大小石头，有不少是带着黑色的。他也是毫无顾忌的，只管向口袋里揣着。不免向他蹙了两蹙眉，又摇摇头。偏是这位疯人就看到了他的表情，迎向前笑道："你不相信我的话，那你活该倒霉，发不了财，你像魏端本那个人一样，只有摆摊子的命。"李步祥听到他口里说出魏端本来，倒是替这可怜人捏一把汗，疯子乱说，又要给人家添上新闻材料了。这时，身后有人轻轻地叫了一声李老板，而且觉得袖口被人牵动着。

回头看时，魏太太站在身后，脸子冷冷的，向他点了个头。可是看她两眼圈红红的，还没有把泪容纠正过来呢。李步祥轻轻哦了一声，问道："田小姐，你有什么话要和我说的吗？"魏太太道："我的事不能瞒你，但是你总可以原谅我，我是出于不得已。多谢你，你给我两个孩子送东西去吃，以后还多请你关照。"说着，她打开手上的提包，在里面取出两叠钞票来，勉强地带了笑容道："请你好人做到底，给那两个孩子多买点吃的送了去。"

李步祥接过她的钞票，点了头道："这件事我可以和你做。不过我劝你回去的好，你千不看万不看，看你两个孩子。"她连连地摇着头，道："孩子姓魏，又不姓田，我岂能为这孩子，牺牲我一辈子的幸福？我多给孩子几个钱花也就很对得住他们了。"

李步祥道："不过我看你心里，也是舍不得这两个孩子的。你不是还去偷偷地看过他们吗？"魏太太道："我又后悔了，丢开了就丢开了吧，又去看什么呢？有了你这样热心的人，我更放心了。"

李步祥心想：这是什么话？我管得着你这两个孩子吗？两个人原是走着路说话的。他心里一犹豫，脚步迟了，魏太太就走过去好几步了。李步祥正是想追上去再和她说几句，却有一辆人力车子也向魏太太追了去。车子上坐着一个摩登太太，向她乱招着手，连叫了田小姐。随着，也就下了车了。两人站在路边，笑嘻嘻地谈话。

李步祥见魏太太刚才那副愁容，完全都抛除了，眉飞色舞地和那摩登女子说话，他就故意走近她们之后，慢慢地移着步子，听她们说些什么。魏太太正说着："晚上跳舞，我准来。白天这场唆哈，我不加入吧？我怕四奶奶找我。"那个女子笑道："只三小时，放你回去吃饭。没有你，场面不热闹，走吧。你预备四五十万元输就够了。"说着，挽了魏太太手臂一同走去。李步祥自言自语地道："这家伙还是这样的往下干，魏端本不要她也好。唉！女人女人！"

005 滚雪球

人类虽然是自私的，但有那事不干己的批评，却能维持正义感。李步祥对于魏太太的看法，他这番自言自语，引起了一个同调，有人在身后接话道："是这个样子，我也就不必去再找她了。"李步祥回头看时，正是陶太太。她带了个穿学生制服的男孩子，将一只布包袱，包了许多条纸烟，在身上背着。他跟在后面，手提了一只篮子，也装了许多纸烟。

步祥道："陶太太真忙，我老是看到你运货。"她叹了口气道："有什么法子，不是两餐饭太要紧了吗？我原来是在城里摆摊子，这利息太少。我现在跑这一点，到南岸龙门浩渡口上去摆摊子，晚上就回来，再摆两三小时。今天为了魏太太的事，我忙了一天，总算有点成绩，魏太太居然答应了来看看孩子。她是托人悄悄地告诉我的，希望不要让一个人知道。她偷着看孩子一眼，我想人心都是肉做的，看到了自己的孩子，一定会回心转意，不想她看过之后，丝毫也不动心，这种人，心肠是铁打的。我若也像她这样，不管孩子，我又何必吃这些苦呢？把孩子丢开，我一个人管一个人还会饿死吗？李先生，哪天你得闲，我愿和你请教，我也想跑跑百货市场。"

李步祥提到他内行的事，精神就来了，将头连连地摇上了一阵，连说道："不行了，不行了，不是时候了。将来海口打通，外国货什么都可以来，物价就要大垮，现在重庆市上囤积的百货，若是不向内地去分销的话，十年也用不了。现在德国快打垮？将来大家全力去打日本，这还有什么问题。不出一年，日本鬼子就要退出中国，谁肯把百货还留在手里呢？所以两个月来，只有百货涨不上去。你还走上这条路干什么？我非常之赞成你这番奋斗精神，我得和你出点主意。你什么时候在家呢？"陶太太道："我简直不能在家了，你若有工夫，晚上可以到精神堡垒那里去找我，我总在那里摆摊子的。我初摆烟摊子的时候，总怕人家见笑，藏藏躲躲。那怎么能做生意呢？后来一想，这不过是穷了，有什么怕见人，我索性就到最热闹的地方摆摊了。"

李步祥叹了口气道："世界上就是这样不公道，像你这样刻苦奋斗的人，会有人笑，像魏太太那样好赌胡闹的人，到处有人叫她田小姐。"陶太太低声笑道："我们不要在街上道论人家，改日见吧。"于是她跟着孩子走了。

李步祥对她这些举动，都觉得不错。心里更留下了一个绝对帮忙的意思。帮人家的忙，要有力有钱，这又让她想到了金子生意了。于是挑选好了目的地，走向范宝华家去。这是他的熟路，见大门敞着就径直地向里走。

在天井里先就听到吴嫂一阵笑声。她道："这是主人家的地方，主人家答应了，我有啥子话说？你们买金元宝，买金条，我啃一点元宝边就要得。"这就听到另一个人说："假如能打得二十万的头钱，我除了五万元的开销，还落十五万，我决计分一半给你，就算七万，也可以储蓄二两黄金。马上黄金官价提高，算他变成五万吧。这七万就赚了三万，过了半年，你怕黄金黑市不会超过十万，七万就双成了二十万，那个时候，你把储蓄券兑了现金在手，变成钱，也好置许多东西，就是不变成钱，贴点工资，你可以打两只金镯戴，你看这不是很风光的事吗？"

最后这两句话，吴嫂最是听得进，仿佛两只手臂上就都戴了金镯子，不免对自己的手臂看了一看，由嗓子眼里格格地笑出来。她说："我怕没得勒个福气，做大娘的戴镯子，硬是少见咯。"那人又说："这年头儿，什么都变了。大娘做太太的，我就看到好几位，戴金镯子算什么。"

吴嫂说："有是有咯，也是各人的命。"李步祥听着，心想：这是谁，真能迎合着吴嫂的心事说话。伸头看时，一位穿西服的小伙子，站在客堂里和吴嫂说话。

当年重庆市上要表示场面，必得穿套西装。尤其做生意买卖发了财的人，和在商界里当小职员的人，不吃饭，也置得一套西装。同时，在抗战前经常穿西服的人，无非是公教人员，如今在乡下住着草房，吃着平价的黄色而有稗子的米，这西装又有何用，卖一套西装，可以维持一个月生活，又都把西装送到名为拍卖行的旧货店里去寄卖。这种西装，总有半旧，样子也是老的。买去穿的人，无论长短肥瘦，总不能和身体适合。尤其是两只肩膀的地方，不是多出来一块，就是缩进去一截。这位小伙子穿的，也就是这个样子。说话带着很浓厚的下江口音，可以知道他是一位生意人。

李步祥还没有说话，吴嫂已经看到了他，便点头道："进来吗，先生在楼上。"李步祥走进屋去时，那小伙子看他不过是穿了一套青色粗布的中山服，就没有怎样地理他，自坐下去掏出纸烟来吸。

李步祥昂起头来，向楼上叫了两声老范。范宝华应声下来，向他笑道："成功了，人家办得是特别加快，已经把储蓄单子拿来了，你的五两在这里。"说着在身上掏出一张黄金储蓄券递到他手上。

李步祥接着过来一看，果然不错。深深地点了个头，说着谢谢。范宝华道："你谢我干什么，你得谢那位诚实银行的贾经理。你只看他把款子送到银行里去两小时，就把储蓄单子拿了出来，这一份能力，决非偶然。"他这么一说，那个穿西服的小伙子，感到了很大的兴趣，站起来伸着头问道："范先生，有这样快的手续吗？普通做黄金储蓄的，都是第一天交上款子去，银行里交给你一块铜牌子取储蓄单子，这还是上午去办。若是下午去办，还得迟延一天。"

范宝华望了他笑道："让你又学得了一个乖，你有多少钱呢？我可以和你去存。"李步祥见老范对他不怎么礼貌，也就向他注意着看了一下。范宝华笑道："老李，你不认得他。他是荣长公司的学徒，黄经理很相信他。他昨天邀了一场头，打了十多万头钱，这家伙是得着甜头了。今晚上又要借我的地方，给他打一场扑克，你来凑一脚好不好？"

李步祥看了那小子两眼，脸上带了三分微笑，那意思是说，原来你是个学徒。便笑道："我凑一脚，也配吗？"范宝华笑道："你不要以为他穿西服，你穿破中山服就不如他。这小子财迷脑壳，居然想得了个法子，运动我的女管家，约法三章抽得了头钱，除了开支，二一添作五，对半分。他也姓吴，和我们吴嫂拜干兄妹。"这么说着，把那小伙子羞成一张大红脸。

范宝华抓了李步祥的手道："你和我上楼来说话吧。"李步祥跟着他上楼，范宝华笑道："黄金官价，的确要变，有贾经理这条路子，今日交款，今日就可以取得储蓄单，太便利了。我家里还有二百多两的单子，不妨再倒一下把，拿去抵押三四百万，还可买进一百多两，官价一提升，我卖掉一百两的单子就可以还二百两的债。现在押在银行里的单子和家里所有的单子，约莫是三千五百五十两。我真正掏出去的本钱，不过是四千多万，就照现在的官价来合计，我那些金子，已值一亿一千万了。这都是买了就押，押了再买，再买再押，再押再买，用滚雪球的办法，滚起来的，我通盘算了一下，我大概，欠银行四千多万的债，黄金官价提高，一千两金子，就值五千万，也许还多些。我统共拿出去四千多万法币，我套进了两千多两金子，不必等半年，一兑现，我就是万万富翁了。"说着，伸手拍了两拍李步祥的肩膀，笑道："老李，我有没有办法？我为什么把这些实话告诉你呢？我看你这人很忠实，也很勤快。我发了财打算胜利以后到南京去开一个绸缎百货庄，要你给我当经理。你看好不好？"他说着，眉飞色舞，翘起嘴角不住的微笑。

李步祥听了他这个报告，也是替他欢喜，伸了手只管摸头发。笑道："老兄真有办法，不过我的意思，还是稳扎稳打的好，不要把黄金储蓄券都押到银行里去。"老范笑道："我原来也是这个想法，不过我既然采用了滚雪球的战术，我就索性做个彻底。诚实银行的老贾，他也说我这个办法对。黄金储蓄是国家办的，越是胜利在望，国家越要顾全信用，到期的黄金，一定要兑给老百姓的。第二层，官价和黑市相差得这样远，政府只有两个法子来挽救，不是提高官价，就是停止黄金储蓄。不管他走哪条路，现在八万多的黑市价，一定可以保持。若是停止黄金储蓄的话，黑市也许会再涨。那末，我押在银行里的储蓄券，照分两计算，我就没有押到二万一两，只要我不把日子拖长，连本带利，我买一两黄金储蓄券，就可以还二两押款。这是十拿九稳的事，我还有什么顾虑。你想，我这看法，还有什么漏洞不成吗。"

李步祥昂头想了一想，笑道："倒没什么漏洞。"范宝华笑道："好了，就是这样办，我有三千多两金子这件事，你得和我保守秘密，尤其是在袁小姐那方面你不可以和我透露个字。她要知道我有这么些个钱，又要敲我的竹杠了。你到我这里来，有什么事？"

李步祥道："陶伯笙和我们都是朋友，他太太现在做香烟贩子，生活非常的苦。我想着，大家帮点忙，给她凑点资本，你的意思如何？"范宝华道："可以的，我给她邀一场赌。"李步祥摇摇头道："不好！你范老板，可以说是浑身的道法，何必又在赌上出主意。陶家弄成这个样子，就是邀头的结果。"范宝华道："我明天把这笔黄金买卖做完了，我就提笔款子，加入她香烟的股本吧，赚了钱，她还我，给我两盒纸烟算红利。不赚钱，股本算我白送。"

李步祥道："那太好了，你打算加入多少资本？"范宝华随便地答道："两三万吧，"李步祥拱了两拱手道："你留着唆哈一阵牌吧。"范宝华笑道："我就不愿意和你说实话，说了实话你就要把我当财神了。"

李步祥笑道："你和那个小徒弟一次二次帮几十万的忙，到了自己的朋友，你就只给两三万，这不是太说不过去了吗？"范宝华笑道："姓吴的这个孩子，有点儿只重衣衫不重人，你赌口气，回头也凑上一脚，他立刻就要捧你了。"

李步祥道："你预备滚雪球，我们往小处说，搓搓霍香丸子也是好的。我也得把这五两定单和箱子里的八两定单，找条出路去。若是押得到十两金子现钞的话，我十三两黄金，也就变成了二十三两的虚数，等黄金官价涨了，卖掉七两，可以还十两的债，那我至少十二两，变成十六两。经营得好，也许可以变成十七八两。有财喜不捞，我来赌钱吗？"范宝华笑道："你现在也想明白了这个滚雪球的诀窍了。好吧，你回去想法子变钱吧。若是变不出钱来，明天九、十点钟到诚实银行去找我，我也可以托贾经理和你办点小押款。"

李步祥越想找钱的办法，越是有趣，在范家就坐不住，立刻下楼。在客堂里，见吴嫂又在和那小伙子计议赌局，就笑道："吴嫂，你忙着抽头干什么？你要买金子，范先生有的是办法。"范宝华在后面跟着来了，笑道："你又打算瞎说了，我罚你请我吃晚饭。"他说着话，只管跟了李步祥走。

姓吴的小伙子，就向前扯着他的衣服道："范先生，你不要走，还帮我这个忙，凑成今晚上这个局面吧。"范宝华向李步祥的后影指了两下，然后将手掩了半边嘴，低声向他笑道："这位李先生，今天晚上要和人家签订合同，订人家一个绸缎庄。办上一桌顶好的喜酒，答谢让盘的主儿和中人，他是我们朋友里面的大亨，我可不敢得罪他。"

小伙子道："真的？"范宝华道："他和你们经理都拜过把子，怎么不真？你若能邀他也来赌一脚，我就不走。"小伙子见范宝华说得很是诡秘，又亲自见他交了一张黄金储蓄券给他，料着这事没有错，就很快地追出大门口来，见李步祥还站在巷子里等候，便跑到他面前，深深点了个头赔了笑脸道："师叔，范师叔请你回去说话。"李步祥听此称呼，大为惊异，望了他不知道怎样的答复。他又笑道："今天师叔办喜酒，做晚生的愿意沾沾师叔的喜气。"

他的话还没有交代完毕，范宝华在后面跟着出来，挥了手道："和你开玩笑的，挂了球了，快走吧。"李步祥最怕警报，挂球是警报的先声，他听了这个消息什么都不管，掉头就跑。范宝华还是哈哈大笑。

吴家那小伙子对于他这作风，倒有些莫名其妙，只有翻了两眼望着他。范宝华笑道："你猜这位姓李的是干什么的？他是二把手一个厨子，你叫他师叔，你学过厨子吗？"小伙子红了脸道："范先生不是说他是要承顶人家的绸缎百货庄吗？"范宝华笑道："他到底是干什么的，我不告诉你，大概你和吴嫂可以拜兄妹，也就可以向他叫师叔了。"

那小伙子虽知道这是范先生戏弄他，可不敢怎样反驳，因笑道："只求范先生今晚上把这场赌凑成，你说我什么都行。"范宝华道："你们经理说是你太太分娩，等着要钱用，真的吗？你说实话。"

吴小伙子看看吴嫂，又看看主人，红了脸笑道："我想买点黄金储蓄。"范宝华笑道："总算你肯说实话，不过我今晚上不能赌钱，我得在家里细细地算一算晚上的帐，老弟台，我和你一样，犯了爱金子的毛病，明天我得跑一上午，跑出这笔金子来。明天金子到了手，我就精神抖擞了，那时，没有人邀头，我也要赌钱的。你可以改期明天吗？"

吴小伙子先是皱了眉头子，然后微笑道："范师叔，你看这事，就是这么一点讨厌。不知道黄金涨价是哪一天。若是明天不买，后来涨了价，那就没有意思了。"范宝华坐到藤椅上，架起腿来吸纸烟，斜着眼向他看看，又向吴嫂看看。笑道："我倒有变通办法。你大概需要多少钱，先和我们吴嫂借着用一两天，然后我和你打一场唆哈，抽得头钱还她。"

吴嫂摇摇头道："我一个当大娘的人，叫我放债把穿洋装的先生，硬是笑人。"范宝华笑道："你怎么说这话，他不是和你认本家吗？"吴嫂道："那是别个说得好耍的吗。"范宝华道："姓吴的小娃儿，人家不和你沾亲带故，那是不会帮你的忙的。你说和她认本家，是不是拿她开玩笑？你若是拿她开玩笑，不但她不愿意，我也不愿意，那就什么都谈不上了。"

他看了看范宝华的颜色，真的还有几分严重的样子，这就带了笑容道："我们本来都姓吴吗。"范宝华向吴嫂笑道："人家西装穿得这样漂亮，和你认本家兄妹，还有什么对不起你的。"吴嫂笑道："啥子本家兄妹，我二十三，他二十二。"范宝华道："那你是姊姊了，你得帮你兄弟一个忙，借给他几万块钱，二天我负责还你。"吴嫂对那小伙子看看，只是微笑。范宝华笑道："要不要买金子？要买金子，赶快认亲戚。吴嫂这个样子，分明说你没有诚心。你不叫她一声姊姊，这个忙我帮不成了。"

那小伙子站在两人面前，不敢拒绝，又不好意思叫出来，只好捧着拳头连连作了两个揖笑道："请多帮忙吧。"范宝华道："不行，你请谁帮忙，没有交代出来。"那小伙子笑道："请我们本家大姊帮忙呀。"范宝华操了川语问吴嫂道："要得这声大姊，就值几万咯。"吴嫂点了头道："就是就是，要借几万？"范宝华道："你借给他十万吧，他可以定三两黄金储蓄。五天之内，我负责还你。"吴嫂向小伙子笑道："你耍一下，我去拿钱。"说着，她真上楼取钱去了。

那小伙子弄成了一张通红的脸，只有傻笑。吴嫂的手上，倒还是相当的便利，不到五分钟，她就拿了一大叠钞票来，两手捧着交给那小伙子，笑道："我是个穷姊姊，帮不到好大个忙，拿去一本万利。"那小伙子虽然不好意思，但是钞票交过来了，他也不能不接，只是点着头连说谢谢。他的目的已经达到了。认了个老妈子做姊姊，久在这里，也没多大的意思，说声谢谢，扭身走了。

范宝华笑道："吴嫂，你认了这么一个兄弟，安逸不安逸？"她笑道："啥子安逸，那是想借我的钱吗，你怕我不晓得。"范宝华笑道："你也知道，钱的力量多大吧？今晚让我在楼上算一夜的帐，你不要搅我。"吴嫂翻了大眼，向他笑道："哪个搅你吗？"范宝华哈哈大笑。他说了却真是这样的做了，吃过晚饭，他在楼上掩着房门，算了大半夜的帐。吴嫂只是送了几回茶水，照例要问明天吃啥菜的话，都免除了。

次日早上，他用皮包装着支票簿黄金储蓄券图章，就奔上诚实银行。那位贾经理，衔了一支长杆旱烟袋，这时，正仰卧在睡椅上，睁眼望了天花板，他架起腿来，将身穿的那件蓝布在裸，抖得周身颤动，似乎想心事正想出了神。范宝华走到经理室里就笑嘻嘻地道："贾经理，我又找你来了。"贾经理坐了起来，笑道："黄金官价，今天还没有提升，你还得滚一回雪球。"

范宝华笑道："我是受贾经理的劝告，再做一回。"说着，就挨着贾经理旁边坐下。低声笑道："我还有二百四十多两黄金储蓄券，我想在你这里押借八百万。"贾经理不等他说完，耸了小胡子向他笑道："你都是两万一一两买进的吧，倒要在我这里赚钱。"

范宝华笑道："少借点我也行啦。"贾经理点点头道："钱我可以借给你。黄金储蓄券，今天我可不能代办。这两天国行掐得很紧，上五十两的，就押日子，而且我和朋友办的也太多，树大招风，我得休息休息。"

范宝华道："我朋友那里，倒有五十多两现券，我嫌数目小，没有买下。我押二百两给你，你借我五百万，我再把那五十多两滚到手，二百两的官价，现在也值七百万，押五百万，实在不算多。"贾经理笑道："各有各的算法。照十五分利息算，一个月是七十五万利息，两个月就离七百万不远了。你三个月不还钱，我们就赔了。"

范宝华道："黄金官价提到五六万的日子你怕我不赶快还钱？"贾经理笑道："范先生，你要办，就赶快办，明天星期六。到了星期一，也许黄金真有变化。那时候你出新价钱买，就太吃亏了。你不信，到国行门口去看看，做黄金储蓄的人，今天又挤破了门。我帮你最后一个忙，你把二百四十两都放下来我借你五百万。这两天滚黄金挤得头寸紧极了。你不妨到别家去试试，恐怕二三百万都调不动。"

范宝华沉静地想了一想，跳起来道："让我叫个电话试试。"说着，他真的拨动了电话。他拿着电话道："是田小姐吗？请四奶奶说话，我姓范。对了，穷忙，改日奉访，请四奶奶说话。"他奉着话机等了两分钟先笑着答应了。

他道："并非我失信，因为没有调到头寸，现在有点办法了，那五十两可以出让吗？涨价？反正不能涨过官价三万五吧？就是就是，我请客。滚雪球？这个名词，四奶奶也晓得。不说笑话，我哪里是想发财，不过现在没什么生意好做，只有走上这条路。好，回头我带款子来。好，不是现钞，就是本票。再会。"他挂上了电话，向贾经理笑道："居然又滚到五十两。"

贾经理将两个指头摸了小胡子，笑道："你在电话里叫的四奶奶，是不是出名的朱四奶奶？"范宝华点了两点头，贾经理两手一拍，忘其所以，把口里衔的旱烟袋都落到地下来了。

006 谁征服了谁

贾经理这个表示，范宝华也就认为十分惊异，向他望着问道："贾先生对朱四奶奶的观感怎么样？"贾经理弯下腰去，在地面上拾起旱烟袋来，笑道："我对此公，闻名久矣。不知道究竟是怎么个人物？"范宝华道："并没有什么了不得，长圆的脸，有点儿瘘头。左边嘴上，长有一个小黑痣。此外，不过是化妆成一个摩登少妇而已，这有什么了不起的吗？"

贾经理笑着把小胡子都闪动起来了，他摇摇手道："不是你这个说法，我觉得她好像有一种特别的魔力，可以颠倒众生。我倒要看看她这份魔力，是怎样的施展出来的。"范宝华笑道："你要见她，那是太容易了。贾经理有工夫，我陪着你到她家里去拜访一下，这事就解决了。这时她正在家，或者我打个电话给她，请她来拿钱。"

贾经理将旱烟袋送到口里吸了两下，笑道："我真的还想领教吗？说说罢了，我惹不起。"范宝华看看这屋子里，除了一位襄理，还有一位银行行员，贾经理纵然愿意和朱四奶奶谈谈，当然他也不便说出来。这就向他笑道："好奇的心理，人人有之，凡是一种特殊的人，大家总会想见见的，我是少不得要请她一次的，将来请你作陪吧。言归正传，我要借的那个数目，贾经理能不能答应。"

他又把旱烟袋在嘴里默然地吸了两口，笑道："反正也就是这一次了。多次的忙，我都帮过你了。这一次我不答应，也就把以前的人情，完全断送。好吧，我借五百万给你吧。开一张划现的本票，可以吗？"范宝华道："朱四奶奶当然不要现钞用，不过她也是转交别人，你不必划现了。"

贾经理笑道："开一张朱四奶奶的抬头票子吧，老兄，我帮你的忙，你也给我们拉拉存户呀。"范宝华听他这口音，就晓得他有意把朱四奶奶找了来看看。笑道："好的，你随便开什么样的本票都可以。我明天把她拉了来，亲自和你接洽。她是个大手笔，做个两三千万的来往，还真不费事。"

贾经理听说，满脸带了笑容，就和范老板把五百万的借款办好，并依了他的要求，将这个数目，开成三张本票。老范借得了钱，又向朱四奶奶通了个电话，说明马上就来，和贾经理握了握手，夹着皮包就走。

今天贾经理却是特别的客气，随在后面，送到大门口来，笑嘻嘻地道："你所说的话是真的吗？"范宝华被他问着，先是愕然了一下，自己向他许过什么心愿呢？但在贾经理那副笑容上，立刻想到他说的是要见朱四奶奶，便笑道："明天我准把她拉了来。"

贾经理笑道："我也不过好奇而已，并无别故。"范宝华也只笑着说是是。在街上叫了一辆车子，向朱四奶奶家跑。马路是不能通到她家的，有一截下坡路。他怕走着会耽误了时间，在岩口上又换了小轿。到了朱公馆门口，远远看到四奶奶伏在楼上窗户口闲眺，这才松了口气，觉得这五十两黄金储蓄券，是完全买到手了。

他下轿子的时候，四奶奶在窗户里就向他招了两招手，那意思自然是让他上楼去了。他到了楼上客室里，朱四奶奶左手扶着门，右手扣着衣服的纽扣。她身上披了一件淡黄色印红绿花的长衫，还敞着下摆三四个纽扣？光着两条腿子踏了拖鞋。范宝华笑道："这样子，四奶奶还是刚起来呢。"她道："起是起来一会儿了，昨天许多人在我这里跳舞到天亮才散，我家里还有两位小姐睡着没走呢。"

范宝华道："是熟人吗？"他不大经意的样子问着。坐在沙发上，架起腿来吸纸烟。朱四奶奶坐在他对面椅子上，笑道："有熟人又怎样？现在你是一脑子的黄金，恐怕也没有那闲情来跳舞吧？"范宝华摇摇头道："我是徒有其名，到处找头寸，到处碰钉子，十两八两地凑点数目，就是买一个月不断，又能买多少。人家大户，开着支票，一来就是两千两，神不知，鬼不觉，和我们是天远地隔。"

朱四奶奶望了他道："钱带来了吗？"范宝华道："当然带来了。在四奶奶面前，还敢掉枪花吗？"说着就打开皮包，将三张本票取出，双手递过来。朱四奶奶道："这够买一百四十多两的了，我没有这些个储蓄券。"范宝华笑道："四奶奶有的是，我听说一次唉哈，你就赢得了二十张黄金储蓄券。"她笑着把鼻子哼了一声，点点头道："也许之，可是四奶奶一次输出一百多两黄金，足有三十张储蓄券，你就没有听到说过呢，你等着吧。"说着起身就走。那三张本票，她放在茶几上，并没有拿着。

不到五分钟，四奶奶手里捧着小小的绿漆保险匣子出来。她将匣子放在茶几上，将盖口上的对字锁转动着，铃子在匣子响了一阵，她将盖子打开，里面先是一层内盖，再揭开这层内盖，露出里面，并没有别的，全是黄金储蓄券。范宝华看到，不觉暗暗叫了一声惭愧。想着这些储蓄券，便是一两一张，也够二三百两。这女人真有办法。

四奶奶挑了三张黄金储蓄券交到他手上，笑道："这是六十两，我收下你二百万一张本票，就算两清吧。其余的款子你拿回去。我并不等二百万元现款用，我猜你或者难买，让六十两给你。我是两万定的储蓄。多少赚了一点钱，照官价三万五算，你还差十万零头，不必找我了。"说着，她收下了一张二百万元的本票，把其余的交还给范宝华。

他笑道："四奶奶原说有两位小姐要出卖黄金储蓄券，我以为是谁赌输了拿这个还赌账，原来是四奶奶的，我就不敢要了。"朱四奶奶已把保险盒子关上，拍了盒子盖道："东西放到这里面去了，你以为就是钉下万年桩的吗？慢说是黄金储蓄券，就是金子，也不能当饭吃当衣穿，饿了冷了总是要换掉的。"

范宝华笑道："这个我当然知道，不过你也不会等着把这个换衣穿换饭吃，这是因为我找黄金储蓄券，找得很忙，你故意让六十两给我的。"朱四奶奶站着本是要提了保险盒子走，这就半回转身来，偏了头，斜了眼珠向他望着，微笑道："你懂得这一层就好了？大家是鱼帮水，水帮鱼，你有机会，也得和四奶奶效点劳才好。"说着，她提了盒子走了。

范宝华始终不解她表示如此的好意是为了什么，也只有坐在这里纳闷。忽然门外有人娇滴滴地叫着："四奶奶，什么时候了？我该回去了。"那是下江人，勉强地说着国语，听起来，很是不自然。随了这话，一个女子推门而进。

她蓬着满头很长的烫发，将根红辫带子束了脑顶四周，两片脸腮，脂粉抹得像苹果的颜色一样。尤其是两道眉毛长而细，细而黑。眼圈子上簇拥着覆射线的长睫毛，身上穿件短袖子白绸衬衫，翻着领子向外，露出颈脖子下一块白胸脯。两个乳峰，顶得高高的。下面穿着蓝羽毛纱西服长脚裤，拦腰束了一根紫色皮带，下面赤脚穿了漏帮子高跟白皮鞋，十个脚指头，全露在外面，每根脚指甲上，都涂了蔻丹，这是战时首都一九四五式最摩登的装束。她虽是细长的个子，却是肌肉饱满，皮肤白嫩，简直周身上下，无懈可击。

范宝华的神经，随了他的视线，一同紧张起来，惊讶着身子向上一站。那位女郎也就同样的惊讶，轻轻地哟了二声，自说着两个字："有客。"身子向后一缩。但是她要表示着大方，并没有走，站在客室门边，冷冷地问道："是会四奶奶的吗？"范宝华站起来道："是的，我们已经会谈过了。"那位小姐并不和他谈话，自转身走了。

她走了不上两分钟，朱四奶奶来了。范宝华笑道："刚才有位小姐找你，她是谁?"朱四奶奶笑道:"漂亮吗?"范宝华笑道:"像是一位明星。摩登之至!摩登之至!"四奶奶笑道:"总算你眼力不错。这是东方曼丽小姐,你应该也听到过她的大名。"范宝华笑道:"昨晚上她在这里跳舞的吗?"朱四奶奶笑道:"你忙着黄金储蓄,你还有工夫跳舞吗?"范宝华笑道:"我也不过是这样随便地问一声罢了。"他说时,将头歪倒在肩膀上,笑嘻嘻望了女主人。四奶奶带笑着叹了一口气道:"唉!我给你介绍吧。"于是就大声叫着曼丽。

曼丽来了,她笑道:"还叫我呢?我要回去了。"四奶奶指着范宝华道:"这是范先生,他对你久仰得很,让我介绍介绍。"范宝华笑着,还没有说话,曼丽就走向前来,伸出手来和他握手。范宝华虽是匆匆地和她握了一握,可是心里立刻觉得舒服之至。他也找不出什么好应酬名词来,只管向她说着:"久仰久仰。"曼丽笑道:"不要客气吧,我们都是常到四奶奶家里来会面的熟人。"说着,她掉过头来向四奶奶道:"我真要回去一趟,午饭不叨扰了。"说着,她向外走,四奶奶送了出去。

范宝华料着她由大门走,就伏在楼窗上看。他看了她的后影子,只管出神。房门推开了,身后一阵嘻嘻的笑声,他回头看时,朱四奶奶手扶了门框,向着范宝华点了两点头。范宝华道:"四奶奶笑什么?长得好看的人,不是大家都爱看的吗?"他说着话,和四奶奶又在沙发上坐下了。

朱四奶奶向他先斜瞟了一眼,然后笑道:"你想和曼丽交朋友吗?"他搭讪着吸纸烟,笑道:"那当然哪。不过我看她那分排场,恐怕我这穷小子有点结交不上。"朱四奶奶笑道:"你客气什么,你手上那么些个金子,拿出二三百两来,什么摩登女郎不会让你打倒?"范宝华伸了一伸舌头,笑着又摇了两摇头。

朱四奶奶笑道:"我介绍你们去做朋友,那是不成问题的,至于伺候女朋友的花费,那要看各人的交情,同时,也要看各人的个性,这是难说的。也许曼丽喜欢你,什么钱都不要你花,天下事就是这样,不能预料。"范宝华笑道:"我征服女人,没那回事吧?不过你要老说钱的话,那可说得我们太小气了,而且也把曼丽小姐看轻了。"

朱四奶奶将嘴一撇,鼻子里哼了一声道:"这算你懂得女人。这件事我也不提了。我还是谈我的吧,老范,你和万利银行的何经理很熟,他最近买金子栽了个大筋斗,你晓得吗?"范宝华笑道:"怎么不晓得?他现时在银行界,弄得名誉很糟。"

朱四奶奶道:"虽然如此,可是他私人还很有钱,倒霉的是银行的存户而已。我有点事想和他谈谈,你能介绍我去见他吗?"范宝华吸着纸烟,沉默地想了两分钟，笑道："四奶奶若是要在银行里做什么来往的话，何必找万利银行。凡是可靠的银行，都可以办。我现在做来往的那诚实银行的贾经理，人就很好。我可以介绍你和他谈谈，而且他非常之仰慕你的。"

朱四奶奶听到贾经理这名词，先就嗤嗤地一笑，然后点点头道："这个人很有点名。"范宝华道："这个人是票号出身，买卖做得稳当得很。"朱四奶奶将头一摆道："那么一个小商业银行，有什么名不名的。我所说的，是关于他本人别的事情。"说到这里，她又是嗤嗤地一笑。范宝华笑道："怎么提到了贾经理，四奶奶就要发笑，难道这里面，还隐藏着什么有趣的新闻吗？"

四奶奶将眼珠望了他很灵活的一转，笑道："你要知道贾经理怎样有名，我屋子里有他姨太太一张相片，你不妨来看看。"说着，她站起身来就向范宝华招了招手，范宝华知道朱四奶奶这个人交起朋友来，无所谓男女的界限。她既这样地招呼着，也就跟了她一路而去。

四奶奶在她自己那间又当书房，又当秘密客室的小屋子里，和范宝华谈了一小时，复又同到客室里来。这就笑道："老范，你若肯听老大姐的话，你准可以发财。老实说，依照你这样滚雪球办法做黄金储蓄，你就做到二三百条金子，又有什么了不得？你想变成一个富翁，必得轰轰烈烈大干一场。"范宝华坐在沙发上摇摇头道："四奶奶看得多，经过得多，敢说这种大话，两三百条金子，我不但不敢小视它，老实说，我也很难达到这个程度。"

朱四奶奶道："你要自暴自弃，我也没有法子。我还谈我的吧，你能不能依我的办法进行。"说着，她由原坐的另一张沙发，移过身体来，和老范同坐在一张长沙发上，然后伸着手，轻轻拍了他两下大腿，笑道："你也不妨跟在我后面看看。你们男子，总以为金钱可以征服女人，但在朱四奶奶眼里，那是女人征服金钱的。"范宝华点点头笑道："在你口里说出这话来，我相信是正确的。现在还不到十二点钟，老贾还没有下班，我赶着到银行里去先和他谈谈，不过这样的作风，是不是嫌着太急岔儿一点呢。"

朱四奶奶笑道："在你四奶奶手上，不管什么样子的老奸巨猾，他都得翻筋斗。没关系，你就去告诉老贾，我也是你这样的办法，要押掉黄金储蓄券再滚着买新的。急于和他谈谈，不过我今天去先开户头。"范宝华笑道："好吧，我试试。"说着，他就站起身来。

四奶奶向他招了两招手，笑道："真是重赏之下，必有勇夫，我白白地使唤你，那怎么行？我总得肯舍一点。等着吧，小弟兄。"说着，她起身就向里面去了。不到五分钟，她又出来了。她手上拿了两张黄金储蓄券，向他面前的茶几上一扔，笑道："这是九十两，也是零数不计，就折合你那三百万元吧。"范宝华笑道:"我又占四奶奶的便宜。"

朱四奶奶笑道:"占的便宜不大,你心里明白就是了。"范宝华觉得她一百多两黄金储蓄券做两次拿出来,那是大有手腕的。这也不敢多事犹疑,立刻就在皮包里取出那两张本票奉上。

朱四奶奶左手接了那本票,右手抬起来,将中指夹了大拇指,重重的一弹,笑道:"小兄弟呀,你被我征服了,我们两个人的交涉完了。这就看你的了。"范宝华捧了拳头,连连地拱着手道:"那是当然,那是当然。我马上就走,就走就走。"说着,他真的走了。

他像来的时候那样赶路,不到二十分钟就到了诚实银行。见了贾经理,将他拉到小会客室里,谈了十来分钟,两个人是笑容满面的走回了经理室。他首先拿起电话机子来,就向朱四奶奶通了个电话。朱四奶奶是个聪明透顶的人,根本就在电话旁边等着。

范宝华道:"我和贾经理说过了,他说不知道四奶奶要多少款子。数目太多的话,他得临时去调动头寸。所以哪,得让我先和四奶奶通个电话。银行里的厨子,做的是北方菜,面食很好,四奶奶可以到这里来吃午饭吗?那不要紧,我们可以等半小时。"他在这里和朱四奶奶通电话,贾经理口衔了旱烟袋,正是注意地看着他。这就立刻接嘴道:"没有关系,就多等一个钟头,那也不要紧。我是吃过早点的,晚点吃午饭,那丝毫没有关系。"范宝华这就向电话里报告着道:"四奶奶听见了吗?贾经理说了,就是等一个钟头也不要紧,好好!我们一定等着。"

他挂上了电话,回头就向贾经理笑道:"经理先生,预备了什么好菜?"他笑道:"当然要丰盛一点,叫厨子预备四个碟子一大碗卤。"范宝华听了这话,心里凉了半截。问道:"四个碟子,那是什么菜?"贾经理道:"两荤两素,荤的是酱牛肉和松花蛋,素的是油炸花生米,五香豆腐干。"

范宝华看到经理室内并无外人,他不由得伸了一伸舌头,笑着叫道:"我的经理,你这算是请朱四奶奶吃饭啦。趁早由我做个小东。"贾经理笑道:"你是南方人,不知道北方人的习惯,北方人吃面是不要菜的。这样办,我觉得已经是十分丰盛了。"他说是这样说了,可是他的脸皮已经红了。

范宝华笑道:"真的,我来做这个东。"说着,就在身上掏出一叠钞票来,笑道:"请你把厨子叫来,我让他替我代办两万元的酒菜。"贾经理笑道:"老兄,你这样的作风,简直是北方人所说,骂人不带脏字。在我这里招待来往户,难道两万元的东我都做不起?"说着,打着桌上的叫人铃,叫听差把厨子叫了来,当了范宝华的面,吩咐着道:"你给我预备两万元的菜,中午就吃,你要当我正式请客那样办。先到庶务那里去拿钱，越快越好。"厨子答应去了，贾经理就笑嘻嘻地表示了他一份得意，似乎他这手笔是非常之大的。

果然，他和老范说着闲话，不到半小时，听差进来报告："有一位朱太太……"贾经理不等他报告完毕，就站了起来道："请请请，请到客厅里坐。"他于是放下了手上的旱烟袋，就掏出蓝布口袋里的手绢擦了一把脸。他和老范走到会客室，朱四奶奶已经先在了。她穿了件黑绸印花红桃点子的长衫，露出雪白的肥手臂，这已让人感到黑白分明。而她两只闪亮的眼睛，乌眼珠子，在浓抹脂粉的脸上转动，配上嘴角上那点小黑痣，真有几分动人。

她用不着范宝华介绍，首先伸出肥白的手臂到贾经理面前来，笑道："这是贾先生了，久仰得很。"贾经理握着她的手，觉得柔软得像个棉絮团子一样。这就笑道："我对四奶奶实在是久仰的了，请坐。"这时，听差照着平常的办法，将纸烟听子送着烟，将茶杯敬着不带茶叶的黄茶。贾经理摇摇头道："这些茶烟，怎样待客，把瓜片茶泡两杯来，把美国烟拿来。"

四奶奶笑道："贾先生不必客气，以后熟了，有许多事要你帮助，不要把我当贵客。"贾经理让着她在长藤椅子上坐着，斜对了相陪，不断地偷看她那黑绸衣服里伸出来的白手臂。听差送着好茶好烟来了，贾经理道："去拿点美国糖果来。"范宝华心想：这家伙怎么变了，全拿美国货来表示敬意。这银行斜对门，就是代卖美国军用品的走私货的。不到十分钟，就是两只大玻璃碟子装着美国糖果送到茶桌上。这东西倒是四奶奶喜欢吃的。她一面剥着糖果纸，一面向贾经理道："我那一点小事情，范先生和贾经理提过了吗？"他点了点头道："提过的，黄金储蓄券押款，我们本来做得不少，但四奶奶要款子，我们绝对办，至于我们这里的比期存款，都是八分，四奶奶的款子，我们也一定优待，改为九分。"

四奶奶腿架了腿坐着，向他颠动了身子，笑道："谢谢，我也没有多少款子可存，不过我所认识的一些小姐太太们，各有各私房，都愿意直接在银行里存点款子花利息，而她们又不愿站在银行柜台边办理。希望我给她们介绍一位诚实可靠的银行经理。我今天是先来打个头阵，做开路先锋。今天我认识了贾经理，以后我就可以带着太太小姐们来见经理了。贾先生不嫌这事麻烦吗？"说着，她乌眼珠又是向贾经理一转。

贾经理道："这是我们的业务，怎么能说麻烦呢？四奶奶以后随时来，我们欢迎之至。"说到这里，厨子在客厅门口一瞥。贾经理知道他有话说，就走了出来。厨子低声道："经理叫我办的菜，时间太急，来不及，我办的是些熟菜。另外只买了条大鱼。"贾经理道："你想法子做两样海菜吧。你和馆子里很熟悉，通融一点现成的材料拿回来做。要不然，给我叫两样菜来，这顿便饭，一定要办得像样点，钱你就不必计较了。"他说着这话，声音并不怎样的低。在客厅的人，都听到了。

范宝华心里想着：这和他原来定的只办四个碟子吃打卤面，完全不同了。这位打算盘的贾经理，一见四奶奶就变了样了。他这样想着，四奶奶见他脸色变动，也就抿了嘴笑着，将一个食指，指了自己的鼻子尖，那意思说：四奶奶很行，你看是女人征服了资本家，还是资本家征服了女人呢？她这样无言地发问时，不住地点头，表现了得意之色。

007　各得其所

朱四奶奶和贾经理谈了一小时，厨子把酒菜就准备得妥当，送到饭厅里放着，请着男女来宾入席。范宝华是最留意贾经理的这桌席，除了那一大盘子卤菜的杂镶，布置得十分精美而外，第二道菜，就是白扒鱿鱼。在大后方的城市里，根本没有了海味，富贵人家，还可以吃到囤积多年的海参，其次一点的是墨鱼，而在酒席馆子里可以吃到的，最上等的海味，就是鱿鱼了。

朱四奶奶被让在首席坐着，她看到了第二道菜，先就笑道："贾经理办这样好的菜请客，大概借钱是没有问题的了。"贾经理笑道："四奶奶和我们客气什么？你有时头寸调转不过来，在我这里移动一点款子，那是毫无问题的。现在所要考虑的，就是我们这小银行，是否承受得了四奶奶这个大户头的调动？"

四奶奶点了两点头道："我承认贾经理应当有这个看法。可是我实在是个空名，并没有什么钱，假如我有钱，我也和那些会找舒服的人一样，坐飞机到美国去了。"贾经理笑道："那还是四奶奶客气，四奶奶真要到美国去，还会有什么困难吗？"

她将上面的牙齿，咬了下面的嘴皮，点了两点头，笑道："我也就是混上这点虚名，承各方面的朋友看得起我，都以为我是有办法的。好吧，我也就借了大家看得起我的这点趋势，自己努力前进，将来也许有点造就吧？"她的说话，就是这样，有时是自谦，有时又是自负，就是让人摸不着她到底有多么深浅。不过贾经理坐在她对面，觉得她一言一笑，全有三分媚气，说她是过了三十岁的人，实在也看不出来。

这一顿饭，办得实在丰盛之至。谈着吃着，混了一小时，正事倒是随便只谈几句，但朱四奶奶的要求很简单，只要她拿金子来押款，贾经理答应借给她，她就算得着了圆满的解决。那贾经理呢？对于朱四奶奶，根本没有打算在她头上赚多少钱，只要她常常到银行来，而且能介绍几位太太小姐的存户，他也十分满足，所以事实上也没什么可做长谈的。

吃过了午饭，这诚实银行，又早是下午的营业时间，她向范宝华笑道："多谢你介绍，我的事情已经成功了，现在可以告辞了。"说着就起身向贾经理道谢。贾经理虽是不嫌她多坐一会，不过今天是初次见面，却也不便表示挽留，亲自把她送出银行大门。

他回到经理室的时候，老范还坐在沙发椅上。他耸着小胡子摇了头，微笑道："这是个了不得的女人，这是个了不得的女人。"说着，拿起长旱烟袋来，向口里衔着，紧傍了老范坐下。当他将烟袋嘴子衔着的时候，不住地由心窝里发出笑来，几乎是张开了口，含不住那烟袋嘴子。范宝华道："贾经理说她是个了不得的女人，就算是个了不得的女人吧，这也不致这样的好笑。"

贾经理道："我说她了不得，并不是说她的本领有什么了不得。我是瞧她的年岁说话。据说，她是四十将近的人了。照我看去，不过二十多岁，而且肌肉丰满，有一种天然的妩媚，我觉得她比少女还美。简直……简直……哈哈。"他形容不出来了，却把那笑声来结束他的谈话。

范宝华听了，暗下大吃一惊。心想：和朱四奶奶交朋友的，无非是借她的介绍，另结交一两位异性的朋友，谁会直接去赏识这只母老虎。贾经理乡下老儿的样子，倒有打老虎的主意，这胆子大得惊人。可是受了朱四奶奶的重托，却不便在一旁破坏，这就笑道："你这看法是对的，她若是没有一点魔力，那些太太小姐们怎么肯和她亲热得像亲生姊妹一样呢？"

贾经理道："听说她家里布置得很好？"他这原是一句平淡的问话，可是他问过之后，却又嘻嘻地笑了起来。范宝华听了他这话音，已很明白他是什么用意，这就点了头笑道："要谈怎么样好，那倒是各人看法不同。不过她家里有个小舞厅，有两间赌钱的小屋子，有一位会做江苏菜的厨子，二三好友到她那里去，倒是可以消遣半天的，贾经理哪天有工夫，我奉陪你到她公馆里去看看。"

贾经理左手握着旱烟袋，右手摸摸头发，笑道："我既不会跳舞，又不会打牌，那去了有什么意思呢？"范宝华笑道："难道你看人跳舞还不会吗？吃江苏菜还不会吗?"贾经理道:"据你这样说,到那里去,乃是专门享受去了。"范宝华笑道:"那是当然,最大的好处就是精神上的享受,交不到的女朋友,在这里都交到了,我就……"说着,将手掩了半边嘴脸,对着贾经理的耳朵,低低地说了两句。他哈哈大笑道:"我老了,没有这个雄心了。"他又立刻下了句转语道:"不过我也总应当去回拜人家一下。"

范宝华点头说好,就约了隔一两天来奉约,倒是真落个宾主尽欢而散。范宝华心里,这时又不在女朋友问题上。他所计划的是皮包里的那几张黄金储蓄券。他告诉人家,手上的黄金券都抵押光了,那正是和其他有钱的人同样的作风,越有就越说没有。他急于要回家去盘盘自己的账底,加上了今天所得的黄金储蓄券,数目和兑现的日期,应该列一个详细的表。假如还能滚一次雪球,不妨再滚上一回,他这样想着,就直奔回家去。

吴嫂老远地迎着他笑道:"金子买到了手没得?"范宝华夹着皮包一面上楼,一面笑道:"金子买到了,你倒是很关心的。"吴嫂笑道:"那是啥话,我靠那个吃饭吗!"范宝华走到了楼梯半中间,回转头向她笑道:"你靠我吃饭?现在用不着,你有个在公司里当职员的好兄弟,可以帮助你了,那小子多么漂亮。"说着打了个哈哈奔上楼去。

他向来是这样和佣人开玩笑惯了,说完了,自也不把任何事放在心上。他回到了屋子里,掩上了房门,就把箱子里的黄金储蓄券和收买金券的账目仔细盘查了一下,第一次是先后买进了四百两,也押掉四百两,买进三百多两,变成七百多两。第二次把出顶百货店的钱,买进七百多两,合并手里的存货,押出去一千一百两,再买进八百多两。变成了二千五百两。第三次只押出去二百多两,买进一百多两,现在是银行里押着一千八百两不到,手里也就把握着将近一千两的黄金储蓄券,共是二千八百两。假如小小地再滚一次雪球,押出去五百两,买进来三百两,就突破三千两的大关了,真正掏腰包买的黄金,只有一千二百两,这滚雪球的办法,滚出一千六百两。黄金官价一提高,卖掉八百两,就可以把银行里押的一千八百两赎回,这钱就赚多了。希望黄金提价还迟延几天,再把最后一次雪球滚成,那就可以暂时休息一下。先在重庆成家立业,然后等胜利到来,回下江去享享福。这样看起来,还是我范宝华有办法。

他想到此处十分高兴,将手拍了桌子一下,大声叫道:"还是我有办法。"他拍这下桌子,乃是自己赞赏自己,并没有其他的意思,可是这声音非常的重大,在这声大响中,把楼底下的吴嫂也惊动了。她提了一壶开水,红着两只眼睛,板着脸子走上楼来。到了范宝华面前,嗷了嘴道:"啥事又发脾气吗!"范宝华道:"我没有发脾气呀。哦!你说我拍了一下桌子,那是我高兴起来,自己夸赞了自己一句,与别人不相干。哈,你为什么哭了。"他不问倒罢了。他问过之后,吴嫂手上的开水壶,已经是力不胜任,这就放下水壶,两行眼泪抛沙一般地落着。

范宝华笑道:"大概因为说你有了个把兄弟,你就不高兴了。其实我就是说你有个把兄弟罢了,另外并没有什么意思。这不去管他了,我告诉你真话,我真发了财了。你伺候我两年,我不能不重重地酬谢你一下,我送你一张十两的黄金储蓄券,这已过了一个多月限期了。再过四个多月,你就可以拿到十两黄金了。"说着,就在整叠的黄金储蓄券里面,抽出了一张,交给吴嫂。

她放下水壶之后,就抬起手来,不住地揉擦眼睛。听到主人要给她十两黄金储蓄券,已经是一阵欢喜,由心眼里痒到眉毛尖上来,但是眼泪水还没有擦干,自不便笑出来。只有板了脸子,将肋下抽出来的手绢,只管擦抹脸皮,呆呆地并不说话。

及至范宝华将黄金储蓄券递过来,她也认得几个字,接过来一看,这就露了白牙笑道:"真的送把我?"范宝华笑道:"我纵然说假话,那储蓄券是国家银行填写着的,那决不会假。"吴嫂笑道:"谢谢你。我和你泡好了茶,就去和你上菜市买点好菜来消夜,你发财应该吃好。"范宝华乱点了头道:"吃好点,吃好点,我也不是那种守财奴,只晓得看钱成堆而不晓得用的人。大概今天晚上没有人来,我们可以一块儿吃。"

吴嫂笑着头一扭,提了开水壶走了。但她不到两三分钟又来了,给主人打手巾,送茶壶,递纸烟,并用玻璃碟子装着花生米,放在主人算账的桌子上。最后站在旁边笑道:"没有啥事我就买菜去了。"交代过这句话,她方才走去,这当然都是十两金子的力量。

这日下午,老范就没有出去,他结帐之后觉得是拥有两千多两黄金的富翁,抗战八年,实在没有白吃这番苦处,于是躺在床上,架起腿来,仰卧着看天花板。觉得那天花板上,不断的现出幻影来,洋房,汽车,漂亮的女人,都是心爱之物,同时,他心里也就觉得已经尝到了这洋房汽车等等的滋味。他越想是越沉醉,也就不想出门了。

次日早上,他还睡得很晚才起床,朦胧中就听到叮叮咚咚,楼下打着门响,吴嫂由楼下笑着进屋来道:"快穿衣起来,那个李老板来了。我看他红光满面,眉毛眼睛都是笑的,一定是有啥子好消息告诉你。"范宝华道:"那么,你请他在楼下等着,我一会儿就来。"

吴嫂下去了,范宝华穿好衣服,也就不及洗脸漱口,就向楼底下走。只走到楼梯半中间，就听到李步祥带着强烈的笑音，叫起来道："老范呀，这一宝我们完全押中了。黄金官价，果然提高到五万。你三万五买进的黄金储蓄券，每两就赚到一万五了。"

范宝华走到楼下，但见他两只胖脸红得发光，坐都坐不住，手里拿着一块手绢，满头乱擦，又揩揩额角上的汗。只是间着步子，绕了椅子转圈圈。范宝华笑道："这一大早，你又是在什么地方得来的这马路消息。"李步祥道："好！马路消息，报上已经是很大的字登着了。"说着，他就在他那青呢布中山服的口袋里，掏出两张报纸交给他看。

当然，这是范宝华最需要的食粮，赶快接过来，就展开着，两手捧了看。李步祥是比他更注意，已经在报纸中间，用红笔圈了个大圈，那红圈中间，就是一条花边新闻。很大的题目字写着黄金官价提高为五万。他打了个哈哈，跳着叫起来道："究竟是我猜对了，究竟是我猜对了。"他说着话，身子随了这声音紧张，两手也情不自禁地颤动着，于是在两手过分地用劲之下，唰的一声，把手上的报纸撕成两半边。

李步祥笑道："老范，你这是怎么了？"范宝华摇摇手笑道："你不用过问，这无非是我神经紧张过分。这段新闻，我还只看了个题目，你不要打岔，让我把这段新闻详细地看看吧。"说着，把两个半张报纸放在桌上，平铺着，将破裂的地方拼拢起来，然后伏在桌上，低了头细细地向下看。虽是那段新闻只有百十来个字，可是他看得非常的有趣，看过一遍，再看一遍，足足有十来分钟之久。他然后点着头笑道："我又是高兴，我又是可惜。"

李步祥望了他问道："你这话是怎么个说法？"范宝华道："我昨天滚了一次雪球，又滚进一百多两，这又白捞了几百万，当然值得我高兴。可是也就为了我又滚进了一百多两，我就松懈下来，在家里舒服了大半天，没有再去打主意。假如我再肯出去跑跑，多少还可以滚进几十两。这岂不是可惜？总是有点遗憾的。"

李步祥道："你还有遗憾吗？我跑了一天，只搞到十来两，也就心满意足了。我还不够你搞得的零头呢。"范宝华将手乱摸着头，笑道："我们总算没有白费气力，各发了一点小财。今天下午，我们尽量地轻松一下。老李，你是要看戏，还是要看电影？"李步祥笑道："我们这算什么发财。钱还没有到手，这就先要花掉一半。"范宝华笑道："你不要先装出那穷相，今天无论怎么样子花钱，都归我付，还不行吗？"说着，伸了手拍着李步祥的肩膀哈哈大笑。

吴嫂听到大笑，抢出来看，李步祥看她红光满面，将牙齿只管微微地咬了下嘴唇，这就笑道："吴嫂，你也发了财吧！恭喜恭喜。"吴嫂的脸更是红了，扭转头去就跑。隔了门道："我们是穷人吗，发啥子财！"李步祥低声道："老范，你这就不对。吴嫂在你家，不但是把钥匙，而且是个百宝囊，什么事她不和你办。你也应当在经济上帮助她一点。"

范宝华道："这还用得着你说吗？也许她手上积攒的钱，不比你手上的少。"李步祥笑道："那我倒是相信的，黄金官价一提高，我们就都有了办法，真得谢谢财政部。"

范宝华也是很高兴，笑得两只肩膀左闪右动，忙个不了。他倒是言而有信，留着李步祥在家里吃过午饭，邀着李步祥一路出门，先到戏园子里去，买好了夜场的票，然后两个人同去看电影。看完了电影，先和李步祥同去吃江苏馆子，然后从从容容地上戏馆子。

两人在路上走的时候，范宝华笑道："老李，今天总够你快活一天的了吧？现在日本飞机，让美国飞机打得无影无踪，在城里找娱乐，现在还有个好处，就是用不着担心警报。把这颗心完全放下来找娱乐，这是十年来很少有的事呀。"李步祥笑道："不过在你的立场上，那倒不见得是够娱乐的。至少你得手挽着一个如花似玉的小姐，那你才算合适呢。"

范宝华笑道："天下事是难说的，今天我和你一路进戏馆子，明天我就挽一个如花似玉的摩登女子同去看戏，你看这话真不真？"李步祥笑道："那有什么不真？你范老板根本就有钱，也交过漂亮的女朋友。现在你又走熟了朱四奶奶的那条路子，那就是个大交际场，还怕朱四奶奶……"

范宝华这就把手连碰了他两下，笑道："声音小一点，你看，说曹操，曹操就到了。你看，那前面是谁？"说时，他就拉住李步祥的手，让他站住。李步祥向前看时，一男两女，笑说着走近了戏馆子的大门。两个女的是朱四奶奶和魏太太，那个男的，却穿了一身灰哗叽笔挺的西服，头上没有戴帽子，黑头发梳着溜光的背头。

李步祥低声道："那个男子是谁？"范宝华笑道："那是田佩芝小姐的新朋友，是一家公司的经理，年纪不大，四十来岁。"李步祥道："四十多岁，年纪还算不大吗？"他笑道："当然不大，有钱的人，七十岁还可交女朋友呢。"他们站在这里笑着，那一男两女，已是走进了戏馆子。

李步祥笑道："老范，你还进去不进去？"他道："我花了钱买戏票，为什么不进去？你这话问得太奇怪了。"李步祥笑道："我怕你看了吃醋。"范宝华昂着头道："我吃什么醋，她有办法，我也有办法，她能找对手，我也能找对手。进去吧。"说着，他大了步子走进戏馆。

他们都是对号入座的票子，由茶房顺了号头找去，事情是非常的凑巧，他们座位的前面，就是朱四奶奶的座位，恰好范宝华就坐在魏太太的身后。因他们已经坐定了在看戏，身后有什么情形发生，自然不是她们所能知道，而且范宝华坐下来，还有一种很熟识的香味，不断地向鼻子里送了来。他本来是心里不存什么芥蒂的，可是坐得这样近，可以看到魏太太后脑脖子下的白皮肤，又闻到了这种香味，他说不出来心里有一种什么烦恼，虽然戏台上在唱戏，可是他眼睛对于戏子的动作，简直没有印到脑子里面去。偏偏前面这位徐经理，并没有什么感觉，他紧紧地挨了魏太太坐着，偏过头去，对她的耳朵，不断地喁喁说着话。魏太太是时刻地在脸上露出笑容。

范宝华看到恨不得把面前这只茶杯子对两人砸了过去。约莫是十来分钟，座位旁忽然轻轻喊了一声道："在这里，在这里。"范宝华回头看时，却是两个摩登男女，男的是宋玉生，穿着翠蓝绸长衫，配着黑头发，越是衬出雪白的脸子，女的就是在四奶奶家会面的那位曼丽小姐。她今天还是上穿衬衫，下套西服裤子，不过衬衫变换了条子纹的，脸上的胭脂擦得通红。

宋玉生先笑道："怎么分开来坐，分成了前后排呢？"他这句话说着，四奶奶和魏太太站起来，回头看到了范宝华，都惊讶地哟了一声。这两排座位上，正好范宝华靠外的座位空着，四奶奶靠里的座位也空着。她笑道："小宋坐我这里，曼丽坐在老范那里。"曼丽道："这和我们票上的号码相符吗？"四奶奶道："你尽管坐下。若是不对的话，茶房自然会来和我们对号。先坐着先坐着，别搅扰别人听戏。"

曼丽倒是很大方，就在范宝华身边坐下，还笑着向他低声道："范先生早来了？"老范真没有想到有这样一个好机会，笑着连说是的。四奶奶却站起身来，反身伏在椅子背上，扯着范宝华的肩膀，带了媚笑，轻轻地对了他的耳朵道："你发财的人运气好，今天可说各得其所吧？"范宝华点了头不住地笑。

008 皆大欢喜

在这个地方，遇到曼丽小姐，那的确是范宝华意外的事，不过既是遇着了，这个机会，就不可以失掉。于是向她敬烟，向她斟茶，还买糖果水果敬客，不断的周旋。曼丽小姐，对于这几个角儿表演的戏，很感到兴趣，尤其她对台上一个唱小生的角儿，很是赞赏，她除了低声叫好之外，还鼓了几回掌。

范宝华低声向她笑道："东方小姐，你觉得这戏很不错吗？"她点点头道："我觉得很是不错。"他笑道："不知东方小姐明天有工夫没有？若是抽得出工夫来，我愿明天请你再看一回。"她笑道："我是闲人一个，天天有工夫，但也不知哪里来的许多闲事，总是交代不清楚，所以也可说没有工夫。"

范宝华笑道："那么，我就去买票，明天请你和四奶奶一路来好不好？"曼丽向他笑着，将嘴对前座魏太太的后影子一努。范宝华笑着摇摇头，也没有说一个字，于是四目相视而笑。范宝华在朱公馆跑着的日子虽不见多，可是四奶奶来往的宾客，差不多都是消息灵通的。自己的事为东方曼丽熟知，自在意中，倒也不去介意，就悄悄地买下了次日的戏票。

戏散之后，四奶奶抓着范宝华的手道："我明天中午，请你吃饭。今天派你一个差使，护送曼丽回家。"范宝华笑道："有这样优厚的报酬，我敢不效劳？只要曼丽小姐愿意，我也应当护送。"朱四奶奶笑道："请你吃饭，派你护送小姐，根本是两件事。"范宝华口里说着是是，看看曼丽的脸色，略微有点笑容，不点头，也不说话，只是睁眼望了他。范宝华向她点点头表示了愿意听她的指挥，至于同伴看戏的人，他已全忘了。她始终是带了微笑，站着他身边。

大家出了戏馆子，范宝华就随在她身后走去了。这是深夜十二时以后，重庆的街市，已是车少人稀，只有电线杆上的孤零电灯，断续地在夜空里向人睁着雪亮的眼睛。曼丽没有坐车子，在马路边沿上走着，范宝华跟在后面，有一句没一句地和她聊着闲话。

走了两条马路，她忽然问道："范先生，你今天是太高兴了吧？"范宝华笑道："当然是很高兴，难得我和你做了朋友。"她笑道："那什么稀奇，我有很多男朋友，你也有很多女朋友。我是说你今天有笔很大的收入。"范宝华道："我也不必相瞒，我是老早买了点黄金储蓄券，今天官价提升了。不过翻身的人太多，也不止我一个，而且我是其中渺乎其小的一个。"

曼丽道："这倒是实话。重庆市上一买几千两金子的有的是，明天中午吃饭你知道有些什么人吗？"范宝华道："大概今日在场的人都有了吧？哦！我那同伴不会在内。哟！他走开了，我都不知道。"曼丽笑道："你有了新的女朋友，就忘了旧的男朋友了。四奶奶也是这样，你可以拜她为师。明日中午吃饭，有贾经理，没有小宋。你知道那为什么吗？"范宝华嗤嗤地笑了一声。曼丽笑道："天下也不少大胆的人，要在太岁头上动土。范先生，你不觉得我

是一位太岁。"范宝华在后面连点头带拱手，只管说不敢，不敢。曼丽格格地
笑了一阵。范宝华觉得这位小姐倒是单刀直入，有话肯说。可是这让人说话
不能带一点弹性，也就只好随声附和的一笑。

又送了两条街，就到了曼丽寄宿舍的门口。她回转身来，伸手和他握了
一握，笑道："明天午饭见了，谢谢你呀。"范宝华倒觉得她的态度不坏，笑
着告别。回得家去，吴嫂开门相迎，他首先就闻到一种香气。上得楼来，在
灯光下看到她一张大白脸，笑道："今天你也高兴，化妆起来了。"她笑道：
"哪里是？是吴家娃儿，下午来了，他说，你这宝硬是押得好准。他把所有的
钱，前后买了十两金子。本钱都是三万五。今天一涨价，他赚了五十万。他
说，谢你是谢不起，送了我一瓶雪花膏。我擦了试试，好香哟！"

范宝华笑道："那么，你收了我一张十两的黄金储蓄券你也赚了十五万
了。我不很对得起你吗？"说话时，她正在他面前，向桌面的玻璃杯子里倒
茶。范宝华就趁便在她横胖的脸腮上撅了一把，两个指头，粘满了雪花膏。
吴嫂倒不闪开，就让他撅。微笑道："啥事我不和你做，你也应该谢谢我吗！"

范宝华大笑。他手上端着杯子，坐在椅子上，只是昂了头出神。吴嫂望
了他道："又有啥事在想？你还想发财？"他道："我暂时够了，不再想倒把
了。不过我在想，这次黄金一涨价，大家大小占点便宜，我想不起来，还有
谁吃亏的没有。"吴嫂道："你朋友里头，那个赌鬼陶先生好久没来，说是到
川西贩大烟土去了，回来了没得？他不买黄金，买乌金，恐怕发不到财。"

范宝华道："本来赌钱也可以发财，但是他的手艺不到家，那也就认命
吧。"吴嫂道："我就认命，我和你到下江去当一辈子大娘，我都愿意。"范宝
华道："不过我娶了太太以后，就怕你不愿意了。"她鼻子哼了一声道："你若
是娶田小姐那样的女人，你就要倒霉咯。"范宝华笑道："你还是放她不过。"
吴嫂道："我有啥子放她不过，你不信就往后看吗！"

老范点点头道："我承认你这话有些理由，不必往后看，明天上午我就可
以把她看出来了。"吴嫂并不知道他说话何指，只是笑笑。范宝华是比昨天更
高兴，今天是在发财之后，又认识一位曼丽小姐了。

到了次日中午，他换了一套漂亮的西服，到了朱四奶奶家门口，老远地
就看到一乘小轿，追踪而来。他心想着：这或者是曼丽小姐来了，可就站在
路边等轿子抬了过来。不多一会，轿子到了身边，他才看得清楚了，轿里乃
是一位穿西服的黄脸汉子。他正注意着，轿子里笑着叫了一声老范。他由声
音里面听出来了，正是诚实银行的贾经理。他忍不住笑道："我都不认得了，
好漂亮。前面那幢洋楼就是朱公馆，已经到了。"

贾经理叫住了轿子，下来和他握着手，笑道："老兄，和你两天不见，你可发了大财了。"范宝华笑道："你打发了轿钱，我们再说话。"贾经理打发轿子走了。

范宝华握着他的手，对他这身西服看了一看，这倒是挺好的灰色派立司做的。不过身上的两只衣肩，在他的瘦肩膀上各伸出来一块，而领子也现着开了个更大的领圈，这样，就连带着腰身也不相称了。西服里面，也是一件雪白的绸衬衫。只是他打的一条红蓝格子的领带，却歪扭到一边。于是情不自禁地，将他的领带扭正过来。这不免又有了个新发现，原来他的小胡子，原来是沿着上嘴唇一抹乎的，这时，只在鼻子底下，养了一小撮小牙刷子似的东西。便笑道："贾经理，你失落了什么东西吧?"贾经理听说，不免愕然一下，只管望着他。

范宝华道："我猜想着，你不会知道是失了什么的。我告诉你吧，你鼻子以下，嘴唇以上，丢了论百数的物资。"贾经理想过来了，哈哈笑道，伸手拍了他的肩膀道："老弟台，你不要见笑，谁到女人堆里去，不要修饰修饰呀。我们不让人见喜，也不要让人讨厌吧?"范宝华笑道："是的是的，我给贾经理捧场，见了四奶奶，我多给你说好话。"贾经理笑道："快到人家门口了，说话声音小一点儿吧。"

于是老范故意挽了他的手膀，做出很年轻而顽皮的样子，带跳带走。贾经理自不便这样做，只有加快了步子跟他走去。

到了朱公馆门口时，四奶奶已是含了满面的笑容，站在石阶下等着了。她今天似乎有意和贾经理比赛着年轻，换了一件花绿绸的西装，翻着领子，敞开了脖子下一块白胸脯。拦腰微微地束住了一根绿绸带子。头发半蓬松着，在脑后簇起一排乌云卷，在右边鬓角下，斜插了一朵茉莉花球。看到客人来了，老远地伸出光而又白的手臂，和客人一一握手，连说欢迎。

在四奶奶后面，同时闪出曼丽小姐。她今日也换了装束，穿了白底红花的长衫。那花全是酒杯大一朵的玫瑰。长发梳了两条小辫，而且还戴了两个红结子，鲜艳夺目。贾经理两道看数目字的眼光，早被这一团红花所吸引。她已是迎出来了，在红嘴唇里，先是露出两排雪白的牙齿，向老范一笑，然后点了头道："客都到齐了，就等你二位。她本还不曾认识贾经理，而贾经理借了这句话， 取下头上新买的呢帽，连点头带鞠躬，笑道："来晚了，对不住，对不住!"说着，闪到一边。

主人将来宾迎到客厅里，果然还有一对客人，男的是徐经理，女的是魏太太田佩芝小姐。她和女主人一样，今天改穿了西装，不过颜色更鲜艳一点，乃是紫色带白点子的花绸做底。鬓边也学了主人，斜插着茉莉花球。而她脸上的胭脂，擦得比任何一次都要浓厚些。

当女主人将男女来宾一一介绍之时，她也和范宝华握着手，而且还笑着说："我们是很久不见了。"老范见她赘上这句话，有点莫名其妙，昨晚上不还在戏馆子里见面的吗？但也不声辩，只是笑笑。

次之，徐经理和范贾二人握手，他穿着一套漂亮的白哔叽西服，在重庆，那简直是少有人能表现的。而在他的手指上，就套着一枚钻石戒指。老范心里想着，这位田小姐，大概是根据金刚钻交朋友的，谁有金刚钻，就和谁要好。他心里这样想着，和徐经理握着手，却很快地看了魏太太一眼，大家落座。

朱家漂亮的女仆，搪瓷托盘，先托着两只玻璃杯，送到茶桌上。贾经理看杯子上盖着盖子，隔了玻璃看到里面的茶色绿莹莹的，每片茶叶都舒展地堆叠在杯子底上。魏太太笑道："这茶可喝，是福建真品，在四川于今能喝到福建茶，这不是容易的事呀。"

正说着，女主人亲自捧了只圆形的玻璃盒子进来。里面是整块的乳油蛋糕，女仆跟在后面，送着瓷碟子和水果刀来。女主人掀开盒盖，将来放在茶桌上，然后将蛋糕切着，放在碟子里，每人面前，送去一碟。

范宝华按着碟子笑道："哎呀，这是祝寿蛋糕呀，四奶奶的华诞?"她且不答复这话，向曼丽瞟了一眼。曼丽坐在旁边椅子上，就站了起来，向她摇着手道："不能再误会了，我的生日早过去了。"四奶奶笑道："不管是谁的生日吧，反正不是我的生日。"

贾经理看到曼丽和魏太太都是年轻貌美，而且也非常的活泼，并没有什么男女界限。心里暗暗想着，这地方实在是个引入入胜之处，能够常来，必定可以交到女朋友，既然如此，这就必须装得大方些，好给人家一个好印象。于是笑道："那我得恭贺一番，让我打一个电话到行里去，给曼丽小姐预备一点寿礼。"范宝华心里想着：这家伙福至心灵，居然自动地说送礼。曼丽听到银行经理要送礼，不由得破颜一笑，点了头道："贾经理你不要客气，我已经声明了，并不是我的生日。"

贾经理端着蛋糕碟子，正将赛银小叉子，叉着大块的蛋糕向嘴里塞了去。见曼丽向他笑着，不免慌了手脚，咀嚼着蛋糕道："没有别的，送点儿寿桃寿面来，凑份热闹罢了。"曼丽料着他这是虚谦之词，依然笑了谦逊着道："不要破费，不要破费!"

范宝华可知道他的脾气，说是寿桃寿面，必是三斤切面，二三十个白面馒头。这种东西，送到朱四奶奶家里，只好让人家倒了喂狗。他若是真打电话送来了，那可是个笑话。于是笑道："要送礼，我们就合股公司吧，来来，我们商量商量。"

说着，把贾经理引到舞厅的门帘子下面，低声道："你打算送东方小姐一些什么？"贾经理道："我不是说送人家寿桃寿面吗？"范宝华道；"你说的是三斤切面，二三十个馒头？"贾经理道："送馒头究竟不大好。我想送十个小鸡蛋糕，那些小鸡蛋糕，不有歪桃子形的吗？正好当寿桃用。"范宝华抱着拳头，给他拱了两拱手。低声笑道："劳驾！你不必办，都交给我吧。我绝对向曼丽说，是我们两个人买的。"

贾经理道："那么，你打算送什么东西？"范宝华道："我送她一个金锁片和一副金链子。"贾经理怔了一怔，翻眼望着他道："我们两个人？"范宝华笑道："我出钱，你出名。"说着，捏了他的手，连摇撼了两下，意思是教他不必再说。

于是两人复归到座位。老范向曼丽笑道："东西我们已经商量好了，明日补祝。"徐经理和魏太太表现得很亲密，坐在一张仿沙发的长藤椅上，态度很是自然。他也向曼丽笑道："我们也当略有表示，只好补祝了。"曼丽笑道："我说不是生日，你们一定要说是我生日，那我有什么法子，好在我能白得许多东西，也不吃亏，我就糊里糊涂算是过生日吧。"

朱四奶奶端了一碟蛋糕，傍着贾经理身边的椅子坐着，笑道："大家都凑份子，不带我一股吗？二位也替我代办一下吧。"贾经理在她坐下来的时候，就觉得有一阵动人的香气送到了鼻子里，同时，又看到四奶奶露着细白整齐的牙齿向人笑来。尤其是她以南方人操着的国语，觉着比纯粹北方人说的还要清脆入耳。他很怕答应晚了，招致四奶奶的不快。立刻笑道："我们代办，我们代办，假如办得不称意，还可以更改。"

四奶奶对于贾经理之为人，虽略微了解，可是对于范宝华之个性，却摸得更熟，老范正开始追求曼丽，他把老贾拉到一边去，一定商量好了送礼的办法，而且由他做主，一定是很优厚的。于是向范贾二人笑了一笑。

这里是刚把寿糕吃完，老妈子就请上楼去吃饭。这原来赌钱的小客室里，布置了一张小圆桌又是六把弹簧椅子。圆桌上是雪白的台布蒙着，放下了赛银的杯碟牙筷。这在战前，实在平常得很，可是在大后方的今日，却是个极不容易遇着的事。贾经理先是一惊。桌子中间放下一只一尺二寸直径大彩花盘子，里面放着什锦拼盘。贾经理站在桌边看去，就看到其中有的鱼和龙须菜两样。明知道这是飞机带来的罐头货。可是这日子要在重庆吃这样的罐头货，非得和盟友有些来往不行。心里就回想到前天请四奶奶吃饭，幸而是接受了老范的劝告。若是只弄四个碟子请她吃面，决非这种大手笔的人看得惯的。

他正这样出神呢，四奶奶走到他的身边，轻轻地挽了他一只手臂，向正面席上推动着，笑道："贾先生，请到上面坐。"他是站在桌子下方的，笑道："不必客气，我就在这里坐。"朱四奶奶向他看了一眼微笑道："那不妥当吧？你和我女主人坐在一处，要占我的便宜？"贾经理对于她这个说法，真是没有法子辩护，把老脸涨红了，连说不敢。四奶奶笑道："既不敢，你就服从我的命令，请坐上席。"贾经理本已词穷，听到她这话，又很有点味儿，就只好坐了上席。

于是主人让范宝华徐经理左右夹着贾经理坐了。曼丽田佩芝左右夹着自己坐了。坐定，她先笑道："我们这里，男女阵线，壁垒分明，各占桌子半边。田小姐和徐经理挨着坐，友谊本来是深的。曼丽小姐和范先生挨着坐，我也希望友谊有进步。我和贾经理隔着个桌面，好像是友谊浅薄一点。但我希望能够不划分这样深远的界限，因为现在时代不同了。请喝酒。"她说话时，老妈子早在各人杯子里斟上了酒，她举起杯子来，对着各人敬酒，而她的眼光，却在杯子沿上望了贾经理。贾先生真觉得满身都是舒服，也就端起杯子奉陪。

主人是十分的周到，她先向曼丽敬酒，说是祝寿，要范宝华相陪。然后向魏太太道："田小姐，我恭贺你一杯。"魏太太和徐经理公开的陪伴，本来日子很短。在范宝华当前，她说不出来精神上是受着一份什么压迫，所以她始终不大说话，只是微笑着。这时女主人正式向她敬贺一杯，只得举起杯子来笑道："我有什么可贺的呢，我并不过生日。"

四奶奶笑道："我这杯酒，比恭贺你做生日那还要有劲。徐经理快陪一杯，我知道你们的喜期快了。"这位徐经理恰好也是不大说话的，举着杯子笑道："多谢多谢，我干杯。"四奶奶道："这多谢是双关的，有谢介绍人的意思在内。老范曼丽，你们也同贺一杯。贾经理就剩你了。咱们也恭贺这两对一杯，好吗？"这咱们两个字，说得贾经理心服口服，连说好好。他也就端起杯子来，于是同干了一杯。这样魏太太的情形是公开了，曼丽的态度，也相当明朗，而最妙是四奶奶自己的心事，也略有透露，于是三位男宾皆大欢喜。

009 有钱然后有闲

朱四奶奶为什么请吃这顿便饭，贾经理还有些莫名其妙。照着普通人的习惯，当然是要向银行里借钱，才向银行老板拉拢。朱四奶奶为了买黄金储蓄，才把原有的储蓄券在银行里押款，以便调动现金，再去套买。现在黄金官价已升高到了五万一两，已经没有大利可图，四奶奶那种聪明人，应该不会去做这样的傻事。那么，这就另外有事相求了。那是什么事呢？必须知道她是一种什么要求，才好先想得了答词来应付这个竹杠。他心里有了这么一个念头，所以谈笑着吃过饭以后，他就表现着缄默。

主人让到小客厅里来坐，用大的玻璃缸子装着广柑白梨桃子待客。四川地方，任何农产物，都比下江早一两个月，但冬季的水果，能和夏季的水果一同拿出来，那还是非特别有钱的人不办。贾经理立刻又有个感想：朱四奶奶手上还是有钱，也许她不会向银行来借钱的。于是很从容地坐着吃水果。

徐经理靠近了他坐着，就向了他笑道："贾先生，黄金官价一提高，做黄金倒把不行了，这些人不乱抓头寸，银根又该松下来了吧？"贾经理道："虽然金子的涨落，很可影响到银根的松紧，但是重庆市面上的金融，千变万化，而各商业行庄，各走的路子不同，所以不能完全用黄金价格去看金融市场。徐先生贵公司，完全是经营生产事业，不会受市场金价高低的波动吧？"

徐先生原来很沉默，他只有看到魏太太的脂粉面孔，有时做一阵微笑。不过谈到了生意经，也就兴奋起来了，摇摇头道："不那么简单，钢铁，纱布，糖，我们都经营过，不是原料不够，就是没有出路。现在我们是专营酒精。印度的输油管，已经通到了昆明，眼见酒精又没有了多大的出路。不过湘西和四川境内，现在还谈不到用汽油，暂时可以维持一个时期。胜利是慢慢的接近了，我们不能不早早地做复员计划。最近我也想到贵阳去看一趟。"

朱四奶奶正握着魏太太的手，坐在对面一张沙发上，这就接了嘴道："徐经理不带个伴侣同走吗？"他道："我去个十天半月就回来，只是观察，没有什么事要办，我不打算带同事的去。"朱四奶奶将嘴向魏太太一努。笑道："谁管你同事的，我是问你带不带她去？"他笑道："我当然是很欢迎的。"魏太太因范宝华坐在旁边，不便说什么，只是微笑。

曼丽正将一只广柑，在碟子里切成了四瓣。她就把手上的赛银水果刀子，把碟子在茶几上向对面拨动，因为范宝华就坐在茶几对面。她将下巴微微点着，笑道："老范，给你吃。"他笑着说声谢谢。曼丽笑道："不用谢，这是我运动运动你。到四川来了这么多年，还没有去过成都，这实在是个遗恨。马上胜利来到，我们就要出川，这时还不到成都去看看，那就更少到成都去的机会了，老范什么地方都熟，能不能够在公路局给我找张到成都的车票？"

范宝华道："这好办，你什么时候走？"曼丽道："我不是要普通的车票，我要坐特别快车，有位子的车票。"范宝华道："那也好办，告诉我日子就行。"朱四奶奶向他瞟了一眼道："你不是对我说，要带百十万元到成都去玩上几天吗？你自己买票，和曼丽带买一张就是。"

范宝华心想：我几时说过要到成都去？但他第二个感觉，跟着上来，只看朱四奶奶那眼色，就知道她是有意这样说的。便笑道："我最近是要去一趟，也不光是游历，有点生意经可谈，但日子还没有定。"朱四奶奶道："那你就提前走吧。"范宝华道："我的日子很活动，可以随便提前。东方小姐什么时候走？"她笑道："老实说，我想揩揩你的油，同你一路走。路上有人照应，你哪天走，我就哪天走。我在重庆是闲人一个。"

贾经理一旁冷眼看着，心想：这倒干脆，一个人带一个如花似玉的出门游历，而且一说就成。进了这朱四奶奶公馆的门，那就是有艳福可以享受的。他吸着纸烟，虽不说话，脸上可也很带了几分笑意。

朱四奶奶也是在碟子里切了一个广柑，然后将碟子端着递到他手上，笑道："贾先生，先来个广柑？我们都是有责任的人，离不开重庆，想出去游历，这是不可能的事了。到了星期日，只好郊外走走了。"她这样说着，虽没有指明是相邀同去，可是她提了个星期日。四奶奶有什么星期不星期哩，那分明是有邀为同伴之意了。两手接过她的碟子，就点了头笑道："这话赞成之至！这个星期日，我或者可以借到朋友一辆车子，那时我来奉邀四奶奶吧。"

四奶奶张嘴微笑着，对他瞟了一眼，却没有说什么。她越是不说话，这做作倒越让贾先生心里如醉如痴，只有带了笑容，低头吃那广柑。

大家坐着谈了一会，还是徐经理略少留恋的意思。他向魏太太道："我要到公司里去看看了，晚上我买好了电影票子等你吧。"魏太太站起来，笑着点了两点头。徐经理和贾范两人都握了一握手，然后回转头来低声向魏太太道："怎么样？你送我一送吗？"魏太太站在他面前，弯着眉毛，垂了眼皮，轻轻地答应了一声，也不知道说的是什么。只见徐经理满脸是笑地走着。魏太太倒不避人，就跟了他后面，走出客厅去。

魏太太出去了有十分钟之久，方才回转客厅来。朱四奶奶向她笑道："徐经理请你看电影，都不带我们一个吗？"她笑道："你早又不说，你早说我就叫他多买两张票了。"四奶奶笑道："徐先生果然要请我们看电影，就不必我们要求了。当然，徐经理不是舍不得这几个钱。大概为了要请我们就有点不方便吧。"魏太太笑道："那有什么不方便呢？大家都是朋友，请谁都是一样。"她说这话时，脸色表现得沉重，而且故意地对范宝华看了一眼。范宝华倒是装着不知不觉，还是和曼丽谈话。

贾经理看他两人椅子挨了椅子坐着，各半扭了身子，低声下气地带笑说话，大概暂时没有离开的意思。自己银行里的业务，可不能整下午地抛开，对朱四奶奶看了一看，笑道："我和徐经理一样，闲不住，下午还要到行里去看看，改日再来奉看。"朱四奶奶笑道："那我也不强留你了。你要到我这里来，你就先给我一个电话，我会在家里等候你的。"

贾经理带着三分爱不能舍的情形，慢慢地站了起来，慢慢地走出了客厅，站在大门口，让朱四奶奶出来相送。朱四奶奶出来了，他站在阶沿下，只管拱手点头，然后笑嘻嘻地告别。

在四奶奶这公馆附近，全都是些富贵人家，因为由这里走上大街，有二三百级山坡路，所以有那些也算投机生意的人，把轿子停在树阴底下，专等几家上街的人。他们曾看见这位贾经理是坐着轿子来的。他由朱公馆里出来，料着他还是要坐轿子走的，轿夫立刻围拢了来，叫着："老爷，上坡上坡。"

贾经理看到朱四奶奶还没有走进屋去，就对轿夫道："你们抬一乘干净一点的轿子来。"等到轿夫把轿子抬来了，再回头看朱四奶奶，人家已进去了。他却把手握了鼻子，摇着头道："不行不行！你们的轿子脏得很，我不坐了。"其中有个轿夫道："朗个脏得很，刚才就是我抬下来的吗。"贾经理也不理会他这话，自行走去。

不想他走得急促，走出了石板路，一脚踏入浅水沟里。幸是沟去路面不过低，他只歪了歪身子，没有摔倒，赶快提起脚来，鞋子袜子，全已糊上了黑泥。轿夫们老远地看到哄然一阵大笑，有人道："还是坐了轿子去好，一双鞋值好多钱，省了小的，费了大的。"贾经理回头瞪了他们一眼，将泥脚在石板上顿了两顿，径直地就走了。

走到山坡中间，气吁吁地就在路旁小树下站了一站，借资休息。这就看到一个胖子，顺着坡子直溜下来。到了面前，他就站住脚，点个头叫声贾经理。他也只好回礼，却是瞪了眼不认识，那胖子笑道："贾经理不认得我了。

我和范宝华先生到和贵行去过两回。我叫李步祥。"他哦了一声，问道："李先生，你怎么也走到这条路上来了。"他说这话，是没有加以考虑的。因为他觉得李步祥是一位做小生意买卖的人。这种人挣钱是太有限了，他不会让朱四奶奶看人眼，也不能不量身价，自己向这里跑。

李步祥恰是懂了他的意思，笑道："我也是到朱四奶奶公馆里来的，她虽然是一位摩登太太，倒也平民化。什么人来，她都可以接见的。我听说老范在她这里，我有点事情来找他，请他赶快回去。"贾经理笑道："老兄又在市场里听到了什么谣言？黄金官价大概今天会提高吧？"李步祥笑道："黄金梦做到了前天，也就可以醒了，不会再有谁再在金子上打主意。"

他一面说着，一面向贾经理身上打量，见他上身穿了一套不合身材的西服，而脚下两只皮鞋，却沾满了污泥，甚至连皮鞋里的袜子，都让污泥沾满了，可以说全身都是不称。但虽然是全身不称，他也必有所谓，才换上这么一套衣履的。于是向他笑道："贾经理也是到朱公馆去的吗？"他脸上现出踌躇的样子，将手摸摸下巴，带了微笑道："我和这路人物，原是结交不到一处的，不过她正式请我，我也不能不到，我是吃完了饭就走了，范先生和一位女朋友在那里还谈得很入神。"

李步祥先是叹了口气，然后点点头道："贾经理这个办法是对的，你是个干银行业的人，不能不到处衍敷存户，可是我们这位范兄，做生意是十分内行，不会亏什么本。不过他一看到了女人，就糊涂了。朱四奶奶这种人家……"说到这里，他把声音放低了几分，笑道："那是一只强盗船。若是愿意做强盗，当然可以在那里分点儿赃。若是个善良老百姓，一定要吃大亏。我真不解老范这个人，那样聪明，对于这件事，这样的看不透。他分居的那位太太袁三小姐，常在朱家见面，他的爱人田小姐，是人家有两个孩子的母亲，离开了家庭，索性和四奶奶当了秘书。这些小姐，各人都有了各人的新对象。这是很好的证明。那里的女人，全是靠不住的，他为什么还要到那里去找新对象呢？"

贾经理微笑了一笑，也没说什么。李步祥望了他，见他的脸色，颇不以自己提出的建议为然，自然也就不再提了。贾经理低头看看自己的皮鞋，那污泥已经干了。于是手扶了帽子，向李步祥点了个头告别。

李步祥站在坡子上出了一会神，也就掉转身向坡子上慢慢地走着。到了大街上，两头张望着，心里有点茫然，正好斜对门有家茶馆，他就找了临街的一张桌子，泡了一碗沱茶，向街上闲看了消遣，不到十来分钟，见两乘轿子，分抬着男女两人由上坡的缺口里出来，正是范宝华和东方曼丽。他们当然不会向茶馆里看来，下了轿子，换了街上的人力车，就一同走了。李步祥暗暗地点了头。又坐了几分钟，独自地对了一碗沱茶，却也感到无聊。正自起身要走。一个穿黑边绸短裤子的人，手里拿了一把芭蕉扇，老远地向他招了两招。

那人头上戴顶荷叶式的草帽，嘴上有两撇八字须，那正是同寓的陈伙计。后面跟个中年人，那人穿了短裤衩，上身披着短袖子蓝衬衫，敞着胸口，后身拖着两片燕尾，也没有塞在裤子里。手上拿了一柄大黑纸扇，在胸口上乱敲，那也是同寓的刘伙计。

他两人一直走到面前来，笑道："李先生，你今天怎么有工夫单独地在这里喝茶？"他笑道："我找两个朋友没有找着，未免跑累了，喝碗茶休息休息。我正是无聊，大家坐下来谈谈。"

陈刘二人坐下，陈伙计手摸了胡子，笑道："你有工夫坐在这里喝茶，那究竟是难得的事。你买了几两金子？官价一提高，你这宝孤丁，押得可真准。"李步祥道："我这算什么？人家几百两几千两地买着那才是发财呢。"

陈伙计笑道："你不打算再做什么生意？金子是不能再买了。"他道："我就是为这事拿不定主意。照说，只要倒换得灵便，做什么生意，可不会小于黄金的利息。可是报上天天登着打胜仗的消息，大家眼看着就要回家乡，谁也不敢多进货。这几天，进了货就有点沾手，能够卖主本来，白牺牲利息，就算不错。我想，过去一个时期，也没有什么生意比做金子最合算的了。只要买得多，人坐在家里发财。可惜我是小本经营，没有大批款子调动。不然的话，我这时也是在家里享福。"

说到这里，他自己也禁不住笑起来。低声道："大概是胃口吃大了。我只觉得做什么生意也不够劲了。尤其是我向来跑百货市场的。这几天都是抛出的多，买进的少，我早上到市场里去转了两个圈子，简直不敢伸手。刚才我到街面上打听打听，东西又落下了个小二成。幸而我是没有伸手。我若还像从前做生意似的，见了东西就买，那我现在不知道要亏本多少了。我今天虽没有做生意，坐在这里喝茶，倒反而赚了钱了。住在城里，看到了货，总想买，明知价钱总是看跌的，可是心里就会因人家的便宜抛售要伸手。明天我决计下乡去躲开市场。"

陈伙计摸着胡子，望了刘伙计笑道："听见没有？李老板有了钱了，下乡纳福去了。重庆这地方，到了夏天，就是火炉子，谁不愿意到乡下去风凉几天？"李步祥笑道："我老李有没有钱，反正大家知道，我也用不着申辩。不过我奉托二位，若有什么大行市波动，请给我一个长途电话。"

陈伙计笑道："那么，你干脆不要下乡。人闲心不闲，你纵然下乡去休息，也没有意思。"李步祥道："这个年头，要心都闲得下去，除非有个几百两金子在手上。"

刘伙计摇摇头道："你这话正相反，有了几百两金子在手上的人，晚上睡觉都睡不着，还闲得住这颗心吗？老李呀！胆大拿得高官做，你不要下乡，那太消极了。"李步祥看他这样子，很像心里藏有个题目要做，便掏出纸烟盒，向他们各敬了一支烟，然后笑问道："二位有什么新发现？"刘伙计吸着烟道："也不是什么新发现，不过是你那话，现在无论什么货，都不敢囤在手上，怕是两三个月之内，盟军在海岸登陆，物价要大跌。但是有一层，法币倒是……"

李步祥不等他说完，连连地摇了头道："把法币存到银行里生息？"刘伙计道："现在比期存款，可以到九分，也不坏呀。不过我说的还不是这个。我们手里拿着法币，看起来很平常，可是在沦陷区里的人，还把法币当了宝贝呢。现在有很多人，就拿法币到沦陷区去抢金子……那事情并不难，把法币带到国军和敌军交界的地方，换了伪币，进到沦陷区去，然后买了金子带回来。那边的人，最欢迎关金。听说现在美钞也欢迎了。国军越打胜仗，法币在沦陷区越值钱。我们若能去跑一趟，准比做什么生意都强，而且最近国军天天在反攻，法币也就天天涨价。听说现在法币对伪币是一比二，可能我们到了沦陷区就一比三了。只要我们带了法币向前走，一动脚就步步赚钱，这是十拿九稳的生意，你不打算试试吗？"

李步祥默然地听着，将桌子一拍道："对！可以做，我现在正闲着无事可做。是不是坐船到三斗坪呢（按此为宜昌上游之一小站，在三峡内。宜昌失守后，此为国民党军长江区最前之一站）？"陈伙计道："三斗坪，谁不能去？现在走套沦陷金子的路线，共有两条，一条是走湖南津市，一条是走陕南出老河口。安全一层，你可以放心，决没有问题。在双方交界的小站上，有那些当地人专门做引路的生活，哪里都可以去。"

李步祥道："这个我知道，我在湖南，就常跑封锁线的。你们二位是不是正在接洽这件事？"陈伙计道："正是接洽这件事。我们是找一位内行同伴。若是成功的话，我们三天之内就走。"

李步祥听了这话，大为兴奋。商议了一阵，他暗下决定两个步骤，第一是和范宝华商议，并向他借一笔钱。第二是把手上存的货都给它抛售出去，好变成法币。主意想定了，和陈刘二人分手，就到范家去请教。见着了吴嫂，她说是范宝华根本没有回来。李步祥坐着等了半小时，没有消息，只好走开了。到了晚上再去，还是没有回家。

次日上午第三次去，老范又出去了。一混两三天，始终是见不着老范。最后，听到吴嫂的报告，他已经坐特别快车到成都去了，李步祥猜着他一定是抢一笔什么生意做。没有借到钱，又没有得着这位生意经的指示，考虑的结果，不向前线去了。打听金价，已经突出十万大关。那黄金储蓄券，若肯出卖，可以得到七万一两。据一般人的揣测，还要继续涨。这多天并没有做百货倒把，倒大大地挣了一笔钱。下乡去避暑休息两天，也没有算白发这笔小财。主意定了，就收拾两个包裹，过江回家。

他家住在南温泉，在海棠溪有公路车子可搭。这公路是通贵阳的，当他走到车站里的时候，贵阳的客车，正要开走。他见朱四奶奶和贾经理站在车外送客。魏太太穿了一身艳装，在车窗子里伸出涂了红指甲的白手，向车子外挥着手，口里连说再见。徐经理和她并排坐着，只是点头微笑。李步祥心里暗叫了一声，这家伙跟人跑了。

车子开过以后，朱四奶奶挽着贾经理一只穿西装的手，笑道："他们走了，我们也上我们的车子吧，在南温泉多玩一些时候也好。"李步祥不便出现，就钻到人群里去偷看。在车站外人行路上，正停了一辆小汽车，他两人坐上那车子就开走了。李步祥心里想着：哦！都发了财，都有了工夫。这是双双地去洗温泉澡了。

010 凄凉的童歌

李步祥是个做小生意买卖的人，他的思想很顽固，也不妨说他的旧道德观念，还保存了一点。他对于这几对男女随便的结合，颇不以为然。尤其是贾经理那样一文钱看成磨子大的人，这时和那样挥金如土的朱四奶奶混到一处，太不合算。由海棠溪到南温泉不过是十八公里，一天有六七次班车可搭，他们不坐班车，却要坐小座车，大后方是根本买不着汽油，买酒精也有限制的，为什么这样浪费？到南温泉去洗个温泉澡，值得这样地铺张吗？他存了这个意思，倒要观察一个究竟。

三小时以后，他坐着公共汽车，也到了南温泉。他向车站外一张望，就首先看到贾经理坐的那辆蓝色汽车，停路边，果然是他们到这里来了。他被好奇心冲动，索性走到温泉浴塘门口去探望一下。

这浴塘在一片广场中，四边栽着树，当他正在树外徘徊的时候，他发现了魏端本先生带了两个孩子，坐在另一团树阴下。两个小孩子虽然都还穿的是旧衣服，然而已经是弄干净了。那个小女孩子，穿一套白花布带裙子的女童装，头发梳得清清楚楚的，还系了一个新的红结子。正围着一群人，对他们看着。魏端本手里拿了一把琴，坐在草地上。李步祥一看奇怪，也就远远站着看了下去。

围着的人，笑嘻嘻地看了他们，那女孩子四处向人鞠躬，也就有人在身上掏出钞票来扔在地上。小男孩才是三岁多，走路还不大十分稳，他跑过去拾着钞票，然后做个立正姿势横了三个指头，比着额角，行一个童子军礼。他上身穿草绿色小褂子，下套黑裤衩，光着腿子赤了只脚，踏着小草鞋，倒不是乞丐的样子，因之他这份动作，引得全场哈哈大笑。

魏端本道："谢谢各位先生，再唱两个歌，我们就休息了。诸位先生，我这也是不得已，小孩子太小，不能多唱。两个小孩，来，我们先唱《义勇军进行曲》。"于是男女两个小孩并排站着，等了拉胡琴过门。魏端本坐在草地上，拉着胡琴。一小段过去，两个小孩比着手势，就在人圈子中间唱起来。

这虽是大家耳熟能详的歌词，因为是两个很小的孩子唱，而且又是比着手势的，所以大家也还感到稀罕。这个歌唱完了，大家鼓了一阵掌，魏端本也点点头，笑道："谢谢各位捧场。"

人群中有人道："小孩儿，再唱一个《好妈妈》，我们买糖给你吃。喂！老板，你再让他们唱个《好妈妈》。"魏端本点头道："好！各位多捧场，小娟娟，唱《我的好妈妈》。"于是两个孩子站着，他又拉起胡琴来。孩子们唱着，歌词倒是很清楚的。他们比着手势唱道：

我的妈妈，是个好妈妈。年纪不多大，漂亮像朵花。爸爸爱她，我们也爱她。

她不做饭，不烧茶，不做衣，也不当家。爸爸没钱，养活不了她。她不会挣，只会花，爸爸没钱，养活不了她。

我的妈妈，是个好妈妈。年纪不多大，漂亮像朵花。爸爸爱她，人家也爱她。

她要戴金，要穿纱，要钻石，也要珠花，爸爸没钱，养活不了她。别人有钱，供她花，她丢下我们，进了别人家。

我的妈妈，是个好妈妈。年纪不多大，漂亮像朵花。爸爸想她，我们也想她。

她打麻将，打唆哈，会跳舞，爱坐汽车，爱上那些，就不管娃娃。我们没妈，也没家，到处流浪，泪流像抛沙。

唱到最后两句，四只小手，先后揉着眼睛，做个要哭的样子。全场看的人，鼓了一阵掌。忽然有个女人的声音叫道："哟！这两个小孩唱得多么可怜。来，小孩儿，我给你们一点钱。"李步祥看时，正是朱四奶奶由人丛里挤出来，左手握着女孩儿的小手，右手拿了一卷钞票，塞到她手上。

魏端本却不认得朱四奶奶，立刻站起来，两手抱着胡琴，向她连连地拱了几个揖，笑道："多谢多谢，要你多花钱。"朱四奶奶道："这是你的两个小孩儿吗？"魏端本道："是的，太小了，没法子，唱两支简单的歌子，混混饭吃吧。"

朱四奶奶道："这歌词是你编的吗？真够讽刺的呀！"魏端本摇摇头笑道："我也不大认识字，怎么会编歌词呢？"朱四奶奶看他穿件旧的蓝衬衫，下套短裤衩，还是一根旧皮带束着腰，不像个没知识的人。便笑问道："这两个小孩的妈呢？"魏端本笑着没作声。朱四奶奶就问小娟娟道："小妹妹，你的妈呢？"她倒是不加考虑，答道："我妈走了。"贾经理也随在四奶奶身后，这就走向前笑道："这还用得着问吗？听他们唱的歌就知道了。"

朱四奶奶道："小妹妹，你姓什么，叫什么名字，几岁了？"她道："我姓魏，叫娟娟，六岁了。"魏端本就也迎上前来向朱四奶奶拱拱手道："落到这步田地，我们是非常惭愧的，实在不好意思说出真名实姓来。请原谅吧。"说毕，只管拱手。朱四奶奶在两个小孩头上，抚摸了一下，也就走开了。

魏端本抱着胡琴向观众做了个圈圈揖，笑道："多谢各位帮忙。小孩子太小，唱多了，怕他受不了，让他们去吃点东西，喝口茶。明天见吧，明天见吧。"于是大家也就纷纷而散。

李步祥站在树后看了很久，惊得呆了。现在见魏端本面前没人，就走向前，叫了声魏先生。他道："哦！李老板，真是骑牛撞见亲家公，倒不想在这里见着面。唉！言之惭愧。"

李步祥道："这是怎么回事？你又不摆书摊子了？"魏端本道："还不是赚不到钱？我也是异想天开，以为胜利快要到了，将来回家，川资都没有，我怎么办呢？眼睁睁就陷在四川吗？因为这两个孩子平常喜欢唱歌，我就想得了这么一个法子，我拉琴，他两个唱。"说到这里，把声音低了一低，笑道："小孩子所唱，还有什么可听的，也就靠人家看到，生一点同情之心吧。不想糊里糊涂。这一宝我就押中了。我可以利用这个法子，沿着公路卖唱，卖到江南去。"

李步祥对爷儿仨看了一看，笑着叹口气道："倒没有想着你们走这条路。小妹妹你认得我吗？"娟娟道："我怎么不认得？那天你给我们广柑吃的。"魏端本道："哦！那天孩子病了，悄悄地送孩子水果吃的就是李老板，我真荒唐，受了人家好处，找不着恩人。"

李步祥伸了手在头上一阵乱摸，笑道："这话太客气，过去的事也不必说它了。你们今天下乡来，总还没有落脚的地点。我的家就住在这街后，你爷儿三个就住到我们家去，好吗？"魏端本把胡琴夹在肋下，抱了拳头道："我们现在是走江湖的人了。应当开始训练到处为家的精神。我今天晚上就住在街上小客店里，晚上无事，我们坐坐小茶馆吧。我要带孩子吃饭去了。"说着，牵了孩子点头就走。

李步祥站在广场上，发呆了几分钟。心想：天下事真有这样巧的。我今天亲眼看到魏太太和新爱人坐长途汽车上贵阳去了。我又亲眼看到这两个孩子在这里卖唱，听魏先生编的那个歌，是多大的牢骚？我要把实话告诉了他，他更要气死。魏太太原也没有什么大毛病，就是赶赌赶疯了。越赌越输，输了就什么钱都肯要。更巧的，是魏端本受了四奶奶的钱，他很感激她。不知道这个女人，也是害了他太太的一个。

他思前想后地果站了一会，方才回家，回家之后，倒不怎么挂念生意，倒是魏先生这件事横搁在心里，觉得不告诉他实情，心里闷不住这个哑谜，要告诉他，又怕增加这可怜人的痛苦。闷了大半天，到了晚上，他想着看看他是否还在这个镇市上，到底还是到街上来张望一下。在街的尽头，又听到了胡琴声。那胡琴的谱子，正是白天所听到的《好妈妈》。

顺了那歌声走去，只见一个茶馆外面，围了一群人。那里正有几个露天摊贩，他们点着长焰瓦壶油灯，在灯火摇摇中，看到魏家两个孩子，又站在街沿上比着唱着，围着看的人，都鼓掌叫着好。魏端本坐在人家台阶石上，陪着拉了几段胡琴。

李步祥因为人家是买卖时间，没有敢向前去打岔。直等两个小孩子唱完了，向观众要钱的时候，他才由人丛中，缓缓地挤了向前。魏端本坐在台阶石上，正是四处张望着出钱的人，当然李步祥挤出了人群，他就看见了。于是提了胡琴迎向前道："我兄真是信人，我现在没事了，请到茶馆子里喝碗茶吧。"李步祥道："下乡来，总是没什么事的时候，在家里也无非是睡觉，倒不如来找老朋友谈谈为妙。"

李步祥和魏端本，实在谈不上是什么老朋友的，可是是他说出了老朋友这句话，却给予了魏端本一种很大的安慰。因为在这个社会上，已经没有人认他为朋友，更不用说是老朋友这句话了。他握住李步祥的手道："李老板，我现在有一个新发现，找着朋友谈天，是人生最痛快的事。以前我为什么没有这个感想，我倒是不懂。"说着话拉了就向茶馆子走。

两个孩子，各人手上拿了一卷票子，当然也跟过来了。魏端本找了一副避着灯光的座头，和李步祥谦逊着坐下。李步祥倒是很关心这位魏先生的。坐下来，首先就问道："老兄爷儿三个，已经吃了饭没有？"魏端本先叹了口气道："我不是说孩子唱了不再唱了吗？那为什么又唱呢？就是为着今天这顿晚饭，把钱吃得太多了。今天晚上我们是过得痛快，明天一早起来，就没有钱了。所以预为之计，我们今天晚上再唱几个钱，晚上就睡得着觉，明天睁开眼来，每人两个烧饼是有着落的了。"

李步祥道："魏先生，你难道手上一个钱都不存着。万一天阴下雨，两个小朋友，没有地方去卖唱的时候，你又怎样地混日子过呢？"魏端本道："我们还分什么天阴天晴，随时随地但凡看着能挣一碗稀饭的钱，我们就动手了。"

李步祥默然地喝着茶，和魏先生相对看了几分钟。这两个孩子，坐在桌子横头，他父亲将茶碗盖舀着茶，放到他们面前，他们把盖子里茶喝干了，他又续舀一碟盖茶送过去。李步祥伸手在那男孩子头上摸了两摸，笑道："小朋友，《好妈妈》那个歌，你唱得真好。大概听了这歌的人，都给你几个钱吧？"他道："我们还有买黄金呢。"李步祥望了魏端本道："这话怎么说？"魏端本道："为了迎合人心，又要他们容易上口，我和他们编了几个歌。除了一个《好妈妈》而外，还有一个歌叫《买黄金》。"

李步祥轻轻地握了男孩儿的肩膀道："小兄弟你就唱一个《买黄金》我听听看。"那小孩子倒是唱惯了，说唱就唱。他站在桌子边两手拍着比着唱起来道：

买黄金，买黄金，个个动了心。

黑市去卖出，官价来买进，只要守得紧，一赚好几成，什么都不干，大家买黄金。

买黄金，买黄金，个个变了心。

买米钱也成，买布钱也成，借私债也成，挪公款也成，只要钱到手，赶快买黄金。

买黄金，买黄金，疯了多少人。

半夜去排队，银行挤破门。满街兜圈子，各处找头寸，天昏又地黑，只为买黄金。

买黄金，买黄金，害死多少人。

如疯又如痴，不饿也不冷，就算发了财，也得神经病，若是不发财，人财两蚀本。买黄金，买黄金，疯了大重庆。

家事不在意，国事不关心，个个想黄金，个个说黄金，有了黄金万事足，黄金疯了大重庆。

李步祥听着点了两点头道："魏先生编的这个歌，倒是有心劝世的。可是做黄金的人，谁不发个小财？谁听你这一套？"

魏端本回转头在前前后后几张桌子上看了一看，然后指了鼻子尖低声道："做黄金的人都发财，那倒不见得吧？譬如我，就穷得沿街卖唱。假如我不想黄金，我不会吃官司，也许我那位摩登太太，还不能马上就跑。"李步祥听到他对太太还做原谅之词，就细声嗤嗤地一笑。

魏端本道："我这话不是事实吗？李老板……"他点点头道："你说的都是事实。不过过去的事，你也不必老挂在心上。依我的意见，你还是去找点正经事做。这样带着孩子卖唱，不是个办法。"

魏端本道："我不愿在重庆住下去了。我打算带着这两个孩子，顺了公路，一路往前唱。大概我们卖唱周年半载，日本军队也就垮了，到那个时候人家发财回家，我们讨饭回家还不成吗？"李步祥听到这里，他很表示兴奋，将桌子一拍低声笑道："提起回下江我告诉你一件买卖，你也可以做，就是把大后方的法币带到沦陷区去。先在交界的地方换了伪币，然后买了金子回来，可以大大的赚钱。"

魏端本笑道："老兄，还是买金子。这个梦，我已经醒了。各人有各人的命。"李步祥道："那你太不成。做生意买卖，有赚钱的时候，也就有蚀本的时候，蚀了一回本，就撒手不干，那做生意买卖的人，都只有改行了，试问，有多少商人一次都不蚀本的。"

魏端本道："的确也是如此。不过见仁见智，各有不同，我以为这个看家本领，也没有什么错。至少我吃饱了饭睡觉，睡得着，吃不饱呢，我也睡得着。李老板，你是没栽过跟头的人，对我的意思，你是猜不透的。"李步祥听了他这样说着，自也不便跟着再问什么。

喝了一阵茶，因问他父子三人在哪里安歇，明天下山到街上来请他爷儿仨到家里吃早饭。并约定了，没有什么好菜，只买两斤牛肉，烧西红柿给孩子们吃。两个孩子听说有红烧牛肉吃，都睁大了眼望着。小娟娟就指了茶馆楼上说："我们就住在这里。"李步祥真同情这两个孩子，就再三叮嘱魏端本明日早上在茶馆里等着。然后告辞而去。

魏端本虽是这样地约了，他可是天不亮就起来了。这种茶馆楼上的小客店，一间屋子，搭上好几个铺，屋里还有别的客人在睡。他也不能把别人吵醒，借了纸窗子上一点混沌的光亮，看到两个孩子横斜地躺在床铺上睡得很熟。这就弯下腰去，对着两个孩子的耳朵，轻轻地叫道："起来起来！我们就去吃红烧牛肉了。"两个孩子听到吃红烧牛肉，都是一翻身坐了起来。

魏端本只有一个布包袱，昨晚是包好了的，放在头边当枕头，这时提了起来，带着孩子就下楼出门。因为店钱昨日就付了的，所以也并没有什么耽误，径直地走。

乡下人虽然是起得早的，但是因为魏端本过于的起早，天色还是混混的亮，两三个大星点，在屋角上挂着，街上的铺子，一大半还没有开门，街上只是三五个挑箩担的人，悄悄地走着。

魏端本腾出一只手牵了小的男孩子走。女孩子娟娟跟在后面，却只管揉眼睛。她问道："爸爸，我们到哪里去吃红烧牛肉？"魏端本道："我们到那李伯伯家里去吃红烧牛肉，他很喜欢你们的。"他口里说着向李步祥家去，可是他带着孩子背道而驰，却是离开南温泉，走向土桥镇。

这是黔渝公路上一个小站，附近有不少下江人寄住，倒也是个可以卖唱找钱的地方。两个小孩子以为立刻可以吃得红烧牛肉，大为高兴，小渝儿跳着道："那个李伯伯，喜欢听《好妈妈》，我们唱着到他家去吧。姐姐，好不好？"娟娟还没有答应，他先就唱了。沿山公路上，静悄悄地并无人影，只有树下草里的虫吟。一道低矮的凄凉歌声，顺了公路远去："她打麻将，打唆哈，会跳舞，爱坐汽车，爱上那些，就不管娃娃。"

011　黄金变了卦

魏端本流落到沿村卖唱，本来是很欢迎李步祥做个朋友。不料几句话谈过之后，他又谈到买金子，而且要到沦陷区去买金子。魏端本对于买金子这件事，简直是创巨痛深。这样的朋友，还是躲开一点的好，不要又走入了魔道，所以他带了两个孩子，又另辟第二个码头了。

也许是他编的几支歌很能引起人家的共鸣。他父子三人，每天所唱的钱，都能吃两顿饭的。他顺着公路，走一站远一站，不知不觉地走到了綦江县。这里是个新兴的工业区，而根本又是农业区，所以这个地方，生活程度，要比重庆便宜好几倍。他既很能挣几个钱，而且负担也轻得多。他很有那个意思，由这里卖唱到贵阳去。

有一天上午，魏端本带了两个孩子坐茶馆。小娟娟要买水果吃，就给了她几张票子让她自己去买。去了十来分钟，水果没有买，她哭着回来了。魏端本迎着她问道："怎么着，你把钱弄丢了吗？"她举着手上的票子道："票子没有丢，我看到了妈妈。我要妈妈。"说着，又呜呜地哭起来。

魏端本道："你看错了人，你不要想她了，她不要我们的。"娟娟道："我没有看错，妈妈在汽车上叫我的。你去看吗，她在那大汽车上。"说着，拖了他的手走。

魏端本道："孩子你听我的话，不要找她，我们这不过得很好吗？"娟娟道："我要妈妈，我要妈妈，妈妈叫我回重庆去找她，我们去坐大汽车。"她这样一说，小渝儿也叫着要妈妈，同时也咧着嘴哭起来了。

魏端本的左手，是被女儿拖着的，他索性将右手牵了小渝儿，径直就向娟娟指的地方走去。这里前行不到五十步，就是汽车站，在车站的空场上，还停留着两部客车，但车子是空的，娟娟拉着父亲，绕了两部客车，转了两个圈子，她将手揉着眼睛道："妈妈走了。"

魏端本被孩子拉来的时候，心里本也就想着，这时若是看到了田佩芳，倒是啼笑皆非，说什么都不妥当，现在车子是空的，心里倒落下一块石头。便向娟娟道："我说你是看错了人吧？她不要我们，我们又何必苦苦地去想她。"他口里这样说着，两只眼睛，也是四处地扫射。

这时车站上有个力夫，也在空场上散步，就向他笑道："刚才到重庆去的车子，是有一位女客扒在窗子上叫这小孩子的。你们这个小女孩叫她妈妈，她又不下车来，我们看着也是一件怪事。"

魏端本道："果然有这件事。这部车子呢？"力夫道："开重庆了。你问这女孩，那位太太，不是叫她到重庆去找她吗？"魏端本顺着向重庆去的公路看了一看，不免叹上一口气。两个小孩看着没有车子，没有人，自也不拉着父亲找妈妈。

魏端本再三和着他们说好话，又买了水果给他们吃，才把他们带回了寄住的小客店。可是由此一来，娟娟就要定了妈妈。虽然每日还可以出去卖唱，她一引起了心事，就要找妈妈了。

　　魏端本感到孩子想念得可怜，就把所积攒的钱，买了一张车票，带着孩子回重庆。他自流浪以来，已经不大看报了。只是坐茶馆的时候，听了茶客们的议论。好在是胜利日近，倒不必像以前那样担心不会天亮。但有人谈起报上的材料，他还是乐于向下听的。他带着两个孩子在綦渝通车上的时候，恰好是机会极好，车子并不拥挤，两个不买票的孩子，也共占着一个座位。座上的旅客们，也是因车上疏落，情绪愉快，大家高谈着新闻。事情是那样不凑巧，议论的焦点，又触到了黄金。

　　魏端本不要听了，偏过头去，看窗子外的风景。忽然听到有个人重声道："这真是岂有此理，政府做事，也许这个样子的吗？"回过头来看时，座客中一个穿西服的人，手上捧了一张报看，脸色红红的，好像是很生气。隔座的一位老先生问道："有什么不平的新闻？刘先生。"那人道："这是昨晚到的《重庆报》，上面登着，买得黄金储蓄券的人，到期只能六折兑现。这玩笑开得太大了。"那个老头子听了这话，立刻脸上变了颜色，睁了眼睛问道："真有这话，请你借报给我看看。"这穿西装的叹口气，将报递了过去。

　　这位老者后身，有位坐客，早是半起了身子，瞪了双眼，向报上看着。口里念着新闻题目道："财政部公布，黄金储券，六折兑现。"他将手一拍椅子道："真糟糕，赔大发了，赔到姥姥家去了。"他是个中年人，穿了件对襟夏布短褂，三个口袋里，全装了东西，秃着一个光和尚头，他说一口纯粹的北方话，倒是个老实样子。他猛可地这样一失惊，倒把前座的老者，也吓得身子一哆嗦。但是他受了黄金储蓄六折兑现的刺激，已经没有工夫，过问其他的事情，立刻在衣袋里取出眼镜，在鼻子上架起。

　　年老人看报，有这么一个习惯，眼里看报，口里非念不可。他像老婆婆念佛似的，本来声音不大，旁人是听不到的，可是念到了半中间，故作惊人之笔，大声念道："自即日起，凡持有到期之黄金储蓄券，一律六折兑与黄金，但仅储蓄一两者，免与折扣。"他念到这里，车座上又有一个人插嘴了，他道："我活该倒霉。我换了四个金戒指，共是一两挂零。共得了八万元。自己再凑两万现钞，定了二两黄金储蓄，满以为一两变二两，这是个生意经，于今打六折，二六一两二钱，还要四五个月以后才兑到现金。二万元多买二钱金子，根本就蚀了本，再加上六个月的一分利钱，我太吃亏了。我太吃亏了。"

　　那老者放下了报，两手取下了眼镜，对这说话的看了一眼，淡笑道："你老哥算便宜，一两金子出，一两金子进，不过不赚钱，那还罢了，有人变卖了东西来做生意的，有人借了钱来套金子的，那才是算不清的账呢。"他这几句话，似乎引起同车人的心病，有好几个人在唉声叹气。

大概这里满车的人只有魏端本一人听了，心里舒服，他想着：我姓魏的为了想发黄金的财，弄得这样焦头烂额。总以为倒霉就是我一个人。照着现在这样子看起来，大概除了只做一两黄金储蓄的人，大家心里都不大舒服，这倒是让人心里平稳一点。所以大家在车子里谈论黄金券六折兑现的消息，骂的骂，叹气的叹气，他倒是做了个隔岸观火的人静静地坐了听着。

由綦江到重庆，大半天的路程都让座客消耗在批评金价的谈话中。直到最后一站，才把讨论黄金问题终止。魏端本心里也就想着：当黄金涨价的日子，重庆来了一阵大风雨，大家都为了想发财而疯狂，现在黄金六折兑现，大家又要为蚀本而疯狂了。田佩芝迷恋的那些黄金客，都在失意中，也许她会有点觉悟。他这样地揣想着，倒是很放心地又回到他那冷酒店后的吊楼上去。

因为他所租的那房子是四个月一付租金，人虽穷了，房子是预租下的，他还可以从容地住下。将近一个月没有回来，屋子当然要打扫整理一下。自己只管在屋子里收拾一切，就没有理会到两个孩子。这就听到陶太太的声音在外面笑了进来道："好极了，魏先生把两个孩子都带回来了。虽然孩子是晒黑了，可是身体长结实了，也收拾得干干净净的，这倒是让人看了欢喜。"说着话，她牵了娟娟走进屋子来。

魏端本见她蓬着头发，脑后挽了个横髻子，脸上黄黄的两只颧骨顶了起来，身上穿的一件旧蓝绸的褂子，那年龄决不比抗战时间还短，已是有许多灰白的斑纹透露了出来。尤其是她牵孩子的那只手，已略略泛出一片细的鱼鳞纹了。便叹了口气道："陶太太你辛苦了。陶先生还没有回来。"陶太太道："他不回来也好，我自食其力的，勉强可以吃饱，不打人家的主意，也没有什么焦心的事，晚上睡得很香，梦都不做一个。那些做黄金生意的人，前两天听到黄金储蓄券要打折扣。买的期货还要上税，大家已急得像热石头上的蚂蚁。昨天报上，正式公布这消息，我看做金子买卖的人，还不是吊颈投河吗？"

魏端本笑道："也还不至于到这种样子吧？"陶太太道："一点也不假。常常到我家赌钱的那位范宝华先生，他就垮了。"魏端本听了这话，竟是个熟人的消息，他就放下了桌子不去擦抹，坐在床沿上，望了陶太太道："他很有办法呀，怎么他也会垮了。"陶太太道："这就是我愿和魏先生谈的了。"

说着，她将方桌子边一把方椅子移正了，对主人坐着。她似乎今天是有意来谈话的。魏端本取出一盒压扁的纸烟，两个指头夹了一支弯曲着的烟出来，笑道："陶太太吸一支吗？我可是蹩脚烟。"她摇摇头道："卖烟的人不吸烟。若是卖烟的人也吸烟，几个蝇头小利，都让自己吸烟吸掉了。"魏端本道："仿佛陶太太以前是吸烟的。"她笑道："为了卖纸烟，我就把烟戒了。不过我相信卖烟的人自己也吸烟，那就发了财了。"

魏端本吸着纸烟，笑道："我是垮台了。我也愿意知道人家有办法的人，是怎样垮台的。"陶太太道："详细情形，我也是不大知道，只因他家的老妈子吴嫂，找到我家来了。那大概是李步祥老板，告诉她的地点的，她倒不是找我。她是找……"说到这里，陶太太感觉到被找的人，不好怎样去称呼。娟娟和小渝儿，正在屋子角上，围了一把方凳子叠纸块儿。她就指了两个小孩子道："那吴嫂来找他们的妈妈的。"

魏端本问道："她两人怎么会认识的呢？"陶太太笑道："过去的事，你也不必追究，好在你们已经拆了伙了。过去娟娟的妈，是常到范先生那里去赌钱的，所以她们认识。这吴嫂来找娟娟的妈，也不是别事，因为吴嫂也和范先生闹翻了。范先生新近认识一个会跳舞的女人，叫着什么东方曼丽的，同到成都去玩了一趟。回来之后，这个东方小姐，就住到范先生家里去了。吴嫂是给范先生管家管惯了的，现在来了一位女主人，她怎样受得了？和范先生争吵了两场，范先生倒还能容忍，东方小姐可把她开除了。她认识娟娟的母亲，希望她能和她报仇。她以为你们还住在这里，所以找到这里来。我没有告诉她田小姐住在哪里，她倒是把范先生的情形，说得很多。她说范先生昨天得了金子打折扣兑现的消息，上午在外面乱跑。下午不跑了，在家里一个人喝酒，喝得醺醺大醉。那个东方曼丽并不管他，出去看电影去了。她虽然是被开除了，天天还是到范家去的。"

魏端本道："这样说来，这位范先生倒是内忧外患一齐来，那不管他了。陶太太提起了姓田的，我倒要托你一件事。她最近不知由什么地方坐长途汽车回重庆。路过綦江的时候，看到了娟娟，她叫娟娟到重庆找她。我实在是愿意把她忘记了，无奈这两个孩子，日夜吵着要妈妈，我实在对付不了。她既叫孩子来找她，或者有什么用意，请你去问问她看。"陶太太想了一想，笑着摇摇头道："她住在朱四奶奶那里，我怎么好去？不过我可以托那个吴嫂去，她不正要找她吗？"

魏端本道："我倒不管哪位去，只要知道她的态度就行。"陶太太看看魏先生穿的一套灰布中山服，已洗得带了白色。脸子黄瘦着，虽是平头，那前部头发，也长到半寸长。这样的人，还想那漂亮太太回头，当然是梦想。不过做邻居一场，自也愿意在可能范围内帮忙。

她下午因在家里做点琐事，没有出去摆烟摊子，这就决定索性不摆摊子了。和魏端本谈了一会，就径直到范宝华家来。拍了很久的门，才听到门里慢吞吞地有人问着："哪一个。"陶太太道："我姓陶，找范先生谈话。"门开了正是老范本人。他已不是平常收拾得那样整齐。蓬着头的分发，两腮全露出胡桩子的黑影，唯其如此，也就看到两腮的尖削，眼睛眶子大了，睁着眼睛看人。他上身只穿了件纱背心，一条拷绸裤子，全是皱纹，赤脚拖了一双拖鞋，站在天井中间。

陶太太还笑着向他客气几句。范宝华搓着手道："陶太太，我们似乎没有什么债务关系吧？"陶太太呆了一呆，答不出来。他笑道："这是我神经过敏，因为这两天和我要债的太多了。你是从来不来的人，所以我认为你是来要债的。"她笑道："我们穷得摆烟摊子，怎么会有钱借给人，恐怕连借债都借不到呢。我是来和范先生谈谈的。"范宝华道："那好极了。"说着，引了陶太太到客堂里坐，自己倒了杯茶放在茶桌上。

陶太太道："吴嫂也不在家？"范宝华坐在她对面椅子拍了两下腿，叹口气道："我什么事都搞坏了。她辞工不干了。不过她有时还来个半天，原因是我给的钱没有给够。"谈到钱，说着又拍了一下腿道："我完了。我没有想到人倒霉黄金会变成铜。这几个月，我押的是黄金孤丁，所有的钱，都做在黄金储蓄上了。"

陶太太道："虽然打个六折兑现，据许多人说还是不会蚀本的。"范宝华摇了两摇头道："那是普通的看法。像我们这类黄金投机商人，就不同了。我们把黄金储蓄券拿到手，是送到银行里去抵押借款的。借了款，再做储蓄。一张储蓄券，套借个三次四次，满不算回事。所以买五十两黄金储蓄，手里剩着没有套出去的最后一部分，不会有二十五两，大部分是押在银行里的。银行里是十一分息，一两黄金赚对倍的话，借五个月，利上加利，就把黄金折干了。这个钱只能借两三个月，赶快把黄金储蓄券卖了，还了债，可以弄回一部分黄金。"

陶太太虽也是个生意经，但对于这个说法却是完全不懂。只有望了他不作声地笑着。范宝华道："那也许你不懂，我简单地告诉你吧。大概一两黄金储蓄押了款再去套买黄金，至多可以套出来八钱，另付一成的利钱，事实上是大一半资本，小一半借款，一两黄金，可以变成一两六七。若套第二次，照例减下去，就只能套五六钱，利钱也要加多，而且套做的日子不能过长，不然的话，套来的黄金，就赔到利息里去了。现在黄金储蓄券要打个六折，就一点也套不着了。套不着也事小，还得给银行的利钱。银行老板，算盘比我们打得精。原来一两黄金值三万五的时候，他押借给你两万元。预备那一万五算利钱。于今打六折，三六一万八，五六三，一两黄金储蓄券，只值两万一千元了。他押借一个月，就把黄金储蓄券全部充帐，也赔本了，他怎么肯干呢？"

陶太太点点头道："这个算我懂了。可是黄金黑市，现在是七八万啦。他有黄金储蓄券在手上，还怕拿不回两万元的押款吗？"范宝华道："你是知其一不知其二。黄金储蓄券，要半年后才能兑现。此其一。六个月后，黄金六折兑现，就合八万的黑市，也是六八四万八。此其二。五个月的利息和复利，正好是对本翻个身，六个月呢，可就把四万八全冲消了。万一黑市跌了，银行里岂不要赔本？此其三。人家银行营业，最怕是资金冻结。现在黄金储蓄券一打六折，没有人再收买了。银行里也没法在这上面打主意。人家押在银行里的黄金储蓄券，都只好锁在保险箱子里，完全冻结，此其四。"他这些话，算解释得很明白，陶太太也听懂了。她还没有答复呢，天井里有人答道："好极了，我要说的话，范先生都和我说了。"

陶太太向外看时，进来一位五十上下的人，身穿蓝夏布大褂，头上倒是戴了一顶新草帽，手里握着一支长旱烟袋。脸色黄黄的，尖着微有胡桩子的两腮，像个大商店的老板。范宝华笑着相迎道："难得难得，贾经理亲自光临。"那人走了进来，老范就向陶太太介绍："这是诚实银行的贾经理。"

贾经理见陶太太是中年妇女，穿件旧拷绸裤子，又没有烫头发，只微微点了个头。立刻回转脸来向老范道："无事不登三宝殿。这个比期，我们有点儿调动不过来。老兄的款子，我们有点不能胜任了，你帮点忙吧。"他说着，取下头上的草帽，脱下大褂，露着短袖子汗褂。他就自行在椅子上坐下了。看那样子，大有久坐不走之势。

范宝华倒是很客气，给他送茶又送烟，贾经理将旱烟头撑在地上，烟袋嘴含在口里，半侧了身子望着主人，嘴要动不动地吸着烟。范宝华坐在他对面，两手搓了几下，苦笑着道："这是谁都不会想到的事，黄金会变卦。事先一点准备没有，把所有的钱都押在黄金这一宝上，于今变了卦，哪里有钱去挽回这个颓势。不得了的，也不是我一个人。"贾经理听了这话，将脚在地面上一顿，皱了双眉道："老弟台，我们帮你忙，你不得了可连累了我们啦。"

范宝华道："一家银行，在乎我这千儿八百万的？"他道："拿黄金储蓄券抵押的，难道只你姓范的一人。朱四奶奶介绍来的就是一千多两。此外的更不用说。我们冻结了两亿，这真要了命。"说着，他重重地在大腿上一拍。

012 失败后的麻醉

在胜利的前夕，亿这个数目字，还是陌生的名词，甚至一亿是多少钱，还有人不能算得出来。这时贾经理说他在押款上，冻结了两亿。陶太太料着这是个无大不大的数目，不免翻了眼向他望着。贾经理继续地向范宝华道："老弟台，你不能不做表示，现在黄金上丝毫打不出主意。得在别的物资上打主意。你还有什么货没有，希望你拿出来抛售一点。"范宝华道："反正……反正……"他说着这话站起身来，两手搓着，脸上泛出了苦笑，嘴角只是乱动。

贾经理对陶太太看了一眼，心里也就想着：这女人老看我干什么？我还有什么毛病不成？范宝华也觉得有许多话要和贾经理说，当了陶太太的面，有些不便，这就向她笑道："你是不是商量你那批货要出手的事？"他说着话，可向她睁了眼望着。陶太太听他这话，却不明白他用意何在。可是看他全副眼神的注意，知道他是希望自己承认这句话的，于是向他含糊地点了两点头。范宝华道："不要紧。虽然这些时候，百货同烟都在看跌，可是真正要把日本人打出中国，那还不知道是哪年哪月的事。现在货物跌价，是心理作用，只要过上十天半个月，战事并没特大的进展，物价还要回涨的。"

贾经理在一旁听到这话，心里颇有所动，因为他想到合作生意的人，一定是穿着很朴素的。禁不住插嘴问道："陶太太有什么存货？"范宝华道："有点儿纱布。"贾经理急道："那是好东西。若愿意出手，我们可以商量商量，我路上有人要。"范宝华还想向下面说什么。可是陶太太觉得范宝华这个谎撒得太没有边沿。笑道："我还有点事，这买卖改日再谈吧。"说着，就向外面走。范宝华也就随在后面跟了出来。

站在大门外，回头看了一看，不见贾经理追出来，这才笑道："陶太太，你特意到我这里来，总有点什么事要商量吧？"陶太太道："我想和你们家吴嫂说两句话，希望她到我家里去一趟。"范宝华道："也许我有事请你帮忙，这位贾经理逼我的钱，逼得太厉害。"陶太太道："那是笑话。银钱上……"她这句没有说完，贾经理已经由大门里出来了。范宝华头也不回。他听到了脚步响，就知道是债权人来了。立刻接了嘴道："你放心，银钱上决不能苟且，你的货交出来了，我就交给你钱，我们货款两交，你有事请先回去吧，我们货款两交。"说着，他又催她走。陶太太也不知道他是什么用意，只好含糊地答应着走了。

贾经理再邀着老范回到屋子里去坐，先笑道："那陶太太的货，大概你有点股子吧？你若是能够分几包纱给我，我就把你的款子，再放长一个比期。这在老兄也是很合算的事。"范宝华道："你帮我的忙，我一定帮你的忙，就是黄金储蓄券这种东西，也各人看法不同。我们怕黄金价值向下垮，可是人家也有宝押冷门，趁这个时候，照低价收进的。只要够得六万一两，我立刻抛出一二百两，也就把你的钱还了。"

贾经理皱了眉道："那些海阔天空的事，我们全不必谈，你还是说这批货能不能卖给我一点吧。"范宝华低头想了一想，笑道："我明天上午到你行里去谈吧。"贾经理道："你若肯明天早上来找我，我请你吃早点。我行里附近有个豆浆摊子，豆腐浆熬得非常的浓厚，有牛乳滋味。再买两个烧饼，保证你吃得很满意。"范宝华笑道："银行经理赏识的豆浆摊子，一定是不错的。不过我明天也愿意做个小东，请贾经理吃早点。我请的是广东馆子黄梅酒家。"贾经理笑道："范老板自然是大手笔，我就奉陪一次吧。时间是几点？"范宝华就约定了八点钟。贾经理看他这情形，似乎不是推诿。又说了一阵商业银行的困难，方才告辞而去。

范宝华对于贾经理所说的话，脑筋里先盘旋了一阵，然后拿了一张纸、一支铅笔，伏在桌子上做了一阵笔算。最后他将铅笔向桌上一丢，口里大喊着道："完了完了！"在这重叠的喊声中，李步祥在天井里插言道："真是完了。"他上身只穿了件纱背心，光着两只大胖手臂，夹了中山服在肋下，手上摇了把黑纸扇，满头大汗地走了进来。他站在屋子中间，将扇子摇了两下，又倏地收了起来。收了之后，唰的一声，又把扇子打开来，在胸面前乱扇着。

范宝华道："你有什么不得了，你大概前后买了四十两黄金储蓄券，后来押掉二十两，又套回十二两，共是五十二两。打六折，你还有三十一两。还二十两的债。"李步祥道："不用说，还有十一两，就算我的黄金储蓄券，全是二万一两买的，五十一两，也得血本一百零二万，再加上几个月的利钱，怕不合一百好几十万。十一两金子兑换到手，能捞回这些个钱吗？何况我有三万五买进的一大牛，这简直赔得不像话了。我还有个大漏洞……前些时陈伙计约我闯过封锁线，到沦陷区去套金子。我把手上存的，三十两黄金储蓄券，又抵押掉了，变了现钞。天天说要走，天天走不成，现钞又不敢存比期，还放在押款的银行里，预备随时拿走。三十两金券，押了一百万元，真不算少，我得意之至。原来是三万五买的，本钱只合一百零五万罢了。好了，一宣布打六折，变成了十八两。就算照新官价五万计算，一五得五，五八四，共九十万，也蚀血本一十五万。九十万金本，就差押款十万，半个多月利钱，又是十万。银行里拿着我那金券越久越蚀本，我存的款子，自然不许提。今天下午我去交涉，要我再补还他们二十多万，才可以取回储券。不然，黄金储蓄券他们留下，让我提八十万元了事。三十两黄金，变成八十万元法币，你说惨不惨？而且我这个钱是凑合来的。有的是三万五万借来的，有的是卖掉一些货的钱。借的钱要付利息，卖货的钱，也当算子金。八十万元，经得几回这样重利盘剥？我怎么不完？"

范宝华苦笑着道："我比你戏法翻得更凶，我又怎么不完。唉！"他说唉时，李步祥也说唉。两人同声地叫出这个唉字，一个是拍着桌子，一个是拍着手。节奏倒是很合适的。就在这时，和范先生同居未久的东方曼丽小姐回来了，她穿着一件漂亮的黑拷绸长衫，露出两条白藕似的手臂。下面是光腿赤脚，穿着黑漆皮条捆绑着的高跟鞋，脚指甲露出在外面，全是涂了蔻丹的。头发蓬着由前到后，却用一根绿绸辫带子捆了个脑箍，在颈脖子后面，扎了个孔雀尾。左手臂上挂了吊带大皮包，右手拿了一柄白骨花纸小扇子，在胸前不住的挥动。她皮肤很白，似乎没有搽粉，而仅仅在脸腮上涂了两个大胭脂晕。这样，更现着她有天然风韵。

她到了屋子里，将小扇子收起，把扇子头比了嘴唇，先向人笑了一笑。唇膏涂得很浓的嘴唇里，露出两排整齐洁白的牙齿，那也是很妩媚的，范宝华也笑了。她问道："你两人像演戏一样，同时叹着气，有什么不如意的事？"李步祥猜着，老范一定会在她面前说出一套失败生意经来的。然而他没有说，他继续地叹了口气道："重庆市上，找女佣人真不简单。能用的，全是粗手粗脚，什么也不懂，要找个合适的人，要像文王访贤似的去访。你不在家，什么事没有人管。你在家里，又没有人侍候你，这个局面老拖下去，家里是个无政府状态，我怎样不唉声叹气呢？"

曼丽笑道："就为的是这个，那没有关系，你别看我是一位小姐，家庭里洗衣做饭，任何部门的事，我都可以做。今天下午，买菜也是来不及了，我们去吃个小馆吧。"范宝华道："好的好的，我陪你去，你先去休息休息。"

曼丽提了皮包上的带子，态度好像是很自在的，将皮包摇晃着，向楼上走去。走了几步，她又回转身来，笑问道："大街上有了西瓜，你看见没有？重庆，有西瓜，还是这两年的事。现在的西瓜，居然培养得很好。"范宝华道："好的，我马上去买两个来，先放在水缸里泡上。在重庆吃西瓜，还是有点儿缺憾，想找冰冻的西瓜是没有的。"说着，他打开桌子抽屉，取了一把钞票在手，就向大门外走。

李步祥跟了出来，笑道："老范，你满肚子愁云惨雾，见着东方小姐就全没有了。"他笑道："你怎么这样糊涂，在新交的女友面前，谁不是尽量的摆阔？我们向人家哭穷，人家会帮助我们一万八千吗？"李步祥道："帮助的事，当然是不会有。手头上分明很紧，反而表示满不在乎，那不能取得人家的谅解呀。人家要花钱，你可要咬着牙齿供给。"范宝华和他走着路，不由得站住了脚，向他笑道："你看她长得是多么美？在她的态度上，在她的言谈上，没有一样不是八十分以上的，我只要有钱，我是愿意给她花，反正是不得了的，花几个钱，落一个享受痛快，有什么不干？不得了，也无非把我弄成光杆，像我逃难到重庆来时的情形一样。我还能再惨下去吗？"他这样一说，李步祥倒没有什么可说的了，只是呆呆地跟着。

二人买好了瓜走回来，一会儿工夫，东方小姐笑嘻嘻地走了来，挨了范宝华坐着，伸手拍了他的肩膀，笑道："老范，我们到郊外去玩玩，好不好？"他笑道："刚才你还说吃小馆子，这个时候怎么又要到郊外去呢？"曼丽笑道："不但是郊外，还要过江。今天晚上南山新村一个朋友家里有跳舞会，我们应当去参加这个跳舞会。"

范宝华笑道："城里新开了好几处舞场，要跳舞很便利的，何必要涉水登山，跑到南山新村去呢？"曼丽笑道："要跳舞，就痛痛快快狂跳一夜，什么都不要顾忌。在城里跳舞，过了十二点钟就差劲了，舞场里慢慢的人少下来，就是人家家里，到了两点钟，也不能维持了。我觉得那最是差劲，倒不如早点回家去的好。"说着，伸手摸着范宝华的头发，像是将梳子梳理着似的，由前门顶一直摸到后脑勺下边去。

这个手法，看起来是很普通的，可是这效果非常的灵验，在摸过几下之后，范宝华就软化了。他点了头笑道："好的，我就陪你到南山新村去玩一晚上。老李，你也跟我到南山去好不好？"他说着话，偏过头来向李步祥望着。他哟了一声，抬起手来乱摸了和尚头，笑道："我没有那资格，我没有那资格。"说着，拿了搭在椅子背上的衣服，起身就要走。

范宝华笑道："你不去就不去吧，我也不能拉了你走，你还有什么事和我商量的没有？"他站在屋子中间呆了一呆，因道："我当然有话和你商量，可是也不是急在今日一天的事情，明天上午，你由南岸回来，我再来找你吧。"说着，他向外走了几步，复又回转身来，手乱摸着头道："还是，我说出来吧。我在万利银行，也抵押了五两。我知道你上过那何经理的当。不过他自己也在金砖上栽了个跟头。为了挽救信誉起见，最近营业做得好些了，而且拿黄金储蓄券押给他们，又不是存款，所以我倒放心做了。现在我又有一点嘀咕了，我五两金子，只押了十万元，太便宜了。他们可能是吸收大批小股黄金储蓄券抵押，再向别家同业套了更多的头寸。"范宝华笑道："最好是你到万利银行去看看。"笑时，他只管歪了嘴角。

李步祥一看范家墙上的挂钟，还不到三点三刻。这个时候，银行还不会下班，可以赶去看看。于是也不和范宝华再谈什么，径直地就奔万利银行。

这家银行，还是像前两个月一样，开着大门，柜台前面，并没有一个顾客。便是柜台里的那些职员，也是各人坐在桌子边，看报吸烟。李步祥走到柜台边，还没有开口，一个银行职员，就笑盈盈地迎着道："钟点已过，请你明天来吧。"李步祥道："钟点已过，你们怎么还开着门呢？而且，我也不是来提款的。"那职员红了脸道："本来是钟点已过。管门的勤务有事出去了，所以还没有关门。"李步祥心里有三个字要说出来：不像话，但是忍回去了。点点头道："那也好，我明天来吧。说起来，各位也许知道这个人，就是范宝华先生，他托我来问两句话，他和你们有来往的，后来中断了。现在还想和你们做点来往，先让我来见见何经理的。"他也只说到这里，说完了，扭转身躯就向外走。

刚出门不到几步，后面有个人追了上来，拖住了他的衣服道："我们何经理请你回去说话呢。"李步祥转身来问道："你们经理找我说话？我不大认识呀。"那人道："是我们经理请你，那不会错的。"说着，他拦住了去路。李步祥心里想着：这是他们拉存款的吧？于是带了三分笑容，回到万利银行来。

这就看到一个穿夏威夷衬衫的人，满脸红光，一溜歪斜地走出来。看到李步祥，远远地抬起手来招了几招，张着口笑道："李老板，我认识你的，请来经理室坐坐。下了班了，我没事。"李步祥迎向前去，他又和他深深地一弯腰，紧紧地一握手。在这样客气的情形下，也就陪着他进了经理室。那写字台上应放在面前的算盘印色盒，却远远地放在桌子犄角上。代替了经理用的法宝，乃是一只酒瓶和一份杯筷。另外两碟子冷荤，一碟油炸花生米。何经理笑道："李老板喝两盅吗？"他道："不客气，我不会这个。"说着，就在旁边坐着。

何经理站在桌子角上，就端起酒杯子来，仰着脖子喝了一口，然后放下杯子，在桌上一按道："这年月怎能够不会这个，有道是一醉解千愁。"说着，他也和李步祥并排坐着，先放下几分笑容来。点了个头道："范宝华先生，我们是很好的朋友，现在怎么样？很好吧？"李步祥道："他很好，新近做了几笔生意，全都赚了钱。"

何经理道："他没有受黄金变卦的影响？"李步祥很肯定地答道："没有！他老早就趁了五万官价的时候，完全脱手了。"何经理唉了一声道："他是福人，他还记得我这老朋友？"李步祥道："怎能不记得呢？你们共过长期的来往呀。他今天若不是到南岸去跳舞，就要来看何经理了。因为来不及分身，所以让我来看看何经理在行里没有？"

何经理拍了手道："我知道这件事，在南山新村朱科长家里有个聚会。去的人大概不少吧！倒霉的人，我原来没有打算去。既是范先生去了，我也去。有话回头我们和范先生当面说。李先生还是来喝两盅。酒有的是，我再和你添一点菜。喝！"说着，拿起酒瓶子来，嘴对了嘴，咕嘟了几口。然后放下瓶子，在桌上按了一按，同时身子摇晃了几下。他笑道："不要紧，做生意买卖，今日逆风，明日顺风，乃是常事。"他说着话，自己疏了神，把酒瓶当了栏杆使劲地扶着，身子向后一仰，酒瓶自然是跟了人完全向后倒去。李步祥赶快站起来，伸手将他扶着。

他笑道："你以为我醉了，我根本不知道什么叫醉。我酒醉还心里明呢。上次那批期货，他们逼得我好苦。我只搬着几块金砖看了一看。又送走了。这次我做押款，不是自己的本钱……"那位助手金襄理在外面屋子里，正是躲了他撒酒疯，听到这话，赶快跑了进来，笑道："经理，你休息休息吧。李先生，你明天再请过来吧。"李步祥看这样子，也是不能向下谈，匆匆地走了。

何经理抓着金襄理的手，瞪了眼道："你看我们银行的业务，到了什么样子，这个时候，我们还不该广结广交吗？为什么你把这个姓李的轰走。南岸朱科长家里，今天开跳舞会，我一定要去。我到那里可以遇到一些有办法的人。"金襄理道："我们也并不拦着你去，你暂时休息一会，想想拿什么言语去向人家求助，那不也是很好的事吗？"

何经理这才放了他的手，站着出了一会神，点点头道："那也对。把酒瓶子收了过去，让我想想。"他于是歪斜了向那长的藤椅子上一倒，坐下去闭了眼睛养神。这万利银行里，自金襄理以下，都是巴不得安静一下的，大家悄悄地，离开了经理室。

何先生定下神去，想着怎样可以再找着有钱的人帮忙。缓缓地想着，缓缓地就迷糊过去了。他醒来时，经理室就电灯通明了。他看看墙壁上的挂钟，已经是九点钟了。他跳了起来道："我该过江去了。"说着，连喊打洗脸水来。留在银行里的工友，赶快给他伺候完了茶水。

何经理手里提着一件西装上身，就舟车赶程，奔上南山。由南岸海棠溪到南山新村，乃是坐轿子的路程，老远地看到许多灯火上下，正是列在一片横空，那正是南山新村。将近了那些列若星点的灯火，在黑暗的半空里，传来一种悠扬的音乐声。会跳舞的人，就知道这是什么曲子。

何经理告诉轿夫，直奔音乐响处，乡村里虽没有电灯，一带玻璃窗，透出雪亮的光影。在光影中，于一幢西式楼房下了轿子，就听到屋子里传出一片鼓掌声。他走进门去，就见门廊里挂了两盏草帽罩子煤油灯。在胜利的前夕，煤油依然是奢侈品。只看这两盏灯，就知道主人是盛大的招待。由门廊转到客室里，地板铺的大通间，已挤满了男女。屋顶上悬下两盏大汽油灯，光如白昼。客室面山的一排窗户，全已洞开，灯光反映着，可以看到外面花木扶疏。晚风由花木缝里吹过来，这倒像个露天舞场。这大客室只有三面墙上，挂着大幅的中西画，屋子里一切家具移开，做为男女周旋之地了。屋角上挂着声音放大器，传出了留声机里的音乐唱片声。在音乐声中，舞伴们男女成对在推磨，正舞到酣处。

何经理站在舞伴圈子外看了一看，有不少熟人，而最为同调的，就是其中有两个男宾，都是这回黄金变卦以后，性情大坏的人。这时，他们并没有记得黄金生意亏下了多少钱，更不会想到借了债的是应该怎样的交代了。立刻心里想着：那也好，大家把那事忘了吧。舞场是不能马上加入的了，在面山的窗户中间，有两扇纱门，可以看到那里一片草地，设下了许多藤椅和茶几，不舞的人，正在乘凉。

何经理拉开纱门，走到那里去。有两个人起身向前来相迎，笑说："欢迎欢迎。"这两人一个是主人朱科长，另一个却是想不到的角色，乃是诚实银行贾经理。这就不免和他握了手，连摇撼着几下道："这是奇迹，老兄也加入了我们这种麻醉集团。"他倒是很淡然，笑道："我们也应该轻松轻松。"说着，拉了何经理的手，走到一边的藤椅子上，并没坐下。

何先生首先一句问着："近来怎么样？"贾经理将手拍了椅靠道："到这里来是找娱乐的，不要问。"何经理正想问第二句话时，主人两个女仆同时走来。一个是将一杯凉的菊花茶，放在茶几上，一个是将搪瓷盘子，托着一大盘新鲜水果，低声道："请随便用一点。"他随便取了两个大桃子在手，心里想着：这里一切还是不问米价的。这个念头未完，舞厅里音乐停止，大群男女来到草地。范宝华和一位摩登女郎，也一同走了出来。

013 欢场惊变

何经理根据了过去的经验，觉得范宝华是一个会做生意的人，而会做生意的人，凡事得其机先，是不会失败的。那么，这次黄金变卦，他可能就不受到影响。李步祥说他最近做了两笔生意又发了财，那可能是事实。这时见到了他，于是老早地迎上前去，向他握着手道："久违久违，一向都好？"范宝华记起他从前骗取自己金子的事，这就不由得怒向心起，也就向他握了手笑道："实在是久违，什么时候，由成都回来的呢！"何经理说着早已回来了，和他同到空场藤椅子上坐着。范宝华就给他介绍着东方小姐。

何经理对这个名字，相当的耳熟，心里立刻想着：范老板的确是有办法，要不，怎么会认识这有名的交际花。便笑道："范先生财运很好吧？"范宝华笑道："托福托福。我做生意，和别人的观感，有些不同。我是多中取利，等于上海跑交易所的人抢帽子。抢到了一点利益就放手。"

何经理和他椅子挨椅子地坐着，歪过身子来，向他低声道："这个办法，最适于今日的重庆市场。因为战事急转直下的关系，可能周年半载，日本人就要垮台。甚至有人说，日本还会向盟军投降。你想，若有这个日子来到，什么货还能在手上停留得住，决不是以前的情形，越不卖越赚钱了。今天下午看准了明天要涨个小二成，甚至小一成，今天买进，明天立刻就卖出。这样，资金不会冻结，而且周转也非常的灵便。"

他说着好像是很有办法，很诚恳。但那东方小姐，又坐在范先生的下手，正递了一支烟给范先生，又擦着火柴给他点烟。范先生现在对东方小姐，是唯命是听的。已偏过身子去就着东方小姐送来的火，偏是在露天擦火柴，受着晚风的压迫，接连地擦了几根都没有擦着。范宝华只管接受东方小姐的好意，就没有理会到何经理和他谈的生意经。

他把那支烟吸着了，何经理的话也就说完了。他究竟说的是一篇什么理论，他完全没有听到。何经理也看出他三分冷淡的意思，一方面感到没趣味，一方面也不知要拿什么手腕来和范宝华拉拢交情。正在犹豫着，却听到有一位女子的声音叫道："老贾呀，你还是坐在这里吗？"贾经理在对面椅子上站了起来，笑道："我在这里等着你呢。你的手气如何?"

何经理不用回头去看，听这声音，就知道是朱四奶奶。因为她的国语虽然说得不坏，可是她的语尾，常是带着强烈的南音。如"拉"字"得"字之类，听着就非常的不自然。何经理在重庆这多年，花天酒地，很是熟悉，对于朱四奶奶这路人物，也就有浅薄的交谊。他现在是到处拉拢交情的时候，就不能不站起来打招呼。于是向前和她笑道："四奶奶，好久不见，一向都好?"

范宝华听到，心里想着：这小子见人就问好，难道所有的熟人，都害过一场病吗? 朱四奶奶笑着扭了身子像风摆柳似的，迎向前和他握着手道："哟! 何经理，你这个忙人，也有工夫到这里来玩玩。"何经理笑道："整日地紧张，太没有意思，也该轻松轻松。我来的时候，没有看到四奶奶。"她道："这里有用手的娱乐，也有用脚的娱乐，我是用手去了，屋子里有一场扑克，我加入了那个团体。"何经理道："那么，怎样又不终场而退呢?"四奶奶道："我们这位好朋友贾经理，他初学的跳舞，自己胆怯，不敢和别人合作。我若不来，他就在这里干耗着。我就来陪他转两个圈子。"何经理笑道："不成问题。贾经理这几步舞，是跟着四奶奶学来的?"贾经理正走了过来，这就笑道："我也就是你那话，整日的紧张，也该轻松轻松呀。"两位经理站在当面互相一握手，哈哈大笑。

就在这时，音乐片子在那舞厅里又响起来了。在空场里乘凉的人，纷纷走进舞厅。朱四奶奶道："老贾，我们也加入吧。"他连说着好好，就跟着四奶奶进舞厅了。何经理坐在草地上，周围只有两三个生人，而主人也不在，他颇嫌着怅惘。椅子旁的茶几上，摆着现成的纸烟和冷菊花茶，他吸吸烟，又喝喝茶，颇觉着无聊。幸是主人朱太太来了。她陪着一位少妇走来，顺风先送来一阵香气。他站起来打招呼。朱太太就介绍着道："何经理，我给你介绍，这是田佩芝小姐。"屋子里的汽油灯光，正射照在田小姐身上。

何经理见她头顶心里挽了个云堆，后面垂着纽丝若干股的长发，这正是大后方最摩登的装束。她穿了一件粉红色的薄纱长衣，在纱上堆起小蝴蝶花。手里拿了带羽片的小扇子，这是十足的时髦人物。虽然还不能十分看清面目。可是她的身段和她的轮廓，都很合标准的。这就深深地向她一点头。她笑道："何经理健忘，我认得你的。请!"

照着舞场的规矩，男子一个鞠躬，就是请合舞。何经理原只是向她致敬，而田小姐却误会了，以为他是请合舞，而且还赘上了一个请字。何经理当然是大为高兴，就和她一同加入舞厅合舞。

朱四奶奶和贾经理一对，一手搭着他的肩膀，一手握着他的手举起来，进是推，退是拉，贾经理的步伐，生硬得了不得。四奶奶对于这个对手，并不见得累赘，脸上全是笑容。看到何田二人合舞起来，她就把眼风瞟过来，点着头微微一笑。

这时，这舞厅里约莫有六七对舞伴，音乐正奏着华尔兹，大家周旋得有点沉醉。在舞厅门口站着一个穿西服的人，何经理一看，那是本行的金襄理。他正想着：这家伙也赶了来。可是看他的脸色，非常紧张，而且他见到何经理，还点了两点头。但是他在汽油灯下，看清楚了田小姐，觉得非常漂亮，而且也记起来了，仿佛她是一位姓魏的太太，于今改为田小姐，单独加入交际场，这里面显然是有漏洞。在一见即可合舞之下，这样的交际花，是太容易结交了。正因为容易结交，不可初次合舞就不终曲而散。所以金襄理点头过来，他也点头过去，一直把这个华尔兹舞完，何经理还向魏太太行个半鞠躬礼，方才招呼着金襄理同到草地上来。

金襄理引他到一棵树荫下，低声道："经理，你回重庆去吧。明天上午，我们有个难关？"何经理道："什么难关？和记那一千五百万，我不是和他说好了，暂时不要提现吗？"

金襄理道："正为此事而来，那和记的刘总经理，特意写了一封信到行里，叫我们预备款子。行里看的人，看到和记来的信，拿信找到经理公馆，又找到我家里。我一时实在想不起来，怎样去调这些个头寸。这还罢了。偏是煤铁银行的张经理也通知了我要找经理谈谈。他那意思，我们押在他那里黄金储蓄券，这个比期，一定要交割，并说有三张支票，明天请我们照付，千万不要来个印鉴不清退票。"何经理道："这三张支票是多少码子？你没有问他？"金襄理迟迟顿顿地道："大概是三千万。"何经理道："明天上午，要四千五百万的头寸！那不是要命？"说着，将脚一顿。

金襄理道："兵来将挡，水来土掩。他们不是要我们的钱吗？我们一面调头寸准备还债，一面向人家疏通，缓几天提现。还有一个办法，经理明天一大早就去交换科先打个招呼……"何经理又一顿脚道："还要提交换科，我们那批期货，不是人家一网打尽吗？"金襄理见和他提议什么，他都表示无办法，也就不好说什么，只是呆呆地站在他面前。

何经理沉吟了一会子道："这个时候要我过江去，夜不成事，我也想不出什么好办法。大不了我明天中午停业，宣告清理。我拼，重庆市上银行多了，大家混得过去，我们也就该混得过去。"说到这里，主人朱科长在草地上叫道："何经理，过来坐吧，那里有蚊子。"何经理答应一声，立刻走过去，将金襄理扔在一边，不去管他。

这时魏太太和朱四奶奶，都在藤椅子上坐着，舞场上音乐响着，她们并没有去跳舞。何经理一过来，魏太太起了一起身，向他笑道："何经理今晚上还过江去吗？" 他觉得这问话是有用意的。便笑道："假如田小姐要过江，我可以护送一程。"魏太太道："谢谢！让我再邀约两位同伴吧，有了同伴，我胆子就壮了，可以在这里多打搅一些时候。"何经理道："玩到什么时候我都可以奉陪。"

朱四奶奶坐在他斜对面，脚跷了脚，摇撼着身体，笑道："何经理对于唆哈有兴趣吗？"何经理这时是忧火如焚，正不知明日这难关要怎样的过去。可是朱四奶奶这么一说，就拘着三分面子，尤其是对于新交的田佩芝小姐，不能不敷衍她。这就笑道："这玩意是人人感到兴趣的，我可以奉陪两小时。田小姐如何？"魏太太笑道："我对于这个，比跳舞有兴趣。不过，我们和经理对手，有点儿高攀吧？"何经理笑道："这样一说，那我就非奉陪不可了。"说着，打了一个哈哈。

那位金襄理兀自在树底下徘徊着，听到银行主持人这样一个哈哈，不免魂飞天外，也不向姓何的打招呼了，竟自走去。何经理虽看到他走去，却也不管，就向朱四奶奶笑道："我们是不是马上加人？"朱四奶奶道："我得问问老贾，什么时候过江。咦！这一转眼工夫，他到哪里去了。"

朱科长道："大概是到我们隔壁邻居陆先生家去了。向来我这里有聚会，陆先生是必定参加的，不知道什么缘故，今天他会没有来？"何经理道："是丰年银行的陆先生住在隔壁？"朱科长道："这是他的别墅，夏天是多半在这里住。"朱四奶奶道："既是老贾到陆经理那里去了，一定是谈他们的金融大策，我们不必等他，他会到赌场来找我们的。"说着，她挽了魏太太的手臂就走，回过头来就向何经理看了一看。他点了头笑道："二位先生，我马上就来。不出十分钟。"说着，他还竖起了右手一个食指。

这两位女宾走了，他心里立刻想着：老贾去找陆经理，必定商量移挪头寸。丰年银行，是重庆市上相当殷实的一家。老贾可以去找他想法，我老何也可以去找他想法，趁他还没有谈妥的时候，自己立刻就去。若是等老贾得了他的援助，恐怕……想到这里，只见诚实银行的贾经理，垂头丧气走了来。心里这倒暗喜一下，陆先生的力量，不曾被他分去，自己就可以得些援助。

等着他到了面前，笑道："贾兄，你哪里去了，四奶奶正找你呢。"他这时不是游戏的面孔了，抓着何经理的手，正了颜色道："你以为我真是来跳舞的？我是特意来找陆老园调头寸的。"他这样说，因为陆经理号止园。叫他陆老园乃是恭敬而又亲近之辞。

何经理道："你想到了法子没有？"老贾道："陆老园说，和他有关系的银行，共有七家，这个比期都不得过去，家家都要他调头寸。就是这七家，已经够他伤脑筋，他哪里还有余力和别家帮忙？"

何经理道："我不相信你们做得稳的人家，也是这样的紧。"贾经理叹上一口气，又摇了两摇头道："一言难尽。"何经理正还想说什么，朱科长在身后叫道："两位经理，朱四奶奶在请你们呢，快去吧。"贾经理向何经理看了一看，笑道："请吧。"他笑虽然是笑了，可是他的脸上，显然是带了三分惨容。何经理倒是不怎么介意，点了个头就走了。

朱科长在前面引路，引到一间特别的屋子里。这屋子是他们全屋突出的一间，三面开着六扇纱窗。屋顶上悬下了一盏小汽油灯。灯下一张圆桌子，蒙上了雪白围布，坐了七位男女在打唆哈，各人身后又站上几位看客。这里有两面窗子在山坡上，下临旷野。其余一面，窗子外长了一丛高过屋顶的芭蕉。所以这虽是夏夜，尽有习习地晚风吹来。

朱四奶奶和魏太太连臂地坐着，她面前就放了一本支票簿。何经理眼尖，就认得这是诚实银行的支票。四奶奶在支票上，已开好了数目，盖好了印鉴。浮面一张，就写的是一十万元。这时金子黑市才六七万元一两，这不就是一两五钱金子吗？桌上正散到了五张牌，比牌的开始在累司。到了她面前，她是毫不犹豫地就撕下那张支票下注。对面一位男客向她笑道："四奶奶总是用大注子压迫人。"

她因脚步响，一回头看到贾经理进来，便笑道："你有本领赢吧。我存款的银行老板来了。请打听打听，我这支票，决不会空头。我纵然开空头，诚实银行也照付。我做得有透支。"那男客笑道："四奶奶的支票，当然是铁硬的。"说笑着，翻过牌来，是他赢了，把支票收了去。

何经理看四奶奶面前的支票，上面依然写着是一十万元，心里想着：假如这是透支的话，那岂不是输着老贾的钱？想着，偷眼看贾经理的颜色，有点儿红红的，他背手站在四奶奶身后，并不做声。魏太太回过脸来，向何经理瞟了一眼，在红嘴唇里露出了两排雪白的牙齿，微微一笑，又向他点了两点头。何经理像触了电似的，就紧挨着魏太太坐下。

魏太太面前正堆了一大堆码子，她就拿了三叠，送到何经理面前，笑道："这是十万，你拿着这个当零头吧。"他笑着点了点头笑道："我开支票给你。"她又向他瞟了一个眼风，微微笑着说了四个字："忙什么的？"何经理想着：这位太太手面不小，大可以和四奶奶媲美了。于是就开始赌起来。

说也奇怪，他的牌风，比他的银行业务却顺利得多，上场以后，赢了四五牌，虽然这是小赌，他也赢到了二百万。心里正有点高兴。主人朱科长却拿了一封自来水笔的信封进来。笑道："你们贵行同事，真是办事认真。这样夜深，还派专差送信来。"说着，把那封信递过来。

何经理心里明白，知道这事不妙，就站起来接着信，走到屋角上去拆开来。里面又套着一个信封，是胡主任的笔迹，上写何经理亲启。再拆开那封信，抽出一张信纸来看。上面潦草地写着：

育仁经理仁兄密鉴：兹悉贵行今晚交换，差码子五千万元。明日比期，有停止交换可能。望迅即回城，连夜办理。贵行将来往户所押之黄金储蓄券，又转押同业，实非良策。顷与数同业会晤，谈及上次贵行将支票印鉴故意擦污退票几乎使数家受累，此次决不通融。明日支票开出，交换科所差之码子更大。弟叨在知交，闻讯势难坐视。苟可为力之处，仍愿效劳。对此难关，兄何以醇酒妇人，逍遥郊外也。金襄理闻已失踪，必系见兄出去，亦逃避责任。此事危险万分，望即回城负责办理业务，勿使一败不可收拾。千万千万，即颂晚祺，弟胡卜言拜上，即夕。

何经理看了这封信，忽然两眼漆黑，立刻头重脚轻，身子向旁边一倒。这样一来，赌场上的人都吓得站了起来。

贾经理走向前问道："何兄，怎么了，怎么了？"抢上前看时，汽油灯光照得明显，何经理笔挺挺地躺在地上，一动也不动。女客们吓得闪到一边，都不会说话。有两位男客上前，对这情形看了一看，同叫道："这是脑充血，快找医生吧。"大家只是干嚷着，却没有个适当办法。有人向前来搀扶，也有人说动不得，有人说快舀盆冷水和他洗脚，让他血向下流。到底是贾经理和他有同行关系，抓着一个听差，搬了一张睡椅来，将何经理抬到上面躺着。

在灯光下，只见他周身丝毫不动，睁了两只眼睛看人，嘴唇皮颤动了几下，却没有说出话来。这时，把主人夫妇也惊动着来了，虽然只是皱眉头，也只好办理抢救事件。

魏太太在今日会到了何经理之后，觉得又是一条新生命路线，不料在一小时内，当场就中了风，这实在是丧气，当他躺在睡椅上的时候，她就悄悄地溜到草场上来乘凉。主人家出了这么一个乱子，当然也就不能继续跳舞，所有在舞场上的人，有的走了，有的互相商量着怎样走，因为既是夜深，又在郊外更兼是山上，走是不大容易的；有的决定不走，就在草场上过夜。

魏太太一眼看到范宝华单独坐在这里，东方曼丽未同坐，这就向他笑道："何经理忽然中风了，你没有去看看。"范宝华叹口气道："看他做什么？我也要中风了。"魏太太笑道："你们这些经济大家，都是这样牢骚。我相信过两三天，风平浪静，你们一切又还原了。"范宝华偷眼向她看看，觉得她还不失去原来的美丽，便一伸腿，两手同提着两只西装裤脚管，淡淡地问道："徐经理没有来？"魏太太低声道："他在贵阳没有回重庆来。"范宝华道："你为什么一个人先回重庆来呢？"魏太太站起来，在草地上来回地走着。

范宝华不能再问她什么话，因为其他的客人，纷纷地来了。魏太太在草场上走了几个来回，走到范先生面前，问道："曼丽到哪里去了？我找找她去。"说着，她向舞厅里走。范宝华看她那样子，觉得是很尴尬的，望着她后身点了两点头，又叹了一口气。身后有人低声道："范老板，你还愿意帮她一点忙吗？"

回头看时，朱四奶奶一手扶了椅子背，一手拿了一把收拾起的小折扇，抿了自己的下巴，微微地笑着。范宝华道："她很失意吗？那小徐对她怎么样？"朱四奶奶张开了扇子，遮了半边脸，低下头去，低声向他笑道："田小姐也是招摇过甚，明目张胆地和小徐在贵阳公开交际。小徐的太太赶到贵阳去了，那结果是可想而知。现在她回来了，还住在我那里，管些琐务，你可不可以给她邀一场头，今天她是有意来访陆止老的，偏是陆止老不来。新认识了老何，老何又中风了。"范宝华笑道："她长得漂亮，还怕没有出路。"正自说着，忽然有人叫道："田小姐掉到河沟里去了。"两人都为之大吃一惊。

014　舞终人不见

范宝华对于魏太太究竟有一段交情，这时听到说她掉到水沟里去了，就飞奔地出去。穿过舞厅，向大门外的路上，正是有人向外走着，所以他无须问水沟在哪里就知道去向。在大门外向南去的路上，有两行小树，在小树下有若干支手电筒的电光照射，正是围了一群人。走到那面前，见树外就是一道小山溪。山溪深浅虽不得知，但是看到水倒映着一片天星，仿佛不是一沟浅水。便问道："人捞上来了没有？"只听到魏太太在人丛中答道："范先生，多谢你挂念，我没有淹着，早是自己爬起来。"

范宝华向前看，见魏太太藏在一丛小树之后，只露了肩膀以上在外面。便问道："你怎么会掉下沟里去的呢？"她道："我是出来散散步，没有带灯光，失脚落水的。"范宝华听她这话，显然不对。这两行树护着河沿，谁也不会好好走路失脚落水。便道："不要受了夜凉，赶快去找衣服换吧。"

身后有人答道："不要紧，我把衣服拿来了。这是哪里说起，家里有位中风的，门口又有一位落水的。"说话时，正是女主人朱太太。她面前有个女仆打着灯笼，手里抱着衣鞋。魏太太在树丛后面只是道歉。在树外的多是男子，见人家要换衣服，都回避了。

范宝华也跟着回避，到了草地上，看到曼丽正和朱四奶奶站在一处，窃窃私语。他笑道："这正是趁热闹，田小姐高兴一人去散步，会落到水里去了。"曼丽低声笑道："你相信那话是真的吗？自从她由贵阳回来以后，就丧魂失魄似的。四奶奶这一阵子忙。始终没有和她的出路想好办法，她对于这宇宙，似乎有点烦厌了。" 四奶奶笑道："要自杀什么时候不能自杀，何要在这热闹场中表演一番。她大概是新受到了什么刺激。不忙，明天我慢慢地问她。"

他们在这里讨论魏太太的事，那位贾经理坐在藤椅子上，仰着身体，只管展开一柄小折扇不住地在胸面前扇着。可是身子挺着，他的头却微坐下来直垂到胸口里去。四奶奶手上正也拿了一柄小折扇呢，扇子是折起来的，她拿了扇子后梢，两个指头钳住，晃着打了个圈圈，同时，将嘴向那边一努，低声笑道："他和何经理犯着一样的毛病。明天是比期头寸有些调转不过来。"

曼丽道："他的银行，做得很稳的，为什么他们这样的吃紧？"朱四奶奶又向范宝华看了一眼笑道："你问他，他比什么人都清楚。"范宝华也不说什么，笑了一笑，在草地上踱着步子。

这时，魏太太随着一群人来了，她先笑道："我还怕这里出的新闻不够，又加上了一段。"朱四奶奶道："我刚才方得着消息的。你今晚别回去了，就在这里休息休息吧。据说，隔壁陆止老，连夜要进城，我想随他这个伴。"曼丽道："他那样的阔人，也拿性命当儿戏，坐木船过江吗？"朱四奶奶道："当然他有法子调动小火轮。人家为了几家银行明天的比期，慢说是调小火轮，就是调用一架飞机，也不会有问题。"

坐着那边藤椅子上的贾经理，始终是装着打瞌睡的，听了这话，突然地跳着站起来道："陆止老真要连夜进城，那么，我也去。"主人朱科长手里夹了一支纸烟，这时在人群里转动着，也是来往地不断散步。他一头高兴，已为一位中风和一位落水的来宾所扫尽，大家多有去意，这就站在人丛中问道："各位，今晚我招待不周，真是对不住。这些人要走，预备轿子是不好办的，只有请各位踏上公路，步行到江边去。轮船是陆止老预备好了的，那没有问题。我已雇好了几个力夫，把何经理抬走，实在是不能耽误了。陆止老为了他，就是提早两小时过江的。各位自己考虑，真是对不起。"主人翁最后两句话，完全是个逐客令，大家更没有停留的意思了。

朱四奶奶见贾经理单独站在人群外面，就走向前挽了他一只手臂道："老贾，我们先慢慢走到江边去好吗？"他道："好的，不过我总想和陆止老谈几句话。"朱四奶奶道："好的。他们不就住在隔壁一幢洋楼里吗？我陪你同去见他。"说着，将小扇子展开，对他身上招了几招，然后就挽了他走。一面低声笑道："陆止老也许会帮你一点忙的，我可以和你在一边鼓吹鼓吹，成功之后，你可不可以也帮我一点忙？"贾经理道："可以呀。你今晚上输的支票，我完全先付就是。"四奶奶道："我明天还要透支一笔款子，我不是一样要过比期吗？"贾经理顿了一顿，没有答复这句话。

只见篱笆外面，火把照耀，簇拥一乘滑竿过去。在滑竿上坐着一个人，正用着苍老的声音在责备人。他道："花完了钱就想发横财，发了横财，更要花冤枉钱，大家弄成这样一个结果，都是自作自受。我姓陆的不是五路财神，救不了许多人。平常我劝大家的话，只当耳边风……"说着话，滑竿已经抬了过去。贾经理站住了脚道："听见没有，这是陆止老骂着大街过去了。"朱四奶奶道："那也不见得就是说你我呀，我要向前去看看。"说着，她离开了贾经理，就向前面追了去。

贾经理也不知她是什么意思，站着只看了发呆。这又是一群人抬了一张竹床，由面前过去。床上直挺挺地躺着一个人，将一幅白布毯子盖了，简直就抬的是具死尸，那是度不过比期的何经理，买过金砖的何经理。贾经理看着这竹床过去，不由得心里怦怦地跳了几下。随了这张竹床之后，来宾也就纷纷地走去。立刻跳舞厅里的两盏汽油灯都熄了。眼前是一阵漆黑。前半小时那种钗光鬓影的情形，完全消逝无踪，他不觉在脑筋里浮出了一片空虚的幻影。怔怔地站着，没有人睬他，他也不为人所注意。

就在这时，听到东方小姐在大门外老远的叫着："老范老范。"由近而远，直待她的声音都没有了，听到主人夫妇说话的声音，由舞厅里说着话回到房里去。听到朱科长太太道："这是哪里说起？我们好心好意地招待客人，原来他们都是到我们这里来借酒浇愁的。中风的中风，跳河的跳河。"朱科长道："刚才有人告诉我，他们有几个人，就是到乡下来躲明天的比期的。比期躲得了吗？明天该还的钱不还，后天信用破产，在重庆市上还混不混？"

贾经理听了这话，也不作声，身边正好有块石头，他就坐在上面。沉沉地想着明天诚实银行里所要应付的营业。自己也不知道是经过了多少时候，耳边但听到朱家家里人收拾东西，关门，熄灯，随后也就远远地听到鸡叫了。这是个下弦的日子，到了下半夜，半轮月亮，已经高临天空，照见这草场外面，虽有一带疏篱围着，篱笆门都是洞开的，随了这门，就有一条路通向外面的山麓。他已经觉得身上凉飕飕的，也就感到心里清楚了许多。觉得自己的银行，明天虽有付不出支票的危险，天亮了就到同业那里去调动，至多停止交换是后日的事。还是尽着最后五分钟的努力吧。他自己暗叫了一声对的，就起身向篱笆门外那条路上走去。

空山无人，那半轮夜半的月亮，还相当的明亮，照见自己的影子，斜倒在地上，陪着自己向前走去。迎面虽有点凉空气拂动，还不像是风。夜的宇宙，是什么动静没有，只有满山遍野的虫子，在深草里奏着天然的曲子。他不知道路是向哪里走，也无从去探问。但知道这人行小路顺着山谷，是要通出一个大谷口的。由这谷口看到灯火层层高叠，在薄雾中和天上星点相接，那是夜重庆了。这就顺了这个方向走吧。

约莫走了一二里路，将近谷口了，却听到前面有人说话。始而以为是乡下人赶城里早市的，也没有去理会，只管走向前去。走近了听到是一男一女的说话声。他这倒认为是怪事了。这样半夜深更，还有什么男女在这里走路？于是放轻了脚步，慢慢移近。这就听到那个男子道："我实在没有法子为你解除这个困难，我家里和银行里存的东西，不够还一半的债，你说到重庆来了八年是白来了，我何尝不是白来？"那妇人道："你和曼丽打得火热了，正预备组织一个新家庭吧？"那男的打了一个哈哈道："我要说这话，不但是骗你，而且也是骗了我自己。她住在我那里，是落得用我几个钱。我欢迎她住在我那里，是图个眼前的快乐。好像那上法场的人一样，还要吃要喝，死也做个饱死鬼。"

贾经理这就听出来了，女的是田佩芝小姐，男的是范宝华先生。田小姐就道："我和你说了许久，你应该明白我的心事了。我是毁在你手上的，最好还是你来收场。我劝你不必管他什么债不债了。你把家里的那些储蓄券卖了，换成现金，足够一笔丰富的川资吧？我抛弃一切和你离开重庆市。"范宝华道："那么，我牺牲八年心血造成的码头，你牺牲你两个孩子。"魏太太道："你做好事，不要提那两个孩子吧。魏端本自己毁了，我无法和他同居，我又有什么法子顾到两个孩子。你说你不能牺牲八年打出来的码头，你黄金生意做垮了，根本你就牺牲了这个码头，而且胜利快来了，将来大家东下，你还会留在重庆吗！"说到这里，两个人说话的声音寂然了。

贾经理看到月亮下面，两个人影子向前移动，他也继续的向前跟着。约莫走了半里路，又听到范宝华道："我现在问你一句实在的话，你今天晚上，是失脚落水吗？"田佩芝道："我没有了路了，打算自杀。跌下去，水还浸不上大腿呢。我呆了一呆，我又不愿死了，所以走起来叫人。"

范宝华道："你怎么没有路了？住在朱四奶奶家里很舒服的。"田佩芝道："她介绍我和小徐认识，原是想弄小徐一笔钱，让我跟小徐到贵阳去，也是为那笔钱。她希望我告小徐一状，律师都给预备好了。这样，小徐可以托她出来了事。她就可以从中揩油了。我没有照她的计划行事，她不要我在她那里住了。"

范宝华道："她怎么就会料到小徐的太太会追到贵阳去的呢？"田佩芝道："我就是恨她这一点，她等我去贵阳了，就辗转通知了人家。我在贵阳受那女人的侮辱，大概也是她叫人家这样办的。我若抛头露面到法院里告状，说是小徐诱奸，我的名声，不是臭了吗？我回重庆以后，她逼我告状多次，实在没有法子，我卖掉了三个戒指和那粒钻石，预备到昆明去找我一个亲戚。昨天小输了一场，今天又大输了一场，川资没有了。我回到四奶奶家，只有两条路，第一条路，到法院起诉，敲小徐的竹杠，第二条路，我回到魏家去过苦日子。可是，我都不愿。"

范宝华道："所以你自杀，自杀不成，你想邀我一同逃走。"田佩芝道："中间还有个小插曲。我很想和万利银行的何经理拉成新交情，再出卖一回灵魂，可是他也因银行挤兑而中风了。这多少又给了我一点刺激。"范宝华道："你和我一样总不能觉悟。我是投机生意收不住手，你是赌博收不住手。这样一对宝贝合作起来，你以为逃走有前途吗？"田佩芝道："那我不管了。总比现时在重庆就住不下去要好些。"

范宝华道："这样看起来，朱四奶奶的手段辣得很。她和老贾那样亲热，又是什么骗局。我知道她有一批储蓄券押在老贾银行里，那是很普通的事。占不到老贾很大的便宜。此外，她在老贾银行里做有透支，透支可有限额的。像老贾那种人，透支额不会超过一百万。这不够敲的呀！"

田佩芝道："这些时候，她晚上出来晚，总带了老贾一路。老贾图她一个亲近，像你所说的，落得快活。她就拼命在赌桌上输钱，每次输个几十万，数目不小，也不大，晚上陪老贾一宿，要他明日兑现。老贾不能不答应。限额一百万，透支千万将近了。"

范宝华道："那又何苦？她也落不着好处。"田佩芝笑道："你在社会上还混个什么，这一点你都看不出来。赢她钱的那个人，是和她合作的。打唉哈，对手方合作，有牌让你累司，无牌暗通知你，让她投机，多少钱赢不了？诚实银行整个银行都可以赢过去。"

贾经理听了这话，犹如兜头浇了一瓢冷水，两只腿软着，就走不动了。他呆在路上，移不动脚。心里一想，她可不是透支了好几百万了吗？做梦想不到她输钱都是假的。不要说银行里让黄金储蓄券，冻结得透不出气来，就是银行业务不错，也受不住经理自己造下的这样一个漏洞。他想着想着，又走了几步，只觉心乱如麻，眼前昏黑，两腿像有千斤石绊住了一样，只好又在路上停留下来。等自己的脑筋缓缓清醒过来时，面前那说话的两个男女，已经是走远了。

他想着所走的路，不知通到江边哪一点，索性等天亮了再说吧。他慢慢地放着步子，慢慢地看到了眼前的景物，竟是海棠溪的老街道。走到轮渡码头，坐第一班轮渡过江，一进船舱，就看到范田二人，同坐在长板凳上。范宝华两只眼眶子深陷下去两个窟窿，田佩芝胭脂粉全褪落了，脸色黄黄的，头发半蓬着，两个人的颜色，都非常的不好看。范宝华看到贾经理起身让座。他就挨着坐下了。

范宝华第一句话就问道："今天比期，一切没有问题？"贾经理已知道他是个预备逃走的人。便淡笑道："欠人家的当然得负责给。人家欠我们的，我们也不能再客气了。"

范宝华听了，虽然有点心动，但他早已下了决心，把押在银行里的储蓄券，完全交割掉就完了，反正不能再向银行去交钱。他也淡笑了一笑。这二男一女虽都是熟人，可是没并排地坐着，都是默然地谁也没有说话，其实各人的心里都忙碌得很。全在想着回到家里，如何应付今日的难关。

轮船靠了重庆的码头，范宝华由跳板上是刚走一脚，就听到前面有人连喊着先生。看时，吴嫂顺了三四十层的高坡，飞奔下来。走到了面前，她喘着气道："先生，你你你不要回去吧。我特意到轮船码头上来等着你的。"范宝华道："为什么？"吴嫂看了看周围，低声道："家里来了好些个人，昨晚上就有两个人在楼下等着没有走。今天天亮又来了好几个人。"范宝华笑道："没有关系。他们不过是为了今天的比期，要我清账而已。所有做来往的几家商号，都不是共事一天，而且我有黄金储蓄券押在他们手上，也短不了他们的钱。"他说着这话，是给同来的贾经理和田小姐听的。然而贾经理哪有心管人家的闲事，已经坐着上坡轿子走了。魏太太倒是还站在身边，她对于范先生，本来还有所待。

吴嫂看到她，坦然地点了个头道："田小姐，好久不见。"魏太太道："听到说你不在范先生家里了。"她叹口气道："我就是心肠软，天天还去一趟，和他照应门户，他们不回家，我也不敢走。"魏太太道："东方小姐回去吗？"吴嫂道："她不招闲咯，回去就困觉，楼下坐那样多人，好像没有看到一样。"魏太太向范宝华看了一眼，问道："你打算怎么办？"他道："没有关系，你在朱家等着吧，我打电话给你。我给你雇轿子吧。"说着，他招手把路旁放着的一辆小轿叫来，而且给她把轿钱交给轿夫了。

魏太太坐着轿子去了。范宝华道："吴嫂，还是你对我有良心，你还赶到码头上来接我，这一定是东方小姐说的。"吴嫂道："她猜得正着，她猜你同田小姐一路来。"说着，把声音低了一低道："你的钱，都放在保险柜子吗？她睡在你房里，我不在家，怕她不会拿你的东西。"

范宝华站在石头坡子上，对着黄流滚滚，一江东去的大水，很是出了一会神。吴嫂道："你回去不回去呢？你告诉我有什么法子把那些人骗走。你然后回去打开保险箱拿走东西转起来吧。"

范宝华叹了一口气，还是望大江出神。吴嫂道："他们对我说了，把你抵押品取消了，你还要补他们的钱。如是抵押品够还债，他们也不来要钱了。"

范宝华摇了两摇头，说出一句话："我没想到有今天。"做投机生意的人，自然是像赌博一样，大概都不知道这一注下去，是输是赢。可是做黄金生意的人，拿了算盘横算直算，决算不出蚀本的缘故，所以范宝华说的，想不到有今天，那是实在的情形。吴嫂看了他满脸犹疑的样子，也是替他难受，因道："你若是不愿回去的话，把开保险箱子的号码教给我，要拿什么我跟你拿来，你放不放心？"

范宝华道："这不是放心不放心的事，而是……好吧，我回去。丑媳妇总也要见公婆的面，反正他们是要钱，也不能把我活宰了。叫轿子，我们两个人都坐轿子回去。"吴嫂听到他的话说得这样亲切，心里先就透着三分高兴。笑道："只要你的事情顺手，我倒是不怕吃苦。为你吃苦，我也愿意。"

范宝华道："的确，人要到了患难的时候，才看得出谁是朋友，谁不是朋友。我现在有一件事和你商量。"说着，他向左右前后看了一看，见身边没有人，才低声继续着道："你娘家不是住北郊乡下吗？我想躲到你那个地方去，行不行？"吴嫂道："朗个不行？不过你躲到我那里，我不明白你是啥意思？"

范宝华道："第一，我要躲着人家猜不到的地方，第二，我要在那地方和城里通消息，第三，太生疏了的地方也不行，你想，我无缘无故躲到一个生疏地方去，人家不会对我生疑心吗？"吴嫂咬着厚嘴唇皮，对他看了一眼，摇摇头道："你说的这话，我不大明白。"

范宝华叹了口气道："我实在也是无路。我不是听到刚才你说的那两句话，我也不会这样想。你不是说愿意为我吃苦吗，我溜了，我那家可舍不得丢，我想托你为我看管。住在你乡下，我有什么事，随时可以通知你，你有什么事，随时可以通知我。他们讨债，也不能讨一辈子，等着风平浪静了，我再回到重庆来。没什么说的，念我过去对你这点好处，你和我顶住这个门户吧。"说着，向吴嫂拱了两拱手。吴嫂道："客气啥子，人心换人心，你待我好，我就待你好。你到成都去耍，不是我和你看家？不过现在家里住了一位东方小姐，说是你的太太，又不是你的太太；说不是你的太太，她又可以做主。"

范宝华道："这个不要紧，我今天回去，会把她骗了出来，然后由里到外，你去给它锁上。我不在家，她也就不会赖着住在我那里了。"吴嫂对他望望，也叹了口气道："你在漂亮女人面前，向来是要面子的，现在也不行了。啥子东方小姐，西方小姐，你没得钱她花，她会认你？"

范宝华也不愿和她多说，叫了两乘小轿，就和吴嫂径直走到家里。大门敞着，走到天井里，就听到客室里闹哄哄的许多人说话。其中李步祥的声音最大，他正在和主人辩护，他道："范先生在银钱堆上爬过来的人，平常就玩个漂亮，哪把比期，不是交割得清清楚楚。昨天是南岸有跳舞，闹了个通宵，不是躲你们的债。"

范宝华哈哈大笑道："还是老朋友不错，知道我老范为人。"说着，他大开着步子走进了客室。这时，椅子上，凳子上，坐着六位客人之多。有穿夏威夷衬衫的，也有穿着绸小褂子的，桌上放了一大叠皮包。看到他进来，不约而同地站起，有的叫范老板，有的叫范先生。

015　空城一计

范宝华向大家看了一眼，又将手指了桌上的皮包道："各位把我家里当了银行，在我这里提现吗？"说着，他把西服上身脱了，端了把椅子过来，放在屋子中间，然后伸了两腿坐下，提起两只裤脚管，笑道："昨天晚上，快活了个通宵，手也玩，脚也玩。不过，没有白玩，唛哈了半夜，小赢二百万，至于今天的比期，我没有忘记。在重庆码头上混，就讲的是个信用。各位的单据都带来了?"说着,他在西服裤子袋里,掏出一只赛银扁平的纸烟盒子,掀开盖子来,向各人面前敬着烟。笑道:"大家来一支,这是美国烟。"大家看他那种满盘不在乎的样子,料着不会不还债,大家也就不便提要债的话,就是不吸烟的,为敷衍主人的面子,也都接受了一支。

范宝华又在身上掏出打火机来,向大家点火。然后笑道:"现在银行里还没有开门,也办不了来往。我熬了个通宵,实在是饿不过,非吃一点东西,不能办事。我做个小东,请各位到广东馆子里去吃早点。"这债主子里有位年纪最大的,光着和尚头,嘴上有两撇八字胡须,将半旧的黄色川绸小褂子,卷了两只袖子,手里拿了一柄黑折扇,有一下没一下的,在胸面前扇着。主人说话,他只是翻眼睛望着,要捉住一个漏洞。这时主人要请吃早点,他想着这可能是个漏洞。这就站起来摇了两摇手道:"大家都有事。你不必客气。"

范宝华笑道:"我倒不是和各位客气,我肚子实在饿得慌,这样吧,主听客便,有愿和我去吃早点的,就和我一路走,有不愿走的,就在舍下宽坐片时,我上楼去换件衣服。"说着,他起身就走了。

到了楼上房间里,床上珍珠罗的帐子已经四面放下。曼丽穿了身浴衣,光着手臂和大腿,侧身睡在帐子里。看那样子,还是睡得很香。他的保险箱放在屋子的犄角上,斜对了帐子。他喊了两声曼丽,床上也没有人答应。他就蹲下身子去,将保险箱打开,先将里面单据证券,分着两卷取出,各在裤袋里取出一方手绢,紧紧地一卷。

他又拿了两件旧衣服,将这两个手绢包裹着,然后自己换了条短裤衩,披着短袖衬衫,完全是个随便的装束,复又走下楼来。他将旧衣服包的那个布卷,笑着递给李步祥道:"老兄,我家里的衣服,吴嫂就忙着洗不过来,哪里还有工夫和你洗这许多衣服。"说着,把那包袱向他怀里塞着。李步祥莫名其妙地接着那包裹,见范宝华对他直使眼色,也只好接受着了。

范宝华笑道:"你看,我忙着这一早晨,脸也没洗,口也没漱。吴嫂,把洗脸家伙送到这里来。"在座的六位要债人,正待向他开口,见人家洗脸都来陪着,自也不能不忍耐片时,那吴嫂将脸盆漱口盂一样样地搬到客室里桌上放着,范宝华洗脸的用品,还真是不少,牙膏、牙刷、香皂、雪花膏、生发油、小梳子、小镜子,那吴嫂真是不怕麻烦,陆续和他取来。

范宝华当了大众漱洗,还向大家笑道:"不要紧,时间还早得很。今天上午,决误不了各位的事。"他总摸索了有半小时以上,才把这张脸洗完,随后拿镜子照着,唉了一声道:"不对,我长了这么一脸胡荏子,也没有把胡子刮刮,吴嫂,重新打盆热水来。"吴嫂答应着,除了给舀洗脸水之外,而且还把刮胡子刀和刀片，做两次给他拿来。

这样又摸索了二十分钟，他才把脸洗完。向李步祥道："我知道你会来找我的。我们那笔买卖，十点半钟可以成交。现在还不到九点。时间还早，我请各位吃早点，你也去做一个陪客吧。"李步祥和老范是多年的朋友，看他这情形，就明白他的用意了。于是笑道："好的，我叨扰你一顿。今天上午这件买卖成交，你大赚一笔，你请一百次客的钱也有了。哈哈。"

范宝华就向六个债主子道："我陪客也请到了，各位请吧。"还是那个老债主子表示不同意，他摇着头笑道："今天比期，大家都忙，我们把上午的事情办完了，还要办下午的事情呢。范先生可以先看看我们的账。"

范宝华突然地正着脸色向大家道："各位，你们有点不讲天理人情。人生在世，为的是什么？不就为的是穿衣吃饭吗？我这样昼夜奔走是为了吃饭，各位一大早就到我这里来要债，又何尝不是为的吃饭？无论怎么忙，这个肚子，你得让我填满。我好意请各位去吃早点，固然是客气。同时，我也是存着一个念头，知人知面不知心，我是去填肚子，你们不会说我是躲比期。所以邀你们一路走，也好监督我。你们既不赏脸，我也无须客气。老李，我们到金龙酒家吃早点去。不要紧，有钱还债，只要不过今日下午四点。银行能办清手续，我们就不负责任。"说着，他拿起桌上一把芭蕉扇，就缓缓地走出去了。自然，李步祥夹了那包袱，跟了他到金龙酒家。

重庆是上海式的码头，虽然抗战首都，移到这里，政治冲淡不了商业，反而增加它的旺盛。早上有办法的公务员和有办法的商家，照例是挤满了广东食店和江苏食店。范李两人在食堂里找了许久，才在那角上找到了一副小座头。

李步祥四周看了一看，坐下来就伸着头低声问道："老范我听到你消息不好，一早来看你的。你这是什么意思，当了许多人塞个包袱到我手上。"老范拍了他的肩膀笑道："你接着包袱，没有问我什么，这就对了。我以后的出路，都在这包袱里。老李，今天早上，可以大吃一顿，我不省钱。人生在世，有吃就要吃，错过了机会，不见得就再吃得到。"说时，茶房向桌上送着茶点，范宝华拿起摆好的筷子，夹了个叉烧包子就向嘴里塞了进去。咀嚼着向李步祥道："逃难的时候，哪里吃得着这个。"

李步祥望了他道："我看你今天的情形很兴奋。"他四周望了一望，低声道："我老早就兴奋了。我老实告诉你，我那些押在人家手上的黄金储蓄券，非交割清楚不可了。押在银行里的我不怕他，我这个房子是租的，要清理我的财产，也就是那些家具，反正不能和我打官司。只有这些私人的来往，可是让我受窘。他们可真讨债，连本带利，把我的储蓄券都没收了，我还得找他们一大笔款，而且他们不要储蓄券，只是要我还债。老实说，要倒霉大家倒霉，我拼了那些储蓄券不要也就算了，让我再找一笔钱出来，我办不到。"

李步祥道："你今天不还那些人的钱，那还是不行啦。你有什么法子摆脱他们？"范宝华笑道："慢慢地吃点吧，'料然无事'。"说着，他来了一句戏白。说话之间，他是左手端茶杯，右手拿筷子，吃得非常的安适。

这时，身后有人轻缓地叫了一声范先生，回头看时，就是那讨债的领袖人物小胡子来了。范宝华将筷子头点着座旁的椅子道："胡老板，坐下来吃一点吧。我请你来，你不来，现在你可自己来了。"他道："不是那话。现在已经十点钟了。我们在银行里取得了款子，上午还想做一点事情。"范宝华道："坐下来吃一点吧。反正我上午给你支票，十二点钟以前，你可以取到款子。你要债，我还债，事情不过如此而已。你还有什么话说。"李步祥也移挪着椅子道："你就坐下吧。给你来一碗面好不好？"

这老头子拘了面子，也只好坐下。范宝华给他一支纸烟，又给他斟上一杯茶。笑道："没关系，你就破除十分钟工夫，吃两碟点心吧。"这位胡老板看了满桌的包子饺子鸡蛋糕，加上肚子里还正是有点饿，也就扶起筷子来吃了。范李二人却是不慌不忙地，在座上谈着闲话。

大概又是十来分钟，食堂里吃早点的人，已经是纷纷地走了。也不知主人是什么时候招呼的，茶房又给他送来一碗猪肝面。胡老板见面碗摆在面前，摇着手道："你二位吃吧。"范宝华道："我们老早来的，已经吃饱了。这碗面，你若是不吃，也不能退回。你尽管吃吧。交情是交情，来往是来往，我们并不是请你吃了点心，就教你不讨债，我们还是照样的还钱，分文不会短少。"

这么一说，胡老板弄得不好意思起来，点了头道："笑话，笑话！范先生有办法有面子的人，怎么说这话。"李步祥道："这就对了。范先生回去就开支票给你，你还有什么堵在心上，吃不下去。"胡老板望了那碗面，紫色的猪肝，绿色的菠菜，铺在面上。带了油香的红汤，阵阵向鼻子里送着香味，在三分尴尬情形下，也只扶着筷子挑几条面，尝了一口。这一尝，其味无穷，不知不觉，把那碗面吃了。

这时，有人叫道："胡老板，你在这里吃早点了。现在可不早，已经十一点钟了，银行快上门了。"这是另一个讨债的追了来，老远地抬起手来招了两招。范宝华笑道："不要紧，我马上就回家开支票给你们。"他站起来，将李步祥拉到一边说了几句话。又慨然会了东，对走到面前新来的债主笑道："没有了时间，我也不留你们吃早点了，来支美国烟吧。"他又在裤衩袋子里，掏出赛银烟盒子来，向二人敬着烟。李步祥向他使了个眼色，又一抬手就先走了。

范宝华将带着的芭蕉扇，在胸前摇了几摇，笑道："凡事都有一个一定的步骤，急不来的，一个月两个比期，哪个比期，我不是像平常一样，从从容容地度过。这就是老早我已把款子预备好了。要给的钱，说破了嘴唇皮还是要给的，你们是摸不清我范老板的脾气，若是对我有相当的认识，真用不着天不亮就来堵我。这个时候，到金龙酒家来找我，一点不费事，还可以扰我一顿呢。你们天不亮就来，还不是没有堵着我吗？昨天晚上我就走了。我若有心躲这个比期，今天根本就不回来，又其奈我何？你们都太小气。"说着，摇了扇子向回家的路上走。这两个人自是默默地跟着，到了客室里，还有四个债权人，浑身透出疲倦的样子，靠了椅子背坐着。

范宝华向他们一抱拳道："有偏了。家里缺少招待，对不起得很。闲话少说，办理债务要紧。现在我就开支票给各位。在支票没有兑现以前，我不要各位把抵押品和借据交还给我。我的支票，也许是空头，那不是要各位的好看吗？但一样的，我也是不放心。我把支票交给你们，你们一点凭据不给我，我也就太大方了。现在只要各位收了支票之后，给我写个临时收据，大家玩漂亮一点，好不好？"六个人看他这样子，是实心实意的还债，就同声答应了一句好。

范宝华叫道："吴嫂，把我的皮包给我拿来。"吴嫂随了这声，提着一只锁好了的皮包，送到客室里。范宝华在袋里摸出钥匙，将皮包打开了。取出两本支票簿子来，然后再伸手到皮包里去摸索着，自己哦了一声道："图章在保险箱里呢。"说着，起身就向楼上走去。

去了很久，他摇着头走回客室来，一拍手道："糟糕透了，保险箱的钥匙丢了。"胡老板道："保险箱，不是对号的吗？怎么还要钥匙？"范宝华道："我这保险箱是双重保险的，又对号，又有暗锁。各位不要急，等我想想，我这钥匙，是不是丢在金龙酒家呢？我是放在裤衩小口袋里的，准是掏烟盒子的时候，随手带了出来了。我得亲自去找找，这件事情，非同小可。"说着，一扭身就向大门口跑出去了。

这些债主，看他那样焦急的样子，这是事出不得已，不能拦着他去找钥匙，大家只好还是在客室里等着。只有胡老板有点疑心，觉得事情怎么如此凑巧？他出去找钥匙，不要一找就永不回来吧。可是看到他放支票的皮包，还放在客厅的桌上，料着他又不会不回来。

五分钟，十分钟，十五分钟，大家静静地坐着等下去。胡老板首先有点不耐烦，问同伴几点钟了。有人戴着手表的，抬起手臂来看了一看，叹气道："到十二点，只差十分了。银行上午办事钟点已过，一切只等下午了。"胡老板站起来就向门外走去。却和范宝华碰个正着。他手指上挂了一个带铜圈的钥匙，笑道："找着了，找着了。在我的纸烟盒子里放着呢。马上开支票，马上开支票。"他说着话，上楼去取下了图章就坐到桌边去，一个个地问着债权人，款子共是多少，就照着人家报的数目，抽出口袋里的自来水笔，各开了一张支票。开完了支票，一一地盖上图章，将支票都放在桌上。笑道："我的手续是办了。各位应该每人给我一张收据，收据不能用自来水笔，请各位用毛笔写吧。"他于是在旁边桌子抽屉里取出纸笔墨砚，请各人写收据。

这时，隔壁屋子里当当一阵时钟响，正是敲着十二点。他脸上带了得意的微笑，向大家道："我这个人绝对守信用，说了今天上午还钱，决不会等到下午。请赐收据吧。"这六个人看到人家的支票开在桌上，还有什么话说。挨次地写着收据，换取了桌上的支票。六个人把手续办完，已是十二点一刻了。范宝华一拱手笑道："六位请吧，该去吃午饭了。我还有三千年道行，没有逼倒。哈哈。"这六个人被他奚落了两句，也没有话回答，还是带着笑道歉而去。

016　螳螂捕蝉黄雀在后

这一幕喜剧，范宝华觉得是一场胜利，他站在楼下堂屋里哈哈大笑。身后却有人问道："老范啦。你这样的高兴，所有的债务，都已经解决了吗？"说着这话的，是东方曼丽。她披了一件花绸长衣在身上，敞了胸襟下一路纽祥，没有扣住。手理着散了的头发，向范宝华微笑。范宝华笑道："不了了之吧。我在重庆这许多年，多少混出一点章法，凭他们这么几个人，就会把我逼住吗？这事过去了，我们得轻松轻松。你先洗脸，喝点茶，我出去一趟，再回来邀你一路出去吃午饭。"

曼丽架了腿在长藤椅子上坐着，两手环抱了膝盖，向他斜看了一眼，抿了嘴笑着，只是点头。范宝华道："你那意思，以为我是假话？"

曼丽道："你说了一上午的假话，做了一上午的假事，到了我这里，一切就变真了吗？你大概也是太忙，早上开了保险箱子，还没有关起。是你走后，我起床给你掩上的，保险箱子里的东西，全都拿走了，你还留恋这所房子干什么？你打算怎么办，那是你的自由，谁也管不着。不过我们多少有点交情，你要走，也不该完全瞒着我。"范宝华脸上，有点儿犹豫不定的颜色，强笑道："那都是你的多虑，我到哪里去？我还能离开重庆吗？"

曼丽道："为什么不能离开重庆？你在这里和谁订下了生死合同吗？这个我倒也不问你。我们虽不是夫妻，总也同居了这些日子，你不能对我一点情感没有。你开除一个佣工，不也要给点遣散费吗？"她说到这里，算露出了一些心事。范宝华点着头道："你要钱花，那好办。你先告诉我一个数目。"

曼丽依然抱着两只膝盖，半偏了头，向他望着，笑道："我们说话一刀两断，你手上有多少钱，我们二一添作五，各人一半。"范宝华心里暗想着：你的心也不太毒，你要分我家产的一半。但是他脸上却还表示着很平和的样子，吸了一支纸烟在嘴角里，在屋子里踱来踱去，自擦火柴，吸上一口，然后喷出烟来笑道："你知道我手上有多少钱呢？这一半是怎么个分法呢？"

曼丽道："我虽然不知道，但是我估计着不会有什么错误。我想你手上，应该有四五百两黄金储蓄券。你分给我二百两黄金储蓄券，就算没事。纵然你有六百两七百两，我也不想。"范宝华只是默然地吸着烟，在屋子里散步，对于她的话，却没有加以答复。

吴嫂在一边听到这话，大为不服，沉着两片脸腮，端了一杯茶，放到桌子角上，用了沉着的声音道："先生，你喝杯茶吧。你说了大半天的话，休息休息吧。钱是小事，身体要紧，你自己应当照应自己。钱算啥子，有人就有钱。有了钱，也要有那项福分，才能消受，没有那福分把钱讹到手，也会遭天火烧咯。"

曼丽突然站起来，将桌子一拍，瞪了眼道："什么东西？你做老妈子的人也敢在主人面前说闲话。"吴嫂道："老妈子朗个的？我凭力气挣钱，我又不做啥下作事。我在我主人面前说闲话，与你什么相干？你是啥子东西，到范公馆来拍桌子。"曼丽拿起桌上一个茶杯，就向吴嫂砸了去。吴嫂身子一偏，当啷一声，杯子在地上砸个粉碎。吴嫂两手捏了拳头，举平了胸口，大声叫道："你讲打？好得很。你跟我滚出大门来，我们在巷子里打，龟儿子，你要敢出来，老子不打你一个稀巴烂，我不姓吴。"说着，她向天井里一跳，高招着手，连叫来来来。

曼丽怎样敢和吴嫂打架，见范宝华在屋里呆呆地站着，就指了他道："老范，你看这还成话吗？你怎么让老妈子和我顶嘴。"吴嫂在天井里叫道："你少叫老妈子，以先我吃的是范家的饭，做的是范家的工，也只有范先生能叫我老妈子。现在我是看到范家没有人照料房屋，站在朋友情分上和他看家，哪个敢叫我老妈子？"

曼丽正是感到吵嘴以后，不能下台。这就哈哈大笑道："范宝华，你交的好朋友，你就是这点出息。"吴嫂道："和我交朋友怎么样，我清清白白的身体，也不跑到别个人家里去困觉，把身体送上门。"这话骂得曼丽太厉害，曼丽跳起来，要跑出屋子去抓吴嫂。范宝华也是觉得吴嫂的言语太重，抢先跑出屋子来，拖着她的手向大门外走，口里连道不许乱说。

吴嫂倒真是听他的话，走向大门口，回头不见东方小姐追出来，这就放和缓了颜色，笑向他道："好得很，我把你骗出来了，你赶快逃。家里的事，你交给我，我来对付她，她骂我老妈子不是？我就是老妈子。只要她不怕失身份，她要和我吵，我就和她吵，她要和我打，我就和她打。料着她打不赢我。你走你走，你赶快走。"说着，两手推了范宝华向巷子外面跑。

范宝华突然省悟，这就转身向外走去。他的目的地，是一家旅馆。李步祥正在床上躺着，脱光了上身，将大蒲扇向身上猛扇。看到范宝华来了，他跳起来道："你来了，可把我等苦了。"说着，提起床头边一个衣服卷，两手捧着交给他道："你拿去吧，我负不了这个大责任，你打开来看看，短少了没有？"

范宝华道："交朋友，人心换人心。共事越久，交情越厚。花天酒地的朋友，那总是靠不住的。"因把家里刚才发生的事情告诉了他。李步祥一拍手道："老范，这旅馆住不得，你赶快走吧。刚才我由大门口进来的时候，遇到了田小姐，她问我找谁，我失口告诉和你开房间。她现在也是穷而无告的时候，她不来讹你的钱吗？"

范宝华笑道："不要紧，她正和我商量和我一路逃出重庆去。"李步祥道："哦！是你告诉她，你要在这里开房间的，我说哪里有这样巧的事了。你得考虑考虑。"范宝华道："考虑什么，捡个便宜老婆，也是合适的事，我苦扒苦挣几年，也免得落个人财两空。"李步祥道："老范，你还不觉悟，你将来要吃亏的呀。"他笑道："我吃什么亏，我已经赔光了。"他说着话，脱下衬衫，光了赤膊，伸了个懒腰笑道："一晚上没有睡，我该休息了。"

李步祥正犹豫着，还想对他劝说几句。房门却卜卜地敲着响，范宝华问了声谁。魏太太夹了个手皮包，悄悄地伸头进来。看到李步祥在这里，她又缩身回去了。范宝华点了点头笑道："进来吧。天气还是很热，不要到处跑呀。跑也跑不出办法来的。"魏太太这就正了颜色走进来，对他道："我是站在女朋友的立场，告诉你一个消息的……曼丽和四奶奶通了电话，说你预备逃走。她说，你若不分她一笔钱，她就要通知你的债主，把你扣起来。我是刚回四奶奶家中，听了这个电话，赶快溜了来告诉你，你别让那些要债的人在这里把你堵住了。在旅馆里闹出逼债的样子，那可是个笑话。"

范宝华道："曼丽在哪里打的电话？朱四奶奶怎样回答她？"魏太太道："她在哪里打的电话，我不知道。四奶奶在电话里对她说，请她放心。姓范的可以占别个女人的便宜，可占不到东方小姐朱四奶奶的便宜。非叫你把手上的钱分出半数来不可。我本想收拾一点衣服带出来的。我听了这个电话就悄悄地由后门溜出来了，赶快来通知你。你手上还有几百两金子，早点做打算啦。四奶奶手段通天，你有弱点抓在她们手上，你遇着了她，想不花钱，那是不行的。小徐占过她什么便宜，她还要我在法院里告他呢。在眼前她会唆使曼丽告你诱奸，又唆使你的债权人告你骗财，你在重庆市上怎么混，趁早溜了，她就没奈你何。"

范宝华被她说着发了呆站住，望了她说不出话来。李步祥道："这地方的确住不得，你不是说要下乡去吗！你迟疑什么？赶快下乡去，找个阴凉地方睡觉去，不比在这里强？"

范宝华道："也好。我马上就走，请你悄悄地通知吴嫂，说我到那个地方去了。她心里会明白的。今天你的比期怎样？你自己也要跑跑银行吧？你请吧，不要为我的事耽误了你自己的买卖。"李步祥看了看魏太太，向老范点点头道："我们要不要也通通消息呢？"范宝华道："那是当然，你问吴嫂就知道。"魏太太装着很机警的样子，他们在这里说话，她代掩上了房门，站在房门口。

李步祥和范宝华握了手道："老兄，你一切珍重，我们不能再栽斤斗啊。"说着，他一招手告别，开着门出去了。范宝华跑向前，两手握了魏太太的手道："你到底是好朋友。"她一摇头道："现在没有客气的工夫了。你下乡是走水路还是走旱路，船票车票，我都可以和你打主意。"范宝华道："水旱两路都行。水路坐船到磁器口，旱路坐公共车子到山洞。"魏太太道："坐船来不及了。第二班船十二点半钟已开走，第三班船，四点钟开，又太晚了。到歌乐山的车子一小时一班，而且车站上我很熟，事不宜迟，我马上陪你上车站，你有什么东西要带的没有？"范宝华道："我没有要带的东西，就是这个手巾包。"魏太太伸手拍了他的肩膀道："不要太贪玩了，还是先安顿自己的事业吧。你看昨晚上何经理的行为，是个什么结果？快穿上衣服，我们一路走。"范宝华到这个时候，又觉得田小姐很是不错了。立刻穿上衣服，夹了那个衣包，又和她同路走出旅馆。

旅馆费是李步祥早已预付了的，所以他们走出去，旅馆里并没有什么人加以注意。他们坐着人力车子，奔到车站，正好是成堆的人，蜂拥在卖票的柜台外面。那要开往北郊的公共汽车，空着放在车厂的天棚下。查票的人，手扶了车门，正等着乘客上车。魏太太握着他的手道："你在阴凉的地方等一等，我去和你找车票。"

她正这样说着话，那个查票的人对她望着，却向她点了个头。魏太太笑道："李先生，我和你商量商量。让我们先上去一个人，我去买票。"那人低声道："要上就快上，坐在司机座旁边，只当是自己人，不然，别位乘客要说话的。"魏太太这就两手推着他上了车去。范宝华这时是感到田小姐纯粹出于友谊的帮忙，就安然地坐在司机座旁等她。

不到五分钟，拿了车票的人，纷纷地上车。也只有几分钟，车厢里就坐满了。可是魏太太去拿票子以后，却不见踪影。他想着也许是票子不易取得。好在已经坐上车了，到站补一张票吧。他想着，只管向车窗外张望，直待车子要开，才见她匆匆地挤上了车子。车门是在车厢旁边的。她挤上了车子，被车子里拥挤的乘客塞住了路，却不能到司机座边去。范宝华在人头上伸出了一只手，叫道："票子交给我吧。"魏太太摇摇手道："你坐着吧，票子捏在我手上。"范宝华当了许多人的面，又不便问她为什么不下车。

车子开了，人缝中挤出了一点空当，魏太太就索性坐下。车子沿途停了几站，魏太太也没有移动。直等车子到了末站，乘客完全下车，魏太太才引着老范下车来。范宝华站在路上，向前后看看，见是夹住公路的一条街房，问道："这就是山洞吗？这条公路，我虽经过两次，但下车却是初次。"魏太太笑道："不，这里是歌乐山，已经越过山洞了。你和吴嫂约的地方，是山洞吗？"范宝华道："我离开重庆，当然要有个长治久安之策。我托她在那附近地方找了一间房子。"

魏太太笑道："那也不要紧，你明天再去就是了。这个地方，我很熟，你昨晚一宿没睡，今天应该找个凉爽地方，痛痛快快地睡一觉。关于黄金生意也罢，乌金生意也罢，今天都不必放到心里去。"

范宝华一想，既然到了这地方，没有了债主的威胁，首先就觉得心上减除了千斤担子，就是避到吴嫂家里去，也不在乎这半天。明日起个早，趁着阴凉走路，那也是很好的。便向她点点头笑道："多谢你这番布置。"

魏太太抿了嘴先笑着，陪他走了一截路。才道："我也是顺水人情。歌乐山我的朋友很多，我特意来探望他们另找出路。同时，我也就护送你一程了。"说着话，她引着范宝华走向公路边的小支路。这里有幢夹壁假洋楼，楼下有片空地，种满了花木，在楼下走廊上有两排白木栏杆，倒也相当雅致。楼柱上挂了块牌子，写着清心旅馆。范宝华笑道："这里一面是山，三面是水田，的确可以清心寡欲，在这里休息一晚也好。"

魏太太引着他到旅馆里，在楼下开了一个大房间，窗户开着，外面是一丛绿森森的竹子。竹子外是一片水田。屋子里是三合土的地面，扫得光光的。除一案两椅之外，一张木架床，上面铺好了草席。屋子里石灰壁糊得雪白，是相当的干净。正好一阵凉风，由竹子里穿进来，周身凉爽。魏太太笑道："这地方不错，你先休息休息，回头一路去吃一顿很好的晚饭。"范宝华道："你不是要去看朋友吗？"魏太太笑道："我明天去了，免得你一个人在旅馆里怪寂寞的。"范宝华点点头道："真是难得，你是一位患难朋友。"

他这样说着，魏太太更是体贴着他，亲自出去，监督着茶房，拿了一只干净的洗脸盆和新手巾来，继续送的一套茶壶茶杯，也是细瓷的。范宝华将脸盆放在小脸盆架子上洗脸擦澡，她却斟了两杯茶在桌上凉着。范宝华洗完了，后面窗户外的竹阴水风，只管送进来，身上更觉得轻松，而眼皮却感到有些枯涩。魏太太端了茶坐在旁边方凳子上，对他看看，又把嘴向床上的席子一努，笑道："你忙了一天一夜，先躺躺吧。"

范宝华端起一杯凉茶喝干了，连打了两个呵欠。靠了床栏杆望着她道："我很有睡意，你难道不是熬过夜，跑过路的？"她道："你先睡，我也洗把脸，到这小街上买把牙刷。晚上这地方是有蚊子的，我还得买几根蚊香，你睡吧，一切都交给我了。"

范宝华被那窗子外的凉风不断吹着，人是醺醺欲醉。坐在床沿上对魏太太笑了一笑，她也向老范回笑了一笑。老范要笑第二次时，连打了两个呵欠。魏太太走过来，将他那个布包袱在床头边移得端正了，让他当枕头，然后扶了他的肩膀笑道："躺下躺下……睡足了，晚上一路去吃晚饭，晚饭后，在公路上散步，消受这乡间的夜景。过去的事，不要放在心上，以后我们好好的合作，自有我们光明的前途。"说着，连连地轻拍着他的肩膀。

范宝华像小孩子被乳母催了眠似的，随着她的扶持躺下了。魏太太赶快地给他掩上了房门。窗子没关，水竹风陆续地吹进屋来，终于是把逃债的范宝华送到无愁乡去了。

魏太太轻轻地开了房门出来，到了账房里，落好了旅客登记簿，写的是夫妇一对，来此访友。登记好了，她走出旅馆来，远远看到支路的前面，有个人穿了衬衫短裤，头盖着盔式帽的人，手里拿根粗手杖，只是向这里张望。

看到这里有人走路，他突然地回转身去。他戴了一副黑眼镜，路又隔了好几十步，看不清是否熟人。不过看他那样子，倒是有意回避。她想着：这是谁？我们用闪击的方法，逃到歌乐山有谁这样消息灵通，就追到这里来？这是自己疑心过甚，不要管他。于是大着步子走到街上，先到车站上去看了一看，问明了，八点钟，有最后一班进城的车子。又将手表和车站上的时钟对准了。

走开车站，又到停滑竿的地方，找着力夫问道："你们晚上九点钟，还在这里等着吗？"这里有上十名轿夫，坐在人家屋檐下的地上等生意。其中一个小伙子道："田小姐，你好久不来了。你说一声，到时候，我们去接你。"魏太太道："不用接我，晚上八点半钟在这里等我就可以。我先给你们五百元定钱。"说着，就塞了一叠钞票在他手上，然后走去。

她安顿好了，于是在小杂货铺里买了几样东西，步行回旅馆。这时，夕阳已在山顶上，山野上铺的阳光，已是金黄的颜色了。她心里估计着，这些行动，决不会有第二个人知道。不过这颗心，像第一次偷范宝华的现钞一样，又有点跳跃。她想着：莫非又要出毛病，她想着想着，走近旅馆，回头看时，那个戴盔式帽，戴黑眼镜的人，又在支路上跟了来。她忽然一转念，反正我现在并没有什么错处，谁能把我怎么样？我就在这里挺着，等你的下文。于是回转身来，看了那人。

那人似乎没有理会到魏太太，这支路上又有一条小支路，他摇撼着手杖，慢慢地向那里去了。看那样子，是个在田野里散步的人，魏太太直望着他把这小路走尽了头，才回到旅馆去。她已证明自己是多疑，就不管大路上那个人了。

回到屋子里，见范宝华弯着身体，在席子上睡得鼾声大作，那个当枕头的包袱，却推到了一边去，她走到床边，轻轻叫了几声老范，也没有得到答复。于是将买的牙刷手巾，放在床上，口里自言自语地道："我把这零碎东西包起来吧。"于是轻轻移过那包袱，缓缓地打开。果然里面除了许多单据而外，就是两卷黄金储蓄券。她毫不考虑，将手边的皮包打开，将这可爱的票子收进去。皮包合上，暂时放在床头边。然后把布包袱重新包好，放在原处。

这些动作很快，不到十分钟做完。看看范宝华，还是睡得人事不知。她坐在床沿上出了一会神，桌上有范宝华的纸烟盒与火柴盒，取了一支烟吸着。她把支烟吸完，就轻轻地在老范脚头躺下。心里警戒着自己，千万不要睡着。她只管睁了两只眼睛，看着窗外的天色。天色由昏黄变到昏黑，茶房隔着门叫道："客人，油灯来了。"魏太太道："你就放在外面窗台上吧！"说着，轻轻地坐起来，又低声叫了两声老范。老范还是不答应。她就不客气了，拿了那手皮包轻轻地开了房门出来，复又掩上。然后从容放着步子，向外面走去。

这时，星斗满天，眼前歌乐山的街道，在夜幕笼罩中，横空一道黑影，冒出几十点灯火。脚下的人行路，在星光下，有道昏昏的灰影子。她探着脚步向前，不时掉头看看，身后的山峰和树木，立在暗空，也只是微微的黑轮廓。好一片无人境的所在。她夹紧了肋下的皮包，心想：我总算报复了，忽然身后有人喝道："姓田的哪里走？"她吓得身哆嗦，人就站住了。

017 收场几个忍心人

魏太太本来就是心虚的，任何响声，都可以让她吃一惊，这种喝叫的声音，根本就来得很厉害，她不能不站住了脚。那个追来的人，脚步也非常的快，立刻就到了面前。星光之下，魏太太还可以看出那人影子的轮廓，正是下午两次遇到在支路上散步的人。他道："田小姐，久违久违，你好哇？你应当听得出来我的声音，我是洪五爷。"魏太太哦了一声。

洪五爷道："我告诉你，我也住在旅馆里。登记簿上，是我朋友的房间，所以你不知道窄路相逢。现在你打算怎么办？把老范的东西，拐到重庆去出卖吗？他算完了，你还要席卷他的东西，你不是落井下石？"魏太太道："我，我，我不怎么样？"

洪五带了笑音道："不要害怕，老范是个躲债的人，他不能出面和你为难。我呢，记得很清楚，你骗了我两只钻石戒指。那东西哪里去了？"魏太太道："那是你送我的呀，我赌钱输掉了，现在可不能还你。"

洪五道："我也不要你还，但是你要听我的命令，你和我一路回重庆去。老范的东西，你交给我，我去还他。"魏太太道："我没有拿他什么东西。"

洪五道："你这个女流氓，比妓女还不如。妓女拿身体换钱，只是敲敲竹杠而已。你是又偷又骗，无所不为，你放明白一点，东西拿过来。老实告诉你，我在那房间窗户外面，藏在竹子林里，看你多时了。我怎么知道你到歌乐山的，我到范家去看老范，知道老范跑了，路上遇到李步祥，又知道你们在旅馆里。赶到旅馆门口，我看见你坐人力车上公共汽车站，我知道歌乐山是你赌钱的老地方，晚一班车子追了来，一看就猜个正着。话都告诉你了，你还有什么话说?"魏太太道:"我和你同到重庆去就是。"

洪五道:"你先把东西拿过来。"说着,他伸出手来,就把魏太太肋下夹的这个包袱抢着夺了过去。同时,他亮着手上的手电筒,对她脸上射出一道白光。见魏太太呆了脸色,怔怔地站着,不由得放声哈哈大笑。魏太太怕他这声音惊动了人,下意识地提起脚来就跑,一直跑到街上去。

到了街上,她站着定了一定神,想着是就这样算了呢?还是去找他理论把东西退回老范。思索的结果,觉得大家翻起脸来,只有女人丢面子。歌乐山还有不少的女友,这话揭穿了,是把自己一条求财之路打断。于是向着车站的一条路上走,把最后一次的金子梦打破。

她搭坐着晚班汽车到重庆,那已经是晚上十点钟了。她带了一脸懊丧的颜色,回到朱四奶奶公馆。这时晚饭吃过了,她家正有一桌麻将在打。朱四奶奶自己只在赌桌旁边招待,并没有上桌。魏太太看到小客堂里灯火辉煌,料着在赌钱,这就不敢惊动谁,悄悄地回到自己卧室里去。

她回到屋子里,看到屋子里情形,和出去的时候是一样,这让她像做了一场梦又醒过来,原以为早上出去,生活将有个大大的转变,谁知跑出去几十公里,还是回到这个屋子来安歇。什么也没有得着。今天这场梦算完了,明日将怎样地去重新找出路呢?她无精打采地就向床上一倒。她当然是睡不着,她仰在床上,睁了两只眼睛,向天花板上望着,两只脚在床沿下,不住地来回晃荡着。

门一推,朱四奶奶进来了。她手扶了门,向魏太太微笑了一笑,然后点了头道:"辛苦了,由歌乐山回来。"魏太太突然的坐了起来问道:"你的消息很灵通。"四奶奶道:"我并不要打听你的消息,可是人家巴巴地由歌乐山打了长途电话来,我也不能不听。老贤妹,你对于范宝华的行为,那我管不着,但是曼丽是我们自己人,你这样一来,曼丽一只煮熟了的鸭子,可给你赶跑了。她若知道这件事,她肯和你善罢甘休吗?"

魏太太道:"大家都是朋友,谁也不能干涉谁吧?"四奶奶正了颜色道:"话不能那样说吧?假如这个时候,你和老范同居,她把老范人带了走,钱也带了走,你的态度应当怎么样?"说着,她走进屋子来,索性在椅子上坐着,板了脸道:"你现在有两条路可走。一条路是依了我的话,找着我指定的律师告小徐一状。一条路是你明天就离开我这里。我这里纵然可以做救济院,但是我们自己人不能害自己人,我也不救济汉奸。现在我也不要你马上答复我,我容许你今晚上做一夜的考虑。"说着,她站起身来就走出门去了。

魏太太在屋子里站站又坐坐，有时靠了桌子，斟杯茶慢慢地喝着，有时又燃一支烟吸着，对了墙上悬的一面镜子看自己的相貌。房门轻轻地推着，有人低声叫了句佩芝，回头看时，正是那青衣名票宋玉生。他穿一身湖水色的绸裤褂，一点皱纹没有，梳得乌光的头发，配着那雪白的脸子，先就让人有几分欢喜了。这就笑着向他点了两点头道："进来坐吧。"

宋玉生进来，就在四奶奶刚才坐的那张椅子上坐下了。他望了魏太太的脸色道："你的颜色为什么这样不好看？"魏太太淡淡地一笑道："你这不是明知故问？"玉生笑道："你若把我还当你一个朋友的话，我劝你还是接受四奶奶的要求。你为什么不愿告小徐一状，难道你还爱他吗？魏太太道："笑话？我认识他，完全是四奶奶导演的。我爱他哪一点，除非为了他有钱，可是他有钱，也没有给我多少。"

宋玉生两手一拍，笑道："这不结了，你认识小徐，是四奶奶的导演，现在你更应当听四奶奶的导演。四奶奶为你导演这出戏，无非是要和你找条出路，现在你什么没有得着，白让姓徐的占你一番便宜，不但四奶奶不服，连我也不服。"魏太太笑道："你当然不服了。"说着，伸手在他脸腮上撅了一下。她是轻轻伸着两个指头撅他一下的，然而他脸腮上，就有两块小红印。魏太太向他笑道："你看，你还是个男子汉啦，轻轻地掐一把，你就受了伤了。"

宋玉生笑道："我就恨，我这一辈子不是女人，这年头儿做男子没有好处，凡事都落在下风。"魏太太笑道："所以你爱唱青衣花旦的戏了。我这里有好烟，来支烟吧。你是难得到我这屋子里来坐坐的。"说着，她将放在床上的手提包打开，取了一盒美国烟出来敬客。

宋玉生立刻在小褂子袋里，掏出一叠钞票，悄悄地塞到她皮包里去。魏太太取一支纸烟塞到他嘴里，又亲自擦着火柴，给他点着，笑问道："你是怎么回事，今天对我这样的客气。"

宋玉生道："我也是为你的前途呀！你现在是什么办法都没有了，自己又爱花钱又爱赌，你不找条出路怎么办？依着我的意思，四奶奶叫你做的事，你实在可以接受。根本用不着你上法庭打什么官司。只要律师写封信去，也就吓倒了。他并没有做黄金倒把，他那公司丝毫不受黄金风潮的影响。这个日子，不受黄金影响的人，就是发财生意，你为什么不趁这个机会敲他一笔。"说到这里，他起来顺手将房门掩着，先走近了一步，低声笑道："我被这位统制得太苦，我又没什么钱。我假如有钱，我就带你离开重庆了。"魏太太将嘴撇道："你又拿话来骗我，我不信你的话。"

宋玉生道："你得仔细地想想。这个世界，除了我，还有谁能了解你，你不听我的话，你不会有出头之日的，我呢？人家都把我当个消遣品而已，只有你看得起我，现在你也不信我的话，我没有法子了。我幻想中那个好梦，现在做不成了。"这几句话，本来就字字打入了魏太太的心坎。加上他说的时候，又是那样愁眉苦脸。魏太太叹了口气道："为了你，我再做一次出丑卖乖的事，好在姓徐的对我也无感情可言。"

宋玉生拉了她的手，乱摇晃了一阵，笑道："好极了，好极了。"当时魏太太也有些疑惑，为什么告姓徐的一状，姓宋的会叫好极了呢？可是她一见到宋玉生遇事温存周到，就不忍追问他了。当晚和宋玉生谈了两小时，就把一切计划决定。

次日上午，四奶奶又恢复了和她要好的态度。到了第三日，几家大报上登出了一条律师受聘为田佩芝法律顾问的广告。不知道田佩芝是甚样人的，当然不介意，而对这广告最关心的，还是他原来的丈夫魏端本。

他为了小孩子的话，回到重庆，来找他们的母亲，正是有点踌躇，现在看到了这段广告，他却是发生了好几点疑问，田佩芝是不是有意要这两个孩子？根据法律，小孩子太小，她有这权利带了去养活。根据经济力量，那她是太不能和沿街卖唱的人相比了，小孩子当然也愿意和她过活。那个律师的广告，明明白白登载了事务所的地点，他就带了两个孩子找到律师那里去。律师也并没有想到田小姐的广告是对付姓徐的，而首先却是姓魏的来找。这事并没有和当事人谈过，他不知道田佩芝是什么意思，就改约了第二日再谈。但又怕在事务所里遇到了姓徐的来人，并指定了地点，是中山公园的茶亭。

重庆没有平地，公园也是在半边山上。当年也没有料想到这里会做抗战首都，公园的面积，也是一览无余。只是这个茶馆，却非常的热闹，沿着山腰，一楼一亭，还有几十张散座，常是坐满了人，而这也是花钱极少，可以消遣半日的地方。在那里泡一碗沱茶，俯瞰扬子江，远看南山，让终天通住在鸽子笼里的人，可以把胸襟舒展片时。魏端本在每日下午，总带着两个孩子，到茶座外面山石上唱几个歌。他们唱的《好妈妈》，总是让品茶的人，引起了同情心。小渝儿和小娟娟一伸手和人家要钱，很少有人拒绝。他们看准了这里是个财源，总得在这里混两三小时，这样，大家都认识他们了。

履约的这一天，魏端本怕是争论不过对方，跑了一上午，在百货交易的市场上，找到了李步祥，并恳求了陶太太半天不卖纸烟，同到公园的茶亭上来。他向来是不在这里泡茶喝的，这时也就在大亭子里占了个座位，泡了三碗沱茶。

李步祥也是常到这里的人，茶房认得他，端着茶碗来的时候就向他笑道："李老板，你也认得这唱歌的两个小娃？"李步祥问魏端本道："你也常来？"他叹口气道："我还有富余钱坐茶馆吗？这几天常带着孩子到这里来卖两小时的唱。自然，也不免遇到熟人。可是我顾不了这个面子，每天的伙食要紧。这里是最能卖唱的一个地方，我舍不得丢开。"

陶太太一摆头道："不要紧，当初我摆香烟摊子的时候，也是有些不好意思，可是我想到这又不是一天两天的事，长远要靠这个为生，偷偷摸摸地躲着人，这小生意怎样的做，所以我索性大大方方地摆摊子。这样一来，不但没有人鄙笑我，而且都同情我。卖唱要什么紧，那还不是凭自己本事吃饭吗？"

她这么一说，倒引起了邻座位的注意。有人看到小娟娟也爬在桌子边方凳子上坐着，就走过来摸了她的头笑问道："小朋友，今天唱歌还先喝碗茶润润嗓子吗？"她摇摇头道："我今天不唱歌，到这里来等我妈妈。"那人问道："你还有妈妈吗？"她很得意点了个头道："我怎么没有妈妈？等一会儿就来。"

这人也是多事，看到娟娟说有妈妈，把她所唱的我有一个《好妈妈》联想起来，颇是新闻。便向她姐弟二人招了两招手，把他们叫到自己桌子边去，买了一些糖果花生给他们吃。那桌子和魏端本所坐的地方，只相隔了两三尺空地，他只是向那个人点了几点头，说声多谢，也没有拦着。那桌上也有三四个茶客，就都逗引着他姐弟们说话。

小渝儿打着一双赤脚，只穿了条青布短裤衩。上身是件黄夏布背心，也只有七八成新。魏端本今日忙着，也没有工夫给他擦澡，两只光手臂，都抹上了一层灰。他拿了块米花糖，站在桌子边吃。一个茶客笑道："往日你唱歌，都弄得干干净净的，今天等你妈，倒不干净了。我要罚你唱个歌。"小渝儿吃得正高兴，当众唱歌又是做惯了的事，说唱就唱，拉着娟娟道："姐姐，你也唱吧。"小娟娟虽是穿了件带裙子的花夏布女童装，可是蓬着头发，今天没有梳两个小辫。茶客也笑道："对了，她也该罚，今天没有平常漂亮。"小娟娟信以为真，就和小渝儿站在茶座中间，唱起《好妈妈》来。因为他们认为这个歌是最能叫座的。

他们一唱，茶座上的人看到这一对不满三尺的小孩，唱着这讽刺性的歌，都注意地听着。当他们唱到最后一段："她打麻将，打唉哈，会跳舞，爱坐汽车，爱上那些，就不管娃娃。"大家也正预备鼓掌。就在这时，小渝儿突然停止了不唱，跳起来大叫一声道："妈妈来了。"小娟娟随了兄弟这声叫，连喊着妈妈，就向茶亭子外奔了去。

听唱的茶客，总以为这两个孩子是没有妈的。纵然有妈，由这父子三个人身上去推测，那也一定是很狼狈的。这时，随了小娟娟的喊声看了去。见面前有一个漂亮少妇，满脸的胭脂粉，身穿一件白绸彩色印花长衫。脚上登了最时髦的前后漏帮的乳色皮鞋。肋下夹着一只放亮的玻璃皮包。这东西随盟军飞机而来，还不到半年呢。只看她的手指甲，涂着通红的蔻丹，那就不是做粗事的人。

小娟娟姊弟就奔向这个少妇，连声叫着妈妈，这边桌上的陶太太，忘其所以，还照着旧习惯，站起来叫了声魏太太。她随在律师后面，老远地就看到两个小孩子在茶座人丛中唱歌。那歌词虽不十分清楚，但看到全茶座向这两个脏孩子注意，就怕当场出丑，把步子缓了下来。这时两个孩子跑了过来，大家的眼光也都随了过来，她感到这事情太没有秘密了。尤其是魏端本蓬了一头短发，穿套灰色布袍服，像个小工，在大庭广众之中和他去开谈判，那太丢人了。她立刻站了脚，向律师道："我不和他们谈话了，这简直是有意侮辱我一场。"说毕，扭转身就要走。

小渝儿几个月不见妈妈了，现在见了妈妈，真是在苦海中得了救命圈，跑上去，扯着她衣服的下摆，身子向后仰着，乱叫妈妈。小娟娟也站在她面前，连叫了几声妈。魏太太红着脸，伸手将小渝儿的手拨开，连道："你们不要找我，你们不要找我。"茶座上的人这就看出来了，这和小孩子唱的歌词里一样，真是一个不要孩子的摩登妇人，都瞪了眼望着。

魏太太见人都注意了她，更是心急，三把两把，将小渝儿的手拨开，扭身就跑。小渝儿跳了脚叫道："妈妈不要走呀。我要妈妈呀？"小娟娟也哇的一声哭了。这时，茶座上不知谁叫了一声："岂有此理！"又有人叫："打！"也有人叫："把她抓回来。"世界上自然还有那些喜欢打抱不平的人，早有四五个茶客，飞奔了出去，口里连喊着："站住。"

魏太太穿的是高跟鞋，亭子外一道横山小路，常有坡子，她跑不动，只得闪在那同行的律师后面。律师也觉魏太太过于忍心，便摇了手挡住众人道："各位，有话好说。她是个妇人，我们可以慢慢地和她说。"李步祥在后面也追了上来，抱了拳头向那几个人道："多谢多谢，我们还是和她讲理吧。"

这些人不能真动手打人，有两个人拦着，也就站在路头上，瞪了眼向魏太太望着。有人问李步祥道："这孩子是她生的吗？"李步祥道："当然是她生的，家家有本难念的经。一时也说不清，他们闹着家庭纠纷，已经分开了。我们朋友，正是来和他们解决这个问题呢。"

魏端本这时带了两个孩子也走向前，对太太点了个头道："佩芝，你跑什么？我也不能绑你的票呀！我穷了，你阔了，我并不要你再跟我。不过孩子总是你生的。母子见了面，说两句话，有什么要紧呢？"魏太太一看，围绕着山坡上下，总有上百人来看热闹。魏端本那一身穷相，和自己对比着，实在不像样子。便顿了脚道："你好狠的心，你骗了我到这地方来，公然侮辱我。你什么东西，你是犯了私挪公款做黄金的小贪官。你有脸见我，我还没脸见你呢。有什么话，你对我的律师说。我已被你羞辱了一场，你还要怎么样？"说着，也哇的一声哭了起来。

陶太太由人丛中挤了向前，扯着她道："田小姐，不要在这里闹，到我家里去谈吧。"说着，扯了她就走。看热闹的人，虽然很是不平，一来她是女人，二来她又哭了，大家也就只是站着呆望了她走去。小娟娟小渝儿都哭着要妈。魏端本一手扯住一个，叹了气道："孩子，你还要她干什么？她早就把我们当叫花子了！"李步祥也帮着他哄孩子，先把小渝儿抱了起来，对他道："别哭别哭，我一会儿带你去找她。"两个孩子哪里肯听，只是哇哇地哭着。

魏太太走的是上坡路，群集着看热闹的人，就把她的行踪，看得清清楚楚。她走着路，不时掀起那片花绸长衫的衣襟，看是否让小渝儿的脏手印上了一块黑迹，至于这里两个小孩子叫妈，她并不回头望一下。这又有人动了不平之火，骂道："这个女人，好狠的心。"接着又有人喊了个打字，于是一片叫打的声音。也不知哪一位首先动手，在地面捡了一块石子，遥远地向魏太太后身抛了去。这一块石子就引起了一起石雨，都是向她身后飞来。虽然都没有砸到她身上，她也就吓得乱跑。在这里，让她明白了一件事：就是在人群之中，虽没有利害的关系夹杂着，是非与公道，依然是存在的。

018   爆竹声中一切除

　　这幕悲喜剧，最难堪的是魏太太了。她很快地离开了公园，回身握着陶太太的手道："这是哪里说起？我特意来看孩子，多少也许可以和姓魏的帮一点忙，他为什么布置这样一个圈套，当众侮辱我一场。好狠。从此，他们不要再认识我这个姓田的。至于两个孩子，那是彼此的孽种。不为这孩子我不会跟姓魏的吃这多年的苦。姓魏的呢？不为这孩子，他一个人也可以远走高飞。我现在也是讲功利主义，不能为任何人牺牲。再见吧，陶太太。"说着，街边正停着一辆人力车子，她也没有讲价钱，跳上车子，就让车夫拉着走了。她为了和律师还要取得联络，就回到朱四奶奶那里去等电话。

　　果然，不到半小时，律师的电话来了，她在电话里答道："这件事，是那条法律顾问的广告招引来的。不要再登了。小徐若是没有反响的话，我们就向法院里去递状子，不要再这样啰哩啰唆了。"

　　四奶奶的电话，是在楼上小客室里，那正是四奶奶休息的所在，只隔一条小夹道。电话说到这里，她跑过来抢过电话机，笑道："大律师，晚上请到我家里来吃晚饭吧。一切我们面谈。电话是解决不了问题的，回头见，回头见。"说着，她竟自把电话挂上。她回过头来，看到魏太太的脸色红红的，眼睛角上似乎都藏着有两泡眼泪，便握着她的手道："怎么回事？你又受了什么打击了吗？"她摇了头随便说了没有两个字，接着又淡笑道："我们受打击，那还不是正常的事？我的事也瞒不了你，我在重庆混不下去。"

　　四奶奶道："那为什么？"魏太太就牵着四奶奶的手，把她引到自己卧室里来，把公园里所遇到的那段故事，给四奶奶说了。四奶奶昂头想了一想，她又把手抚摸了几下下巴，正了颜色道："老贤妹，你若是相信我的贡献的话，我倒是劝你暂时避一避魏端本的锋芒。"魏太太愕然地望了她道："这话怎么解释？"四奶奶道："无论姓魏的今天所做，是否出于诚心，今天这一道戏法，即是大获全胜，他就可能继续地拿了出来，反正你没有权力不许他卖唱，也不能禁止那两个孩子叫你做妈。你在重庆街上，简直不能出头了。我劝你到歌乐山出去躲避一下，让我出马来和你调停这个问题。"

魏太太本来是惊魂甫定，面无人色，现在四奶奶这样一说，她更是觉得心里有点慌乱。问道："难道他们派有侦探，知道我的行动吗？"四奶奶道："你到哪里去，他不知道？首先他知道你住在我这里，他可以带了两个孩子到门口来守着。高兴，他们就在这门口唱起《好妈妈》来。我姓朱的，也只能对我大门以内有权。若是他在我这大门外摆起唱歌的场面，我是干涉不了的，也许他明天就来。"

魏太太抓着四奶奶的手道："那怎么办？那怎么办？你这里朋友来了，不是让我无地自容吗？"四奶奶微笑道："我不说，你也不着急。我一说明，你就急得这个样子。这没有什么了不得，你今天就搭晚班车，到歌乐山去。也许洪五还在那里，你还有个伴呢。"

魏太太道："小徐的官司，怎么进行呢？"四奶奶道："那好办，明场，有律师和你进行。暗场，我和你进行。现在我给你一笔款子，你到歌乐山去住几天。我们随时通电话。"

这时，楼下佣人们，正在听留声机，而留声机的唱片，正是歌曲的《渔船曲》。她还抓着四奶奶的手呢，这就不由得乱哆嗦了一阵道："他们在唱吗？"四奶奶笑道："不要害怕，这是楼下佣人开着话匣子。"

魏太太道："既然如你所说，那我就离开重庆吧。不过范宝华这家伙也在歌乐山，他若遇见了我，一定要和我找麻烦的。"四奶奶撩着眼皮笑了一笑道："他呀，早离开歌乐山了。我的消息灵通，你放心去。"说着，她回到自己卧室里去取了一大叠钞票来，笑道："这都是新出的票子，一千元一张的，你花个新鲜，共是三十万元，你可以用一个礼拜吗？"她道："这是三两多金子，我一个礼拜花光了，那也太难了。"四奶奶笑道："只要你手气好，两个礼拜也许都可以过下去。"

魏太太正要解说时，前面屋子里电话铃响，四奶奶抢着接电话去了。只听到四奶奶道："我马上就要出门了，明天上午到我这里来谈吧。不行不行，我不在家，就没有人做主了。"

魏太太一听这话，好像是她拒绝什么人前来拜访，就跑到她面前来问道："谁的电话？"朱四奶奶已是把电话挂上了。她抿了嘴绷着脸皮，鼻子哼了一声，向她微笑道："我猜得是一点都不错，那位陶太太要来找你了。我说你没有回来，她就要来看我，我就推说要出去。她怎么会知道了我的电话？那可能她还是会来的。"

魏太太道："那了不得的，我先走吧。"四奶奶笑道："那随你吧。反正我为朋友是尽了我一番心的。"魏太太二话不说，回到屋子里去，匆匆地收拾了一个包裹，就来向四奶奶告别。

四奶奶左手握了她的手，右手轻轻地拍了她的肩膀，笑道："我做老大姊的人，还是得啰唆你几句。小徐是不是肯掏一笔钱出来了事，那还不知道。我搞几个钱，也很不容易，你不要拿了我这笔钱一两场唆哈就输光了。走吧，早点到歌乐山，也好找落脚的地方。"说着，在她肩上轻轻地推了一把。她这时候，觉得四奶奶就是个好朋友，和她约了明天通电话，握着手就走了。四奶奶含了奏捷的笑容，走到楼窗户口向人行路上望着，看到她坐了一乘小轿子走去。

不多时，又有一乘小轿子停在门口，东方曼丽却由轿子上跳下来，一直跑上楼，叫道："我要质问田佩芝一场的，四奶奶老是拦着。"说着，跑到四奶奶面前，还鼓了腮帮子。她今天还是短装，下穿长脚青哔叽裤子，上穿一件白布短裤褂。对襟扣子，两个没扣，敞开一块白胸脯，两个乳峰顶得很高。四奶奶对她周身上下看看，笑道："你还是打扮成这个样子，失败好几次了。"

曼丽道："这次对于老范，我不能说是失败，那是他自己做金子生意垮台了。二来也是你说的，你正要利用田佩芝和小徐办交涉，不要把她挤走了。我只好忍耐。刚才我在路上碰到她，她带了个包袱坐着轿子。她到哪里去？"四奶奶笑道："你不必问，她到哪里去，也逃不出四奶奶的手掌心。你现在给我打个电话到小徐公司里去，叫他马上就来。你说田佩芝已经下乡了，就在这三四小时内，是个解决问题的机会。这电话要用你的口气，你说我很不愿意管田佩芝的事了。"

曼丽笑道："电话我可以打，有我的好处没有？"四奶奶道："你还在我面前计较这些吗？我对你帮少了忙不成？"曼丽笑道："到了这种时候，你就需要我这老伙计了。像田佩芝这种人，跟你学三年也出不了师。"说着，她高兴地蹦蹦跳跳地打电话去了。

四奶奶到了这时，把一切的阵线，都安排妥当了。这就燃了一支烟卷，躺在沙发上看杂志。不到一小时，那位徐经理来了。他在屋子外面，就用很轻巧的声音，叫着四奶奶。她并不起身，叫了一声进来。徐经理回头看看，然后走到屋子里来。

四奶奶道："坐着吧，田佩芝到歌乐山去了。你对这件事，愿意扩大起来呢，还是愿意私了？"徐经理在她对面椅子上坐下，笑道："我哪有那种瘾？

愿意打官司。"四奶奶还是躺在睡椅上的,她抬手举了一本杂志看着,笑道:"我听听你的解决办法。"徐经理道:"要我五十两金子,未免太多一点。我现在交三十两金子给四奶奶,请你转交给田小姐,以后,我们也不必见面了。"说着,在西服口袋里摸索了一阵,摸出三个黄块子来,送到四奶奶面前。

她看都不看,眼望了书道:"你放在桌上吧,我可以和你转交。不过这不是做生意买卖,是不是讲价还价,我不负责任。"徐经理把黄金放在她身边茶几上,向她拱了两拱手,笑道:"拜托四奶奶了。我实在筹不出来。"四奶奶微笑着,鼻子哼了一声。徐经理道:"四奶奶以为我说假话?"她这才将手上的书一抛,坐了起来道:"我管你是真话是假话?这又不干我什么事。是你请我出来做个调人的,你不愿我做调人,你怕田佩芝不会找上你公司去。"徐经理啊唷了一声道:"这个玩不得,我还是拜托四奶奶多帮忙。"

四奶奶冷笑道:"有钱的资本家要玩女人,就不能疼财。女人把身体贡献给你们,为的是什么?五十两金子你都拿不出来,你还当个什么大公司经理。你这样毫无弹性的条件,我没有法子和你去接洽。你把那东西带回去吧。你把人家带到贵阳去,在那地方把人家甩了,手段真够毒辣。田佩芝老早回重庆来等着你了。她一个流浪女人,拼不过你大资本家?你叫公司里看门的,谨慎一点吧!"徐经理站着倒是呆了。迟疑了两分钟之后,赔笑道:"当然条件有弹性,我们讲法币吧。"

四奶奶道:"和我讲法币,你以为是我要钱?"徐经理又站在她面前,连做两个揖,连说失言。四奶奶道:"好吧,我和你说说看,多少你再出一点。三天之内,听我的回信。你请便,我有事,马上要出去。"徐经理笑道:"田小姐,这两天不会到我公司里去?"

四奶奶一拍胸脯道:"我既然答应和你做调人,就不会出乱子。只要你肯再出一点钱,我一定和你解决得了。你不要在这里啰唆,我还有别的人要接见。"徐经理笑道:"四奶奶简直是个要人,我的事拜托你了。我还附带一件公文,贾经理和我通过两回电话。"

四奶奶笑道:"他希望我不要在他银行里继续透支,是不是?"徐经理笑着点了两点头。四奶奶道:"这问题很简单,你们银行里可以退票。"徐经理笑道:"假如退了票,你去质问他呢?"四奶奶摇摇头道:"那我也不至于这样糊涂,我没有了存款,支票当然不能兑现。不过我私人可以和他办交涉。他跟着我学会了跳舞,认识了好几位美丽而摩登的小姐,而且人家都说四奶奶和他交情很好,甚至会嫁他。这样好的交情,他一位银行家送我几个钱用,有什么使不得？”徐经理笑道：“当然使得。不过他愿意整笔的送你，请你不做透支。这个比期几乎没有把他的银行挤垮，他们的业务，急遽地向收缩路上走……”

四奶奶一摇头道：“我不要听这些生意经。”徐经理笑道：“那就谈本题吧。”说着掏出赛银烟盒子来，打开，在里面取出了三张支票，笑道“这里有一百五十万元，开了三张期票，每张五十万。有了这个，请你不要再向他银行里透支了。”四奶奶笑道：“没有那样便宜的事，但是他送来的钱，我倒是来者不拒。拿过来吧。”说着，把三张支票，接了过来。她将日子看了看，点着头道：“这很好，每隔五天五十万，合计起来，是每天十万。假如他能这样长期地供养我，我也就心满意足了。好了，没你什么事了。”说着，她将那三张支票，揣进了衣袋。

徐经理倒没想到四奶奶对姓贾的是这样的好说话，向女主人道着谢，也就赶快地走去。他之所以要赶快走去，就是要向贾经理去报告四奶奶妥协的好消息。其实四奶奶对谁也不妥协，对谁也可以妥协。只要满足了她的需要就行，她等徐经理走远了，拍了两手哈哈大笑。

曼丽由别的屋子里赶到这里来，笑道：“四奶奶什么事这样的高兴？”四奶奶笑道：“我笑他们这些当经理的人，无论算盘打得怎样的精，遇到了女人，那算盘子也就乱了。贾老头儿的银行，现在已经是摇摇欲倒，自己的地位，也就跟着摇摇欲倒，他还能够尽他的力量，一天孝敬我十万法币。哈哈。”说着，她又是一阵大笑。

曼丽道：“四奶奶这样高兴，能分几文我用吗？”朱四奶奶在身上掏出那三张支票，掀了一张交给曼丽，笑道：“这是明日到期的一张，你到诚实银行去取了来用。”曼丽接着支票，向怀里衣襟上按着，头一偏，笑问道：“都交给我用吗？”朱四奶奶笑道：“那有什么不可以的。有道是养兵千日，用在一朝。只要我遣兵调将的时候，你照着我的话办就是了。”

曼丽拿着支票跳了两跳，笑道：“今天晚上跳舞去了，我看看楼下有轿子没有。”她推开了窗子，向窗子外一望，只见楼下行人路上，男男女女纷纷地乱跑，她不由得惊奇地喊道：“这是怎么回事？有警报吗？”

朱四奶奶也走到窗子面前来看，只见所有来往奔走的人，脸上都带了喜色。摇摇头道：“这不像跑警报。”在路下正经过的两个青年，见她们向下张望着，就抬起一只手叫道：“日本人无条件投降了。”四奶奶还不曾问出来这是真的吗，在这两个青年人后面又来了一群青年，他们有的手上拿着搪瓷脸盆，有的拿着铜茶盘子，有的拿了小孩子玩的小鼓，有的拿饭铃，敲敲打打，疯狂地向大街上奔去。接着噼噼啪啪的爆竹声，由远而近地响起来了。半空中像是海里掀起了一阵狂潮，又像是北方大陆的冬天，突然飞起了一阵风沙，在重庆市中心区，喧哗的人声，一阵一阵地送了来。

曼丽执着四奶奶的手，摇撼了几下道："真的，我们胜利了，日本人投降了。让我打个电话去问问报馆吧。"朱四奶奶点点头道："大概是不会假的。但是……"她淡淡地答复了这个问题，一转语之后，却拖长了话音，没有继续说下去，曼丽究竟是年纪轻些，她跳了起来道："真的日本人投降了，我打个电话问问去。"

四奶奶笑道："你不要太高兴，我们都过的是抗战生活，认识的都是发国难财的人。自今以后，我们要过复员时代的生活，发国难财的人，也变了质了，我们得另交一批朋友。重庆是住不下去了。我们还得计划一下，到南京去吗？到上海去吗？还是另外再找一个地方？我有点茫然了。"曼丽笑道："你也太敏感了，凭了我们这点本领，哪里找不到饭吃？"

四奶奶点点头道："这是事实，可是我不敢太乐观。四奶奶之有今日，是重庆的环境造成的。没有这环境，就没有朱四奶奶，就是徐经理贾经理这一类人，也不会存在。在一个月以前，我就想到了，我正在筹备第二着棋。没有想到胜利来得这样的快。"曼丽笑道："你这是杞人忧天，我打电话去了。"

四奶奶也没有理会她，默坐着吸香烟。但听到曼丽口里吹着哨子，而且是《何日君再来》新歌曲的谱子。歌声由近而远，她下了楼了。窗子外的欢呼声，爆竹声，一阵跟着一阵，只管喧闹着，直到电灯火亮，一直没有休息过。四奶奶是对这一切，都没有感动，默然地坐在屋子里。今天朱公馆换了一个样子，没有人来打牌，也没有人来跳舞，甚至电话也没有人打来。她越是觉得胜利要来，男女朋友都已幻想着一个未来的繁华世界，这地方开始被冷落了。

她独自地吃过了晚饭，继续地呆坐在灯下想心事。她越是沉静，那欢呼的爆竹声，更是向她耳朵里送来。她家两个女佣人，都换着班由大街上逛了回来。十二点钟，伺候她的刘嫂，进屋来向她笑道："四奶奶，不到街上去耍？满街是人，满街的人都疯了，又唱又闹，硬是在街上跳舞咯。几个美国兵，把一个老太婆抬起，在人堆里挤，真是笑人。"四奶奶淡笑道："你看到大家高兴，不是今天晚上，有不少自杀的。"刘嫂道："这是朗个说法？"四奶奶冷笑道："你不懂，你不用管我，我睡觉去了。"说着她果然回卧室睡觉去了。

次日她睡到十二点起来，只是在家里看报，并没有出门。这幢楼房，依然是冷清清的。到了下午两点多钟，曼丽由楼下叫了上来道："四奶奶，我们上了当了，贾经理开的支票，兑不到钱。"她红着脸站在女主人面前。四奶奶望了她道："不能吧？他是银行的经理，开着自己银行里的支票，那会是空头吗？纵然是空头，他本行顾全了经理的信用，也会兑现给你。"曼丽将一张支票，扔到四奶奶手上道："你看，支票上有两道线，是划现。"

四奶奶接过来一看，果然有两道线。笑道："划现也不要紧，就存在他银行里，开个户头，明日自己开支票去兑现，他们还能不兑现吗？"曼丽道："这个我也知道。可是诚实银行今天挤满了提现的人，和汽车站挤票子一样，我哪里挤得上前。是我亲眼看到两个提现的人，由营业部里面骂了出来，说是他们贾经理躲起来了。并有人说，他们银行，已停止交换。可能明后天他们就关门，这划现的支票，还有希望吗？"

四奶奶听到这话，立刻脸上变了色，呆了眼神道："那我的打击不小。难道昨天放爆竹，今天他就完了吗？让我去打电话问问。"说着，她匆忙地就奔向了电话室。曼丽也不知道她和贾经理有什么来往账。但自昨晚上得了日本投降的消息以后，她的兴味索然，那是事实，这的确会是有了重大的打击。就静坐小客室里，冷眼看四奶奶的变化。

她约莫是打过了半小时的电话，拍了两手走到小客室里来，跳了脚道："大家都完了。"曼丽道："我们胜利了，怎么会是完了呢？"四奶奶一顿脚道："唉！你有所不知。我积攒的几个钱，都投资在商业上，现在都给昨天晚上的爆竹炸完了。……第一，我住的这所房子，不值钱了。下江人都回家了，谁要？第二，我投资在百货上面，有上千万，马上上海的货要来了，我的东西要大垮。第三，我又和几个朋友投资在建筑材料上。重庆人必定走去大半，谁还建筑房子呀。第四，我还有几包棉纱，马上湖北的棉纱一来，我又完了。我如此，好些做投机生意的人也如此。我告诉你几个不幸人的消息，万利银行的何经理，在医院里休养着中风的毛病，已经有了转机了，昨天晚上，听说日本投降，又昏了过去。诚实银行老贾，今早溜了。"

曼丽道："我听到范宝华说，他银行里的钱，是让黄金储蓄券冻结了。胜利以后，储蓄券绝对可以兑到黄金，他也不至于完全失败。"四奶奶道："他和我走的是一条路，投资在地产和建筑材料上。你看这不会完吗？小徐做的是进口生意，不用提，从今以后，一切货物都看跌，他还是卖不卖呢？我打了几个电话，越听越不是路，我都不敢再向下打电话了。

曼丽道："田佩芝给你打过电话没有？她也应该打听打听胜利的消息吧？"四奶奶笑道："对了，我还忘记告诉你这个不幸人的消息。洪五告诉我，昨晚上歌乐山几个阔人家里，开庆祝胜利大会，有吃有喝有唱有舞，另外还有赌。田佩芝一夜唆哈，输了五十万元。她在我这里只拿三十万元去，结果，她输光了，还差二十万元，她怎么会在歌乐山住得下去？听到日本人投降的消息，她应该回重庆了。曼丽，你不要和她争吵了，她不会在我这里再住下去的。"

曼丽道："那为什么？她有了出路了吗？"朱四奶奶笑道："她难道不怕她的丈夫来找她吗？我都完了，她怎能还来依靠我，就是你，也应当再去想新路线，那些能在我这里花钱的人，有办法的赶快要回老家，没有办法的人，在重庆，也住不下去了。"说着，她微微地叹了口气，向睡椅上倒了下去。

曼丽看到她这样无精打采的神气，也就不便再向她追问那五十万元的支票，应当怎样的兑现了。这日本人宣告投降的第二日，重庆整个市场，还在兴奋中。朱四奶奶这所洋楼，还是没有人来光顾。曼丽在这里自也感到无聊，她打开楼窗户向外望着，见来往的人，彼此相逢，都道着恭喜恭喜，像过年一样，这很有点兴趣。正在看着呢，见大路上一棵树下，有三个人在那里徘徊。乃是两男一女。有个男子穿了深灰布的中山服，光着大圆头，就是范宝华的朋友李步祥。

她就跑下楼去，迎到他们面前。李步祥先抱了拳头道："东方小姐，恭喜恭喜。"曼丽道："恭喜什么？"李步祥道："呀！全城人都在恭喜，你不知道？"曼丽道："我知道，日本投降了，我们可以回老家了。可是，我的盘缠钱还不知道出在哪里呢。"李步祥不由得皱了眉道："正是这样，四奶奶在家吗？"曼丽道："她在家，但是今天不大高兴，你们找她有事吗？"李步祥指着一位一身青布短衣服的男子道："这是魏端本先生。"又指着一个中年妇人道："这是陶伯笙太太。我们受魏先生的托，要来和田佩芝小姐谈谈。现在胜利了，大家可不可以团圆？就是凭她最后一句话。"

曼丽向魏端本周身上下看看，微笑了一笑，点点头道："这也是应当的。不过，她到歌乐山去了，也许她今天晚上会回来。昨晚上庆祝胜利她又赌输了，你们找她谈话可不是机会。"魏端本道："她还是这样的好赌？"曼丽道："对了，你若有钱供给她的赌本，你就找她回去。我还告诉你。她和我共同争夺一个姓范的，她把姓范的最后一笔资本偷了去，结果，又让别人拿去了。姓范的也要和她算账。还有，她又正在和一个姓徐的办交涉，要控告人家诱奸，你预备和她保镖的话，她正没有着落，首先就要把你卷入旋涡了。我忠告你一句，这样的女人，你放弃了她吧。"

魏端本听到曼丽这些话，把脸气紫了，也不理她，回转脸来，向陶太太道："回去吧，行了，我已经得到最后的答复了。"说着，他首先回转身来，向原来的路走回去。陶李二人也在后面跟着走回去。

魏端本两个小孩，是托冷酒店里的伙计代看着的，他们正在屋檐下玩，一个人手上拿了两块糖。魏端本道："谁给你们糖吃。"娟娟道："陶伯伯给的。"魏端本道："哪个陶伯伯？"娟娟道："隔壁的陶伯伯。"魏端本道："他回来了？我看看他去。"娟娟道："他在我们屋子里躺着呢。"魏端本听说，扯了两个孩子，就向屋子里走。

进房门之后，他吓了一跳。一个男子，穿了件发黑的衬衫，已看不出原来是白是灰的本色，下面淡黄短裤衩，像两块抹布。赤了双脚，满腮胡茬子，夹了半截烟卷，坐在床沿上吸。正是陶伯笙。叫了声陶兄。他站起来握着手，什么话没说，只管摇撼着，最后，他落下眼泪来了。

魏端本道："你怎么弄到这种狼狈的样子，比我还惨啦。"陶伯笙松了握着的手，丢了那半截烟头，将衬衫揉着眼睛，摇摇头道："一言难尽。你们是想发黄金财，我是想发乌金财。奔到西康，贩了一批烟土回来，在路上全给人抢了。我流落着徒步走回重庆。到了五十公里以内，我实在不好意思回来了，就在疏散下乡的同乡帮里，东混西混，一直混到现在。昨天晚上爆竹响了，同乡们劝我回家，该预备回老家了。可是到了自己门口，我不好意思去见我太太了。等你回来，给我疏通疏通。"

魏端本道："用不着疏通，你太太是昼夜盼望你回来的。她随后就到，我去请她来。"陶伯笙连说着不，但是魏端本并没有理会，已经走出去了。

正好陶太太和李步祥已经走到冷酒店门口，他向他们招了两招手道："我家里来坐坐，我介绍一位朋友和你们见见。"陶太太信以为真，含了笑容，走进他的屋子。

陶伯笙原是呆呆地坐在床沿上，看到了自己的太太，突然地站起来，抖颤着声音道："我……我……我回来了。"只说了这句，伏在方桌子上，放声大哭，陶太太也是一句话没说，哇的一声哭了。

这把魏李也都呆住了，彼此相望着，不知道用什么话去安慰他们才好。还是陶太太先止住了哭，她道："好了，回来就好了，有话慢慢地说吧。你在这里稍微坐一会，我马上就来。"说着，她扭身就走了。陶伯笙伏在桌上，把两只手枕了头，始终不肯抬起头来。

果然，不到十分钟，陶太太又来了。她提着一个包袱，放在桌上，她悄悄地打了开来，包袱里面是一件衬衫，一条短裤，一套西服，一双皮鞋和袜子，衣服上还放了一叠钞票。她用着和悦的颜色向他道："你和魏先生李先生去洗个澡，理理发，我给魏先生带这两个孩子。"陶伯笙已是抬起头来向太太望着了。这就站起来，向太太拱了手道："你太贤良了，让我说什么是好呢？我现在觉悟了，和你一块儿去摆纸烟摊子吧。"说着，他不觉是颈脖子歪着，跟着也就流下眼泪来。

陶太太这回不哭了，正了颜色道："尽管伤心干什么？无论什么人做事业有个成功，就有个失败。昨晚上爆竹一响，倾家荡产的人就多了，也不见得有什么人哭。抗战胜利了，我们把抗战生活丢到一边，正好重新做人。你既肯和我一路去摆纸烟摊子，那就好极了，去洗澡吧。换得干干净净的回家，我预备下一壶酒和你接风，二来庆祝胜利。我请李先生魏先生也吃顿便饭。"

李步祥拍了手道："陶先生你太太待你太好了，那还有什么话说，我们就照着你太太的意思去办吧。"魏端本点点头道："把我的家庭对照一下，陶太太是太好了，那我们就是这样办，我奉陪你一下午。"

陶伯笙对魏先生这个破落的家庭看了一看，点了头道："我和魏太太，都是受着唆哈的害，从今以后，我绝对戒赌了。太太，我给你鞠个躬，我道歉。"说着，真的对了太太深深地弯着腰下去。吓得陶太太哟了一声，立刻避了开去，然而她却破涕为笑了。

李魏二人在陶太太一笑中，陪了陶伯笙上洗澡堂，两小时以后，他是焕然一新的出来了。重庆的澡堂，有个特别的设置，另在普通座外，设有家庭间。家庭间的布置，大致是像旅馆，预备人家夫妻子女来洗澡。当然来洗澡的客人，并不用检查身份证。不是夫妻，你双双地走进家庭间去，也不会受到阻碍。开澡堂的人，目的不就是在赚钱吗？

陶伯笙三个男子，自是洗的普通座，他们洗完了澡出来，经过到家庭间去的一条巷子门口，陶伯笙站着望了一望，笑道："在重庆多年，我还没有尝过这家庭的滋味，改天陪太太来洗个澡了。"正说着，由这巷子里出来了一男一女，男的是笔挺的西服，女子穿件花绸长衫，蓬着烫发，却是魏太太田佩芝小姐。这三个男子，都像让电触了一样，吓得呆站了动不得。魏太太却是低了头，抢着步子走出去了。

魏端本在呆定的两分钟后，他醒悟过来了，丢开了陶李二人，跑着追到大门口去。门口正停了一部小座车，西服男子先上车，魏太太也正跟着要上车去。魏端本大喝一声："站住。"魏太太扭过身来，红着脸道："你要怎么样？你干涉不了我的行动。"魏端本板了脸道："你怎么落得这样的下流？"说到这里，那坐汽车的人，看着不妙，已开着车子走了，留下了田佩芝在人行路上。

她瞪了眼道："你怎么开口伤人？你知道你在法律上没法子可以干涉我吗？"魏端本道："我不干涉你，更不望你回到我那里去。我们抗战胜利了，大家都要做个东归之计。你为什么还是这样沉迷不醒？你是个受过教育的女子呀？洗澡堂的家庭间，你也来！唉！我说你什么是好！"

魏太太道："我有什么不能来？我现在是拜金主义。我在歌乐山输了一百多万，谁给我还赌账？"陶李二人也跟着追出来了。陶伯笙听她这样答复，也是心中一跳。望了她道："田小姐，你不能再赌钱了，这是一条害人的路呀！世上有多少人靠赌发过财的？"

魏太太将身一扭，愤恨着道："我出卖我的灵魂，你们不要管。"说着，很快地走了。她听到身后有人在叹息着说："她的书算白念了。把身体换了钱去赌博，这和打吗啡针还不如呀！"她只当没有听到，径直地就奔向朱四奶奶公馆。

她到了大门口，见门是虚掩的，就推门而入。这已是天色昏黑，满屋灯火的时候了。她见楼下客室里，灯火亮着，屋子里有一缕烟飘出了门外，就伸着头向里面看了一看。立刻有人笑道："哈哈！我到底把你等着了。"

说话的是范宝华，他架腿坐在沙发上，突然地站了起来。他将手指上夹的半截烟卷，向痰盂里一扔，抢向前，抓了她的手臂道："你把我的黄金储蓄券都偷走了。你好狠的心？"说着，把她向客室中间一拖。

魏太太几乎摔倒在地，身子晃了几晃，勉强站定，红了脸道："你的钱是洪五拿去了，他没有交还给你吗？"范宝华道："他做酒精生意，做五金生意，亏空得连铺盖都要卖掉了。黄金储蓄券到了他手上，他会还我？我在重庆和歌乐山两处找你两三天了。你现在打算怎么办？"魏太太道："我有什么办法呢？你不是愿意走吗？"范宝华哈哈笑道："你这条苦肉计，现在不灵了。我要我的钱。我知道你现在又靠上了一个坐汽车的，你有钱。你若不还我钱，我和你拼了。"说着，他将两只短衬衫外面露的手臂，环抱在胸前，斜了身子站定，对她望着，两只眼睛，瞪得像荔枝一样的圆。

魏太太有点害怕，而朱家的佣人，恰是一个也不见，没有人来解围。她红着脸一个字没说出，只听楼梯一阵乱响，回头看时，宋玉生穿了一件灰绸长衫，拖了好几片脏渍，光了两只脚，跌跌撞撞向外跑，在这门口，就摔了跤，爬起来又要跑，范宝华抢向前问道："小宋，什么事？"他指楼上道："不……不……不好，四奶奶不好。"说着，还是跑出去了。

范宝华听说，首先一个向楼上走，静悄悄地，不见一个人，自言自语地道："怎么全不在家？"楼上的屋子，有的亮了电灯，有的黑着，四奶奶屋子，电灯是亮的，门开着，门口落了一只男人的鞋子，好像是宋玉生的。他叫了一声四奶奶，也不见答应。他到了门口，伸头向里一看，四奶奶倒在床上，人半截身子在床上，半截身子在床下，满床单子是血渍。他吓得身子一哆嗦，一声哎呀怪叫。

魏太太继续走过来，一看之下，也慌了，她竟忘了范宝华刚才和她吵骂，抓了他的手道："这这这……"范宝华道："这是是非之地，片刻耽搁不得，怪不得她全家都逃跑了。我可不能吃这人命官司。"他撒开了魏太太的手，首先向楼下跑。到了客室里，把放下的一件西服上装夹在肋下就走。

魏太太跟着跑下楼来时，姓范的已走远了。她也不敢耽误，立刻出门，两只脚就像没有了骨头一样，一跛一拐，出得门来，就摔了两跤，但是挣扎着还是向前来。她已没有了考虑，知道去歌乐山的公共汽车，还有一班，径直地就奔向了汽车站。

范宝华的意思，竟是和她不谋而合，也正在票房门口人堆里挤着。魏太太想着：现在是该和他同患难了，还是屈就一点吧。于是轻轻地走向前，低声叫了一声老范。范宝华回头看到了她，心里就乱跳了一阵，低声答道："为什么还要走到一处？你自便吧。"他在人丛里钻，扭身就走。他想着，已经是晚上了，自己家里，不见得还有讨债的光顾，回家去看看吴嫂也好。自从离家以后，始终还没有通到消息呢！

他一口气跑回家去，见大门是紧紧地关着，由门外向里面张望，里面黑洞洞的，伸手摸摸门环，上面插了一把锁，门竟是倒锁着的了。他暗暗叫了一声奇怪，只管在门外徘徊着。这是上海式的弄堂建筑，门外是弄堂，他低头出了一会神，弄堂口上，有人叫道："范先生回来了，你们的钥匙，吴嫂交给我了。"这是弄堂口上小纸烟店的老板，他已伸着手把钥匙交过来。

范宝华道着谢，开了大门进家，由楼下扭着了电灯上楼，所有的房屋，除了剩下几件粗糙的桌子板凳，就是满地的碎纸烂布片。到厨房里看看，连锅罐都没有了。他冷笑着自言自语地道："总算还好，没有把电灯泡取走。要不然，东西空了，看都看不见呢。"他叹了几口气，自关上大门，在楼板上捡起几张大报纸，又找了几块破布，重叠地铺着，熄了电灯，躺下就睡。

他当然是睡不着，直想到隔壁人家钟敲过两点，算得了个主意，明天一大早，找川资去。有了钱，赶快就走。重庆是连什么留恋的都没有了。他在楼板上迷糊了一会。

天亮爬了起来，抽出口袋里的手绢，在冷水缸洗了把脸，就走向大梁子百货市场。百货行里的熟人很多，也许可以想点办法吧？他是想对了的，走到那所大空房子里，在第一重院落里，就看到李步祥和魏端本两人，将三大篓子百货，陆续取去，在铺席子的地摊上摆着。魏端本已明白了许多，只向他点了点头。李步祥抢向前握了他的手道："好极了，你来了，我们到对面百龄餐厅里谈谈去。魏先生，你多照应点，我就来。"说着向魏端本拱拱手，将老范引到对过茶馆子里去，找了一副座头坐下喝茶。

范宝华道："你怎么和姓魏的在一处？"他道："他反正没事，我邀了他帮忙，把所有的存货，抢着卖出去，好弄几个川资。我什么都完了，就剩摊子上这些手绢牙膏袜子了。"范宝华拍了身上的西服道："你比你好得多，我就剩身上的了。"李步祥还没有答他的话，他的肩上却让一只手轻轻拍着，同时，还有一阵香气。他回头看时，却是袁三小姐。

她穿了件蓝绸白花点子长衫，满脸脂粉，红指甲的白手，提着一只玻璃皮包。范宝华突然站起来道："幸会幸会！请坐下喝茶吃点心。"袁三红嘴唇一噘，露了白牙笑道："我比你着急多了。范老板，还有心喝茶吗？"说着，她打开皮包来，取出一张支票，放到他面前，笑道："我们交情一场，五十万元，小意思，我找你两天，居然找到了，你就看我这点心吧。"

老范和她握着手道："你知道我的境遇？"她眉毛一扬道："袁三干什么的？我也不能再乱混了，马上也要离开重庆。"说着，向李步祥笑道："李老板，你还能给我找一支三花牌口红吗？"李步祥道："有的是，我送你一支。"袁三一抬手，将手绢挥了一挥，笑道："不错，你还念旧交，我忠告你一句话，别做游击商人了。"说着，扭起身走了。李范二人，倒是呆了一呆。

范宝华喝了一碗茶，吃了几块点心，也无心多坐，揣着支票走了。李步祥会了茶东，再到百货市场，和魏端本同摆摊子，把刚才的事告诉了他，他叹口气道："苦海无边，回头是岸。只有那位田佩芝是不回头的。"李步祥叹口气道："你还想她呢？你听我的话，死心塌地，做点小生意，混几个川资回老家吧！抗战入川，胜利回不了家，那才是笑话呢。"魏端本叹着气，只是摇头。不过他倒是听李步祥的话，每日都起早帮着他来卖仅有的几篓存货。分得几个利润，下午就去贩两百份晚报叫卖。

一个星期后，李步祥的存货卖光了，白天改为做搬运小工，专替回家的下江人搬行李，手边居然混得几十万元，而且认识了一个木船复员公司的经理，分给了他两张木船票，可以直航南京。

在木船开行的这天，他高高兴兴，挑着两个包，带着两个孩子向码头上走。经过一家旅馆门口，见他离开了的妻子，又和一个男子向里走。听到她笑道："昨晚上输了六七十万，你今天要帮我的忙，让我翻本啦。"

小娟娟跟在魏端本身边，叫起来道："爸爸，那不是妈吗？"他摇摇手道："不是，那是摩登太太。我们坐船到南京去找你妈妈，她到了南京去了。"小渝儿左手牵了爸爸，右手指着旅馆门道："那是妈妈，妈妈进去了。"魏端本连说不是，牵着儿子，儿子牵着姊姊，向停泊木船的码头上走。他们就这样复员了，别了那可以取得大批黄金的重庆。

（全文完）